신라만고충신

박 제 상

박제상 순국 1,600주기 추모 소설

지혜와 용맹의 화신이자
　　우리 상고사의 위대한 역사가

김 원 장편역사소설

신라만고충신
박 제 상

김 원 저

도서출판 아라

프롤로그

『신라만고충신 박제상』을
삼가 독자님께 올리며

  저자는 고향의 중학교 수업시간에 발바닥 가죽이 벗겨진 채 갈대를 벤 위를 걸어가면서, 왜왕께 굴복하지 않고 오히려 호통을 치며 끝끝내 계림(신라)의 신하임을 외치면서, 순국한 신라 충신 박제상에 대해 배우고 무한한 관심과 존경심을 가지게 되었다.

  박제상은 널리 알려진 대로 삽량주(현 양산시) 간(태수)으로 있을 때, 눌지왕의 부름을 받고 고구려 국내성에 가서 장수왕을 설득해 그의 볼모로 있던 복호 왕제를 구해왔다. 그는 집에도 들르지 않고 곧바로 왜국으로 건너가 왜왕을 속인 뒤, 미해 왕제를 신라로 탈출시킨 뒤 왜군의 추격을 저지하기 위해 혼자 남아 있다가 잡혀 장렬히 순국하는 길을 택했다.

  최근 박제상이 울산 사람인데다 그의 순국지 목도(木島)가 일본 오사카(대판) 패총시 해총의 작은 도시지역이라는 것이, 울산의 연구자에 의해 밝혀져 본 소설을 쓰는데 더욱 격려가 되었다. 박제상 순국 당시인 5세기 초에는 역사기록이 그리 정확·자세하지는 못 했기에 책과 인터넷 등에 산재해 있는 많은 단편적 자료들을 읽으면서 정리를 해보았다. 현존하는 삼국시대의 양대 역사서인 『삼국사기』와 『삼국유사』에 박제상의 충절에 대한 기록이 3~4쪽이나 차지하는 것을 보더라도, 우리 선대의 선비들이 얼마나 그를 존경했는지를 알 수가 있다.

박제상은 일반적으로 용기와 지혜의 화신으로 알려져 있다. 그를 연구할수록 뇌리에 응결되는 요체는 참으로 존경스럽기가 어떤 훌륭한 인물과도 비교할 수가 없다는 점이었다. 그는 불의와는 아예 거리가 멀었고 언행에는 선비로서의 기개와 품격 높은 인간의 철학이 서려 있어, 그의 행적을 파고들면 들수록 한편의 금과옥조와 같은 수준 높은 도덕경(道德經) 혹은 행동지침을 터득한다는 느낌을 받았다.

박제상은 올곧은 의리와 충절의 상황에 직면하면 자신의 목숨마저도 초개와 같이 던져버리고 곧바로 실행에 옮겼다. 이러한 그의 용기와 지혜와 즉각적인 실천성이 당시 조정 관리들의 존경을 받아, 그는 결국 머나먼 왜국에서 처참한 형벌을 받아 순국에 이르게 되었다.

저자가 박제상을 연구하기 전에는 그는 단지 신라 최고·최초의 숭고한 충신으로만 알았다. 그런데, 그는 우리 역사상 최초로 『징심록(澄心錄)』이란 방대한 우리의 역사서를 쓴 역사가이기도 하였다. 이 책은 비록 학계에서는 공식적으로 인정되지 않는 위서(僞書)라고 하지만, 그 책의 15지(誌) 가운데 유일하게 그 내용이 현재까지 전하는 제1지인「부도지(符都誌)」는 주로 재야사학자들이 신봉하는 책이다.

저자가 보기에「부도지」는 우리 한민족이 중앙아시아 파미르고원에서 태어나 그 지역이 점차 사막화 되어가자, 동남쪽 중국의 동방지역으로, 다시 만주로 이동해 (고)조선을 건국했다가, 이후 한반도로 이동하는 민족 이동경로를 논리 있게 설명했다고 여겨져, 본 소설 요소요소에 요약·정리해두었다.

박제상의『징심록』신봉자들은 그가 그의 가문에 전해오던 선도사서(仙道史書)들과 그가 보문전(寶文殿) 이찬(伊飡)으로 근무할 때 보문각의 방대한 자료들로부터 그 자료들을 수집했다고 여기고 있다.「부도지」에 의하면, 우리민족의 역사는 반만년이 아니라 약9천년이며, 그 태생지는 한반도 북부가 아니라 현재의 천산(설산)지역이었다.

박제상의 상기 역사관이나 사상 등은 우리 민족 고유의 '선도사상(仙道思想)'이라 규정되고 있다. 그 선도사상은 현재도 박제상의 영해박씨 가문에 면면히 계승되고 있다. 그 사상의 시작은 참 시선인(始仙人)이라 할 수 있는 박제상의 조부 아도갈문왕(阿道葛文王)에서부터 시작되어 부친 물품 파진찬(勿品 波珍飡)과 박제상 및 백결선생 박문량(朴文良)으로 이어졌다. 백결선생의 증손 마령간(麻靈干)은 선도산(仙桃山)에서 젊은 시절의 김춘추와 김유신을 가르쳤는데, 그는 당대 신라의 여론 지도자였으며 선도사상의 대표자였다.

박제상의 행적은 특히 충효를 근본으로 삼았던 조선 시대에 더욱 빛났다. 세종대왕은 그를 일컬어 '신라시대 으뜸가는 충신'이라 하였고, 정조 임금도 '박제상의 도덕은 천추에 높고 정충(精忠)은 만세에 걸친다'고 극찬했다.

현재에도 일부의 재야사학자들은 우리 민족은 단군 이전의 고대로부터 선도사상이란 훌륭한 민족문화가 있었다고 한다. 그 민족문화를 형성하는 고갱이가 위대한 천도문화, 심신수련문화, 홍익·이화의 문화, 빼어난 정신문화, 율려문화, 자연문화 등이 그것이라고 한다. 예를 들어, 신라 화랑도들이 지도이념이라 여겼던 선도문화를 의미하는 것이다. 이런 문화의 내용들이 소설 요소요소에서 설명이 되고 있다.

그런데, 현대에는 외래의 불교와 유교 및 기독교 문화가 들어와 우리 전통의 민족문화인 선도문화는 외래문화에 자리를 빼앗기면서, 상층부 국민들에게는 외래문화가 유행해 만연해 있고 선도문화는 하층부 일부 국민들 사이에 겨우 명맥을 유지할 뿐이라고 개탄받고 있는 실정이다.

박제상의 거룩한 순국 후, 치술령 망부석에서 남편의 무사귀환을 빌고 빌었던 부인 금교김씨는 남편이 죽었다는 소식을 듣고 기진맥진해 망부석에서 떨어져 죽었다. 그것을 확인한 두 딸도 어머니를 따라 자결했다. 후세인들은 박제상의 충절, 금교김씨의 정절, 두 딸의 의절, 차녀의 효절을 일가사절(一家四節)이라 해,

이런 경우는 동서고금에 없는 모범된 절개라고 숭앙하고 있다.

　박제상 순국 후 올해로 꼭 1,600년이 흘렀다. 권력추구 욕망과 배금사상 등으로 얼룩져 도덕성이 타락해 가고 있는 요즘, 박제상 가문의 고귀한 4절 정신을 현대의 우리 국민들이 생활화해, 현대 한국사회가 윤리 도덕적으로 건전한 사회기풍을 진작하였으면 하는 소망에서 본 소설을 독자들에게 올리는 바이다.

미리 읽어두기

　박제상은 꼭 1,600년 전에 순국한 충신이므로 현대를 살아가는 우리가 당시를 이해하기에 어려운 부분도 있어, 다음과 같이 '후기 : 박제상의 인물평과 숭모사업'과 부록 1)에 '참고서적 및 해설서 모둠'을, 부록 2)에 저자의 추모시 '신라만고충신이시여! 이제는 환국 하소서!'를 첨부했음.

　후기 : 박제상의 인물평과 숭모사업
　부록 1) 참고서적 및 해설서 모둠
　　　　2) 신라만고충신이시여! 이제는 환국 하소서!

　　　　　　　2017. 5. 1 울산 옥동 우거에서 저자 김원

주요 등장인물

박제상 – 본 소설 주인공. 신라 눌지왕 때 삽량주(양산시) 간(태수) 재직 중 눌지왕의 부름을 받고, 고구려 국내성에 들어가 장수왕을 설득 복호 왕제를 구해온 뒤, 집에도 들르지 않고 곧바로 왜국 야마토 정권에 가서 미해 왕제를 왜왕 몰래 탈출시킴. 미해와 함께 탈출할 수 있었음에도 왜군의 추격을 막기 위해 남아 있다가 잡혀, 왜왕에 의해 갈대를 베어낸 뾰족뾰족한 갈대 위를 발가죽이 벗겨진 채로 걸어가면서도, 왜왕의 신하가 되기를 끝끝내 거부하여 결국 불에 타 순국했음. 계림(신라) 사량부(현 울산광역시 울주군 두동면 : 옛 경주땅) 출생이라고 전해옴.

금교김씨 – 박제상 부인. 김 각간의 딸. 남편이 왜국에 미해 왕제를 구하러 간 뒤, 치술령 망부석 위에서 무사귀환을 빌고 빌었음. 남편의 순국 소식을 듣고 자결해 몸은 치술령 망부석이 되었고 혼은 새가 되어 국수봉 기슭의 은을암에 숨어들었다고 함. 눌지왕이 그녀를 국대부인(國大夫人)으로 추증함.

파진찬 물품 – 박제상의 부친. 전쟁에서 두 번이나 무공을 세웠으니 공적을 인정 받지 못 하고 거문고를 메고 산으로 들어감.『삼국사기』열전에 나오는 물계자가 바로 그임.

이정건 – 삽량성(양산시)에서 삽량성학당을 운영. 박제상 간(干, 태수)과 의기투합해 백성들을 교육하며 지방행정에도 적극 협조함.

명조당 - 대마도 매림사 주지. 금관가야국(김해) 출신으로 박제상 도일(渡日) 중 대마도를 안내함.

근공 궁사 - 대마도 와다즈미 신사 주지. 박제상·이정건에게 신사 등을 안내함.

김희철 - 계림(신라) 왕족. 서라벌학당 운영. 400년 왜군 침입 때 내물왕의 특사로 광개토왕에게 가서 원병 파견을 성사시키는 등 계림의 고위관료로 주요한 대사 처결.

손동탁 - 점량부 촌장 아들. 서라벌학당 김희철 제자. 왜군을 쫓다가 동해안 독산(獨山, 연일군 신광면) 전투에서 큰 상처를 입고 그곳 대장장이 집에서 완쾌되었음. 부친의 반대에도 불구하고 자신의 자식을 임신한 대장장이의 딸과 혼인함.

전기조 - 삽량성 부호로 민병대 대장이요 장사. 이정건과 박제상의 삽량성 행정과 지역 방위에 적극 협력함.

김광기 - 계림김씨며 박제상 간(干) 아래서 삽량성의 행정과 군사의 책임자 임무를 충실히 수행함.

실성마립간 - 김알지의 후손으로 대서지 이찬의 아들. 내물왕이 늦게 눌지 왕자를 낳자 실성이 눌지에 걸림돌이 될 것이라 염려해 고구려에 볼모로 보냄. 10년간 국내성 볼모 생활을 마치고 내물왕이 죽자 국인들에 의해 대위에 오름. 눌지가 성장해가자 불안을 느낀 나머지 눌지를 고구려 군사를 시켜 죽이려다 되레 실성이 국경에서 고구려 군사들에게 참수 당했음. 고구려 군사들이 국경에서 눌지를 보는 순간, 너무나 인자하고 단아하므로 도저히 죽여서는 안 될 사람으로 생각, 평소 음흉한 계략가 실성을 참수했음. 눌지왕의 당숙뻘임.

미해(미사흔) 왕제 : 실성왕 원년(402) 10살의 나이로 왜국 야마토(대화) 조정(아스카)에 볼모로 갔다가 18년 뒤, 박제상에 의해 왜국을 탈출해 신라로 돌아옴. 눌지왕이 박제상의 공적을 생각해 미해를 제상의 차녀 아영(阿榮)과 혼인시킴.

복호 왕제 : 내물왕의 차남으로 눌지왕의 남동생. 실성왕 때 광개토왕의 요구로 23세의 나이로 국내성에 볼모로 갔다가 7년 뒤 박제상에 의해 신라로 돌아옴.

아로 부인과 치술 왕자 – 실성왕의 딸로 눌지왕의 왕비가 됨. 남동생 치술이 추운 겨울날 치술령에서 굶어서 얼어 죽자 그를 안타깝게 여겨, 궁궐에서 치술령을 바라보면서 매일 치술아! 치술아! 라고 외쳐 불러, 동생이 죽었던 산을 치술령이라 했다고 함. 치술은 궁궐에서 성장해가자 부왕의 죄를 알고 양심에 가책을 느껴 괴로워 방황하다 치술령에서 죽었음.

고방과 고익 – 고방은 고구려 대장군으로 400년 왜국이 계림에 침입하자 고구려 원병대 5만 명을 이끌고 계림에 와서 왜군을 격퇴함. 고익은 고방의 군사(軍師).

김상렬 – 계림 김씨로 조정의 파진찬 등 고위 관리로 있으면서 눌지파로 분류됨. 눌지 왕자에게 유리한 바른 수청을 자주 올려 실성왕에게 밉게 보임.

우대해 – 고구려 서부 출신의 귀족 장군. 국경인 관문현 고개(문경새재)에서 실성왕의 밀명으로 눌지 왕자를 죽이려고 대기하던 중 눌지의 인상이 워낙 인자하고 단아해 죽여서는 안 되겠다고 생각, 오히려 눌지 뒤를 따라오던 실성왕을 참수해버림. 그는 실성왕이 고구려 볼모 시절부터 음흉했음을 알고 있었기에 그를 죽였음.

이상용 - 계림 배내골 이천도사에게서 병법을 익혀 왜국 야마토 조정에 건너가 군사(軍師)로 활약함. 이천도사 아래서 함께 병법을 배운 의형제이지만 간악한 배정구에게 속아 무릎뼈까지 뽑혀, 장애우로 아스카(비조) 밤거리를 헤매던 그를 계림에서 영입해 계림 군사가 됨. 왜의 대장군이 된 배정구가 월성을 침략해오자 그는 탁월한 병법으로 배정구를 마릉(경주시 외동읍 북토리)으로 유인해 결국 원수를 갚게 됨.

배정구 - 이상용과 배내골에서 이천도사에게 병법을 배워 먼저 왜국 야마토 정권에 가서 군사가 됨. 이상용이 자기보다 병법실력이 월등 우수하니 자기보다 더 출세할 것을 시기해, 의형제이며 형님인 이상용에게 교묘하게 누명을 씌우고 왜왕에게 거짓을 고해 장애우로까지 만듦. 이상용이 그에게 속은 것을 알고 미친 듯 행동하면서 병서를 제작하지 아니하자, 이상용이 미친 사람이라고 확인한 뒤 자연사하도록 아스카(비조) 밤거리에 내다버림. 신라를 공격했다가 이상용의 전략에 휘말리어 마릉에서 이상용의 명에 의해 자결함.

백악 도사 : 계림 눌지마립간 때 남당의 백관회의에서 신라가 삼한통일을 한다는 등 신라의 장래 500년을 예단한 신인(神人).

강구려 : 왜국 오사카(대판) 해안에 거주하면서 계림(신라) 조정을 돕는 무사.

갈성습진언(가츠라기 소츠히코) : 미사흔을 탈출시킨 박제상을 구속해 사형을 집행했던 장군. 남쪽 오사카와 그 동남쪽 아스카 사이의 갈성산 아래에 그의 일족들이 살았음.

아기와 아경 : 박제상의 장녀와 삼녀로 그의 어머니 금교김씨를 따라 자결함. 눌지왕 조정에서 두 딸을 효녀로 추증했음.

아영 – 박제상의 차녀로 부모와 언니와 여동생이 죽자 박제상의 외아들인 남동생 박문량(백결 선생)을 양육했음. 자비왕(눌지왕의 장자)의 비는 미사흔과 아영 사이에 난 딸이었음.

김철복 : 정사 박제상의 부사(副使)로 박제상의 장렬한 순국 장면에서 느낀 바가 있어, 박제상의 순국소식을 적어서 자기 말의 입안에 넣어 계림에 전하도록 한 뒤, 자신은 목도에서 칼을 물고 죽었음.

백결 선생 : 박제상의 외아들로 둘째 누나 아영이 양육했음. 자비왕의 외숙으로 이벌찬(제1관등)에 올라 충언을 고하다 간신들의 모함에 의해 축출됨. 관직에서 물러나 낭산(狼山)에서 백 군데도 넘게 기운 누추한 옷을 입고 살면서 거문고를 즐겼기에 이웃 사람들이 그를 백결선생이라 부름. 우리나라 선도사상 승계자와 방아타령으로 유명함.

차 례

주요 등장인물 ··· 9

제1부 잃어버린 우리 땅 대마도 ································· 19

간이여! 무정하오! 너무도 심하다오! -집에도 들르지 않고 왜국으로 장도에 오른 제상- ·· 21
대마도여! 대마도여! 우리 땅 대마도여!-대마도 : 한반도 4국 백성들이 원주민인 섬- ·· 27
신비한 해신 신화의 발상지 와다즈미신사- 대마도 와다즈미신사와 왜국 초대 왜왕(천황)- ·· 37

제2부 젊은 관리 박제상 - 공정과 개혁의 사표 ········· 51

계림의 견우성과 직녀성의 화신이 한 몸이 되다 -박제상 가계의 뿌리와 금교김씨- ·· 53
계림의 건국초기 왕들 설화-계림국 성장을 가져온 임금들- ······ 64
젊은 제상, 강직과 청렴의 화신이더라 -출사(出仕), 젊은 제상의 청운의 꿈을 실현시킨 사다리- ·· 72
임전무퇴의 강군은 평소 끝없는 극기훈련에서 양성되리라-청렴한 창고지기의 억울한 죽음, 이글거리는 숯불 위 담력시험- ············· 79

제3부 계림김씨 왕짝 계승상 비극의 새싹 - 눌지와 실성 ········· 89

약혼엔 절개와 인내가 혼인성사의 비결이니라 -삽량성의 전기조 장사와 정씨녀- ·· 91
계림 백성은 본디 수만리 서북쪽 마고대성에서 왔느니라-『부도지(符

都誌)』를 구상하는 보문전 이찬 제상- ·· 100
계림국 왕위계승상의 첫 비극은 실성으로부터-계림국 기반을 다진 내물마립간, 광개토왕의 볼모 실성- ·· 109
계림왕이 되려면 골수까지 고구려 신하로 바꾸어야지-고구려 건국설화를 경청하는 실성- ··· 116

제4부 삽량주 간(태수) 박제상-왜군 방어와 재정조달 임무수행 ············ 125

계림 백성에게 왜구는 철천지원수로다-왜국의 침공에 시달리는 황금과 비단의 나라 계림- ··· 127
삽량성은 계림의 방어기지며 재원조달의 근원지라-왜국과 가야국의 방어기지 삽량성 간(干) 제상- ·· 139
남방불교의 첫 유입지 금관가야는 불교나라였다오-남방불교가 유입된 가락국의 불교전래 현상- ·· 144
굴아화촌(울산)은 고래와 소금의 고장이로다-굴아화촌 동해안의 고래와 소금 및 반구대암각화- ··· 153
삼한의 조상은 (고)조선 이전부터 있었느니라-삽량성 학당에서 『부도지』 특강을 하는 제상- ··· 164

제5부 고구려와 왜국의 침략 속 계림의 자강노력 ···································· 175

삽량성 방어는 민관군의 철석같은 단합으로 가능한 것인기라-왜국의 400년 대침공을 분쇄한 삽량성 민관군- ·· 177
고구려 원병으로 왜군을 물리침은 한번으로 족하다오-광개토왕의 원병 계림국 침략한 왜구 싹쓸이- ·· 186
계림왕이 되기 위해 광개토왕의 심복노릇이라도 해야만 하나?-실성이 전성기를 맞은 광개토왕에게 속내를 보이다- ························ 200
우리 민족과 중국민족이 다름은 치우족과 황제족의 탁록대전에서 분명히 나타나느니라 – 단군 이후부터 한반도까지 『부도지』의 민족이동 – ··· 219

제6부 우리 민족의 이동경로 『부도지』 집필한 제상 ············· 229

미해야! 형을 원망하며 왜국에서 조금만 참아다오 – 실성마립간 미사흔을 왜국에 볼모로 보냄 – ······································ 231
사악한 자가 선한 자를 이기는 것은 일시적일 뿐이니라 – 야마토정권의 계림국 도래인들, 박제상의 간(干) 사직 – ············· 241
선도사상이 우리 민족의 전통사상이니라 – 삽량성 징심헌에서 한민족 최초의 역사서 『징심록』 집필, 우리(계림) 문화의 고갱이 – ······ 259
왕좌 유지에는 정통성에다 덕망도 갖추어야 – 광개토왕의 볼모 복호 왕제, 눌지를 죽이려던 실성마립간 되레 고구려 군사들에 죽음 –
··· 268

제7부 왕제 구출의 모험 뒤 거룩한 순국 – 고구려는 청명하늘, 왜국은 장마철 진창 ··· 287

장수왕이여! 믿음을 저버리고 탈출해 정말 죄송하다오 – 장수왕을 설득, 복호 왕제와 탈출하는 제상 – ······························· 289
대업 때문에 장수왕의 신뢰를 배신하자니 너무나 괴롭구나 – 장수왕이 제상과 복호에게 고구려 역사 학습을 권장함 – ········· 305
신라 장래 500년을 내다보는 신인 백악도사 – 신라가 삼한통일을 이룩한다는 말에 흐뭇해진 눌지마립간 – ······················ 311
무도한 왜왕을 흠빡 속였다가 세게 업어 쳐야 뜻을 이루지 – 야마토(大和) 정권의 왜왕을 속여 미사흔을 만난 제상 – ·········· 320
아무리 무도한 왜왕이라도 나를 이다지도 참혹한 형벌로 죽이다니 – 미사흔을 먼저 탈출시키고 순국을 택하는 제상 – – 계림의 개·돼

지가 될지언정 왜국의 신하는 될 수 없다 - ·················· 328

제8부 제상의 의로운 피를 받아 숭고한 삶을 사는 유족들 ············· 341
왕제님, 이제 계림의 마립간 품속에서 영원한 행복을 누리소서-눈물 속에서 남편에 대한 그리움으로 지새우는 금교김씨- ············ 343
님이여! 간이시여! 부디 무사귀환 하소서!-혼은 새가 되고 몸은 치술령 망부석이 된 제상의 부인- ···················· 344
거문고 가락에 인생의 애환을 실어 보내고-어머님 정을 그리워하며 치술령 기슭에서 만년을 보낸 백결선생- ··············· 352

후기- 박제상의 인물평과 숭모사업 ···················· 355
박제상과 그 후손들의 인물평과 역할 등 ···················· 357
박제상의 숭모사업 ···················· 359

부록 ···················· 363
부록 1) 참고서적 및 해설서 모둠 ···················· 365
부록 2) 신라만고충신이시여! 이제는 환국 하소서! ············ 372

제1부

잃어버린 우리 땅 대마도

간이여! 무정하오! 너무도 심하다오!
-집에도 들르지 않고 왜국으로 장도에 오른 제상-

"이랴! 이랴! 끼랴!"
"따각! 빠각! 짜각!"

월성(月城) 남쪽 망덕사(望德寺, 배반동) 앞 남천 냇가 모래밭, 오월 중순의 녹음방초(綠陰芳草)가 아름다운데 뜨거운 열기를 가르며 말을 탄 한 사내가 입실(入室)쪽으로 내달리고 있었다. 그 때 망덕사에서 붉은 비단옷을 입은 한 아낙네가 버선발로 허겁지겁 말이 지나간 그 모래밭으로 뛰어 나왔다. 그녀는 말 탄 사내를 따라가면서 목이 터져라 외쳤다.

"간(干)이시여! 여보시오! 당신! 당신~ …"

자지러지는 목소리로 사내를 불러대며 황급히 갱빈[江邊]길 수십 걸음을 달리다 그만 모래바닥에 얼굴을 콱 처박고 꼬꾸라져 버렸다. 절집에서 검정 옷을 입은 두 아낙네가 종종걸음으로 그녀를 뒤따라 쫓아왔다. 비단옷을 입은 여인이 벌떡 일어나 앉더니 두 주먹으로 복장을 치면서 미친 듯 외쳤다.

"간이시여! 간이시여! 어찌 그리도 무정하시오! 너무도 박설하오!"

뒤따라온 두 여인이 고함치는 그녀에게 다가갔을 때, 붉은 옷의 여인은 검정머리를 얼굴에 늘어뜨리고 두 다리를 땅바닥에 쭉 뻗어 누워버리고 말았다. 무더운 여름 날씨에 모래 먼지를 얼굴에 뒤집어 쓴 아낙네의 눈언저리에는 뜨거운 눈물이 찔끔찔끔 솟아나고 있었다.

두 친척 여자들은 실성한 듯 누워있는 그녀를 그냥 두었다가는 곧 죽어버리겠다는 두려움에, 황급히 절집의 말을 끌고 와 그녀를 일으켜 세워 말안장에 태웠다. 여자들은 안장 양 옆에 붙어 서서 다급하게 외쳤다.

"아지매! 퍼뜩 아재를 따라가시라요!"

"어떡, 어떡, 야!"

붉은 옷의 나이가 든 여자가 얼굴에 늘어뜨린 머리칼을 확 걷고 성큼 말잔등에 올라 목청껏 외치며 서둘러 바람처럼 달렸나갔다.

"이랴! 가자!"

젊은 여인들도 대마의 살찐 엉덩이를 두 손으로 힘껏 밀 듯

"철썩!"

"철썩!"

소리가 나도록 때렸다.

남천둑을 따라 남쪽으로 달리던 여인은 얼마 뒤 곧바로 동쪽의 입실재를 숨 가쁘게 넘어섰다. 그녀는 동해안 율포(栗浦, 밤개, 양남면 진리)로 질주하면서 중얼거렸다. 눈은 충혈되어 미친 사람처럼 보였다.

"간의 손이라도 잡아보고 보내야 한다. 고구려에서 몇 달만에 계림에 왔는데, 이렇게 그냥 보낼 수는 없지."

"이랴!"

마치 날듯이 입실재에서 내리막을 달린 여인이 율포 앞바다에

도착하였을 때, 앞서 말을 달린 사내는 만경창파에 노를 저으며 점점 멀어져만 가고 있었다. 간 옆에는 노를 젓는 사내와 관리 행색을 한 한 사람이 더 보였다. 여인은 피를 토하듯 목 놓아 불렀다.

"여보! 간이여!"

"잘 다녀오세요! 제발, 살아서 돌아오시오!"

내리 쏟아지는 한낮의 반짝이는 햇볕을 받으며 멀어져가는 간(干)은 두 손을 흔들며 큰소리로 무엇을 외치는 것 같았으나 여인에게까지 들리지는 않았다.

검푸른 파도 위의 돛단배가 점점 멀어져 작은 점으로 변해가자, 여인은 가슴에 설움이 북받치어 바닷가 작은 바위산 동뫼에 올라서서 목에 걸치고 있던 흰 비단 목도리를 높이 쳐들고 간을 향해 하염없이 흔들어 대었다. 불그스름한 아름다운 얼굴에는 눈물방울이 흥건히 젖어 두 눈을 애써 껌벅거려야만 겨우 간의 배에다 초점을 맞출 수가 있었다.

그녀는 생각보다 너무 빨리 한없이 푸른 바다를 미끄러지는 배를 바라보면서 중얼거렸다.

"에잇! 서북풍을 맞은 돛에 노까지 안간힘으로 저어재끼니, 님은 자꾸만 멀어져만 가네. 참으로 서글퍼구나."

서글픈 여인은 말잔등에 올라타면서 정신이 나간 듯 중얼거렸다.

"님이시여! 내가 몸과 정신을 다 바쳐 사랑하는 내님이시여! 부디, 무사귀환 하소서…" [1)]

여인은 평소 남편 삽량주 간에 대한 느낌을 곰곰이 되짚어 생각해보았다.

'간님은 귀가 작아 평소 남의 애기는 잘 안 들었지. 간님 자신이 거의 도사급이니 자신의 소신에 의해 모든 행동을 즉시 강행하곤 했다. 금번 집에도 들르지 않고 급히 왜국에 왕제를 구하러 간 것 또한 그런 성격이 나타난 단적인 증거다.'

여인은 집으로 가기 위해 말머리를 돌리면서 임이 떠난 바닷가로 얼핏 눈을 돌렸다. 철썩거리는 소리를 내면서 파도가 밀려오는 해안에는, 집을 짓기 위해 기둥을 쌓아둔 듯 바위기둥들(주상절리)이 수십 개씩 여러 곳에 놓여있는 것을 내려다보았다.

'저 바위기둥들이 참으로 장관이다야.'

고구려에 왕제(王弟)를 구하러 갔던 삽량성(挿良城) 간이었던 남편 박제상(朴堤上)의 무사귀환을 망덕사에서 몇 달이고 기도 올렸던 부인 금교김씨(金校金氏)는, 집에도 들르지 않고 곧바로 왜국으로 떠나버린 남편을 원망하면서 집으로 돌아왔다. 그녀의 집은 사량부(沙梁部) 마등오촌(馬等烏村, 두동면 은편·만화·이전리 일대)과 회덕촌(迴德村, 두동면 봉계리) 사이에 높이 솟은 치술령(鵄述嶺) 북쪽의 못 둑 위에 있었다.

그녀는 방문을 꽉 걸어 잠그고 몇 날 며칠 밤낮을 가리지 않고 슬피 울었다. 못 둑 위의 그 집에는 딸 셋과 어린 아들 하나가 있었다. 평소 지극히 알뜰살뜰 하였던 어머니가 밥도 거르고 살림도 하지 않고 방안에서 울기만 하자, 큰 딸 아기(阿奇)가 눈에 초점을 잃고 병자처럼 보이는 엄마에게 조심스럽게 물었다.

"엄마, 와 절에 불공도 드리러 가지 않고 울기만 해요. 지가 밥을 짓겠심더. 대답을 해보시소."

엄마가 겨우 기운을 차리려는 자세로 입술을 축이며 말했다.

"너거 아부지가 엊그제 고구려에서 왕자를 구해 왔는데, 너희들도 안중에 없이 또 왜국으로 왕자를 구하러 가버렸다네. 아버지가 왜 그 모양인고? 너무 애가 닳아 그렇다네."

딸 셋이 눈이 휘둥그레져 한꺼번에 큰소리로 말했다. 갓난 아이 막내는 아장아장 걸으며 엄마 품에 안기려 들었다.

"아부지가 왔다구요? 집에도 오지 않고 또 왜국으로 가버렸다고. 아이고! 아부지요! 해도해도 너무 합니다요."

사정을 알게 된 세 딸이 넋이 빠진 듯 한 어머니를 에워싸고 서로 꽉 껴안았다. 서로 앞 다투어 어머니를 위로하였다.

"엄마, 아부지 돌아오실 때까지 우리가 엄마 농사일이고 부엌일이고 모두 다 도울게요. 편안히 쉬세요."

그런 엄마와 누나의 하는 행동을 보고 어린 사내아이는 영문도 오르고 빙긋이 웃고만 있었다.

망덕사 주변에 사는 사람들은 김교김씨가 남편 박제상을 맨발로 따라가다가 쓰러져 길게 누운 모래사장을 '장사(長沙)'라 하였고, 두 다리를 길게 쭉 뻗었다고 '벌지지(伐知旨)'라고 불렀다. 후세 사람들은 이 거랑가 둑 위에 사람키만한 돌비석을 세운 뒤, 그 비석에다 '長沙 伐知旨(장사 벌지지)'라고 써두어 후세인들이 박제상 부부의 그 날의 충성심을 기리게 하였다.

한편, 입실에서 서쪽으로 얼마 떨어진 마석산(磨石山, 531m) 동쪽의 북토(北吐)마을 들판에는 농부들이 둥글게 둘러서서 가운데의 신기한 것을 보고 왁자지껄 떠들고 있었다.

"아주 비싼 말이 죽어 쓰러져 있네."
"말이 외양간도 아닌 벌판에 와 이래 죽어 자빠져 있지?"
"누구 말인지 주인을 찾아 줘야제."
그때 눈 밝은 노인이 말 무릎의 삼끈 끝에 달려있는 창호지를 보았다.
"저기 뭐꼬? 무슨 서찰 같은 데."
"그렇네. 주인을 알 수가 있을 것 같구나."
글을 아는 촌장이 그 종이를 펼쳐 목청 높여 읽었다.
"부인, 정말 미안하오. 어린 자식들을 당신에게 맡기고 이렇게 떠나게 된 이 사람의 심정을 잘 이해 해주시오. 나는 더 이상 눌지마립간(訥祗麻立干)의 신하로 머물고 싶지가 않소이다. 고구려의 복호(卜好) 왕제를 구해 왔는데, 또 왜국에 가서 미해(美海) 왕제를 구해오라고 하니, 이는 차마 사람으로서 할 짓이 못 되오. 내가 당신을 만나고 떠나고자 했으나, 마립간은 자기 동생 구하는 데만 혈안이 되어 단 하루도 금성에 머물게 하지 않으시니, 내 이제 왜국으로 가면 결코 다시 돌아오지 아니하리라. 당신은 어린 자식들 데리고 잘 사시오. 너무 미안하오."
촌민들은 서찰의 내용을 듣고는 웅성거리기 시작하였다.
"그러면 이 서찰이 박제상님이 부인에게 보내는 것이로구나."
"글시, 박제상 간이 고구려에서 복호 왕자를 구해왔구나. 정말, 대단해."
"몇 달만에 금성에 온 간을 집에도 안 보내고 다시 왜국으로 보내다니. 우리 마립간님이 너무 야박하구나. 듣기로는 아주 온후한

분이라 했는데…"

"그런데, 간의 말이 와 우리 마을에 와서 죽었는고?"

잠자코 듣고 있던 촌장이 결심을 굳힌 듯 한마디 내뱉었다.

"박제상 간은 훌륭한 충신이니, 이 말을 여기에 묻어 우리들도 충성에 보답합시다."

여러 사람들이 동시에 환호하듯 큰소리로 말했다.

"촌장님, 뜻대로 합시다. 이것도 우리 마을의 도리지요."

북토마을 사람들이 말이 쓰러진 곳에 만든 말무덤(馬陵)은 천년도 넘게 그곳에 남아있었다. 먼 훗날 신라 사람들에게 알려진 사실은 죽었던 말이 박제상이 왜국으로 갈 때 타고 갔던 자기 집 말로, 월성에서 율포항까지 너무 세게 몰았기에, 사량부 치술령 아래 집으로 돌아오다가 과로로 죽었다고 소문이 났다.

대마도여! 대마도여! 우리 땅 대마도여!
- 대마도 : 한반도 4국 백성들이 원주민인 섬 -

한낮의 푸르디푸른 신라해협(대한해협)의 바다는 마치 삽량성 황산하(黃山河, 낙동강)처럼 잔잔한 호수와 같았다. 푸른 비단 건(巾)을 눌러 쓴 박제상은 동쪽의 대마도에서 닭과 개가 우는 소리를 들었다. 그의 눈에는 열정이 이글거리고 있었고 굳게 다문 한일자(一)의 입술 위 얼굴에는 지혜와 용기가 번득이고 있었다.

간밤 월성의 자정을 넘은 시각, 박제상은 구중궁궐 고요한 침소에서 두 무릎을 꿇고 보료에 꼿꼿이 앉은 눌지마립간에게 절을 올리고 있었다. 위에서 마립간의 환희에 들뜬 듯 한 음성이 제상의 귓전을 때리고 있었다.

"경의 지혜와 용맹이 아니었더라면 짐이 어찌 꿈속에서도 잊지 못했던 내 아우 복호[卜好(寶海)]를 만날 수 있었겠오. 경은 정말로 내 은인이오. 그 은혜 결코 잊지 않을 것이오."

"전하, 보잘 것 없는 신의 노고를 너무 과찬해주시니 몸 둘 바를 모르겠나이다. 평상심을 보전하여 주시길 소원하옵니다."

마립간은 조금 전 복호 왕제의 환영연 때 마신 술로 불콰한 얼굴에 지극히 미안한 표정을 지으며, 차마 못 할 말을 하는 듯 어렵게 입을 열었다.

"참으로 고마운 충심이오. 그런데, 마치 한 몸에 팔뚝이 하나만 있고, 한 얼굴에 한 쪽 눈만 있는 것 같구료. 비록 하나는 얻었으나 하나는 잃은 대로이니 어찌 마음이 아프지 아니 하리오…"

순간, 제상의 눈에 불길이 확 번지더니, 마립간 머리 위 박사(薄紗) 비단 휘장이 흔들릴 듯한 우렁찬 목소리가 방안에 가득 찼다.

"전하, 신하가 군왕의 상심하심을 보고도 몸을 던지지 않는다면 천하의 불충이라 알고 있습니다. 곧바로 왜국에 가서 미해(美海) 왕제를 구해오겠나이다."

마립간은 심히 괴롭고 미안한 듯 미간에 주름을 지우더니 천천히 말했다.

"그대가 진정한 충신이구나. 급히 서두를 것 없으니 가족들과 며칠 보낸 뒤에 떠나도록 하시오."

"오로지 선비라면 뜻을 세웠을 때 즉시 실천함이 옛 성현의 가르침 지행합일의 덕목을 실천하는 것이라 믿고 있사옵니다. 가족은 다음에 만나도 됩니다."

마립간은 몇 달만에 월성에 돌아온 제상의 처지를 딱하게 여겨 신하의 얼굴을 똑바로 보지도 못했다. 제상의 차분한 아룀이 계속 이어졌다.

"전하, 고구려는 큰 나라요. 왕 역시 어진 인군이므로 신이 한마디 말로 깨닫게 할 수 있었지만, 왜인 같은 것은 구설(口舌)로 달랠 수는 없으니 거짓 꾀를 써서 왕제를 돌아오게 하여야 하겠습니다."

제상이 갑자기 일어나 마립간에게 공손히 큰절을 올린 뒤 다시 일어났다. 허리를 굽힌 채로 몇 걸음 걸어 마립간에게 다가갔다. 그리고, 낮은 목소리로 말했다.

"전하, 소신에게 귀를 좀 빌려주시기 바랍니다."

제상이 무릎을 꿇고 조심스럽게 마립간의 왼쪽 귀에다 입술을 가져다 대었다. 제상이 자신의 목소리를 방안에서도 들리지 않게 손바가지를 만들면서 마립간에게 속삭였다. 그가 제법 긴 시간을 지껄였는데 마립간이 중간중간 고개를 끄떡이더니, 그가 다시 뒤로 물러서자 이번에는 마립간이 벌떡 일어났다. 그러면서, 마립간이 큰소리로 자신에 찬 듯 격려를 했다.

"알았오. 잘 다녀오시오. 정말로 미안하오."

제상이 마립간 침소를 나와 궁녀의 안내로 자신의 침소로 가다가 보니, 대취해서 시끌벅적하던 월성 대청마루의 백관(百官)들과 궁실의 하급관리들이 모두 귀가했는가, 남천 거랑의 개구리 소리와 갈대가 서로 부딪혀 서걱거리는 소리만 들려오고 있었다. 그는 컴컴한데 간혹 등불이 걸려 있는 월성의 넓은 안마당을 휘휘 둘러보면서 중얼거렸다.

"오늘 오후, 눌지마립간과 금성의 백성들이 복호 왕제의 귀환을 얼마나 반겼든지, 정말 보람찬 쾌거였어."

그의 뇌리 속에는 오늘 한낮 월성 주변의 수천 명 백성들의 환영하던 함성과 환호하던 인파의 물결의 어지러움이 주마등처럼 지나갔다.

"복호 왕제 만세! 보해 왕제 만세!"

"제상 간 만세! 충신 제상공 만세!"

열심히 노를 젓던 이정건(李廷鍵)이, 무엇인가 골똘히 생각하고 있던 간의 굳었던 표정이 풀린 것을 얼핏 살피고는 조심스럽게 말을 걸었다.

"간님, 대마도의 사스나(佐須奈)와 고후나코시(小船越) 중 어디로 갈 것입니까?"

"이공, 고후나코시로 가야 바이린지(梅林寺)에서 주지 스님의 협조를 받을 수 있네."

"배가 예상보다 빨리 나가고 있는데, 풍향이나 조류라도 타는가요?"

"한반도 남쪽의 계림이나 가야에서 대마도로 흐르는 조류가 있어 그렇다네. 우리 백성들이 대마도에 많이 표류하기도 하고, 그들이 쓰던 물건들이 대마도 해안에 많이 떠돌아다니고 있는 것으로 알 수가 있다네."

"그래요. 간님은 모르는 것이 없는 것 같아요. 어찌 계림 밖의 사정까지 그리 훤하신가요? 신통하십니다."

"하! 하! 내가 이공보다 나이가 많고 책을 많이 읽었던 탓이지. 별 것 아니네. 이공도 그렇게 될 걸세."

"책자에는 대마도 원주민들이 우리 신라, 백제, 고구려, 가야 4국 백성들이라던데 어찌 그것을 증명이라도 할 수가 있습니까?"

"나도 대마도에서 계림에 와 사는 어느 관리의 말을 들어서 대강 알고 있다네. 대마도 원주민들의 말씨, 고분, 단군신앙, 골격 등이 우리 한반도 사람과 모두 같다네. 율포에서 대마도까지가 100리 남짓한 거리(약 50km)인데, 대마도에서 내가 갈 구주(九州) 후쿠오카(福岡縣)까지는 그 3배정도 거리(138km)라네. 그러다보니, 왜국의 힘이 대마도까지 미치지 않는 것이지."

"딱 꼬집어 대마도가 우리 한반도 사람들의 섬이란 것을 증명하는 것, 하나라도 분명히 제시할 수가 있는지요? 꼬치꼬치 물어서 죄송하구만요."

"괜찮아. 모름지기 배우는 사람은 분명히 해두는 자세가 필요해. 한반도의 고대 고분은 돌로 사각형의 관을 만들어 죽은 사람을 하늘을 보고 반듯이 눕히는 상식석관묘고분(箱式石棺墓古墳)인데, 대마도에서 발굴되는 고분은 대부분 이런 고분이라네. 왜국의 고대 고분은 시체의 팔다리를 굽혀 쭈그린 자세로 옹기에 넣고 장사지내는 옹관묘식(甕棺墓式) 또는 굴장(屈葬)이라네."

"간님, 우리가 왜국 사람들을 왜 왜인(倭人)이라 부르나요?"

"앞에서 말한 대로 그들의 골격이나 키가 우리 한반도 4국인들에 비해 왜소하기 때문이지."

"우리 한반도 사람들이 왜국으로 건너간 사례들이 많이 있는가요?"

"한반도 군장국가(君長國家)가 계림국에 망한 경우, 그 군장들이 백성들과 왜국으로 피신했다네. 탈해이사금 때 거도(居道)란 간(干)이 우시산국(于尸山國, 울산)을 점령하자, 그 백성들은 더운산(大雲山, 울주군 온양읍)에 일시 피했다가 왜국으로 건너갔다고 알려져 있다네. 그 다음, 이서고국(伊西古國, 청도군 화양읍·이서면)의 군장이 백곡토성(栢谷土城)을 버리고 오산(鰲山, 남산) 은왕봉(隱王峰)에 일단 피신했다가 왜국으로 건너갔다고 한다."

"왜 그들이 한반도를 떠나 왜국으로 갔을까요?"

"그들의 점령자 계림 사람들의 종노릇 하면서 살기보다는 아무도 억압을 하지 않는 왜국으로 갔겠지."

"간님, 우리 한반도 사람들이 왜국으로 살러가는 것이 벌써 이력이 나 있다고 봐야겠네요."

"한반도에서 패배자가 된 군장과 그 식솔들이 꿈과 이상을 실현하기 위해, 강력한 통치자가 없는 왜국으로 건너갔다고 봄이 맞을 것이야."

계림국 율포를 떠나 만 하루만에, 박제상, 관인(官人) 김철복(金轍復)과 이정건은 고후나코시 언덕의 바이린지 승방에서 명조당(明照堂) 주지와 무릎을 맞대고 녹차를 마시면서 환담을 나누고 있었다. 명조당이 40대라 제상이 말을 편하게 한다고 그런지 높였다가 때로는 하대어를 쓰기도 했다. 김 관인은 박제상을 모시고 가는 사람인데 벙어리인지 도대체 말을 하지 않았다.

고후나코시 언덕에 이따금 동해 큰바다와 서쪽의 아소만으로 드나드는 어부와 항해자들의 짐바리 옮기는 노동요가 가녀리게 들려오곤 하였다. 절 마당에는 한더위에 기가 꺾인 여러 종류의 기화요초(琪花瑤草)가 추레하게 그 모습을 지탱하고 있었다.

젊고 호기심이 많은 훈장 이정건은 항상 배우기 위해 낯선 것을 접하면 자꾸만 물었다. 이 절집은 겨우 법당 한 채와 요사채 한 채로 이루어진 작은 규모였지만, 대마도 전도의 온갖 희귀한 꽃과 나무 및 돌들로 뜰과 마당이 장식되어 아름다웠다.

"스님, 소인도 대강은 알고 있지만 대마도(對馬島)라고 부른 유래가 무엇입니까? 이번 기회에 소상하게 알았으면 합니다."[2]

"그러지요. 그 설이 다섯 가지나 되어 설명이 좀 지루합니다요. 이 섬이 원래 한반도의 마한(馬韓)의 영토였기에 마한과 서로 대(對)하고 있는 섬(島)이라는 설. 대마도 중앙에 있는 아소만 오른쪽의 오자키(尾崎) 끝자락 산봉우리와 왼쪽의 마와리(廻) 끝자락 봉우리가, 한반도 남해안에서 바라보면 마치 두 마리 말이 서로 마주 보고 있는 것처럼 보이기 때문이라는 설. 섬 중앙부문의 아소만이라는 큰 바다 때문에 한반도에서 보면 두 개의 큰 섬으로 보이는데, 그 두 섬이 두 마리의 말이 서로 마주보고 있는 것처럼 보이기 때문이라는 설. 대마도 영산인 시라타케(白嶽, 新羅山) 정상에 흰 바위가 두 개 있는데, 그 두 개의 바위가 마치 두 마리의 백마(白馬)가 마주 대(對)하고 있는 것 같이 보이기 때문이라는 설. 한반도 마한에서 부산포 절영도(絶影島,影島)와 함께 종마장(種馬場)으로 활용했기 때문이라는 설 등이 있지요."

조용히 듣고만 있던 제상이 거들었다.

"나도 그 정도로 복잡할 줄은 미처 몰랐다오. 명조당, 3백 년 전에는 왜국 본토에 말이 없었던 시대였는데, 말이란 지명이 들어간 것으로 보아 대마도란 이름은 한반도 백성들이 지은 것이 틀림이 없군요."

"간님, 맞습니다. 소승도 가야(伽倻)의 금주(金州, 김해)가 고향이고 이 섬에는 한반도의 신라, 가야, 백제, 고구려 백성들이 들어와 해안마다 살고 있지요. 여기에서 왜국까지 거친 풍랑을 헤치고 2천리나 간다는 것은 죽을 작정을 하지 않고는 갈 수가 없지요. 간님도 계림에서 타고 오신 배로 왜국까지 가시지는 못할 것입니다요."

제상이 잠시 생각에 잠기더니 혼잣말을 했다.

"여름철이니 파도가 잔잔한 날 출발해야 할 것 같군요."

이번에는 명조당이 제상이 역사지식이 해박해보였넌지 물었다.

"간님, 대마도가 저 머나먼 서쪽의 위(魏)·촉(蜀)·오(吳) 삼국의 사서에는 어떻게 나오고 있나요?

"대마도가 『위지(魏志)』 '왜인전(倭人傳)'에 세계 최초로 실리게 된 동기는, 말을 기르는 우리 한반도 마한에서 이름을 지은 후, 한반도 사람들이 대마도라 부르고, 그 기록된 것을 위나라 사관(史官)들이 그대로 전사(傳寫)한 것이라 합니다. 위나라 사관이 대마도에 와서 보고들은 것을 기록할 수는 없었기 때문이지요."

이번에는 명조당이 제상에게 설명을 했다.

"대마도 사람들은 우리 섬이 이렇게 외부에 알려져 있다고 하더군요. (구가야국 : 가야국) 바다를 1천리쯤 건너가면 대마도에 다다른다. 절해고도로 면적은 4백여 리이고 토지는 산악지대라 험악하며, 숲이 앞을 가로 막고 도로는 새나 사슴 같은 것들이 겨우 다닐 수 있을 정도로 좁다. 1천여 호가 거주하고 좋은 논밭이 없어서 해산물을 주식으로 한다. 때문에 배를 타고 이웃 나라로 오가며 쌀을 구입해 와서 부족한 식량을 보충한다."

이번에는 제상이 명조당에게 물었다.

"명조당, 대마도인들이 남북에서 쌀을 구해온다고 했는데, 북쪽은 가야국 금주(김해)라고 알고 있는데, 그 남쪽은 어디인가?"

"북규슈(北九州)이지요."

이정건이 또 물었다.

"큰스님, 절집 아래는 목도 낮은 데다 서쪽의 아소만과 동쪽의 바다가 불과 400보도 채 안 되는 것 같더군요."

"이곳이 대마도의 가운데라고도 할 수 있는데, 목도 가장 낮은 데다 동쪽과 서쪽의 바다 거리도 가장 짧지요(174m). 그래서, 작은 배는 심지어 짐을 실은 채로 배 자체를 이쪽에서 저쪽으로 밀어 넘겨서 계속 항해를 했습니다. 소선월(小船越)이란 이름이 붙은 까닭이지요. 큰 배는 이쪽에서 짐바리를 내려놓고 섬 남쪽이나 북쪽을 돌아서 저쪽으로 가서 다시 짐을 실었다오."

"스님은 절에서 배의 통행에 무슨 감독 같은 것을 하는 것 같던데요."

"소승은 현재 신라 백성이라, 가야나 고구려, 백제 등의 배가 이곳을 통과할 때 통행증을 발급합니다. 서역(西域)이나 한반도의 불순한 자들이 왜국으로 통하는 것을 감시도 한답니다."

제상과 정건은 매림사 요사채에서 매월당과 왜국과 신라의 교류에 대한 이야기 등을 하다가 하룻밤을 지새웠다. 이튿날 새벽 해운이 자욱한 데 명조당보다 연세가 많은 제상이 스님에게 부탁했다.

"명조당, 한반도와 인연이 깊은 와타즈미신사(和多都美神社)에 참배를 갑시다. 왜국까지 가려니 우려가 되는데, 신사에서 뱃길의 무사안녕을 빌어야겠어요."

"좋은 생각이십니다. 간님."

정건이 스님이 마을에 말을 구하러 간 사이, 제상에게 의문을 잔뜩 품은 표정으로 낮은 목소리로 물었다.

"간님, 계림에서는 그리도 서두르시더니 여기선 와 이리도 여유롭습니까?"

"이공, 걱정 말게나. 모든 일에는 완급이 있지. 나와 신사참배를 마치는 대로 이공은 삽량성으로 돌아가게."

신비한 해신 신화의 발상지 와다즈미신사
- 대마도 와다즈미신사와 왜국 초대 왜왕(천황) -

제상과 정건은 명조당과 근공(勤功) 궁사(宮司, 住持)의 한가운데 서서 앞의 용궁신상(龍宮神像)에게 수십 차례 큰절을 올렸다. 신사 참배가 끝날 즈음, 신사 앞바다에는 아침 햇살이 비치면서 자욱했던 해무가 서서히 걷히고 있었다. 그러자, 신사 앞에서 앞바다로 뻗은 여러 개의 우뚝 솟은 토리이(鳥居)가 그 모습을 서서히 드러내고 있었다. 네 사람은 신사 앞 바닷가 토리이 밑의 넓적바위 위에 걸터앉았다.

정건이 또 의아스러운 것들을 보면서 두 승려에게 물어보았다. 그는 토리이를 손가락으로 가리키면서 말했다.

"계림에서는 저런 것을 본 적이 없었는데 이름이 무엇이고 왜 세웠는가요?"

근공 궁사가 주인이 된 예의로 설명을 하는 것 같았다.

"이름을 토리이라고 부르는데 '鳥居'라고 표기하지요. 한반도에서 하늘에 제사지내는 천신(天神) 의식 중의 하나인 제신묘(祭神廟) 사상이 대마도에 와서 변형된 것으로 보입니다. 토리이는 하늘 天(천)자 모형인데 인간이 죽으면 새가 되어 쉬어가는 곳이라고 합니다.

또 다른 사람들은 말하지요. 신사에서 제사를 모실 때, 그 해당 영혼을 까마귀가 하늘에서 업고 이곳 토리이까지 날아와서, 영혼이 신전으로 들어가서 제사를 받아먹을 동안 이 토리이 위에 앉아 있다가, 제사를 다 받아먹고 나오면 다시 영혼을 업고 하늘로 올라간다고 합니다. 그래서, 토리이 끝이 까마귀 꼬리 모양으로 2단으로 되었다고 합니다. 그래서 그런지, 한반도에서는 까마귀를 흉조(凶鳥)라고 까마귀가 울면 사람이 죽거나 재수가 없다고 아주 싫어하는데 반해, 이곳에서는 길조(吉鳥)라고 합니다."

정건이 또 근공 궁사에게 물었다.

"이곳 신사에, 토리이가 신사에서부터 바다 안까지 1개가 아니고 왜 5개나 서 있지요? 토리이가 한반도의 금주(김해)나 서라벌을 향하여 세워진 까닭은 또 왜입니까?"

"인간들이 식욕, 성욕, 수면욕, 명예욕, 재물욕 등 오욕(五慾)에서 탈피하기를 기원하기 위해서 5개를 세웠답니다. 한반도 남부 쪽으로 토리이가 세워진 것은, 아마도 대륙의 남단인 한반도에서 대마도나 왜국으로 문물이 유입되기 때문에, 이곳 사람들의 간절한 소망이 담긴 것이 아니겠습니까?"

"토리이가 바다에까지 세워져 있음은 무슨 까닭인지요?"

"이곳 신사는 용궁신사(龍宮神社)이므로, 용궁신 즉 바다의 신인 용왕이 바다에 서있는 토리이를 통과하여 신전(神殿)으로 들어왔다고 믿기 때문이지요."

가만히 들으면서 고개만 끄덕거리던 제상이 무겁게 입을 열었다.

"이 신사에 초대 왜왕(倭王)의 출생에 대한 비밀이 숨어있다고 들었는데요?"

"대마도에도 태초에 사람들이 태어나 살아가기 시작하였을 때는, 다른 나라와 같이 신화시대가 있어 그 내용이 복잡하고 믿기도 어렵지요."

"그래도 한번 들어봅시다. 궁사."

"본 전설의 내용이 좀 길지요. 신의 자손 가운데 형제가 살았답니다. 형 화란강명(火闌降命 : 호노스소리노미코토)은 처음부터 해행(海幸, 해산물)을 지녔고, 동생 언화화출견존은 처음부터 산행(山幸, 산에서 나는 산물과 동물)을 지녔답니다. [3)]

처음 두 형제가 의논하여 '시험 삼아 한 번 도구를 바꿔보자.'고 하였지요. 그래서 바꾸었지만 서로 도움이 되지 않았답니다. 형이 후회하여 아우의 활과 화살을 돌려주고 자기의 낚시를 달라고 하였지요. 그때 아우는 이미 형의 낚시 바늘을 잃어버려 찾고 있었으나 소용이 없었답니다. 그래서 새롭게 바늘을 만들어 형에게 주었지요. 형은 받지 않고 이전의 바늘을 달라고 재촉하였답니다. 아우는 걱정이 되어 차고 있던 큰칼로 바늘을 많이 만들어 형에게 가득히 주었지요. 형은 화를 내며 '이전의 내 바늘이 아니면 아무리 많아도 받지 않겠다.'고 하며 급하게 돌려달라고 재촉을 하였답니다.

동생은 근심걱정이 아주 많았지요. 그래서 바닷가에 나가 중얼거렸답니다. 그때 염토로옹(鹽土老翁, 시호츠츠노오지, 潮流를 관장하는 신)을 만났지요. 노옹이 '어째서 여기 나와 걱정을 하십니까?'라고 물었답니다. 사실대로 말하였더니 노옹이 '걱정을 마십시오. 내가 당신을 위해 계책을 세우겠습니다.'라고 말하였지요. 작은 코의 광주리 바구니를 만들어 언화화출견존을 그 광주리 속에 넣고 바닷속에 가라앉혔지요. 그는 곧 아름다운 조그만 해안가에 이르렀답니다. 여기서 바구니를 버리고 걸었지요. 이윽고 해신(海神, 용왕신)의 궁에 이르렀답니다. 이 성은 성채가 웅장하고 휘황찬란하였지요. 문 앞에 우물 하나가 있었고, 우물가에 아가위나무(신성한 나무로 천신이 강림하는 나무로 여겨짐)가 있었답니다. 가지와 잎이 사방으로 뻗어있었답니다."

궁사의 음성이 높아지고 입가 양쪽에 게거품을 보이니, 명조당이 권했다.

"간님, 요사채에 가서 차나 한잔 마시면서 이야기를 마저 들으시는 것이 좋지 않겠어요?"

궁사도 그때서야 다소 겸연쩍은 표정으로 빙그레 웃음을 짓고는 고개를 끄덕였다.

방안에 들어갔더니 허리가 굽은 한 노파가 대추차를 네 잔 내어놓았다. 궁사의 전설 얘기는 계속되었다.

"언화화출견존이 그 나무 아래로 가서 배회하였답니다. 한참을 지나자 한 명의 미인이 문을 열고 나왔지요. 아름다운 그릇[옥완(玉鋺)]으로 물을 뜨려다 올려다보고 깜짝 놀라 안으로 들어가 부모에게 '밖에 낯선 손님이 있습니다. 문 앞의 나무 아래에 있습니다.'라고 하였답니다. 해신이 여러 겹으로 된 자리를 깔고 인도하여 맞아들였지요. 좌정하여 여기에 온 연유를 물었답니다. 그는 사실대로 이야기를 하였지요.

해신이 바로 모든 물고기들을 집합시켜 물었답니다. 모두가 '모른다. 다만, 적녀(赤女, 도미)가 요사이 입에 병이 나서 오지 않았다.'라고 하였지요. 강제로 불러서 적녀의 입안을 살펴보니 과연 그 속에 잃어버린 낚시가 있었던 것입니다."

궁사가 열정적으로 계속 이야기를 해나가자, 이정건이 속도조절이 필요하다고 생각했던지 차를 권했다.

"이곳 대추차 향기가 유달리 좋네요. 마셔가면서 배웁시다요."

제상은 뜨거운 찻잔 물에 떠다니는 대추를 혓바닥으로 가려가면서 차를 천천히 마셨다.

"간님, 아무래도. 소승의 이야기가 너무 길지요?"

제상은 미안해하는 궁사의 말에 손사래를 치면서 정이 묻어나는 목소리로 부정했다.

"아니예요. 계림의 산골이나 들판의 전설과는 다른 해양 전설에 퍽 흥미감이 돕니다그려. 계속 하시구료."

"그러는 동안에 언화화출견존이 해신의 딸 풍옥희(豊玉姬 : 토요타마희메, 풍부한, 옥에 신령이 깃든 무녀를 의미하는 신명)에게 장가들어 해신의 궁에 머문 지 3년이나 지났답니다. 그곳이 안락하기는 하였지만, 역시 고향을 그리는 마음이 있었겠지요. 그래서 때때로 탄식을 하였답니다. 풍옥희가 그것을 듣고 아버지와 상의하여 '천손이 마음을 상하여 탄식합니다. 고향이 그리워서 그런 것일 것입니다.'라고 말하였지요.

해신이 그를 인도하여 조용히 '천손이 고향에 돌아가고 싶다면 내가 마땅히 보내드리겠습니다.'라고 말하였답니다. 그리고 곧 찾은 낚시를 건네면서 '이 낚시를 형에게 줄 때, 몰래 낚시를 보고 「빈구(貧鉤, 이 바늘을 지니면 가난하게 된다는 의미의 주문)」라고 말한 다음 주십시오.'라고 말하였지요.

또 조만경(潮滿瓊, 조수를 채우게 하는 구슬)과 조학경(潮涸瓊, 조수를 마르게 하는 영력을 지닌 구슬)을 주며 '조만경을 물에 적시면 조수가 당장에 찰 것입니다. 이로써 형을 물에 빠지게 하십시오. 형이 후회하여 빌면 조학경을 물에 넣으세요. 그러면 조수가 저절로 말라 형을 구할 수 있습니다. 이렇게 혼이 나고 나면 형은 자연히 따를 것입니다.'라고 말하였답니다.

언화화출견존이 돌아가려 할 때 풍옥희가 천손에게 '첩은 이미 임신을 하였습니다. 해산날이 얼마 남지 않았습니다. 첩이 풍파가 있을 때 해변으로 가겠습니다. 나를 위해 산실을 마련해두고 기다리고 계십시오.'라고 말하였지요.

그가 집에 돌아와서는 오직 해신의 가르침에 따랐답니다. 형인 화란강명은 동생에게 이미 곤욕을 치르고 스스로 항복하여 '지금부터는 내가 그대의 배우(복종한다)로서 백성이 되리라. 제발 용서해 달라.'고 하였지요. 이에 원하는 대로 용서해주었답니다. 화란강명은 오전(地名)군소교(吾田君小, 아타노키미오바시라) 등의 선조랍니다."

한참 이야기가 무르익고 있는데, 밖에서 좀 전에 차를 내어왔던 노파가 조심스럽게 방안 사람들에게 들으라고 말했다.

"궁사님, 참배객들이 왔습니다요."

이야기를 멈춘 궁사가 미안하다는 표정으로 합장을 한 채 허리를 굽히고는 밖으로 나갔다. 이정건이 이야기가 멈춘데 대해 섭섭한 표정을 지우면서 말했다.

"잠시 쉬었다 다시 할까요?"

명조당이 아무런 염려가 없다는 듯 대꾸했다.

"소승도 궁사만큼이나 본 신사에 대해 잘 알고 있지요. 풍옥희가 얼마 뒤 과연 이전에 말한 대로 여동생 옥의희(玉依姬, 타마요리희메, 신령이 깃든 무녀적 성격의 여성이름)를 데리고 풍파를 무릅쓰고 해변으로 왔답니다. 해산날이 가까워지자 '첩이 아이를 낳을 때는 보지 말아 주십시오.'라고 부탁했지요. 천손은 참을 수가 없어 그만 엿보고 말았지 뭡니까? 풍옥희는 아이를 낳을 때 용으로 변했는데, 몹시 부끄러워하며 '만일 나를 욕되게 하지 않았더라면 바다와 육지가 서로 통하여 길이 떨어지지 않았을 것입니다. 그러나 지금 이미 욕되게 하였습니다. 장차 무엇으로 정을 나눌 것입니까.'라고 말하고, 풀로 아이를 싸서 해변에 버린 후 바닷길을 닫아버리고 곧바로 들어갔답니다. 그녀가 용궁으로 드나드는 문으로 앞에서 말한 바닷길인데 이곳을 헤집으면 나타나고 이곳을 메우면 사라진다는 곳이 우나자까인데, 그곳을 메워서 용궁으로 돌아가고 말았지요.

그리하여, 아이의 이름을 언파렴무로자초즙불합존(彦波瀲武鸕鶿草葺不合尊, 히코나기사타케우가야후키아베즈노미코토)라 했지요."

제상이 기나긴 전설을 다 듣고는 호기심이 발동한 듯 명조당에게 물었다.

"전설의 내용을 살펴보자면, 천신의 부계와 해신의 모계의 혈통이 지금까지 왜국에 이어진 것이 아닌가? 이것이 해양국 왜국

나라의 본 모습이기도 하고."

"간님, 대마도에서는 그렇게들 믿고 있습니다요."

"명조당, 전설에 나오는 언화화출견존의 후손이 왜국의 초대 왜왕(천황)이 되었다는데, 그 후손이 왜국 본토로 동정(東征)에 나서서 결국 왜국 본토의 왕이 되었다던데, 그에 대한 역사를 좀 말해보게나."

"간님의 이곳에 대한 역사지식이 대마도의 우리들에게 별로 달리지 않습니다."

"왜국이 자주 계림을 침범해 국인들을 참살하고 물자를 빼앗아 가면서 나라를 위태롭게 하고 있어, 나도 나름대로 연구를 좀 했네만…"

"이제 신무천황(神武天皇, 진무텐노)에 대한 동정(東征)에 대해 이야기 해야겠네요. 언파렴무로자초즙불합존은 그의 이모 옥의희를 비로 삼았답니다. 그 부부 사이에 4남매가 태어났지요. 현재 왜인들이 최초의 왜왕(천황)이라는 신무천황은 언파렴무로자초즙불합존의 넷째 아들입니다. 나이 45세에 왜왕(천황)이 형들과 아들들에게 포부를 말하였답니다.

'우리는 천손의 후예로 동쪽 본토로 쳐들어가서, 읍의 군(君)과 촌의 장(長)으로 나누어 서로 이기려고 싸우는 자들을 평정한 뒤, 동쪽의 아름다운 땅에다 국도(國都)를 정함이 어떻겠는가?'

왜왕(천황)의 제의에 모두가 동의하여 동쪽 본토에 쳐들어가서 차례대로 대부분의 본토를 평정한 뒤, 왜왕(천황)이 되어 현재의 왜국을 건국하게 되었답니다."

제상은 왜왕 가문을 확실히 알아챈 듯 자신의 견해를 털어 놓았다.

"이모와 혼인하여 아들을 낳은 것은 왜국의 오랜 전통의 근친결혼을 정당화시키는 신화인 것 같다. 왜인들 사이에서는 여형제가 낳은 아이를 길러서, 그 아이가 성장하면 옥의희의 경우와 같이 혼인을 하는 습속이 있지. 초대 왜왕의 명칭 구성이 신무(神武)인 것을 살펴보면, 문인보다 무인이 지배하는 나라라는 뜻을 간직하고 있다고 보인다. 그래서 왜인들은 자기네들끼리 피비린내 나는 싸움을 자주 벌이지.

그런데, 신화에서 가장 중요한 것은 왜국의 발원지가 왜국 본토가 아닌 이곳 대마도 '니이' 지역의 해변 '와다즈미'라는 것이다. '니이'지역에는 우리 한반도 조상들의 유물인 세형동검, 동제금구, 말방울 등이 출토되는 곳이라는 점이지. 그리고, '니이'지역은 한반도 백성들이 대마도나 왜국으로 통하는 길목 아소만에 있으니, 내 개인적 추측인데 현재 왜왕의 조상이 오래 전에 우리 한반도에서 이곳으로 건너온 도래인(渡來人)일 것이라는 것이네. 확실할 것이야. 더 깊이 연구를 해봐야 하지만 …"

자신의 의견을 청산유수격으로 쏟아놓던 제상이 잠시 입을 다물었다가 다시 물었다.

"와다즈미라는 말이 무슨 의미를 포함하고 있는가?"

"이곳 신사가 용궁신사라는 것에서 간님께서도 대강 짐작을 하시겠지만, '와다'란 바다(海)라는 뜻이고 '즈'는 우리 말 '의'이며 '미'란 '뱀'을 의미합니다. '바다의 뱀'은 용을 의미하지요. 이 신사는 대마도 4대신사 가운데 하나입니다."

근공 궁사가 참배객들에게 차를 권한 다음에 다시 요사채로 들어와 권유했다.

"간님, 바람도 쐴 겸 조금만 걸읍시다. 대마도 제일의 절경을 보실 수가 있답니다. 한반도에서는 감히 엄두도 못 낼 감탄의 경관이 펼쳐지지요."

네 사내는 신사 뒤로 난 산속의 오솔길 약 오리를 걸어 에보시타케(烏帽子岳) 전망대에 올랐다. 제상과 정건이 동시에 사방을 둘러보면서 외쳤다.

"와! 과연 장관이구나. 못 보고 갔다면 평생 한이 되었을 것이네."

궁사가 맞장구를 치면서, 아소만 절경과 전망대 일원에 대해 설명을 쏟아놓았다.

"그렇지요. 사방에 펼쳐진 아소만의 섬이 107개나 되는데 한반도의 다도해보다 절경이며, 소승이 가보진 못했지만 안남(安南, 베트남) 북부에 있다는 하롱베이보다는 좀 못할 것입니다요. 본 전망대의 '에보시'라는 말은 '까마귀모자'라는 의미입니다. 지형의 생김새가 그렇다는 것입니다. 본 전망대는 사람 키의 백 배(176m)가 조금 넘는 낮은 곳이지요. 서쪽에 한반도 거제도의 국섬(國島)이 보이는데 여름철 운무 때문에 현재는 보이지 않네요."

정건이 넋을 잃고 아소만의 끝없이 진열된 작은 섬들을 내려 보다가 말했다.

"새가 하늘을 날면서 한반도의 수많은 산들을 내려다보면 아마

저럴 것이란 생각이 듭니다. 사람이 그림을 그려도 저렇게 아름답게 그릴 순 없을 것입니다. 마치 꿈속을 헤매는 신선의 느낌을 받았답니다. 궁사님, 어찌 잔잔한 호수 같은 바다 위에 저런 작은 섬들이 아기자기 하게 정겹게 놓여 있는가요."

"젊은 손님, 맞습니다. 여기는 바다라서 안개가 자주 끼는데, 안개에 덮인 아소만의 섬들은 바로 꿈속이란 감상에 젖게 하지요."

듣고 있던 제상이 더 차원 높은 감상을 털어놓았다.

"왜국이나 다도해 바다에 떠있는 섬들은 천지가 개벽할 때, 마치 바다 위에 작은 산이나 큰 물건이 둥둥 떠다니는 것 같았다고 하던데, 그것들이 안착했던 것이 이런 형태였다고 생각이 드는구나."

이글거리던 태양이 서산에 가까워졌을 때, 세 사람은 다시 매림사에 돌아갔다. 어떤 건장한 사내가 두 손으로 허벅지를 감싸는 듯한 자세로 제상에게 공손하게 인사를 올렸다.

"간님, 원로에 얼마나 노고가 많으신지요? 늦게 당도해 죄송합니다."

제상은 만면에 웃음을 머금고 아주 반가운 듯 그 사내의 두 손을 감싸며 악수를 했다. 그리고, 정감이 뚝뚝 듣는 목소리로 위로를 했다.

"괜찮네. 와준 것만 해도 감지덕지지. 곧장 출발하게나."

순간, 정건이 그 사내를 자세히 살펴보았다. 얼굴이 온통 햇빛에 그을려 서역에서 온 흑인 같았는데, 눈에는 광채가 번득이고 있었다. 두터운 입술은 꽉 다물어져 있었고 꼭 필요한 경우 외에는 좀체 입을 열지 않아 다소 무서운 느낌을 주었다. 손바닥은 돌덩이 같이 굳어 있었으며 키는 작은 편이었으나, 어깨가 딱 벌어져 아주 다부져 보였다.

제상은 평소 같지 않게 몸을 날려 요사채의 등짐을 지고 나오면서 낯선 사내에게 독촉했다.

"강씨, 어둠이 내리기 전에 한바다에 나가 서풍을 타야하네. 서두르게."

"옙, 간님."

명조당이 제상의 얼굴에 귀를 가까이 가져가 소곤거리듯 물었다.

"간님, 도일의 명분은요?"

제상은 칼로 자르듯 내뱉었다.

"소소부도(小小符都)라네."

순간, 명조당이 고개를 갸우뚱 한 채 무엇인가 생각에 잠겼다.

제상과 명조당이 강씨의 뒤를 따라 동해의 선착장으로 종종걸음으로 나아갔다. 정건도 뒤따라가면서 생각에 잠겼다.

'간이 여유 있게 하루를 보낸 것이 강씨를 기다렸구나. 동해로 가는 것을 보니 강씨가 왜국 본토로 드나드는 상인 같기도 하고.'

일나 뒤, 선착장에 있는 10여 녕이 탈반한 크기의 돛단배 앞에 닿았다. 제상의 얼굴에는 어제 율포에서 떠나올 때의 그 비장함이 되살아났다. 제상은 정건에게 격한 어조로 부탁했다.

"이 훈장, 내자(內子)와 학당을 당부하네. 부디 몸 건강히 잘 지내시게."

정건은 파도에 일렁이며 떠나는 제상의 배를 보면서 생각에 잠겼다.

'어제는 율포에서 사모님이, 오늘은 내가 고후나고시에서 간을 이별하구나. 간님, 부디 마립간의 소망을 이루어 주시고 무사귀환 하세요.'

제2부
젊은 관리 박제상 –
공정과 개혁의 사표

계림의 견우성과 직녀성의 화신이 한 몸이 되다
- 박제상 가계의 뿌리와 금교김씨 -

　월평촌(月坪村)⁴⁾ 마을 아낙네들이 월평들 남쪽의 월평제(月坪堤, 못안못) 못 둑 위의 기와집으로 머리에 무엇인가 이고 모여들고 있었다. 골목마다 각양각색의 새 옷으로 말쑥하게 차려입은 아낙네들은, 김이 무럭무럭 오르는 시루떡과 감주(단술) 및 도토리묵 등을 머리에 이고 있었다. 이집 여주인인 듯한 귀부인이 머리에 음식을 이고 부조하러 온 아낙네들을 일일이 반갑게 맞으며 고마움을 표시했다.
　"바쁜데 어찌 이런 고마운 먹거리들을 부조해오누, 참으로 고마우이."
　"파진찬 아드님의 혼사 날인데 우리가 가만있을 수가 있나요. 부인, 약소합니다만 손님접대에 드세요."
　"그렇다마다. 손님들이 지극정성으로 장만한 이 음식들을 들면서 맛있다고 얼마나 고마워할꼬."
　가배(嘉俳, 한가위)를 갓 지난 계절이라 황금들녘과 못안못에는 고추잠자리 수십 마리가 고요한 물 위에 그림처럼 날고 있었다. 이윽고 하루 중 양기(陽氣)가 가장 왕성한 정오가 되자, 넓은 마당에는 비단옷을 차려입은 신랑 신부가 옆으로 나란히 서서 금성에서 온 주례어른과 배꼽 높이의 상을 사이에 두고 마주 섰다. 상에는 한들못에서 잡은 암수의 큰 오리 한 쌍이 보자기에 싸여 머리만 내놓고, 주위를 두리번거리며 이상하다는 듯 두 눈만 껌뻑거리고 있었다. 예부터 오리는 한번 짝을 맺으면 평생 변하지 않고 짝꿍을 유지한다고, 혼인식의 상 위에 올리는 것이 관행이었다. 그렇지만 수놈은 새끼들 키우고 돌보는 것에는 소홀하다고 알려져 있다.

계림국 왕손이란 주례 선학도사(仙鶴道士)는 마당을 가득 메운 손님들이 못 알아들을까 염려가 되었던지 목청을 돋우어 외쳤다.

"오늘의 신랑 제상은 혁거세거서간(赫居世居西干)의 9세손이며, 파사이사금(婆娑尼師今)의 5세손이고, 할아버지는 아도갈문왕(阿道葛文王)이시며, 아버님은 파진찬 물품(波珍飡 勿品, 제4등)이예요. 계림국의 첫 번째 왕손으로 명문가인 신랑에다 신부도 역시 명문가로 김 각간(金角干)의 따님 금교(金校)부인이지요. 신랑과 신부는 지금까지도 그러하였듯, 앞으로도 우리 사량부(沙梁部)의 모범 내외가 될 뿐 아니라 계림국의 모범이 될 것입니다요."

혼례식이 끝난 뒤, 마당을 가득 메운 많은 손님들이 가을의 뙤약볕 아래 덕담을 주고받으며 흥청망청 먹고 마셨다. 술이 여러 순배 돌아갔는지 마당의 하객들의 얼굴이 불콰해졌는데, 술을 과하게 마셔서 그런지 가을의 따가운 햇살에 그을려 그런지 구분하기가 어려울 지경이었다. 마을의 최 첨지가 오늘 혼인식을 치른 양가를 부러워하는 듯 외쳤다.

"신랑집은 못안못 위에 살고 신부는 한들못 위에 사니 사량부에서도 최고지 뭐야. 농사로 먹고 사는 우리 촌락에서는 못과 수로를 담당하면 최고 부자지, 부자라고."

오늘 주례를 본 선학도사도 반술이나 되어 혀가 다소 꼬부라진 목소리로 기분에 덜 뜬 표정으로 주인장에게 말했다.

"물품 파진찬, 제상의 혼인을 정말로 축하하오이다. 혼인은 인류지대사로 옛 성인의 말씀에 '얼음이 녹으면 농상이 시작되고 혼례를 치르면 사람의 일이 시작된다.'

고들 하였다지요."

역시 얼굴이 불콰해졌고, 자식 혼인날 축하인사를 배부르게 많이 받은 파진찬이 입가에 빙그레 미소를 머금고 응답했다.

"선학 어른, 사량부 회덕(廻德, 울주군 두동면 봉계 일원)마실 벽촌까지 귀한 몸이 오시어 주례를 해주시니, 마을 사람들에게 소관의 체면이 섭니다요."

"천만의 말씀, 지금이야 우리 김씨 내물마립간(奈勿麻立干)이 계시지만, 박씨 이사금이 초창기에 계림국을 이끌었지요. 파진찬, 옛사람의 말에 의하면, '한 고을의 정치는 술에서 보고, 한 집의 일은 양념맛에서 본다. 대개 이 두 가지가 좋으면 그 밖의 일은 자연히 알 수 있다.'라고 했는데, 오늘 귀댁의 술맛과 양념맛을 보아하니 회덕마을의 수준이 대단히 높다고 보아집니다."

한창 잔치 분위기가 무르익어 술 취한 손님들이 봄날 물 잡힌 논에 개구리들 울 듯 왈왈거리면서 소란스러운데, 집안 종자 팔덕이가 급히 뛰어와서 파진찬의 부인에게 알렸다.

"주인님, 거지가 놋쇠 밥그릇을 가지고 도망가버렸심더. 어쩌면 좋능교?"

그러자, 여주인이 역시 급히 말했다.

"아이고! 그 놋쇠 밥그릇을 팔아먹으려면 뚜껑이 있어야 지값을 받는데… 어쩌노?

니가 이 뚜껑을 가지고 그 거지를 따라가서 주고 오너라. 알았제?"

"넵, 알겠구만요."

라고 대답하였다. 그는 그 뚜껑을 받아들고서 거지가 구량벌(仇良伐, 울주군 두서면)로 갔다고 믿고, 마찻길을 따라 서남쪽으로 힘껏 달려갔다. 어두워 오는 마찻길을 따라 달리면서, 팔덕은 가슴 속에서 무엇인가 울렁거리고 있음을 느낄 수가 있었다. 그 울렁거림이란 바로 이런 격렬한 감동 그것이었다.

'우리 주인댁은 정말이지 살아있는 보살님이다. 거지놈을 잡아서 족쳐야 할 판국에, 도리어 이렇게 뚜껑까지 그 놈에게 가져다 주라니. 삼한 천지에서 저렇게 생불 같은 맘씨를 가진 마님은 없을 것이다. 정말로 진국이야 진국이라.'

왕손 주례가 금성으로 돌아가려고 말고삐를 잡고 있는데, 파진찬이 고개를 갸웃거리면서 비상한 이야기를 귀한 손님께 들려주었다.

"선학 어른, 소관이 제상의 혼인에 대해 참으로 신기한 이야기를 들었다오."

"그래요. 듣고 갑시다그려."

"제상이 어렸을 때, 한 도인이 아들을 보고 이르기를 '이 사람은 견우성의 화신이니 반드시 제도(濟渡)하는 공이 있으리라.'고

했답니다. 이로 인해 이름을 '제상'이라 하였답니다. 제상이 자라자 또 도인이 알리기를 '남촌 김공의 집에 17살 난 처녀가 있으니 곧 직녀성의 화신이므로 아들과 더불어 좋은 인연이라.'하였지요.[5] 그로 인하여 오늘의 혼인이 이루어졌답니다. 도인이 탄식하여 말하기를 '이 두 사람은 별의 정기로 이루어진 하늘이 내린 인연이라, 그러므로 빛이 오래도록 없어지지 아니할 것이니, 비록 강을 사이에 두고 서로 바라보니 어찌 한이 있으리오.'라고 말하였으니, 참으로 기이한 일이 아니겠습니까? 왕손 어른."

선학이 말에 훌쩍 오르면서 감격한 듯 큰소리로 말했다.

"하늘이 점지한 천생배필이구료."

대부분의 외부 손님들이 다 돌아갔고 머릿방에 신방이 차려졌다. 가만히 촛불을 바라다보고 있던 새 각시가, 세상을 다 차지한 듯 흡족한 미소를 머금고 새신랑에게 물었다.

"낭군님, 책을 많이 보셨으니 물어봅니다."

"무엇이요?"

"혼인한 어른들이 여보, 당신, 낭군, 서방님이라 부르는 말들이 어찌 다릅니까?"

"여보나 당신은 혼인한 사람들이 상대방 배필을 부르는 호칭이지요. 여보(如寶)란 '보배와 같은 사람'이란 뜻이고, 당신(當身)은 '내 몸과 같은 사람'이란 뜻이지요. 낭군(郎君)은 당신처럼 젊은 여인이 자기 남편이나 연인을 부르는 말입니다. 서방(書房)이란 벼슬아치가 아닌 사람의 성 뒤에 붙여 남편을 부르는 말인데, 남편을 조금 낮춰 부르는 의미를 포함하고 있답니다. 보통 서방님이라 하지요."

금교김씨가 불그스름한, 혈색 좋은 얼굴에 연방 웃음기를 머금고 새신랑을 쳐다보면서 윤기가 흐르는 목소리로 물었다.

"소녀는 몇 년 전 진달래꽃이 만발한 치술령 정상에서 마을 처녀 총각들이 어울려 화전(花煎)놀이를 했을 때부터, 낭군님을 저의 평생 동반자로 생각했답니다."

"나도 마찬가지였다오. 아버님께서 우리 집을 찾은 도인의 말을 믿고 그대를 나의 배필로 점찍었다고 알고 있습니다."

이때 제상의 모친이 갑자기 문을 밀치고 들어왔다. 그리고는 대뜸 나무라듯이 쏘아붙였다. 모친이 밖에서 신방을 엿보다 답답해 들어온 것 같았다.

"빨리 불 끄고 안자고 무슨 이야기가 그리도 많아?"

"어머님. 뭐가 그리 급하시요?"

"신랑이 말이 신랑이지 벌써 중늙은이 아니야. 내가 손자를 얼마나 보고 싶은지나 아나? 신랑 신부는 이제 일할 때 말고는 계속 붙어서 자거라. 그래야 아들이 빨리 생기겠지. 알았나?"

"지가 곧 떡두꺼비 같은 손자를 어머님 품안에 안겨드릴게요."

"아이고! 듣기만 해도 포사시럽구나. 그래야지. 뭐니 뭐니 해도, 자손번창이 제일의 축복이지."

"어머님, 알았소이다. 빨리 주무시러 가이소. 신부, 이제 잠자리에 듭시다."

파진찬댁이 아들에게 쐐기를 박 듯이 단호하게 내뱉었다.

"야야! 말이야 참말이지. 새악시 김씨가 어른들 잘 모시지 마음이 한바다보다 더 넓지. 그런데다, 몸마저 풍성하여 육덕은 또 얼마나 좋노. 마을혼사지만 계림국에서 저런 좋은 신부는 구하기 힘들거라. 다 제상의 복인기라."

새색시가 시어머니의 칭찬에 눈시울이 붉어지면서 떨리는 목소리로 고마워했다.

"어머님, 너무 과하게 말씀하시니 부끄럽습니다. 뼈가 가루가 되도록 모시겠습니다."

이때 밖의 축담[지대(址臺)]에서 남자의 굵직한 목소리가 들려왔다.

"형님! 형수님! 첫날밤 행복하소서. 동생 지상(池上)의 소원이에요."

"지상아! 고맙구나."

"도련님! 고맙구만요. 잘 주무십시오."

김씨가 촛불을 입바람으로 끌 것 같이 붉고도 두툼한 입술을 동그랗게 오므렸다. 그것을 본 시어머니는 천천히 방문을 나섰다. 축담에 내려선 파진찬댁은 캄캄한 기둥에 기대어 방안 신랑·각시의 소리를 귀담아 듣고 있었다. 일다경(一茶頃)의 시간도 흐르지 않았는데 며느리의 희열에 찬 외침이 들려왔다.

"아얏! 아파요! 낭군님!"

어둠 속에서 어머니는 만면에 안도의 흐뭇한 웃음기를 보이면서 중얼거렸다.

"이제 막 며느리 금사(金絲, 처녀막)가 뚫렸구나. 제상의 장대한 남근이 늦게야 지 살 동굴을 찾았구료. 그리고, 우리도 명문가지만 사돈댁도 각간댁이니 엇비슷하지. 뭐니 뭐니 해도 일생에서 남녀간의 운우지정(雲雨之情)이 최고 행복이야. 너희들도 살아가면서 나와 같이 알게 될 것이구마는…"

혼인 이튿날 정오, 점심을 들면서 물품 파진찬이 금교김씨에게 박씨 집안의 내력을 가르쳤다. 출가외인으로 박씨 집안에 뼈를 묻어야 할 며느리에 대한 첫 교육이었다.

"우리 박씨의 시조는 혁거세거서간으로 남산 서북쪽 기슭의 나정(蘿井)이란 우물에서 태어났단다. 벌써 4백 년도 넘었던 어느 날, 진한(辰韓) 땅에는 여섯 촌이 있었지. 어느 날 고허촌장(高墟村長) 소벌공(蘇伐公)이 우물가에 흰말이 무릎을 꿇고 앉아 우는 것을 보고 이를 이상히 여겨 그 자리에 가보았더니, 말은 간 곳이 없고 단지 큰 알 한 개만 있었단다. 알을 깨어보니 한 어린 사내아이가 나왔던 것이지. 곧 소벌공이 데려다 길렀더니, 나이 10여 세가 되니 유달리 숙성하였단다. 6부 사람들은 그 아이의 출생이 이상하였던 까닭에 높이 받들더니, 혁거세가 13세 되던 해에 이르러 6부 촌장들이 그를 임금으로 받들었으며, 나라 이름을 서라벌(徐羅伐)이라 하였다네. 며느리가 명심해야 할 것일세."

"네, 아버님. 그런데, 왜 박씨라고 했으며 거서간이란 무엇인지요?"

"당시 진인(辰人)은 호(瓠)를 박이라 하였는데 처음에 큰 알[大卵]이 박과 같다 하여 박(朴)으로 성을 삼았단다. 거서간은 진인(辰人)의 말에 왕이란 뜻이기도 하고 귀인(貴人)을 뜻하기도 했다지."

신혼방 깊은 밤이었다. 머리맡에 굵은 황촉불이 소리 없이 타고 있었고 섬돌 밑 귀또리 소리가 이따금 귀를 간질였다. 방안은 물속이라도 되는 듯 소리기 하나 없었다. 제상이 상체만 벗은 채로 방바닥에 앉아 있었는데 그의 몸이 말 타기, 활쏘기, 달리기 등의 무술로 10여 년 철저히 단련되었기에, 색깔은 검붉었고 어깨는 근육 살로 둥글둥글해 모남이 없었으며 아랫배 단전에는 좌우로 3개씩의 굳은살이 돌출되어 있었다. 그가 벽장 앞에 서서 웃옷을 벗고 있는 신부의 희디흰 상체를 부러운 듯 응시하고 있었다. 신부의 젖꼭지가 17살답지 않게 몽우리가 굵고도 검붉었다. 몸이 숙성한 여인임을 직감할 수가 있었다. 김씨가 빙그레 웃으면서 당부했다.

"낭군님, 불을 끄시지요?"

"그대로 둡시다. 점심 때 아버님의 가르침 가운데 빠진 것이 있었어요. 박은 표주박이나 큰 알을 가리키기도 하지만, 그 진실은 赫居世의 赫에서 취한 말이예요. 赫이란 '밝다'는 의미랍니다. 우리 가문은 대대로 우리 겨레의 선도사상(仙道思想)을 지켜왔기에 어둠을 싫어하지요. 남녀간의 정사도 서로의 몸의 움직임과 얼굴의 표정을 음미하면서 영혼을 불사르는 것이, 쾌미의 절정감에 이를 수가 있어 좋을 것이요."

"간밤에는 와 어둠 속에서 방사를 치렀나요?"

"어머님이 지켜보실 것 같아 자제를 했다오."

"이웃 사람들이 창호(窓戶) 사이로 엿본다면 큰 낭패가 될 것인데요…"

"걱정 말고 나의 품안으로 안겨 오시요."

금교부인이 희고도 탕실탕실하며 부드러운 큰 둔부를 제상의 탄탄한 양다리 사이에다 내려놓았다. 여자의 살찐 등허리가 남자의 가슴팍에 닿아 비벼대었다. 순간, 신랑의 꼿꼿한 양근이 그녀의 엉덩이 꼬리뼈에 닿았는지, 김씨가 얼굴을 돌려 신랑을 마주 바라보면서 매혹적인 눈길로 빙긋 웃어 보였다. 신랑이 신부의 발가벗은 허리를 껴안았다. 아내의 몸은 비단결보다 더 미끄러웠고 노란 산나리 꽃잎보다도 더 부드러웠다. 여체에서는 한여름 깊은 산골에서 콧속을 자극하였던 것과 같은 그윽한 풀 향내가 풍겨 나오고 있었다.

제상은 실오라기 하나 걸치지 않은 신부의 몸을 번쩍 들어 봉황이 수놓인 비단 이불 위에다 반듯이 눕혔다. 제상은 김씨의 배 위에다 자신의 배가 포개지게 온몸을 실었다. 순간, 그의 뇌리를 스치고 지나가는 안도감에 깜짝 놀라고 말았다. 절정감을 느끼면서 한없이 깊은 심연으로 빠져드는 평온감을 느꼈다.

'아! 이 자세가 어찌 이리도 포근하고 편안할까? 세상에서 가장 편안한 자세가 어머님의 자궁 속에 태아로 있을 때라고 했던데, 지금의 이 자세가 바로 그것일세. 세상살이에는 별나고 좋은 일들이 많이 생기는구나.'

신랑과 신부는 벌써 완전히 한 몸이 되어 비단 이부자리 위에서 요동치기 시작하였다. 배 밑에서는 입술을 깨물면서 여자가 가녀린 소리를 내깔기 시작하여 그 소리가 방안 가득히 번져나갔다. 신랑의 성기가 어쩌면 삼(麻)줄기를 벗겨버린 재랍을 여러 개 묶은 굵고도 빳빳한 몽둥이 같음을 신부는 연상하였다.

얼마 뒤 남녀가 상대방의 몸을 터져라 꽉 껴안더니 고성을 지르면서 얼굴을 심하게 비벼대었다. 곧 둘의 퍼덕거림은 폭풍우가 지나간 호수처럼 고요히 멎었다. 마치 바람을 타고 오르던 종이 연이 돌팔매에 구멍이 뚫려 땅위로 서서히 내려앉는 모양새를 보였다. 두 사람의 얼굴에 땀방울이 주르르 흘러내렸다.

"아~,어헛!"

"아~ 너무 좋아."

제상이 팔베개를 한 김씨의 얼굴에 늘어뜨린 머리칼을 쓸어 올리고 땀을 닦아주면서 속삭였다.

"행복감을 느꼈오?"

"심한 통증을 동반했지만, 낭군님의 뜨거운 정액이 소녀의 아랫배에 그득 차고 뜨뜻해 한없는 충족감을 느꼈다오. 행복했다오."

"나 역시 후련한 만족감을 느꼈오. 간밤과 오늘밤 방사에서 그대와 나는 도인이 말했듯, 견우성과 직녀성의 화신으로 영혼과 육체가 온전히 융합되었음을 알았다오. 이제 부부로서 백년해로(百年偕老) 합시다."

계림의 건국초기 왕들 설화
-계림국 성장을 가져온 임금들-

　월성(月城) 왕궁 북쪽에 서라벌학당(徐羅伐學堂)이란 현판이 달린 큰 기와집에서 훈장이 젊은 학동들을 목청 높여 열심히 가르치고 있었다.
　"계림의 건국자는 사로육촌장(斯盧六村長) 그들이 추대한 혁거세거서간이시지."
　훈장의 설명이 끝나기도 전에, 삼베옷을 두껍게 입고 머리에 역시 삼베수건을 질끈 맨 한 학동이 번쩍 오른손을 들더니 외쳤다.
　"훈장님, 진한(辰韓)의 사로6촌은 서라벌이 건국되기 전부터 있었고요, 요즘은 6부라던데, 그 연관이 어찌 바뀌었습니까?"
　"경수가 예리한 질문을 했구나. 3대 유리이사금(儒理尼師今)은 서라벌이 개국된 후 있었던 6부의 이름을 고치고 각각 성을 하사했다고 한다. 즉, 알천(閼川)의 양산촌(楊山村)을 양부(梁部)라 하고 이(李)씨를, 돌산(突山)의 고허촌(高墟村)을 사량부(沙梁部)라 하고 최(崔)씨를, 무산(茂山)의 대수촌(大樹村)을 점량부(漸梁部, 혹은 牟梁)라 하고 손(孫)씨를, 취산의 진지촌(珍支村)을 본피부(本彼部)라 하고 정(鄭)씨를, 금산(金山)의 가리촌(加利村)을 한지부(漢祉部)라 하고 배(裵)씨를, 명활산(明活山)의 고야촌(高耶村)을 습비부(習比部)라 하고 설(薛)씨를 각각 주었단다.

6부란 6촌의 씨족집단이 금성의 행정구역으로 변천된 과정이라 보면 될 것이네. 이런 6촌과 6부에 대해선 다른 이론을 제기하는 자들도 있으니 자네들이 잘 연구해야 할 것일세."
 학동들이 다투어 손을 들고 자신들이 평소 알고 있었던 것, 부모님들로부터 들은 것을 훈장에게 물어보았다.
 "훈장님, 유리이사금 때 계림의 17관등이 처음으로 만들어졌다고 하던 데, 어떤 것들이 있나요?"
 "맞다. 제1등이 이벌찬(伊伐湌)이고 그 다음은 이찬(伊湌), 잡찬(迊湌), 파진찬, 대아찬(大阿湌)의 순서였고 제17등이 조위(造位)란다. 이 관등은 현재도 유지되고 있지. 계림국엔 엄격한 골품제가 있어 진골은 모든 관등에까지 오를 수 있고 6두품, 5두품, 4두품은 각각 승진에 한계가 있단다. 아무리 능력이 있어도 그 한계 때문에 인재를 잘 활용할 수 없음이 계림의 문제란다."
 "훈장님, 서라벌 개국 당시에는 현재의 월성이 왕궁이 아니었고 저 서쪽에 있었다고 아버님께서 말씀하셨습니다요."
 "그렇단다. 혁거세거서간의 서라벌 궁전은 남산 서북쪽 산기슭과 들판이었지. 그곳에는 지금 창림사(昌林寺)라는 큰절이 있고 그 부근에는 혁거세거서간이 태어났다는 나정이란 우물도 있다. 그 후 파사이사금 22년(101)에 현재의 월성에 성을 쌓고 왕궁을 옮긴 다음부터 지금에 이르고 있다네. 월성의 남쪽에는 남천이 흘러 자연적인 방어시설이 되었고, 동쪽·북쪽·서쪽으로는 적의 침입을 막기 위해 넓은 도랑인 해자(垓字)를 팠다. 월성은 마립간이 사는 성이라 하여 '재성(在城)'이라고도 부른단다. 월성은 그 모양새가 초승달을 닮았다고 붙은 이름인데, 7~8백 년 후로 가면서 보름달 같이 크게 성장한 도시가 되었단다."

"월성을 처음에 차지한 사람은 탈해이사금(脫解尼師今)이라던데 그 이사금은 어떤 분입니까?"

"아주 훌륭한 질문이구나. 여러 학동들의 실력이 일취월장해 내가 훈장노릇을 그만해야 할 때가 얼마 남지 않았는 듯하구나."

대부분의 학동들이 일제히 훈장님을 존경하고 있다는 표시로 소리를 높였다.

"훈장님, 과찬이십니다."

혁거세거서간 39년이 되던 해 진한(辰韓)의 아진포구(阿珍浦口, 경주시 양남면 下西知村)에 아진의선(阿珍義先)이란 고기잡이 할멈이 살고 있었다. 할멈이 포구에 당도한, 까치떼가 둘러싼 낯선 배 한 척을 줄로 잡아당겨 바닷가에 매고 뱃속에 있던 엄청나게 큰 궤를 열어보았더니, 거기에 단정히 생긴 사내아이와 함께 칠보(七寶)와 노비(奴婢)가 가득 차 있었다. 그들을 7일 동안 잘 대접했더니 사내아이는 그제야 말을 했다.

"나는 본래 용성국[龍城國, 혹은 다파라국(多婆那國)] 사람이오. 그 나라는 왜국의 동북쪽 1천리쯤 되는 곳에 있소. 우리 부왕 함달파(舍達婆)가 적녀국(積女國)의 왕녀를 맞아 왕비로 삼았오. 오래 되어도 아들이 없자 기도를 드려 아들 낳기를 구하여 7년만에 커다란 알[卵] 한 개를 낳았오.

이에 대왕은 모든 신하들을 모아 놓고 묻기를, '사람으로서 알을 낳았으니 고금(古今)에 없는 일이다. 이것은 좋은 일은 아닐 것이다.'하고, 궤에다 나와 칠보, 노비를 실은 뒤 바다에 띄우면서 빌기를 '아무쪼록 인연 있는 곳에 닿아 나라를 세우고 한 집을 이루도록 해주시오.'했오. 갑자기 붉은 용이 나타나더니 배를 호위해서 지금 여기에 도착한 것이오."

중간에 한 학동이 왼손을 들고서 큰소리로 질문했다.

"훈장님, 탈해이사금이 처음부터 아진포구에 나타난 것이 아니고 가락국 바다에 나타났다고 배웠는데요?"

"동탁이는 수준이 대단하네. 그렇단다. 가락국 수로왕이 백성들과 북을 치고 법석이면서 용성국에서 온 그들을 맞아 머물게 하려고 하였단다. 그러나, 그 배는 나는 듯이 계림국 동쪽의 아진포구로 와버렸다네. 그 까닭은 아직 안 밝혀지고 있단다."

"탈해이사금이 어릴 때 아진포구에 와서 어떻게 자랐나요?"

"아진의선에게 자신의 출생을 밝힌 뒤, 그 아이는 지팡이를 끌고 두 종을 데리고 토함산 위에 올라가더니, 돌집을 지어 7일 동안 머무르면서 성(城)에 살만한 집이 있는가 바라보았단다. 산봉우리 하나가 마치 초사흘 달 모양으로 보이는데 오래 살만한 곳 같았다."

평소에 질문을 별로 하지 않아 다소 멍청하다는 취급을 받아오던 다정이가 급하게 훈장의 설명을 가로질러 떠들어버린다.

"스승님, 그곳이 바로 지금의 월성 왕성이 아닙니까요?"

"다정이도 역사공부가 대단해."

토함산에서 내려와 이내 그곳을 찾아가니 바로 호공(瓠公)의 집이었다. 아이는 이에 속임수를 썼다. 몰래 숫돌과 숯을 그 집

곁에 묻어 놓고, 이튿날 아침에 문 앞에 가서 말했다.

"이 집은 우리 조상들이 살던 집이오."

호공은 그렇지 않다 하여 서로 다투었다. 시비가 판결되지 않으므로 이들은 관청에 고발하였다. 관청에서 묻기를.

"무엇으로 네 집이라는 것을 증명할 수 있느냐?"

하자, 어린이는 말했다.

"우리 조상은 본래 대장장이였소. 잠시 이웃 마을에 간 사이에 다른 사람이 빼앗아 살고 있는 터요. 그러니 그 집 땅을 파서 조사해 보면 알 수가 있을 것이오."

이 말에 따라 파니 과연 숫돌과 숯이 나왔다. 그리하여 그 집을 빼앗아 살게 되었다.

이때 남해차차웅(南解次次雄)은 그 어린이, 즉 탈해가 지혜가 있는 사람임을 알고 맏공주(公主)로 그의 아내로 삼게 하니 이가 아니부인(阿尼夫人)이다.

"스승님, 석탈해(昔脫解)라는 이름을 지을 때도 재미있는 이야기가 있다고 들었습니다요."

"그렇다네. 옛날에 남의 집을 내 집이라 하여 빼앗았다 해서 석씨(昔氏)라고 했다는 말도 있고, 또 까치로 해서 궤를 열게 되었기 때문에 까치[鵲]라는 글자에서 조자(鳥字)를 떼고 석씨로 성을 삼았다고도 한단다. 또 궤를 열고 알을 벗기고 나왔다 해서 이름을 탈해로 했다고 한다."

"훈장님, 탈해이사금은 외국에서 계림에 와 왕실 사위로서 최고 자리까지 올랐으니 실로 위대하신 분입니다. 와 우리나라를 계림(鷄林)이라 하는지요?"

 탈해이사금 때 어느 날 밤, 호공이 월성 서리(西里)를 걸어가는데, 크고 밝은 빛이 시림(始林) 속에서 비치는 것이 보였다. 자줏빛 구름이 하늘로부터 땅에 뻗쳤는데 그 구름 속에 황금의 궤가 나뭇가지에 걸려있고, 그 빛은 궤 속에서 나오고 있었다. 또 흰 닭이 나무 밑에서 울고 있었다.

 호공은 이 모양을 왕에게 아뢰었다. 왕이 그 숲에 가서 궤를 열어보니 동남(童男)이 있는데 누웠다가 곧 일어났다. 이것은 마치 혁거세의 고사(古事)와도 같았으므로 그 말에 따라 그 아이를 알지(閼智)라고 이름을 지었다. 알지란 곧 우리 말로 소아(小兒)를 일컫는 말이다. 그 아이를 안고 대궐로 돌아오니 새와 짐승들이 서로 따르면서 기뻐하여 뛰놀고 춤을 추었다고 한다.

 왕은 길일을 가려 그를 태자로 책봉했다. 그는 뒤에 태자의 자리를 파사(婆娑)에게 물려주고 왕위에는 오르지 않았다. 금궤에서 나왔다 하여 성을 김씨로 하였다. 알지는 열한(熱漢)을 낳고 열한은 아도(阿都)를 낳고, 아도는 수류(首留)를 낳고, 수류는 욱부(郁部)를 낳고, 욱부는 구도(俱道)를 낳고, 구도는 미추(味鄒)를 낳으니, 미추가 드디어 미추이사금(味鄒尼師今)에 올랐다. 그리하여 현재의 내물이사금(奈勿尼師今) 등 김씨 나라가 되고 있다. 또 시림을 고쳐 계림이라 하여 써 혁거세 이후 사용했던 국호 서라벌(徐羅伐)을 계림이라 하였다.

 "훈장님, 6부촌은 모두 자신들의 근거지 지명이 나오는데, 김씨 박씨 석씨는 왜 그런 근거지가 없는 것입니까?"

"그들은 머나먼 외국에서 서라벌이 개국된 후에 계림국에 도래했기 때문에, 토착적으로 각기 자신의 성씨가 사는 근거지를 가진 6부촌과는 다르다고 알고 있다네. 박씨, 석씨, 김씨 등 왕손들은 외국에서 올 때 엄청 많은 사람들을 데리고 계림에 이주했을 것이라 짐작이 된다네. 그런 단체 씨족의 세력을 등에 업고서야 나라를 통치하는 최고위직에 오를 수가 있었을 것이야."

"스승님, 그러면 혁거세와 석탈해가 알에서 태어났고, 김알지가 금궤에서 태어났다는 신비스런 이야기는 왜 전해오는지요?"

"향후에는 그런 신화 같은 사건은 발생하지 않을 것이네. 만방의 어느 나라 태초에 개국이 될 때는 건국신화라는 것이 있어 건국의 시조를 신비스럽게 추앙하는 습속이 있다네. 그렇지만, 건국신화는 그 나름대로 우러러 받들 가치가 있으니 그대로 믿고 따르는 것이 좋을 것이네. 현재 우리의 시각으로 당시의 신대(神代)를 까발리지 않음이 현명한 역사의식이라 믿는다네."

모든 학동들이 일제히 훈장의 말에 수긍을 하면서 외쳤다.

"잘 알겠습니다! 훈장님! 우리가 배우기로 계림국, 고구려, 백제의 건국신화는 난생(卵生)신화라는 남방계 공통점이 있는데, 삼한이 아닌 다른 나라에서는 다른 건국신화가 있는가요?"

"우리 민족과 달리 저 멀리 삼한 동북(아시아) 지역에서 명멸한 나라들의 건국신화는 늑대나 개 같은 북방계 수조(獸祖)신화를 갖고 있단다."

서라벌학당에서 학동들에게 신들린 듯 계림의 역사를 가르치는 중년의 학자는 김희철(金熙哲) 훈장이었다. 그는 왕경 출신자로 한문과 법학과 역사에 통달한 지식인이었다. 성격이 올곧고 선듯선듯 하며 누구와도 소통을 잘 해 학동들에게 크게 존경을 받고 있었다. 계림의 대부분의 귀족이나 고관과 마찬가지로 이마가 올라갔고 거의 대머리가 되어가고 있었으며, 키는 그리 크지가 않았고 신체는 다부진 인상을 주었다.

수업이 끝나갈 무렵, 간혹 서라벌학당을 찾아와 김 훈장과 토론을 벌이곤 하던 사량부 출신의 박제상이란 20대 초반의 선비가 방문을 했다. 훈장이 제상에게 제의를 했다.

"도원(桃源), 우리 학동들에게 계림의 역사에 대해 한 말씀해 주시게나."

젊고 형형한 눈매를 가진 제상이 수십 명의 학동들 앞에서 설파한 내용은 다음과 같이 짧았다.

"현재 계림의 백성들이 압록수 북쪽에서 태어난 단군(檀君)할아버지가 우리의 첫 시조로 알고 있는데, 내가 우리 가문에 내려오던 선도(仙道)책자와 선대의 가르침을 참조해 보건대, 계림의 조상들은 압록수보다 10배 이상 더 먼 서북쪽의 파미르고원에서 발원해 약 칠천 년간 이동해 현재의 계림으로 왔던 것이란 민족[6]의 이동경로를 알아냈습니다. 내가 향후 오랫동안 더 연구해 여러분에게 다시 강의를 하겠지만, 오늘은 예고편으로 이 정도로만 알려드립니다."

김 훈장이나 그의 역사지식을 배우던 학동들이, 젊은 제상의 '선도'니 '민족의 이동'이니 '파미르고원에서 발원'이니 하는 생소한 가르침에 어리둥절해 한동안 말이 없었다.

젊은 제상, 강직과 청렴의 화신이더라
-출사(出仕), 젊은 제상의 청운의 꿈을 실현시킨 사다리 -

"낭군님, 어찌 떠나시려 하시요? 오직, 나라와 이사금을 위해 몸과 마음을 바치시던 분이요. 왜 그러신지요?"

젊은 아내가 거문고를 어깨에 둘러매고 머리를 길게 풀어헤친 남편의 옷소매를 부여잡고, 눈물이 그렁그렁 하면서 하소연하고 있는 모습이 참으로 안쓰럽게 느껴졌다. 남편이 아내의 손을 뿌리치면서 달래듯 그러나, 잘라 말했다.

"일찍이 들으니, 신하된 도리는 위태롭게 되면 목숨을 내놓고, 어려운 일을 당하면 자기 몸을 잊는다 하였소. 전일의 포상 · 갈화의 싸움은 위태롭고 어려운 싸움이라 할 수 있었다. 그런데도 능히 목숨을 내놓고 몸을 잊는 것으로써 여러 사람들에게 알리지 못 하였으니, 장차 무슨 면목으로 저자바닥과 조정(朝廷)에 나갈 것이랴."

란 말을 남기고 남편은 그만 머리를 풀고, 거문고를 가지고 사체산(師彘山)에 들어가 돌아오지 아니하였다.

계림국 제10대 내해이사금(奈解尼師今) 때의 일이었다. 포상(浦上)의 8국(國)이 함께 모의하고 아라국(阿羅國, 함안군)을 쳐들어오니, 아라의 사신이 계림에 와서 구원을 요청한 적이 있었다. 이사금이 왕손(王孫) 내음(柰音)으로 하여금 근군(近郡) 및 6부의 군사를 거느리고 가서 구원하도록 하여 8국의 군사를 격파하였다.

이 싸움에 집안은 대대로 미미하지만 사람됨이 활발하고 젊어서 장(壯)한 뜻을 가진 물계자(勿稽子)라는 사람이 큰 공을 세웠다. 그러나, 그가 왕손에게 미움을 받았기에 그 공이 기록되지 아니하였다. 누가 물계자에게 말하기를,

"그대 공이 제일 컸는데 기록되지 아니하였으니, 원망스럽지 않소."

하니,

"무슨 원망이 있으랴."

하였다. 또 누가 말하기를

"어찌하여 왕에게 아뢰지 않느냐."

하였다. 물계자는

"공을 자랑하고 이름을 구(求)하는 일은 지사(志士)의 할 일이 아니다. 다만 뜻을 분려(奮勵)하여 후일을 기다릴 뿐이랴."하였다.

그 후 3년에 골포(骨浦, 창원군)·칠포(柒浦, 사천시?)·고사포(古史浦, 고성군) 3국(國) 사람들이 와서 갈화성(竭火城)을 공격하니, 왕이 군사를 거느리고 나가 구원하여 3국의 군사를 깨뜨렸다. 이때도 물계자가 수십여 명을 베었는데, 공을 의논할 때 또 소득이 없었다. 그 결과 물계자는 사체산으로 숨어 살았다.

제상이 혼인한 뒤 며칠간 신혼의 단꿈에 빠져있던 어느 날 밤 큰방에서 아버님이 불렀다. 장자는 무릎을 꿇고 머리를 조아리면서 말했다.

"어버님, 특별히 하실 말씀이라도 기신지요?"

"제상은 이제 혼인도 했고 학문과 무술이 웬만한 경지에 다다랐으니 출사(出仕)를 함이 어떻겠느냐?"

잠시 생각에 잠겼던 제상이 결연한 표정으로 대답을 했다.

"소자는 아버님 젊은 시절, 포상·갈화 전투에서 큰 공을 세우시고도 석씨(昔氏) 왕조가 중용하지 않음을 알고부터 가슴이 미어졌답니다. 지금의 김씨 왕조도 우리 박씨가 왕조를 재건할까 견제를 하시는 것이 아닐지 염려가 됩니다. 그래서, 학문과 무술에 몰두하면서 수리사업(水利事業)에만 전념할까 합니다."

"수십 년 지난 일들이네. 당시의 이사금은 왕권이 약해 박씨 왕조의 재건을 경계한 측면도 없지 않았지만, 현재의 내물마립간(奈勿麻立干)은 왕권도 강화되었고 인품이 활달해 나라의 장래도 원대하게 구상하고 있다네.

우리 가문이 서라벌 건국이념인 선도사상(仙道思想)의 주인공 역할을 해왔네. 파사이사금, 아도갈문왕, 이 아비, 그 다음에 제상으로 그 맥이 이어질 것이야. 지행합일이 지식인의 근본자세가 되어야 하네. 출사를 하지 않고는 백성들에게나 역사의 면면한 흐름 속에서 선도의 전통을 바로 세울 수가 없다네. 분명 내말을 잊지 말아라."

"아버님, 명심하겠습니다. 현재 계림과 이웃 나라들과의 경쟁관계가 어찌 돌아가고 있는지요?"

"현재 고구려는 소수림왕이 제도를 정비한 뒤, 고국양왕이 담덕(談德)이란 젊고 유능한 태자의 도움을 받아 날로 국력신장을 거듭하고 있단다. 아직 국력이 미약한 계림은 고구려의 도움을 받고 있고, 백제, 가야, 왜가 동서 세력권을 형성해 호시탐탐 고구려, 계림의 남북세력을 옥죄고 있단다. 우리 가문이 이런 계림국의 사정을 외면할 수가 없는 까닭이지."

"소자, 아버님 명에 따르겠나이다."

"조만간 이사금을 찾아뵙고 제상에게 적합한 관직을 제수하도록 주청하겠네."

월성 남쪽의 남당(南堂) 안에 만조백관(滿朝百官)이 참석한 조회(朝會) 중 젊은 제상의 우렁찬 음성이 울려 퍼지고 있었다. 그는 동·서 각각 2줄로 늘어선 백관들의 거의 후미의 위치해 서있었다. 내물마립간은 북쪽의 어좌에 높이 좌정하고 있었다. 出자형의 번쩍거리는 왕관을 눌러쓴 마립간 양옆에는 붉은 비단휘장이 八자형으로 쳐져있었다.

마립간 머리 위 벽에는 커다란 '닭 모양을 한 용' 소위 계룡(鷄龍)이 하늘로 나는 듯 그려져 있었다. 닭은 가장 널리 기르는 가축이라 사람과 가장 친밀하고, 용은 하늘을 날며 온갖 조화를 부린다고 알려져 있다. 제상은 언젠가 계룡이 계림을 상징하는 동물이란 것을 들은 적이 있었다. 자세히 보니까 닭의 친근함과 용의 신비로움이 뿜어져 나와 마립간의 근엄한 용안과 조화되어 신성하게 느껴졌다.

"전하, 어사대부 간관(御史大夫 諫官) 제상 아룁니다. 우리 계림은 김씨 왕조에 들어와 국가기반이 더욱 튼튼해졌습니다만, 소신이 지난 날 백성들 가운데 살아오면서 나라의 장래를 위해 개혁해야 할 점들은 다음과 같다고 생각했습니다."

마립간이 젊은 신진관리가 대견하다는 듯 큰 관심을 표하면서 허락했다.

"어사대부는 계림의 왕손으로 훌륭한 조상을 이어 나라의 동량이 될 터이니, 참신한 개혁정책들을 기탄없이 말해보시오."

"성은에 감읍하옵니다.

먼저, 현재도 더러는 강고한 국방력을 확보한 고구려에 의지하는 편인 우리는, 적과 부닥치면 망설이지 말고 저돌적인 공격력을 퍼부어야 할 것입니다.

다음으로, 관리 충원방식에 있어 종래의 골품제도에서 벗어나 학문적 소양을 우선시해야 할 것입니다.

셋째, 백성의 정신적 단합을 위해 우리의 먼 조상들로부터 전해오는 선도사상(仙道思想)을 더욱 확고하고도 넓게 가르쳐야 할 것입니다.

넷째, 외국과의 유대와 적대관계를 분명히 해 그 친소관계를 분명히 정립해야 할 것입니다.

다섯째, 민생안정을 위해 수리사업(水利事業)과 관도수리사업(官道修理事業)을 대대적으로 전개해야 하며, 백성들이 늘상 불안해하는 지진 예방을 위한 조치도 취해야 할 것입니다.

마지막으로, 환곡(還穀)사업을 적극적으로 실시해 빈민들이 굶어죽는 일을 방지해야 할 것입니다. 금성 몇 곳에 장시(場市)도 두고 전국에 우역(郵驛)도 시행하여야 할 것입니다."

신진관료 제상의 개혁안 주청이 끝나자 어좌에서 부드럽고 점잖은 어명이 떨어졌다.

"어사대부의 주청에 경들의 대안은 어떠한가요? 계림국의 장래를 위한 복안들을 밝혀주시오."

매번 그렇듯 연로한 김하룡 이벌찬이 먼저 자신의 견해를 밝혔다.

"전하, 어사대부의 주장은 대부분 나라에 도움을 줄 것이니 더욱 자세한 포부를 들어보아야 할 줄로 사료됩니다. 그러나, 관리 충원방식에 대한 주장은 계림국의 전통상 받아들일 수가 없을 것으로 판단됩니다."

"이벌찬, 그건 그렇소. 고구려나 백제도 신분제도가 확실한데, 우리 계림도 (고)조선에서 이주한 이래 많은 숫자의 집단을 거느린 세력가들이 나라를 건국하였고 나라를 지켜왔는데, 소수의 씨족집단에서 학문을 많이 했다고 그를 엄중한 국사를 관장하는 고관으로 임명할 수는 없는 것이오. 그런 방식은 오랜 세월이 흐른 뒤 다시 검토해보아야 할 것이오. 다른 개혁에 대해 견해를 밝혀주시오."

이때 명석한 두뇌를 가졌고 사사건건 국정에 간섭을 하기로 유명한 김수구 잡찬이 어좌쪽으로 머리를 조아리며 아뢰었다.

"전하, 젊은 신진 어사대부의 개혁정책 가운데 국방부문의 '저돌적인 공격력'과 '선도사상'은 무엇인지 명확히 알아보시기 바랍니다. 어사대부의 주청은 현실과 괴리된 순진한 방안이 많은 줄로 아뢰오."

다시 어좌에서 독촉의 말씀이 제상에게 떨어졌다.

"어사대부는 백관들에게 둘을 설명을 해보시오."

"예, 전하. 아직 나라의 국력이 미약함을 우습게 여기고, 수시로 왜군들이 수백 수천이 몰려와 금성을 공격해 위기에 처할 때가 많았지요. 군사들 가운데 적병들이 나타나면 몸을 날려 죽을 각오로 전투에 임하지 않고, 전체 군사의 조직력에 의지해 망설이는 경우가 허다함이 문제입니다. 특히, 금성을 지키는 군사들은 신이 목숨을 초개와 같이 나라를 위해 던지는 것을 시험할 수 있는 방법을 알고 있사오니, 한번 기회를 주시기 바라옵니다.

아시다시피 계림국의 건국정신은 (고)조선 이전부터 우리 민족의 피에 흐르고 있는 선도사상이 있지 않습니까. 그것이 우리 정신세계의 고갱이가 아닙니까? 즉, 위대한 천도(天道)문화, 심신수련문화, 홍익인간과 재세이화(在世理化)의 문화, 율려(律呂)문화, 자연문화 등이 그것입니다. 이에 대한 자세한 설명은 시간이 많이 소요되니 다음 기회에 할 수 있게 은혜를 베풀어주시기 바랍니다.

요즘 들어 크게 염려가 되는 것은, 서역이나 중국을 통해 하층민에게 크게 퍼져나가고 있는 소위 불교입니다. 선도사상이 있음에도 외래문화인 불교가 급속도로 퍼져 나가고 있음은 커다란 문제점이니, 가락국 허황옥(許黃玉) 등의 불교유입의 영향 때문입니다. 불교 전파의 근원을 초기에 뿌리 뽑기 위해선 불교를 믿는 백성들을 사형하거나 혹독한 형벌로 다스려야 될 것으로 사료됩니다."

마립간이 남당을 떠나려는지 일어나면서 큰 소리로 하명을 하였다.

"이벌찬, 어사대부의 주청은 값진 것들이 많으니 충분히 검토해, 각 담당 유사(有司)들이 즉시 시행할 수 있도록 적극적인 조치를 하시오."

임전무퇴의 강군은 평소 끝없는 극기훈련에서 양성되리라
-청렴한 창고지기의 억울한 죽음, 이글거리는 숯불 위 담력시험-

백설이 발목까지 쌓인 차가운 겨울날 아침, 어사대 직원 두 명이 월성 북쪽의 관창(官倉) 앞에 쌀포대를 짊어지고 얼굴을 땅에 처박고 죽어있던 주검을 일으켜 세워 조사를 하고 있었다. 어사대 직원들이 심각한 얼굴로 주고받았다.

"흉기를 맞은 흔적도 없고 사인이 무엇이지?"

"글쎄, 모자고 옷이고 벗겨 아주 자세히 조사를 해보자고. 바람노 불고 엄청 추우니 서 주막집에 신고 가서 소사를 하자."

그때 어사대에서 청색관복을 입은 관리가 와서 주막으로 직원들과 주검을 수레에 싣고 들어갔다. 관리가 주검을 찬찬히 살피더니 두 부하에게 말했다.

"아니 목에 끈으로 심하게 조인 흔적이 남아있구나."

"간관님, 그렇네요. 목 졸려 죽은 것 같으오."

"목 졸려 죽은 사람이 와 쌀포대를 짊어지고 누워있었지. 이 사람 신분부터 확인해보게. 여기서 그리 먼 곳에 있지는 않은 것 같네."

이때 주모가 부엌에서 나와 주검의 얼굴을 살펴본 뒤 깜짝 놀라 외쳤다.

"저 관창의 창고지기인데, 천품이 '곡식에 제비' 같았는데 왜 이럴까?"

관리가 물었다.

"죽은 사람과 이 주막에 드나드는 창고지기들이 몇이나 되요?"

"여남은 되지요."

어사대 직원들이 관창에서 그리 멀지 않은 죽은 사람의 집에 찾아가 노모에게 물었다. 아들은 나이가 서른이 넘도록 노모와 함께 살고 있었다.

"모친, 아들과 친한 친구가 있나요?"

여러 번 고함을 치자 그제야 귀가 먼 노모가 알아들었던지

"마실에 박씨 무사와 친해요."

어사대의 질문에 박 무사는 힘겹게 입을 열었다.

"지난 가을에 흉년이 극심해 굶어죽는 사람들이 부지기수라, 그 관창의 창고지기들이 창고의 쌀을 훔쳐 나눠가졌는데, 죽덕(竹德)이는 쌀 분배를 거절하였지요. 죽덕이는 동료들에게 위협을 느끼고 있다고 나에게 고백했답니다."

간관이 다급하게 물었다.

"왜 관아에 고발을 하지 않았던가요?"

"그가 이렇게 말하더군요. '나 하나 죽는 것을 두려워하여 많은 사람들을 죄로 다스리게 하는 것은 차마 인정으로 할 짓이 못 되오.'라고요. 간밤에 누군가와 같이 그가 나가면서 나에게 '앞으로는 못 볼 것 같소.'라고 하더군요."

간관이 역시 다급하게 다그쳤다.

"따라가서 그를 보호하지 않았어요?"

박 무사가 대답했다.

"어디론가 피해라고 했더니 죽덕이가 '그 사람들 마음은 굽고 내 마음은 정직한데, 도리어 도망한다는 것은 장부의 취할 태도가 아니라고 생각하오.'라고 꿈적도 않더군요."

어사대 간관은 모든 상황을 눈에 보는 듯 짐작을 했던지 짧게 말했다.

"무사님, 협조 고맙소."

간밤 창고지기 동료가 죽덕의 집에 가서 말했다.

"죽덕이, 지난 번 우리들의 과오를 뉘우치고 쌀을 도로 가져다 두었으니, 술이나 한잔 한 뒤 창고에 가서 자네가 확인을 해보라고 찾았네."

죽덕이는 흔쾌히 응대했다.

"그러자꾸나. 잘 했구나."

주막의 뜨뜻한 방구석에서 술잔이 서너 순배 돌아갔다. 일곱 동료가 죽덕에게 사과를 했다.

"죽덕, 처자식이 죽을 지경이라 우리들이 본분을 망각했네. 자네가 워낙 강직하고 모범을 보이기에 우리도 반성을 하고 쌀을 도로 가져다 두었네."

술이 얼큰히 취한 죽덕이와 동료들이 관창에 들어갔더니 입구에 어유등불과 황촉불이 켜져 있어 제법 밝았다. 한 동료가 쌀가마가 쌓인 사이로 가면서 말했다.

"이쪽 부분이 우리가 도로 가져온 쌀가마라네. 헤아려 보게나."

바로 그때였다. 세 길 높이나 되는 쌀가마 상단에서 오랏줄이 날아와 죽덕의 목을 낚아챘다.

"앗! 왜액!"

그는 단말마를 내지르면서 쌀가마 높이의 중간에서 몸을 버둥거리다 축 늘어졌다. 그 긴박한 순간에도 그는 속으로 되뇌었다.

'자네들이 나를 죽일 것을 나는 벌써부터 알았네. 불쌍한 나에게 술이나 먹여 저승으로 보내니, 고마우이.'

어사대 간관 박제상은 죽덕의 동료들을 파면하고 감옥에 넣었다. 그리고, 마립간에게 살인사건의 전말에 대한 보고서를 올렸다. 그 보고서에는 죽덕의 동료들이 자백한 내용이 기재되어 있었다. 쌀을 훔쳐 분배할 때 분배를 거절하면서 죽덕이 한 말은 다음과 같다고 한다.

「동료들이 영문을 몰라 하면서 '쌀이 적어서 거절한다면 쌀을 더 주겠네.'라고 하자, 죽덕이는 '아시다시피 나는 풍류도(風流道)를 애써 수행하고 있으므로, 의리에 어긋나는 일에 천금의 이로움이 있다 하더라도 마음을 움직이지 않겠네.」

"전하께서는 위엄은 보이시지 않으시고 도리어 은총만 베푸시니, 마치 봄은 있어도 가을이 없고 여름은 있어도 겨울이 없는 것과 같습니다. 신이 듣기로는 천지를 존립시키는 도리는 음양이라 합니다. 양은 봄과 여름을 맡아서 만물을 양육하고 음은 가을과 겨울을 맡아서 만물을 숙살(肅殺, 가을 기운이 초목을 말라 죽게 함)한다고 합니다. 그러므로 상(賞)은 선행을 권하기 위한 것이오 형(刑)은 악행을 징계하기 위한 것입니다.

전하께서는 은총만 쓰시고 위엄이 없으며 상만 쓰시고 형은 쓰지 않으시니 이것은 천지의 도에 위배되는 일입니다. 하늘의 도가 양육도 하고 숙살도 하여 사시(四時)의 기능이 갖추어진 후라야 세공(歲功)이 이루어지듯이, 마립간으로서 은총만 쓰시고 형벌을 쓰지 않으시면 어떻게 왕도를 성공시킬 수 있겠습니까?"

20대 초반의 나이로 어사대부 간관(諫官)에 추천된 제상이 왕의 탑전(榻前)에 가서 관리들의 부정으로 축재하는 폐단을 마립간에게 극렬히 비판하며 아뢰었다. 이에 마립간이 "대신으로 바른말 하는 것을 이제 처음 보았노라."하면서, 제상을 보문전태학사(寶文殿太學士)에 승진시켰다.

박제상이 왕명으로 각 진영을 순찰하게 되자 탐관오리들은 그 말만 듣고도 벼슬을 버리고 도망쳤다고 한다.

"계림승천! 임전무퇴!"
"계림승천! 임전무퇴!"
가배절(嘉俳節) 여인들의 아름답고도 슬픈 회소회소(會蘇會蘇)라던 음조도 귓전에서 멀어져가던 구월 초순의 어느 날 오후, 월성 왕성 동쪽의 군사 훈련장에서는 경군(京軍)들이 미친 듯 기합소리를 지르면서 번개같이 빨리 뛰었다. 숯불 위 달리기가 끝이 나자, 곧바로 몸 전체를 붕 떠우더니 무쇠주먹으로 석판(石板)의 한가운데를 힘껏 내리치면서
"이얏!"
"허~확!"
"야~앗!"
하는 기합소리를 목이 터져라 외쳤다. 석판도 경군의 치솟는 용력에
"쩍!"
"찍!"
"딱!"
하는 소리를 내면서 갈라졌다. 군사들의 함성은 귓전을 메아리치듯 계속 넓은 훈련장에 울려 퍼졌다.

병사들은 이마에 검정 수건을 질끈 매었고, 발목까지 내려오는 검정색 모시옷 위에다 무릎까지 내려오는 붉은 비단옷을 걸치고 있었다. 하나같이 소매 등의 옷 가장자리에는 넓은 (옷)단이 박혀 있었다.

경군들은 벌써 반년 정도 주먹으로 두꺼운 송판 격파와 석판격파를 연습해오고 있었다. 푸른 깃발을 쥐고 있던 감독교관들이 석판이 격파되는 것을 보고는 깃발을 공중 높이 쳐들면서 외쳤다.
"합격! 잘 했어!"
"합격! 축하해!"
그 뒤에는 백 명씩 열 줄로 늘어선 경군들이 눈에 열기를 뿜어

대면서, 각기 공중으로 풀쩍풀쩍 뛰거나 양팔을 좌우로 휘두르면서 몸을 풀고 있었다. 훈련장 삼백삼십 자(약 100m) 거리 중에 백예순다섯 자의 거리에는 열 개의 불이 붙고 있는 둥근 테가 세워져 있었고, 나머지 절반의 거리(약 50m)에는 이글거리는 숯불이 깔려 있었다. 숯불이 끝나는 지점에는 양쪽 아래에 바위가 깔렸고, 그 사이에는 송판 같이 생긴 넓은 석판이 놓여 있었다. 이런 시험장이 옆으로 나란히 열 개나 설치되어 있었다.

정오 무렵부터 이 경군들의 담력시험이 시작될 때, 해당 교관들의 설명을 들으면서 군인들은 아주 긴장된 얼굴들이었다. 숯불의 불기가 조금 사위어지자 준비하는 잡부들이 계속 불이 시뻘건 숯을 지속적으로 보충하였기 때문이었다. 열 곳의 시험장소에 각 장마다 백여 명 정도의 군인들이 줄을 서서 기다리고 있었다. 역시 교관들이 열 줄의 한 병사씩 뛰어나갈 때마다 시작을 알리는 징을 힘차게 쳤다.

"찡!"
"찌징!"
"따앙!"

열 줄의 각 열 명의 경군들이 불테쪽으로 달려가다가, 적당한 거리에서 몸을 붕 띄우면서 발을 테두리 가운데의 허공을 차면서 내밀었다. 첫 번째 불테를 통과하자, 자신감이 붙은 듯 두 번째 불테를 통과하였고 세 번째 불테를 통과하였다. 다음에는 시뻘건 숯불 위에다 겁도 없이 죽을 각오로 맨발을 내디뎠다. 얼굴을 조금 찡그리더니 목이 찢어져라 기합소리를 내질렀다.

"계림승천! 임전무퇴!"
"계림승천! 임전무퇴!"

― ― ― ― ― ― ―

연이어 다음 번째 경군도 앞의 군인들이 성공하자 용기를 내어 그 시험과정을 통과하였다. 그러나, 얼마 가지 않아 시험과정에 실패하는 군인들이 나타났다. 불테를 잘 통과한 군인이 이글거리는 시뻘건 숯불에 맨발로 뛰어들려니 순간적으로 겁이 났는지 숯불과정을 휙 우회하여 달려가서 석판을 쳐서 쪼개버렸다. 그것을 본 교관들이 큰소리로 외쳤다.

"말수! 불합격!"
"태철이! 불합격!"

'숯불 위 달리기' 시험장에서는 곧 숯불을 피하는 군인들, 불테를 넘다가 테에 걸리어 머리를 땅에 처박는 군인들, 석판을 내려치다가 돌이 깨어지지 않자 손이 아파서 쩔쩔 매는 군인들 가지 각색이었다. 결과적으로 숯불 위 달리기 시험에 실패한 군인들이 오백여 명이었고, 성공한 군인들이 오백여 명 되었다.

이 '숯불 위 달리기'라는 극기시험장 주변에도, 삼백여 명의 농민군들이 모여 각자 여러 종류의 시합에 열중하고 있었다. 여기에는 왕경을 지키는 군사들과 월성 왕궁을 지키는 정예병 도합 1천여 명이 참석하였다. 군인들의 짧고 날카로운 기합소리가 들판에 울려 퍼졌다. 일부는 말을 타고 달리면서 세워져 있는 짚단을 장검으로 쳐 날렸다.

또 다른 한편에서는 말을 타고 달리면서 거랑가에 세워져 있는 열다섯 개의 송판에다 화살을 쏘아 꽂았다. 또 한편에서는 웃통을 벗은 건장한 군인들이 수박희를 하노라 기합을 지르고 있었다. 훈련장의 사방에는 각 군인들의 소속을 나타내는 글귀가 청색, 흑색, 적색, 황색 등의 바탕에 새겨진 깃발이 여러 곳에 꽂혀 있었다.

이윽고 짧은 가을 해가 남산과 단석산 정상에서 붉은 노을빛을 발하게 되었다. 훈련장의 높은 단상 위에서 경도(京都)를 방어하는 책임자 서불한(舒弗邯, '이벌찬'의 별칭)이 군인들을 격려하는 연설을 시작하였다.

"자랑스러운 계림의 병사들이여! 오늘은 우리가 지난 봄날부터 여름날까지 죽자고 훈련한 결과를 시험하는 동시에, 우리군 가운데 담력이 강한 자를 선발하기 위해 하루 종일 애를 썼오. 계림국은 현재 왜구와 백제 및 고구려의 침공에 하루도 편안한 날이 없오. 계림국이 살아남기 위해서는 우리가 적진에 몸을 던지는 용기밖엔 더 바랄 것이 없음은 여러분들도 다 잘 알 것이오.

그런데도, 어떤 병사는 자신의 배경을 믿고 국록을 먹으면서 과분한 신분만을 유지하고 있음이 현실이오. 전투에 임해서는 몸을 도사려서는 결코 안 되오. 오늘은 지난 반년간 맨발로 뛰어 발바닥에 꾸덩살이 박혀 숯불 위로 뛰어도 죽지 않도록 단련한 것으로 확인을 했오.

향후 반년간은 계림의 사방에서 외적이 침공해올 때 그곳의 지형지물을 잘 이용해야겠기에 지리공부를 잘 해두어야 할 것이오. 자기가 수호하는 지방의 골짜기, 산능선과 마을의 골목 등의 위치를 밤낮으로 살피어 분명히 꿰뚫고 있어야 할 것이오. 그래야, 불시에 적들이 나타나면 궤멸시킬 수가 있을 것이오.

오늘의 이 두 전투대비 방식은 어사대부 간관 박제상공이 제안한 것임을 여러분에게 밝혀두는 바이오. 박 간관! 연단으로 올라오시오."

연단에 올라온 박 간관이란 사람은, 얼굴이 수려했고 눈에는 날카로운 지혜가 번득이고 있었으며 위엄이 품어져 나오고 있었다. 무엇보다도 얼마 전에 '숯불 위 달리기'시험에서, 1천여 명의 군사들 앞에서 믿기지 않는 날쌘 동작으로 병사들이 입을 다물지 못하게 했던 바로 그 관리였던 것이다. 그가 붉은 숯불 위로 달릴 때 얼마나 빨랐던지, 두 발이 숯불에 닿지 않고 마치 공중에 뜬 것 같아 병사들이 입을 다물지 못했다.

보통 체구의 박 간관은 쩌렁쩌렁한 목소리로 넓은 연병장을 압도해 나갔다.

"소관이 작년 겨울 나랏님과 서불한님께 올린 소견이 왕성을 방비하는 여러분들의 담력시험과 각 방어지역의 지리공부였답니다. 외적이 침공해오면 곧바로 공격해 한 몸을 불살라야 하고, 무리한 희생자를 내지 않기 위해서는 자기 근무지의 지리를 정확히 알아야 할 것입니다. 오늘 담력시험은 내년 여름에 다시 할 것이며, 지리공부 여부 역시 그때 시험을 보겠으니, 우리의 이 아름다운 강토 계림국을 위해 최선을 다해주시기 바랍니다."

이 날 이후 계림의 경군들에게는 물론 지방군들에게도 박제상의 이름은 유명해지게 되었다.

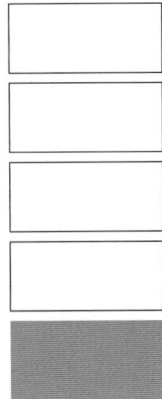

제3부

계림김씨 왕좌 계승상
비극의 새싹 - 눌지와 실성

약혼엔 절개와 인내가 혼인성사의 비결이니라
- 삽량성의 전기조 장사와 정씨녀 -

 삽량성(歃良州, 양산시) 어곡산(魚谷山, 혹은 仙巖山) 동쪽 징강(澄江, 양산천, 북천)가의 어느 농가에 혼례식이 치러지고 있었다. 내물왕 35년(390) 만물이 생동하는 춘삼월이었다. 주례는 붉은색 관복을 입었고 청색두건을 쓰고 있었다. 주례와 신랑·신부 사이에는 기러기 한 쌍을 올린 높은 상이 놓여 있었다. 담장 안의 혼례상 바로 옆의 마을 아낙네와 남정네는 말할 것도 없고 담장 밖의 마을 사람들이 낮은 목소리로 쑤군거리고 있었다.
 "군 당번을 가기 전에는 삽량성 장사로 유명했던 기조가 어쩌다 저리 우악스런 뼈대만 남아 안색이 말이 아니구료."
 "그러게 말일세. 천리 타향 백제와 가야의 국경에 가서 오랫동안 당번을 쓴다고 고생이 극진했던 모양일세."
 "신부가 6년 동안 일편단심으로 신랑 될 총각을 기다리면서 절개를 지켰으니, 멀지 않아 기조가 다시 옛 영광을 되찾을 것일세."
 "아마도 그럴 것이네. 정씨녀(鄭氏女)의 생활력이 얼마나 강하고 당찬가 말인가. 걱정할 것이 없을 걸세."
 삽량성의 신불산고개 동쪽이자 능걸산 남쪽 골짜기 화룡(化龍)마을에 전기조(全起助)라는 총각이 살고 있었다. 화룡이란 이름이 붙은 것은 남쪽의 어곡산과 북쪽의 능걸산 사이의 깊은 골짜기에 기암괴석과 반석이 아름다운데다, 용이 승천을 했기 때문이라고 한다. 마을 앞 냇가에는 반룡대(盤龍臺)도 있다.

기조는 집안은 비록 가난하였지만 그 포부를 수양한 정직한 남자였다. 그는 얼굴이 둥글고 혈색이 불그스름했으며 기골이 장대하고 목청이 우렁찼다. 기조는 재산이라고는 양마(良馬) 한 마리가 있는 것이 전부였다.

어느 가을날 어곡산 기슭에 꽃보다도 붉은 낙엽이 발아래 뒹구는데, 기조가 말을 타고 어곡산 동쪽의 윤산(輪山, 由山)마을을 지나가고 있었다. 마을 앞 우물 근처 빨래터에 누런 삼베옷을 말끔하게 차려입은 처녀가 열심히 빨래를 하고 있었다. 검고 윤기 나는 머릿결의 댕기가 그녀의 엉덩이까지 내려와 갈바람에 흔들리고 있었다. 그는 다소곳이 고개를 숙인 채 은근한 웃음을 띤 그 처녀의 어여쁜 얼굴을 보자마자, 가슴에 쿵쾅거림을 심하게 느꼈다. 기조는 엉겁결에 더듬거리면서 쿵쾅거림을 뱉어버리고 말았다.

"여보시오! 목이 몹시 마른데 물 한 바가지 먹을 수가 있겠오?"

총각은 말위에서 풀쩍 뛰어 내리면서 가슴속의 심한 동요를 자제하려고 마치 기둥처럼 똑바로 서 있었다. 처녀가 심하게 흔들리고 있는 눈앞 총각의 본심을 간파한 듯, 물을 떠서 총각의 턱밑에까지 가져다주었다. 처녀가 빙그레 눈웃음을 치면서 차분하게 말했다.

"천천히 드세요."

총각은 목젖이 울룩불룩 하면서 급하게 물을 삽시간에 마시고는, 아무 말도 않고 붉은 얼굴을 하고서는 휙 말 잔등에 올라 급하게 남쪽 황산하(낙동강)로 달려 가버렸다.

기조는 말을 탔을 때나 걸어갈 때나 황산하로 갈 때는 꼭 그 처녀가 있는 윤산마을의 우물을 거쳐서 가곤했다. 그는 그 처녀가 정씨녀라는 것을 알았고 그 집안사정도 정확하게 알았다. 처녀가 징강(양산천)에서 겨울날 얼음을 깨고 붕어와 잉어를 잡아 부모를 공양하는 것을 보았다. 봄날에는 능결산 기슭에서 나물을 캐서 부모에게 반찬을 장만해드리는 것도 보았다. 여름이면 사랑채에서 삼베를 짜는 모습도 볼 수가 있었다. 그는 처녀에게 깊은 애정을 느끼고 그 효심과 아름다움에 한시라도 잊어본 적이 없었다.

정씨녀는 비록 가난한 가문과 불운한 집안이었으나 안색이 단정하고 행실이 착하여 보는 사람마다 칭찬하지 않는 사람이 없었다. 그러나, 감히 그녀를 범접하는 사람은 없었다.

그때 정씨녀의 늙은 아버지가 금성(경주) 서북쪽 가야·백제와 계림이 국경을 접하는 곳의 방위를 할 당번으로 떠나야 했다. 정씨녀는 며칠간 방안에 틀어박혀 깊은 수심에 잠겼다.

'아버님이 늙고 병들어 쇠약한데, 수백 리나 되는 국경지방에 가셔야 한다니… 여자의 몸으로 따라가서 곁에서 모실 수도 없고… 정말이지 하늘도 무심하시구나.'

그때 정씨녀의 집 사립문에서 그녀를 부르는 남정네의 굵직한 소리가 들렸다.

"여보시오! 낭자님 기십니까요."

그녀는 그 목소리가 오래 전 한번 들었던 소리 같기에 반가와 문을 열어보았다. 작년 가을 우물가에서 물을 얻어 마셨던 그 건장한 총각이었다. 겨우 정신을 차린 정씨녀가 일어나 마당으로 나가서 총각과 마주섰다. 총각이 아주 어려운 표정을 짓고 그러나, 단단하게 별러 왔던 듯 말을 꺼냈다.

"나는 비록 나약한 사람이지만, 일찍부터 의지와 기개를 자부하고 있으니 원컨대 불초한 몸이나마, 낭자 아버님의 병역을 대신하려 합니다."

정씨녀는 총각의 눈을 뚫어지게 쏘아보며 자신의 귀를 의심했다. 그녀는 다짐을 받듯 확인을 했다.

"여보시오. 그게 진심인가요?"

"남아일언중천금이요."

그녀는 방안의 아버지에게 이 사실을 알렸다. 아버지가 고요한 어투로 기조에게 말했다.

"듣건대 그대가 늙은 나를 대신한다 하니, 기쁘고 송구스러운 마음을 이기지 못하겠네. 그대의 소원대로 은혜는 갚을 생각이다. 만약 그대가 어리석고 누추하다고 생각해 버리지 않는다면, 내 어린 딸을 아내로 맞이하면 어떻겠는가?"

기조는 낭자 아버지에게 공손히 두 번 큰절을 올리고 우러러 보며 말했다.

"아버님, 바라지 못할 일이오나, 그것이 저의 진정한 소원입니다."

이에 기조는 물러나와 혼기(婚期)를 청하니 정씨녀가 또박또박 말했다.

"혼인이란 인륜지대사(人倫之大事)이므로 창졸히 할 수는 없습니다. 내 이미 마음을 낭군님께 허락하였으므로 죽는 한이 있더라도 이를 어기지 않을 것이오니, 원컨대 낭군님은 방어하는 곳으로 나갔다가 돌아오는 날을 기다려 가지고 성례하더라도 늦지 않겠습니다."

처녀는 곧 거울을 꺼내어 반을 갈라서 각각 한 조각씩 나누어 가지면서 말했다.

"이 거울을 신표로 삼는 것이오니, 뒷날에는 마땅히 이를 합치기로 합시다."

기조가 목적지로 향하기 전 정씨녀에게 부탁했다.

"내 말은 천하에 드문 양마(良馬)로 뒷날에 반드시 쓸 데가 있을 것이오. 지금 내가 간 다음에는 기를 사람이 없으니, 청컨대 낭자가 이 말을 맡아서 길러주십시오."

기조와 정씨녀 부녀의 이별은 내물마립간 29년(384) 녹음방초가 성세를 보이던 유월, 취서산(鷲栖山, 영축산) 동북쪽 거지화현(居知火縣, 언양)과 삽량성 경계인 낮은 고개에서 있었다. 딸은 황산하에서 잡은 오리의 털을 넣고 두껍게 누빈 삼베옷 한 벌을 떠나는 연인에게 건넸다. 아버지는 눈시울을 붉히며 작별을 고했다.

"자네, 너무 고마우이. 무사히 다녀오게."

아버지는 돌아서 가버렸다. 정씨녀도 같은 말을 하고 눈물을 글썽거렸다. 기조는 아름다운 낭자를 와락 껴안고 입맞춤이라도 하고 싶은 마음이 굴뚝같았지만 꾹 참고 말했다.

"낭자, 잘 계시오. 삼년은 잠깐이니 금방 다녀오리다."

"낭군님, 잘 다녀오시오. 미안하오이다."

기조는 수백 리 북쪽 금성으로 향하면서 속으로 불만을 털어놓고야 말았다.

"야속한 사람. 죽을 지도 모르는 험지에 가는 나와 포옹도 하고 달콤한 입술이라도 주면 무엇이 닳아 없어진담. 에잇! 무정한 여자같으니라구.'

기조는 국경 변방에 가서 3년을 학수고대 꾹 참고 열심히 당번을 섰다. 그러나, 금성 조정에서는 연고가 있어 사람을 뽑아 보내서 교대를 시키지 못해, 기조는 6년이란 긴 세월을 고생하면서 고향에 돌아오지 못했다.

이에 정씨녀 아버지는 과년해 가는 딸이 걱정이 되어 말했다.

"애야, 처음 기조는 3년을 기약했는데, 이미 그 날짜가 넘은 지금까지 돌아오지 않으니, 다른 사람에게 시집을 가야겠다."

이에 정씨녀는 아버지에게 원망의 눈길을 보내며 간절하게 말했다.

"먼저 아버님을 편안히 하기 위해 억지로 기조와 약혼을 하였습니다. 기조는 이를 믿기 때문에 오랫동안 종군하여 굶주림과 추위에 고생하고 있습니다. 황차 적경에 임박하여 있으므로 손에 무기 놓을 사이가 없고 호랑이 입 앞에 가까이 있는 것 같아서 늘 직에게 당할까 근심입니다. 그러나, 신의를 지비리고 언약을 지키지 않는다면 어찌 인정이라 하겠습니까? 그러므로 감히 부친의 명령이라 하더라도 쫓지 못하겠사오니, 청컨대 두 번 다시 말씀을 하지 않도록 하소서."

그러나, 그녀의 아버지는 90세에 이르렀고 정씨녀 역시 나이가 너무 많아졌으므로, 배우자가 없을까 염려한 나머지 강제로라도 그녀를 시집보내려고, 딸 몰래 마을 사람과 약혼을 하여 잔칫날을 정하고, 그 사람을 불러들이려 하였다. 이를 안 딸은 아버지에게 거칠게 저항하였다.

"아버님, 혼자 편안히 지내시고 기조는 북방에서 얼마나 간난을 겪고 있는지를 생각이나 하시는지요. 소녀는 기조 외에는 절대로 다른 사람에게 시집 못 갑니다. 아버님이 강제로 이 결혼을 성사시키려면 저는 오늘 밤 안으로 기조에게로 도망갈 것입니다."

그녀가 몰래 도망하려 하자, 아버지는 이웃 사람들과 더불어 몸소 울타리 밖에서 며칠 낮이고 밤이고 딸을 철저히 감시하였다. 딸은 하는 수 없이 마구간에 가서 낭군이 두고 간 말의 눈주위에다 얼굴을 비비며 크게 소리 내어 울고 있었다.

"호동아, 너와 내가 처지가 같구나. 주인 잃은 말과 신부라. 아버님이 너무 야속하구나. 사람에게 인정이 없고 약속을 차버린다면 이게 사람이라 할 수가 있는가. 그 사람은 왜 6년의 긴 세월을 차가운 밤공기 속에서 적군의 칼날 아래 떨어야만 하는가."

이때 마당에서 누군가 자신을 부르는 소리가 들리는 것 같았다.
"낭자, 내가 돌아왔어요. 낭자!"

캄캄한 정막 속에 마당에 우뚝 서있는 남자가 있었다. 정씨녀가 물어보았다.

"뉘시오? 이 깊은 밤에 남의 집에 왜 왔나요?"
"낭자, 기조요. 기조라고요."
"아이구! 어머나! 속히 방에 들어가세요."

하면서 꿈만 같아 그녀가 낭군의 손을 덥석 잡았다. 손이 나뭇가지처럼 딱딱하고 거칠었다. 방에 들어가 어유등 아래에서 얼굴을 자세히 살펴보았다. 기조의 형상이 해골처럼 마르고 옷이 남루하여 집안사람들이 선뜻 그를 알아보지 못했다. 아버지가 밤손님을 찬찬히 살펴본 후 의심스럽다는 투로 물었다.

"자네가 기조가 맞단 말인가? 그 건장하고 잘 생긴 사위가 아닌 다른 사람 같은데. 진실로 기조가 맞단 말인가?"

"장인어른, 진정 맞아요."

손님이 품안에서 깨어진 거울을 꺼내어 등잔불에 비치었다. 그제야 정씨녀가 고함을 질렀다.

"아~아! 결국은 돌아오셨군요. 우리는 다 그대로입니다."

아버지도 집안사람들도 모두 반가와 어쩔 줄을 몰라 했다.

"주모 아줌마! 밥 열두 명분을 주시라요."

중년의 주모가 이상해 손님께 그 까닭을 물었다.

"내 일행은 곧 도착할 것이니 시키는 대로 주시오."

밥을 시킨 손님보다 늦게 도착한 인상이 험상궂은 사내 십여 명이 마당 평상에 좌정해 앉은, 밥을 시킨 젊은 손님을 힐끗힐끗 쳐다보았다. 평상의 손님이 머리에는 여우털 모자를 썼고 상의는 검은담비가죽 옷을 입었고, 하의는 살쾡이가죽 옷을 입고 있었다. 허리에는 장검을 찼고 등에는 화살과 전통(箭筒, 화살통)을 매고 있었다. 주막의 마판(馬板)에는 먼저 온 손님의 것으로 여겨지는 큰 말이 여물을 맛있게 먹고 있었다. 뒤에 들이닥친 손님들이 마당의 거적자리에서 막걸리를 나눠 마시면서 곁눈질로 평상 위의 손님의 행동을 주시했다.

"주모! 이 밥을 한꺼번에 비빌 수 있는 큰 옹기그릇을 주시구려."

그는 밥 열두 명분과 반찬을 옹기에 모두 쏟아 넣더니 비비기 시작했다. 험상궂은 손님들이 분명 기가 질린 채로 그 사내를 지켜보았다. 그들이 낮은 귓속말로 쑤군거렸다.

"아니, 저 자가 돼지도 아닌데 저 밥을 다 먹는단 말인가?"

"저 놈의 말과 장검을 빼앗아야 하는데…"

평상의 건장한 사내가 마파람에 게 눈 감추듯 삽시간에 밥을 다 먹어 치우더니 또 주문을 했다.

"주모! 막걸리 한 말만 주슈. 목이 컬컬한데 막걸리 생각이 간절하구나."

늦게 도착한 손님들은 눈이 휘둥그레져 넋이 빠진 사람처럼 한 놈 두 놈 빠져나가기 시작했다. 그들이 다 빠져나가자, 평상의 장사가 입에서 막걸리를 머리 위까지 토해 올렸다.

"푸하! 저 놈의 화적떼들 때문에 아이구! 짜구나게 생겼네."

객주 아재가 평상의 손님에게 다가와 말했다.

"장사 양반, 참으로 고맙소. 저 한지(문종이)를 몽땅 틀리고 집안이 풍비박산이 될 줄 알았다오."

"아재요. 말도 마소. 소인도 저 화적떼들을 당할 수는 없어 꾀를 낸 것이오. 배가 찢어질 것 같소이다."

벌써 해는 저 주위가 컴컴해오고 있었다. 객주 아재가 여러 번 고마움을 표시하면서 물었다.

"젊은 장사님, 사는 데라도 좀 알아두십시다요."

"소인은 저 신불산 고개 넘어 화룡마을에 사는 전기조요. 다음에 또 봅시더."

 기조는 기분이 흐뭇해 말 잔등 위에 휙 올랐다. 주막이 있는 배태고개의 남쪽은 황산하(낙동강)가 있는 원동(院洞)이었고 북쪽은 배내천(梨川)이 흐르는 곳이었다. 옛날에는 원동까지 시오리 영포천(泳浦川)에 배가 드나들었고 북쪽의 배내천에도 배가 드나들어, 이 고개에 배를 매었다고 배태고개라 불렀다.

 20대 초반의 기조는 힘이 세고 용감하며 의리의 사나이로 알려져 있었다. 그는 힘이 세고 얼마나 빨랐던지 맨발로 짐승을 쫓아 맨손으로 잡곤했다. 그가 짐승을 쫓아 숲속을 달리면 칡밭이 훤하게 길이 트였다고 한다.[7]

 기조가 배태고개 주막에서 꾀를 내어 화적떼들을 물리친 이야기는 객주 아재에 의해 삽량성에 널리 퍼져나갔다. 그런 후 삽량성에서는 그를 '전 장사'라고 불렀다.

 "기조는 힘이 장사인데다, 지략이 뛰어난 비상한 젊은이다."

계림 백성은 본디 수만리 서북쪽 마고대성에서 왔느니라
-『부도지(符都誌)』를 구상하는 보문전 이찬 제상 -

 "마고성(麻姑城)은 지상에서 가장 높은 성이었다. 천부(天符)를 받들어 선천(先天)을 계승하였지. 성 중의 사방에 네 명의 천인(天人)이 있어 관(管)을 쌓아놓고 음(音)을 만드니, 첫째는 황궁(黃穹)씨요, 둘째는 백소(白巢)씨요, 셋째는 청궁(靑穹)씨요, 넷째는 흑소(黑巢)씨였단다. 두 궁씨의 어머니는 궁희(穹姬)씨요, 두 소씨의 어머니는 소희(巢姬)씨였단다. 궁희와 소희는 모두 마고의 딸이었다. 마고는 짐세(朕世)에 태어나 희로(喜怒)의 감정이 없으므로 선천(先天)을 남자로, 후천(後天)을 여자로 하여 배우자 없이 궁희와 소희를 낳았단다. 궁희와 소희 역시 선천과 후천의 정(精)을 받아 결혼하지 아니하고 두 천인과 두 천녀를 낳았다. 합하여 네 천인과 네 천녀가 되었지."

 제상의 설명이 여기에 이르자 서라벌학당 김희철 훈장이 소리를 질러 설명을 중단시켰다. 제상은 20대 후반의 나이였고 김 훈장은 40대 초반의 나이였기에, 훈장이 하대어를 썼다가 존대어를 썼다가 간혹 친구에게 하는 말투로 대화를 나누기도 하였다. 이 때 제상의 나이는 27세로 왕실도서관 겸 문한기구(文翰機構)인 보문전(寶文殿) 이찬(伊湌, 제2관등)으로 태학사(太學士)를 담당하고 있었다. 제상은 젊은 나이인데도 보문전의 최고 책임자였다. 이제껏 고개를 갸우뚱하고 듣고 있던 훈장이 물었다.

 "태학사, 계림국의 기존 역사인식과는 판이하게 다른데, 마고성이 어디에 있어요?"

 "현재의 파미르고원(高原, 중앙아시아 동남쪽)으로 추정되고 있는데, 그곳은 아주 높은 산악지대의 평원인데 계림에서 서북쪽으로 수만 리를 가야한답니다. 마고성은 창세기 인류의 낙원이었는데 저 멀리 서쪽의 아담과 이브가 살았던 에덴동산과 같은 곳이지요."

"우리가 일반적으로 알고 있는 최초의 우리 민족이 건국한 나라는, 저 북쪽의 (고)조선[(古)朝鮮)]이고 임금이 단군님으로 알고 있는데, 태학사가 말하는 그 역사관은 무엇이라 해요?"

"소인은 선도사서(仙道史書)에 의거 설명하고 있지요. (고)조선은 우리 민족이 마고성에서 계림으로 오는 과정에 세운 비교적 최근 시기의 나라였답니다."

"그럼, 사람들이 마고성에서 생활한 것은 얼마 전이었나요?"

"약 7,400년 전이었다고 보고 있습니다. 계림이 건국된 것이 400년 남짓 되니까요."

"태학사의 우리 민족의 이동경로에 대한 설명에 상당히 수긍되는 면이 있네요."

"소관도 우리 집안에 대대로 내려오는 비서(秘書, 선도사서)와 왕실도서관에 소장된 고서 등을 참고하여 한참 정리를 하고 있는 중인데, 아주 흥미가 있어 밤잠 자는 시간이 아까울 정도랍니다."

"좋은 사서 혼자만 보시지 말고 같이 나눠 보자고요."

"기꺼이 훈장님과 같이 하겠습니다."

두 학자의 질문과 답변이 끝나자 학동들이 여러 가지 질문을 하였다.

"태학사님, 천부가 뭡니까?"

"여러분들이 이해하기에는 대단히 어려운 것인데, 일단 설명은 하겠네. 나중에 예를 들어 쉬이 설명할 기회가 또 있을 것일세. 천부란 천리(天理) 즉 천수지리(天數之理)에 부합한다는 뜻이며, 하늘의 인장(印章) 즉 신표(信標)라는 뜻도 있단다. 천리를 숫자로 표현한 것이 천부경(天符經)이며, 이 천부경을 새겨서 천권(天權)을 표시한 것이 천부인(天符印)이다. 천도정치를 천명하는 우리의 삼한에서는 천부인을 천권의 상징으로 여기고 후계자에게 전수하고 있지. 천부인은 맑은 소리를 내어 만물을 창조한다고 생각하는 옥돌이나 옥피리, 그 외의 악기와 자기성찰을 뜻하며 태양을 상징하는 거울, 번성을 의미하는 칼 등에 천부경을 새긴 것이다. 사절오촌(四節五寸)으로 되어 1에서 9까지의 허수와 실수를 나타내는 금척(金尺)도 천부인의 일종이란다."

"너무 어렵네요. '관을 쌓아놓고 음을 만드니'는 무슨 의미입니까?"

"역시 어렵단다. 제관조음(堤管調音)이란 '피리(管)를 쌓아 놓고 음을 만든다.'라는 뜻인데, '음을 만든다.'란 만물창조 즉 창조된 만물을 천리에 맞추어 깨달아 밝힌다 라는 의미란다. 고대문화에서는 음은 수와 함께 가장 중요한 의미를 가진단다."

"짐세는 무엇이지요?"

"선천시대와 후천시대의 중간인 중천(中天)시대인 것으로 짐작되고 있다. 짐은 아(我)란 뜻인데, 저 서쪽 대륙(중국)의 진(秦)나라 시황(始皇) 6년 이래 특히 왕들이 스스로를 칭한 호칭이란다."

"선천은 무엇이고 후천은 또 무엇입니까?"

"선천은 하늘 이전의 때, 즉 하늘조차 생기기 이전을 말하고, 후천은 선천의 반대로, 즉 하늘이 생기고 난 후, 태극이 움직이기 시작한 이후로 이해하고 있단다."

"선천과 후천의 정을 받아 결혼하지 아니하고 두 천인과 두 천녀를 낳았다.'라는 것은 또 무슨 의미인지요? 혼인도 않고 아이를 낳을 수가 있나요? 이해하기 어렵네요."

"신들의 이야기를 다룬 신대(神代)에는 혼인 없이도 아이가 탄생하는 경우가 더러 있었단다. 그것을 단성생식(單性生殖)이라고 하지. 약 4백여 년 전 저 서역 멀리에 예수란 성인(聖人)도 아버지가 없는 단성생식의 경우였고, 가락국 김수로왕처럼 부모가 없는 경우, 선도성모(仙桃聖母)가 어머니라는 박혁거세 거서간처럼 어머니만 있는 경우, 부모가 다 있는 고구려 주몽, 어머니가 없는 경우 등이 있단다."

훈장이 이때 나서서 휴식을 선언했고, 학동들은 처음으로 들은 선도사서에 대해 신기하게 생각하고 제상에게 여러 가지를 계속 물어보았다. 훈장과 제상 및 학동들까지도 칡차를 한잔씩 마신 후 다시 제상의 선도사서에 대한 강의를 들었다.

"선천시대 마고대성은 실달성(實達城) 위에 허달성(虛達城)과 나란히 있었다. 처음에는 햇볕만이 따뜻하게 내려 쪼일 뿐 눈에 보이는 물체라고는 없었다. 오직 8려(呂)의 음(音)만이 하늘에서 들려오니 실달성과 허달성이 모두 이 음에서 나왔으며, 마고대성과 마고 또한 이 음에서 나왔다고 한다. 이것이 짐세다.

짐세 이전에 율려가 몇 번 부활하여 별들이 출현하였다. 짐세가 몇 번 종말을 맞이할 때, 마고가 궁희와 소희를 낳아 두 딸에게 오음칠조(五音七調)의 음절을 맡아보게 하였단다.

마고와 궁희와 소희는 모두 여성으로서 창조적 기능을 지녔지요. 궁희는 하늘(천공신)을 소희는 땅(지모신)을 나타내고 있단다. 선천시대-짐새-후천 개벽의 시대를 거쳐 우리 민족이 최초로 국가활동을 시작한 것은 파미르고원이었으며 대략 1만년에서 7만년 전이었다고 생각되고 있어요.

마고성에서 지유(地乳)가 처음으로 나오니, 궁희와 소희가 또 네 천인과 네 천녀를 낳아 지유를 먹여 그들을 기르고, 내 천녀에게는 여(呂), 네 천인에게는 율(律)을 맡아보게 하였다.

이 부분도 신대이기 때문에 여러분들이 이해하기에는 어려울 것일세. 문의사항이 있으면 물어보게나.“

훈장이 먼저 물었다.

“이 장면은 무엇을 의미하는 것인가요?”

“지구가 태양에서 분리된 후 사람이 살기 시작할 때, 즉 천지개벽할 때의 장면이라 봐야하지요.”

학동들이 여기저기서 손을 들고 묻기 시작하였다.

“지유가 무엇입니까?”

“땅에서 나오는 젖인데 노동을 않고도 지유만 먹고 살았으니 마고대성은 지상낙원인 셈이지.”

“태학사님, 율려(律呂)는 또 무엇입니까?”

“나두 정확히 설명하지는 못 하지만 느낌은 갖고 있단다. 율려는 우주의 모습 이전의 우주의 숨결, 즉 호흡이지. 율려의 작용은 기(氣, 에너지)로 나타난다. 기가 움직이고 흐르는 것이 기운(氣運)이다. 만상(萬象)은 기운의 표현이라 할 수가 있다. 우리 문화의 자랑인 멋과 흥은 바로 이 기운을 타고 살았던 율려의 삶에서 저절로 나온 것이다. 율려의 표현 형식은 한정이 없단다. 양(陽)

의 소리가 율(律)이고 음의 소리가 려(呂)이다. 그 소리(音)를 조직해서 표현한 것이 악(樂)이다. 선도역사에서는 8呂의 음에서 만상이 생겨나는 것으로 역사를 시작하고 있단다. 율려는 우리의 모든 예술과 문화의 바탕을 흐르는 숨결이요 종교적인 혼이며 살아있는 호흡이었다. 이것으로 율려가 이해가 안 된다면 나로써도 더 이상 설명이 안 된다네. 본인도 율려에 대해선 더욱 연구해 다음에 다시 설명하도록 하지요."

김 훈장이 끼어들었다.

"학동들이 율려를 이해하긴 힘들 것 같네요."

김희철 훈장이 태학사의 이론에 흥미를 가졌는지 이어지는 이야기를 재촉하였다.

"태학사, 마고대성의 사람들은 그 후 어떻게 되었지요?"

"제 얘기가 그렇게 지루하지 않다면 계속 하겠습니다. 마고가 곧 네 천인과 네 천녀에게 명하여 겨드랑이를 열어 출산하게 하였답니다. 이에 네 천인이 네 천녀와 결혼해 각각 삼남삼녀를 낳았지요. 이들이 지상에 처음으로 나타난 인간의 시조였답니다. 결국 네 부부가 각각 삼남삼녀를 낳았으므로 스물네 명이 열두 쌍이 되었지요. 그 남녀가 결혼해 몇 대를 거치는 사이에 족속이 불어나 각각 삼천 사람이 되었답니다."

김 훈장이 진지하게 듣다가 끼어들었다.

"마고성에 사람들이 그렇게 많아져도 아무런 문제가 일어나지 않았나요?"

"지유가 샘솟는 인간의 낙원 마고성은 소위 '포도(葡萄)의 변'

이라는 '오미(五味)의 변'으로 인해 지상에서 사라지게 됩니다. '오미의 변'으로 인해 네 종족이 마고성을 떠나 멀리 동서남북으로 헤어져 살게 되는데요,[8] 그 이후에 대해선 소관이 보문전에서 계속 연구하여 정리를 하고 있답니다. 차후에 또 학당에 와서 뒷얘기를 할 것을 약속드립니다."

"태학사님, 우리 보문전에 봉직하는 관리들은 어떤 정신을 가져야 하오?"
"대아찬님, 올바른 선비정신을 가져야 할 것이라고 믿고 있어요. 선비란 어질고 지식 있는 사람인데, 지식이 있다는 것은 일정한 지식과 기능을 갖고서 어떤 직분을 맡고 있음을 말한다고 봅니다."
"그 직분은 주로 어떤 것을 의미하나요?"
"우리와 같이 나라의 보문전 같은 관청에 근무하거나 아니면 향리의 서당 등에서 장래의 동량(棟梁)들을 육성함이지요. 그 외에도 나라의 백년대계를 위해 또는 백성들의 정신상의 풍요로움을 위해 연구하고 결과물을 산출하는 것이라고 봐야지요. 한마디로 학문을 해 나라와 백성에게 봉사하는 직분이지요."
"선비라는 말은 우리 역사상 언제 처음 사용되었으며, 우리 역사상 어떤 기여를 했나요?"
"단군 할아버지가 최초의 선비라고 봐야 합니다. 기록상으로 단군할아버지를 선인(仙人) 혹은 선인(先人)이라 불렀는데, 그것이 바로 선비인 것입니다요. 단군시절에 무교(巫敎)를 담당했던 책임자도 선비입니다. 선비란 말하자면, 우리 민족과 역사를 책임지고 가르쳐온 선각자요 책임자로 보면 무리가 없을 것입니다.

계림이 왜국과 고구려 백제 등의 무수한 외족의 침입을 받고서 오늘날까지 살아남은 것도 무술과 학문을 동시에 연마한 선비정신이 면면히 흐르고 있었기 때문이라고 확신합니다. 그 선비정신은 나라발전의 원동력으로 우리 전통적 공동체 정신으로 그 핵심에는 홍익인간(弘益人間), 천지인합일(天地人合一) 사상이 자리하고 있다고 봐야지요."

"선비는 어떤 정신을 가지고 살아가야 합니까?"

"그것이 바로 선비정신인데요. 여러 가지로 설명이 가능하지만, 선비는 겸손과 의연함을 인생의 좌표로 삼는 경우가 많습니다. 선비를 저 서쪽의 중국대륙에서는 사(士)로 표현하고 있는데, 귀하면서도 겸손으로써 몸을 가지고 부(富)하면서도 검소함으로써 스스로를 받드는 사람이지요.

또, 의연함이 몸에 배어있어야 하는데, 변란을 만나거나 위태로움을 당해 죽음이 눈앞에 있는데도 의연하게 대처하면서 마음을 움직이지 않는 자가 의연한 선비라고 생각합니다. 선비는 겉으로 보기엔 아주 부드럽고 포용성이 있는데, 속으로는 강직하고 위험에 처할 때는 의(義)를 위해 자신의 몸을 초개와 같이 버리는 인격을 소유하고 있답니다. 그런 사람이 진정한 선비이지요."

"선비는 반드시 나라의 관리가 되어 국록을 먹어야 합니까?"

"그런 경우는 오히려 소수의 경우이고, 항상 부지런히 학문을 연마하여 이웃과 백성, 나라를 위해 헌신하는 부류의 맑은 정신의 소유자랍니다. 선비는 관직과 분리되어 인격의 측면이 더 중시되고 있지요. 선비는 자신의 목숨을 버려서라도 어진 덕을 이루는 것을 이상으로 생각하지요."

20대 후반의 나이에 현재 보문전 이찬 직급을 갖고 태학사로 근무하는 제상은, 자신의 부하인 40대 초반의 대아찬(大阿湌) 동료가 선비의 본분에 대해 묻자 이렇게 대답하고 있었다. 보문전 관리들 눈에 젊은 제상은 고위직에 있지만 항상 겸손하고 포용성이 있으며, 학문의 연구에 깊이 빠져있어 존경을 받고 있었다. 제상은 모든 생활에 원리원칙을 철저히 지켰으며 머리와 가슴 속에 지혜와 용기가 샘솟고 있음이 주변인들에게 훤히 보이는 것 같았다.

계림국 왕위계승상의 첫 비극은 실성으로부터
- 계림국 기반을 다진 내물마립간, 광개토왕의 볼모 실성 -

제상은 요즘 조정에 본격적으로 출사하기 전 계림과 한반도 4국의 역사에 대해 소상히 연구하고, 그 역사가 장래 어떻게 전개될지에 대하여 예측을 해보았다.

서쪽 대륙의 전진(前秦, 苻秦 : 5호 16국의 하나)의 부견(苻堅 : 秦王)이 위두(衛頭)에게 묻기를 "그대의 말에 해동(海東)의 형편이 옛날과 같지 않다고 하니 무엇을 말함이냐."고 하니, 대답하기를 "이는 마치 서쪽 대륙(중국)의 시대변혁・명호개역(名號改易)과 같은 것이니, 지금이 어찌 옛과 같을 수 있으리요"라고 하였다.

　상기 대화는 계림국 내물마립간 27년(382) 사신 위두가 고구려 사절을 따라 전진에 들어가 방물(方物, 토산물)을 전하면서 부견과 나눈 것이었다. 위두의 대답은 이때 계림국이 여러 면에서 크게 발전되었음을 짐작케 하는 대목이었다

　계림국이 고대국가체제를 갖춘 것은 내물마립간 때였다. 이때 계림국은 황산하(낙동강) 유역까지 영토를 확보하였고 내부적으로는 국가체제의 일대 정비를 이루었다. 즉, 내물마립간 때부터는 박・석・김의 삼성교립(三姓交立)의 체제가 없어지고 김씨가 왕위를 독점 세습하였으며, 지금까지의 이사금(尼師今, 계승자의 뜻) 대신에 마립간(마루한 : 大首長의 뜻)이란 왕호를 사용하게 된 것 등은 왕권이 강화되었음을 뜻하는 것이었다.

　"왜 하필 내가 가야만 하나? 하필이면 왜 내가?"

　"하긴 눌지 왕자는 갓난아기지만, 숱한 왕족과 고관자제들이 많이도 있는데…"

　실성(實聖)은 온천지가 깊은 흰 눈에 쌓여 인적이 끊어졌고 새들마저 날기를 멈춘 금성을 휘둘러보았다. 부모 형제와 정들었던 금성을 뒤로 하고 고구려 사신을 따라 북쪽으로 북쪽으로[9] 한없이 멀어져 가면서, 두 손으로 가슴을 쥐어뜯고 싶었다. 두 눈은 충혈 되었고 사나이 가슴 속에는 피눈물이 흘러내리고 있었다. 때는 내물마립간 37년(392) 정월 대보름이 지난 지도 며칠 지나

지 않았다.

'올해는 조정에 출사도 해야 하고 할 일이 많은데…'

그는 다음과 같은 결심을 다지며 머리를 세차게 좌우로 흔들었다.

"내 기어코 오늘의 원한을 갚고야 말 것이다. 광개토왕[10] 담덕(談德)이 대단한 호걸이라던데 한 수 배우고 오자."

몇 년 전이었다. 부친 대서지(大西知) 이찬(伊湌)이 만면에 희색을 띠우면서 아들에게 권했다.

"실성, 오늘 월성에서 큰 잔치가 벌어지니 성장(盛裝)을 하고 아비와 같이 참석하자. 이 기회에 마립간을 뵙고 인사를 올려 두어야지."

실성은 큰 기대를 걸고 부친을 따라 월성의 잔치에 갔다. 여러 가지 비단옷을 화려하게 차려입은 백관들과 왕족 및 잔칫상을 차리는 남녀노소 종복 등과 악공과 무희 등 수백 명이 참석했다. 이윽고 용들이 뒤엉킨 화려한 무늬가 수놓인 황금색 옷을 입은 장대한 체구의 내물마립간이, 수백 개 좌석의 제일 상석에 오더니 천천히 앉았다. 마립간은 참석한 귀빈들이 자신이 말씀하기를 기다리면서 조용히 주목을 하자 일어섰다.

"참석해주신 우리 일가들 백관들 참으로 고맙소. 짐이 나이가 들어 눌지(訥祗) 왕자를 얻어 참으로 흡족하오. 왕자가 강건하게 성장하고 장차 지혜로운 마립간이 되기를 기원하면서, 이 잔치를 베풀었으니 대취하여 즐기기를 바라오."

"전하, 만세!"

"전하, 만세!"
"왕자 탄생 만세!"
"왕자 탄생 만세!"

참석자들이 모두 술잔을 들고 성안이 떠나갈 듯 축원의 함성을 질렀다. 그리고 한잔씩 쭉 마셨다. 제2관등인 대서지 이찬은 마립간 바로 옆 좌석에 앉아 있었다. 술이 몇 순배 돌아 모두가 기분이 좋아지자, 이찬이 일어서 마립간에게 공손히 절을 하면서 말했다. 마립간에게 이찬은 숙부요 실성은 4촌 동생이며 동서이기도 했다.

"전하, 신의 자식을 소개 올릴까 합니다."

"오호! 이찬, 우리 다 같은 핏줄의 후손이니 당연히 보십시다."

순간, 몇 걸음 밖에서 키가 7척5촌은 됨직한 훤칠한 대장부가 뚜벅뚜벅 걸어와, 마립간에게 깍듯이 고개를 숙여 존경심을 표하며 우렁찬 목소리로 말했다.

"전하, 실성이라 하옵니다. 왕자 탄신을 진심으로 축하드립니다."

"그래, 그래, 명문가 자제답구나. 참으로 반갑다. 한잔 받게나."

마립간은 술이 확 깨는지 금방 용안에 웃음기가 사라지더니 실성에게 술을 권하면서 그를 뚫어져라 응시했다. 그 눈빛이 너무나 강렬해 실성은 눈을 아래의 술상 쪽으로 내리깔아야만 했다. 인간의 관상을 볼 줄 아는 마립간은 실성에게서 다름 아닌 비상한 위협을 감지했다.

'실성은 분명히 어린 눌지에 위협이 될 인물이다. 사람됨이 명철하고 원식(遠識)의 감각을 가진 자이다. 분명코 호락호락한 젊

은이가 아니야.'

 대서지 이찬의 뒷줄에 앉아있던 최용수 일길찬이 마립간과 실성 왕자 사이의 긴장감을 전광석화처럼 간파하고 있었다. 그는 평소 공명심이 특히 높았고 명석하고 빨리 환경에 적응하는 순발력을 갖고 있었다. 또 남달리 내물마립간에 충성하는 관리로 알려져 있었다

 며칠 전 정월 대보름날이었다. 금성 월성에 고구려 광개토왕의 사신이 와서 마립간을 알현하고 있다는 소문이 돌았다. 대마를 탄 사신 10여 명은 삼족오 깃발을 든 맨 앞 사람을 따르고 있었는데, 새 깃털이 꽂힌 비단모자를 쓰고 의기양양하게 금성거리를 누볐다. 고구려 사신들을 본 국인들이 서로 귓속말로 쑤군거렸다.

 "저 건방스런 자식들의 꼬락서니를 보자니 속이 뒤집히네. 이 한겨울에 왜 마립간에게 왔을꼬."

 "고구려 새 왕이 담덕이라고 태자 시절부터 군대를 이끌고 영토를 엄청 확장했다고 하던데, 틀림없이 우리 영토를 탐내고 왔을 것일세."

 "말도 안돼! 계림 백성들이 다 죽어도 그것은 안 될 일이야. 우리가 시방 고구려나 백제보다는 아직 국력이 미약하니 어쩔 수도 없고 말이야."

 "혹시, 우리가 백제를 도와 자신들을 칠까 걱정이 되어 우리를 달래려고 온 것은 아닐까. 내 짐작이 거의 맞을 것이네."

 "계림이 태백산맥과 소백산맥에 갇히어 허우적거릴 것이 아니라 단단히 힘을 길러, 치고 올라가야 해. 암 그렇고 말고지."

용상의 마립간이 고구려 광개토왕이 보낸 국서를 다 읽고 난 뒤, 동쪽과 서쪽에 줄지어선 백관과 그 중간에 무릎을 꿇고 앉아 있는 고구려 사신들에게 말했다.

"새로 등극한 그대들 대왕의 희망사항은 충분히 알았오. 대신들과 상의해 결정을 내리고자 하니, 그대들은 객관에서 원로에 쌓인 피로를 풀며 평안히 쉬십시오."

사신들이 나간 뒤, 마립간이 절망스런 표정으로 떨리는 음성으로 나라 현안을 의논하기 시작하였다.

"고구려에 새로 부임한 왕이 저 만주벌판을 차례로 점령하는 등 욱일승천(旭日昇天)의 기세로 국력신장을 하고 있소. 그런데, 우리와 화친을 명목으로 왕족을 한 사람 보내라고 하는군요. 이 만행에 대해 경들의 대책을 듣고 싶으오."

백관들도 계림과 고구려 사정을 잘 아는지라 입을 굳게 다물고 있었다. 김경국(金硬國) 파진찬이 입을 열었다.

"계림이 고구려와 대적함은 지금으로선 무리라 사료됩니다. 신의 생각으로는, 우리가 힘을 비축할 때까지 적임자 왕족을 보내는 수밖에 없을 줄로 압니다."

백관들도 이구동성이란 표정으로 고개를 푹 숙인 채 조용하기만 했다. 지혜롭고 판단력이 빠른 마립간이 명을 내렸다.

"왕족 중 누가 적합하겠오? 계림을 대표할 출중한 사람을 천거해보시오."

백관들은 금성을 떠나 저 험난한 고구려에 가서 불귀의 객이 될지도 모를, 결국 볼모가 될 사람을 천거할 용기가 없어, 입을 더욱 굳게 다물고 누군가 나서주기만을 기다렸다. 마립간이 백관의 진심을 헤아렸다는 듯 직접 천거하겠다는 듯 적막감을 깨뜨렸다.

"경들이 그렇게 용기가 없다면 짐이 직접 말해도 되겠오?"

바로 그때였다. 사량부 출신 최용수 일길찬(一吉湌, 제7등)이 재빠르게 청산유수격으로 아뢰었다.

"전하, 어느 왕족이 적국의 볼모가 될 지도 모를 길에 자진해 오르겠나이까? 아무리 왕족이라 하더라도 계림을 대표할 훌륭한 인재여야 할 것으로 사료가 됩니다. 적국에 가서 계림을 도울 인재들과 교류도 잘 해야 하며, 계림의 기밀을 술자리에서 대취해 함부로 내뱉어서도 안 될 것으로 사료됩니다."

"그래요. 최 일길찬은 누가 적당하겠오?"

일길찬이 잠시 뜸을 들이자 마립간도 백관들도 모두 안도의 한숨을 내쉬는 것이, 남당 안에 쫙 퍼지는 것을 쉬이 감지할 수 있었다. 길찬도 이왕 내친 김에 적진을 치고 들어가는 선봉장수가 되겠다는 듯 큰소리로 공표했다.

"황송하오나, 소관은 이찬 대서지의 실성 왕족을 적임자로 추천하는 바입니다."

순간, 모두가 아연실색하는 분위기였다. 마립간이나 백관들은 말은 못하고 속으로 탄성을 질렀을 뿐이었다.

'최 일길찬은 대서지와 같은 사량부 출신인데다 6두품으로 왕족출신의 제2등 고급관리 대서지 이찬의 자식을 입에 올리다니, 그 원성을 어찌 감당하려나. 결국 대서지와 척이 져 죽을 지도 모를 장래를 맞을 걸. 무섭고 두렵기만 하구나.'

최 일길찬의 어려운 천거가 발표되자, 대서지는 물론 아무도 입을 열지 않아 바늘 떨어지는 소리도 들릴 듯 침묵의 분위기가 한동안 지속되었다. 이윽고 마립간의 느리고 묵직한 어명이 떨어졌다.

"대서지 이찬, 참담하겠지만 실성을 보내도록 하시오. 눌지는 아직 너무 어리니…"

정신을 바짝 차린 이찬 대서지가 모든 것을 포기한 듯 큰소리로 아뢰었다.

"신 이찬 대서지, 국난을 당해 전하의 명을 받들겠나이다."

마립간의 마지막 어명이 떨어졌다.

"나라의 어려움을 당해 용기를 낸 일길찬을 최씨로서 최고의 관직인 아찬(阿湌, 제6등)에 임명하는 바이오."

계림왕이 되려면 골수까지 고구려 신하로 바꾸어야지

- 고구려 건국설화를 경청하는 실성 -

실성이 고구려 광개토왕 3년(393) 압록수(鴨綠水)의 본류 국내성(國內城) 태학(太學)에서 태학박사로부터 강의를 경청하고 있었다. 그는 광개토왕의 당부로 귀족 자제들과 어울려 고구려의 건국신화를 이정길이란 박사로부터 듣고 있었던 것이다.

어느 학동이 손을 들어 물었다.

"박사님, 시조 동명성왕(東明聖王)은 부여국에서 이곳 졸본으로 도망 와서 고구려를 건국하시었다던데, 그 내력을 말씀해주시기 바랍니다."

「여러 학동들이 알고 있던 건국설화와 별반 다를 것이 없을 것이네. 우리 시조의 성씨는 고씨(高)요, 그것은 고구려라는 국명에서 따온 것이다.

부여왕(扶餘王) 해부루(解夫婁)가 늙도록 아들이 없어 산천에 제사하여 후사(後嗣)를 구하려 했는데, 그가 탄 말이 곤연(鯤淵)이란 곳에 이르러 큰 돌을 마주 대하여 눈물을 흘렸지 뭐니. 왕이 이를 괴이히 여겨 사람을 시켜 그 돌을 옮겨 놓고 보니, 한 금색(金色) 와형(蛙形)의 소아(小兒)가 있었단다. 왕이 기뻐하여 말하기를, "이는 하늘이 나에게 현사(賢嗣)를 주심이라." 하고 곧 데려다 길렀다네. 이름을 금와(金蛙)라 하고 장성하자 태자를 삼았다네.

그 후에 부여 국상(國相) 아란불((阿蘭弗)이 말하기를, "일전(日前)에 천신(天神)이 나에게 강림하여 이르기를, '장차 나의 자손으로 이곳에 건국케 하려 하니 너희(나라)는 다른 곳으로 피(避)하라. 동해 가에 가섭원(迦葉原, 邊地)이란 곳이 있으니, 토양이 기름지고 오곡에 알맞으니 도읍할만하다 하였다.'고 하였단다. 아란불이 드디어 왕을 권하여 그 곳으로 도읍을 옮기고 국호를 동부여(東扶餘)라 하였다네.

그 구도(舊都)에는 어디서 왔는지 알 수 없었으나 자칭 천제(天帝)의 아들 해모수(解慕漱)라 하고 와서 도읍하였다.

해부루가 돌아가고 금와가 그 위(位)를 이었단다. 이 때 (금와는) 태백산(太白山, 白頭山) 남쪽 우발수(優渤水)에서 한 여자아이를 얻어(만나) 그 내력을 물으니 대답하기를, "나는 하백(河伯)의 딸로 이름은 유화(柳花)입니다. 여러 아우들과 함께 나와 놀고 있을 때 한 남자가 나타나, 제 말로 천제의 아들 해모수라 하고 나를 웅심산(雄心山) 아래 압록(鴨淥) 가(邊)의 집 속으로 유인하여 사욕을 채운 후 곧 가서 돌아오지 않았습니다. (우리) 부모는 내가 중매도 없이 남에게 몸을 허락하였다 하여 (꾸짖어) 드디어 이 우발수에 귀양살이를 하게 하였습니다."고 했다.

금와는 이상히 여겨 그를 집속에 가두었는데, 일광(日光)이 비추더니 몸을 피하는 대로 일광이 또 따라 비추었다네. 그로 인하여 태기가 있더니 닷 되들이만한 큰 알을 낳았단다. 왕이 이를 (상서롭지 못하게 여겨) 그 알을 버려 개와 돼지에게 주었더니 모두 먹지 아니하였고, 또 (이를) 길바닥에 버렸더니 우마(牛馬)가 (밟지 않고) 피해갔다네. 후에 들에 버렸더니 새가 날개로 품어주었단다.

왕이 그 알을 쪼개보려 하였으나 잘 깨어지지 않으므로, 드디어 그 어미에게 돌려주었단다. 그 어미는 물건으로 알을 싸서 따뜻한 곳에 두었더니, 한 사내아이가 껍데기를 깨뜨리고 나왔다네. 아이의 외모가 영특하여 나이 일곱 살에 유표히 범아(凡兒)와 달라 제 손으로 궁시(弓矢)를 만들어 쏘는데, 백발백중이었단다. 부여의 속어(俗語)에 선사자(善射者)를 주몽(朱蒙)이라 하므로, 그와 같이 이름을 지었다 한다.

금와에게는 아들 7형제가 있어 주몽으로 더불어 유희(遊戲)하는데, 그 기능이 모두 주몽을 따를 수 없었단다. 그 장자(長子)인 대소(帶素)가 왕에게 말하기를, "주몽은 사람의 소생이 아니고 그 위인이 용맹스러우니, 만일 일찍이 그를 도모치 않으면 후환이 있을까 두려우니, 청컨대 그를 없애소서."라 하였다네. 왕은 듣지 않고 (도리어) 주몽으로 말을 기르게 하였단다.

주몽이 말의 성질을 살피어 준마(駿馬)에게는 먹을 것을 감(減)하여 여위게 하고 노둔한 말은 잘 먹여 살찌게 하였다네. 왕은 살찐 말은 자기가 타고 여윈 것을 주몽에게 주었다네. 그 후 왕이 원야(原野)에서 사냥을 할 때 주몽은 선사(善射)인 까닭으로, 화살을 적게 주었으나 그가 잡은 짐승은 매우 많았단다.

왕자와 여러 신하들이 또 그를 모살(謀殺)하려 하므로, 주몽의 어머니가 비밀히 아들에게 말하기를, "나라 사람들이 장차 너를 해치려 하니 너의 재주와 지략을 가지고 어디에 간들 아니되랴. (이곳에) 지체하다가 욕을 당하느니보다는 (차라리) 멀리 가서 유익한 일을 하는 것이 좋겠다."고 하였다네.

주몽은 세 친구와 (도망하여) 엄사수(압록 동북쪽)에 이르러 (물을) 건너려 하였으나 다리가 없었단다. 추병(追兵)이 쫓아올까 하여 강물에 고(告)하기를, "나는 천제(天帝)의 아들이요 하백(河伯)의 외손(外孫)으로 오늘 도망하는 중에 추자(追者)가 쫓으니 어찌하랴."고 하였단다. 이때 (물속에서) 어별(魚鼈, 고기와 자라 등)이 떠올라 다리를 만들어주었다네. 주몽이 무사히 건너자 어별이 곧 흩어지니 뒤를 기병들이 건너오지 못하고 말았단다.

주몽이 졸본천(卒本川)에 이르러 고구려란 나라를 세우고 고

(高)로써 씨(氏)를 삼았다네. 이때 왕(주몽)의 나이가 22세였단다. 왕이 북옥저(北沃沮) 등 주변의 여러 나라를 복속하기 시작하였지. 왕 19년에 왕자 유리(類利 : 瑠璃)가 부여에서 그 어머니와 함께 도망하여 오니, 왕이 기뻐하여 태자로 삼았단다. 유리가 온 지 얼마 안 되어 왕이 40세의 나이로 돌아가셨고 그 시호를 동명성왕(東明聖王)이라 하였단다."

고구려 건국설화가 끝나자 실성이 손을 들고 태학박사에게 물었다.

"박사님, 계림에도 선대의 건국설화에 신화적 이야기가 많이 등장합니다. 혁거세거서간과 탈해이사금이 알에서 태어났다는 것 말입니다. 그런데, 고구려 건국설화는 부여에서 졸본으로 와서 동명성왕이 건국했기 때문인지 계림보다는 훨씬 복잡하다는 생각이 드는군요."

"실성공, 그렇습니다. 실성공! 일어나세요."

실성이 일어나자, 태학박사가 강의를 듣고 있던 학동들에게 그를 소개하였다.

"여러분들! 오늘 여기 귀한 손님이 참석하였답니다. 바로 이분이 계림에서 대왕님의 초청을 받아 우리나라에 오신 계림 대서지 이벌찬의 아드님인 실성공이예요. 서쪽 대륙의 여러 대국과 백제·가야·왜국의 동서 연합국들이 고구려·계림의 남북 연합세력을 위협하고 있는 현 상황에서 실성공이 두 나라 친선에 막대한 공을 세우고 있는 것이에요. 이번 강의가 끝나는 대로, 여러 학동들은 실성공께 개인적으로 인사를 올리고 교류를 하길 바란다.

실성공, 태학 학동들에게 한 말씀하시지요."

훤칠한 키에 미남인 실성이 일어나, 학동들에게 달변에 우렁찬 목소리로 잠시 양국의 상황과 자신의 포부에 대해 언급했다.

"현재 고구려는 우리 계림의 우국으로 영명한데다 용기까지 투철하신 대왕님을 모시고, 대외정복 사업을 눈부시게 전개하고 있는 것으로 압니다. 삼한 동남단의 소국으로 발싸심하고 있는 계림으로서도 참으로 든든한 편입니다. 여러 동량께서도 두루 학문을 익혀 대왕님을 도와 국력신장의 굳건한 반석이 되었으면 합니다. 본인은 양국의 친선과 외적의 방어책에 대해 깊은 연구를 하여 여러분들의 소원에 적으나마 기여를 할 것을 약속드립니다."

잠깐 휴식을 취한 후, 태학박사가 계속해 고구려 건국 초기의 주요한 역사에 대해 가르쳤다. 어느 학동이 손을 들어 물었다.

"박사님, 제2대 유리명왕(琉璃明王)께서 졸본의 부왕을 만나러 온 과정에 재미있는 이야기가 있다고 들었습니다요."

"그렇단다. 주몽왕이 부여에 계실 때 예(禮)씨의 딸을 취하여 아이를 뱄는데 주몽이 떠나온 후에 낳게 되었단다. 이가 곧 유리인데, 어릴 때 밭두둑에 나아가 새를 쏘다가 잘못 물 긷는 여자의 물동이를 깨뜨리니 그 여자가 꾸짖어 말하기를, '이 아이는 아비가 없는 까닭에 이같이 완악하다.'고 하였지.

유리가 부끄러워 들어와 어머니에게 묻기를, '우리 아버지는 누구며 지금 어디 계시냐.'고 하였단다. 어머니가 말하기를, '너의 아버지는 보통 사람이 아니어서 나라에서 용납되지 못하고 남쪽 땅으로 도망하여 나라를 세우고 왕이 되셨단다.

떠날 때 나에게 이르기를, '그대가 남자를 낳거든 그 아이에게 이르되 내가 유물(遺物)을 칠릉석(七稜石 : 일곱 모진 돌) 위 소나무 밑에 감추어 두었으니, 능히 이것을 찾는 자가 나의 아들이다.' 하였다 하니, 유리가 듣고 곧 산곡(山谷)에 가서 그것을 찾다가 찾지 못하고 지쳐서 돌아왔다네. 하루는 그가 마루 위에 있을 때 무슨 소리가 주초(柱礎) 틈바귀에서 나는 것 같았단다. 가서 살펴보니 초석(礎石)이 일곱 모로 되었는지라 곧 기둥 밑을 찾아보니 부러진 칼 한 조각이 나왔지 뭐니. 드디어 그것을 가지고 친구와 함께 졸본(桓仁)에 가서 부왕을 보고 단검을 바쳤단다. 왕은 가지고 있던 단검을 꺼내 맞추어 보니 완연한 칼 한 자루가 되었다네.

주몽왕이 기뻐하여 유리를 세워 태자를 삼더니 이에 이르러 위(位)를 계승하였다."

또, 한 학동이 물었다.

"국도(國都)를 졸본에서 이곳 국내성(國內城)으로 천도한 것은 언제입니까?"

"유리명왕 22년이란다. 국내의 위나암성(衛那巖城)은 잘 알다시피 압록강이란 큰강을 끼고 있다네."

다른 학동이 물었다.

"압록이란 무슨 뜻을 가졌습니까?"

"좋은 질문이다. 압록(鴨綠)이란 명칭은, 압록강의 물빛이 오리머리빛과 같이 푸른색깔을 하고 있다고 붙은 이름이라고들 하고 있단다. 압록강이란 이름 외에도 여러 가지 강이름이 있단다."

이번에는 나이가 지긋이 든 한 학동이 물었다.

"박사님, 한사군(漢四郡) 가운데 일백여 년 전까지 현재 평양성 부근에 있었던 낙랑군(樂浪郡)이 고구려에 멸망할 때, 호동왕자란 훌륭한 인물과 낙랑공주와의 사랑이야기는 구체적으로 어떤 내용이신지요?"

"호동왕자는 아주 훌륭한 인물이었지. 어떤 기록에는 낙랑군이 고구려 대무신왕(大武神王) 20년, 호동왕자와 낙랑공주 때문에 멸망했다고 되어 있단다. 그러나, 실제 낙랑군은 그 후 자체(自體)를 유지하였다가 고구려 제15대 미천왕(美川王) 14년(313)에 멸망하였다고 한다네."

호동왕자가 낙랑왕의 사위가 되었다가, 그가 공주를 시켜 외적의 침입이 있을 때 자동적으로 울리는 북을 찢게 해 낙랑이 멸망되었다는 얘기는 다 알고 있으니 생략 하겠다.

대무신왕 15년(32) 11월 호동이 자살하니 그는 왕의 차비(次妃), 즉 갈사왕(曷思王) 손녀의 소생이었다. 호동의 얼굴이 미려(美麗)하여 왕이 매우 사랑하는 까닭에 이름을 호동이라 한 것이라네. 원비(元妃)는 왕이 적통을 빼앗아 호동으로 태자를 삼을까 염려하여 왕에게 참소하기를, '호동이 나를 예로써 대접하지 않으니 아마 나에게 음란하려 함이 아닌가 합니다.'고 하였단다. 왕이 말하기를, '다른 아들인 까닭으로 해서 네가 미워하느냐?'하자, 비는 왕이 자기 말을 믿지 아니함을 알고 화가 미칠까 두려워 울며 말하기를, '청컨대 대왕은 가만히 엿보셔서 만일에 이런 일이 없으면 내가 스스로 죄를 받겠습니다.' 하였다네.

이에 대왕은 의심하지 아니할 수 없어 장차 호동에게 죄를 주려하니, 어떤 사람이 호동에게 말하기를, '그대가 왜 변명을 하지 아니하느냐.'고 말했단다. 호동이 대답하기를, '내가 만일 변명하면 이는 어머니의 악(惡)함을 드러내어 왕의 걱정을 끼치는 것이니 어찌 효(孝)라 할 수 있으랴.'고 하고, 이내 칼에 엎드려 죽었단다.

박사의 가르침에 학동들은 호동왕자의 처신에 희비가 엇갈리는지 잠시 어리둥절해 했다. 질문을 한 나이가 든 학동이 고개를 갸웃거리면서 다시 질문을 했다.

"박사님, 호동왕자가 적국의 고각을 파괴하여 낙랑을 복속시킨 것은 대단한 지략으로 사료되오나, 자신은 죄가 없음에도 자결을 택한 것은 잘못 된 것이 아닌지요?"

"왕자가 사건의 자초지종을 왕에게 밝혀 원비도 구하고 자신도 살게 해, 왕이 불의에 빠지지 않도록 했어야 했네. 거의 맹목적 효도에 아쉬운 감이 든단다."」

제4부

삽량주 간(태수) 박제상
-왜군 방어와 재정조달
임무수행

계림 백성에게 왜구는 철천지원수로다
- 왜국의 침공에 시달리는 황금과 비단의 나라 계림 -

"아이구! 사람 살려!"

"앗! 아악!"

"왜구놈 새끼들아! 다 뒈져라!"

월성 밖 동서남북 여기저기에 수십 채 민가가 불길에 휩싸였고 화염이 하늘 높이 치솟았다. 월성 밖 사방에 대낮 같이 횃불이 밝혀져 있었다. 월성 성안 사방의 성벽에도 대낮 같이 횃불이 밝혀져 있었다.

월성 사방의 민가에서 아비규환의 단말마와 피비린내가 여름밤의 바람에 실려와 코끝을 후벼 팠고 '지옥이 따로 없다'는 생각이 들었다. 성 밖의 벌판에 나락이 한창 자라고 있는 데 요소요소에 모닥불이 화염을 공중으로 뽑아 올리고 있었다. 물 잡힌 논에는 개구리 소리가 멀리서 혹은 가까이서 이따금 들려오고 있었다.

"전하! 왜적이 수천 명인데 명일 새벽부터 제장들이 모두 득달같이 달려 나가, 한 놈도 남기지 않고 참살하겠나이다. 허락하여 주시옵소시!"

번쩍거리는 갑옷을 입고 머리에는 붉은 수건을 질끈 동여맨 내물마립간이, 휘하 장수들의 용기백배한 요구를 듣고 고개를 가로저으며 말렸다.

"그렇지 않네. 지금 왜적이 배를 버리고 깊이 들어와 사지에 있으므로 그 서슬을 당하기 어렵다. 일단 성문을 굳게 닫고 짐의 명령을 기다려라."

성안의 경도를 수호하는 서불한 병영에는, 수십 명의 갑옷 입은 장수들이 마립간 앞에 앉아 왜적을 물리칠 방법에 골몰하고 있었다. 월성 방어를 책임진 장수가 마립간에게 아뢰었다.

"전하! 새벽녘에 적들의 긴장이 풀릴 것이니, 날쌘 특공대를 보내어 심리전으로 적의 예봉을 꺾어야 할 줄로 아뢰오."

"박 장군은 침전에 와서 그 계략을 보고하라!"

"전하! 사방에서 숱한 백성들의 재산과 인명의 피해가 막심합니다. 어찌 보고만 있을 수 있겠나이까?"

"소탐대실(小貪大失)이네. 짐의 치세에 근 30년만에 또 이런 왜적의 침공이 있으니 성급하게 설치지 말고 일체 짐의 명령에 따르라. 경거망동 성문을 열고 나가는 자는 즉시 참수하리라."

20여 갑옷 차림의 장사들이 동쪽과 서쪽에 각각 10명씩 앉아 있다가 일어나면서, 마립간에게 고개를 숙이면서 경례를 올렸다.

"명심!"

"충성!"

월성 동쪽의 벌판에 집채만한 모닥불을 피워두고 왜국의 장수가 목이 터져라 고함을 질러대며 일장연설을 하였다.

"용감한 나의 병사들이여! 예부터 이곳 계림은 벌판이 넓고 기후가 온화해 살기가 너무 좋다. 계림은 황금과 비단의 나라로 알려져 있다. 날이 밝는 대로 금성 전역을 샅샅이 뒤져 황금과 비단 및 쌀은 물론 백성들도 모두 잡아서 데리고 가야한다. 노예로 팔아 이번 원정의 경비에 충당해야 한다.

병사들이여! 우리는 이 여름 훈풍을 타고 계림에 와서 충분한 전리품을 획득해 귀국해야한다. 이번에 월성을 점령해버리면 더욱 좋고. 어설프게 계림군과 대적하다간 귀국도 못하고 배를 타지도 못하고 불귀의 객이 되고 말 것이다."

이때가 내물마립간 38년(393) 5월이었고 왜국의 수천 군사가 월성을 에워쌌던 것이다. 금성은 이비규환의 불바다 피바다가 되어 수천 명의 백성들이 왜적의 칼날 아래 무참히 살육 당했다. 마립간의 엄명으로 계림 군사들은 월성에서 힘겹게 농성전(籠城戰)을 이어가고 있었다.

"장사님, 제발, 목숨만 살려주시오! 뭐든 다 내놓겠오!"

"헤~헷! 그래. 니네 집 황금과 비단은 말할 것도 없고 저년의 댕비머리도 다 잘라가겠다."

"황금이고 비단이고 괜찮으나 딸의 댕기머리는 안 되오. 제발, 한번만 좀 봐주시오."

뻘건 피가 뚝뚝 듣는 장검을 오른손에 바짝 움켜쥔 왜놈들이, 무릎을 꿇고 두 손을 싹싹 비비는 두건을 쓴 비단옷 차림의 주인장에게 능글맞은 웃음질을 하면서 위협조로 말했다.

"왜? 저년의 댕기머리는 안 된단 말이야."

"곧 혼인을 해야 하고 머리칼은 곧 우리들의 정신이니까요. 장수님, 제발요!"

두목인 듯한 왜적이 곁의 부하들에게 버럭 명령을 했다.

"저년의 댕기머리를 자르고 저년도 수레에 실어라!"

동시에 그는 장검을 번쩍 치켜들더니 마당에서 살려달라고 빌고 있던 주인장의 목을 댕강 잘랐다. 왜적들은 사람 죽이기를 즐기는 악마였다. 옆에서 중늙은이 여자주인이 악을 써가며 외쳤다.

"아악! 왜놈의 새끼들아! 인간이가?"

"집을 불 질러라!"

낮인데도 횃불을 들고 있던 부하들이 부엌과 창고 및 안방에다 사정없이 불을 질렀다. 금성에 몇 곳 안 되었던 금입택(金入宅, 큰 부잣집)들이 이렇게 잿더미가 되어 싸늘하게 사라져갔다.

그 날 한밤이 되자, 사방에서 왜군의 모닥불과 횃불의 화염이 월성 성벽 안쪽으로 뜨거운 화기를 흘러 들이고 있었다. 금성 한 가운데 월성 높은 누각 위로 컴컴한 붉은 달 같은 것이 몇 개가 솟아올랐다. 모닥불 옆에서 잠을 청하던 왜적들이 공중의 달 같은 것을 보고는 손을 가리키면서 깜짝 놀라 외쳤다.

"저게 뭐고? 요상하요."

"글쎄, 처음 보는 것인데. 달이 몇 개가 될 리도 없고 말이다."

그 달 같은 것은 밑에는 불이 붙는 가벼운 그릇 같은 것이 매달려 있었고, 그 위에는 흰 천 같은 것이 둥그렇게 둘러싸여 하늘을 나는 연 같이 보였다. 그릇 안에 불이 활활 심하게 타는 것으로 보아 맹화유(猛火油, 석유) 혹은 신루지(蜃樓脂, 鯨魚油, 고래기름)를 이용한 연료가 있을 것으로 짐작이 되었다.

바로 그때였다. 금성 주변의 남산(금오산), 토함산, 함월산, 명활산 등에서 고래등 같은 불기둥이 솟아올라 금성이 낮같이 밝았다. 높은 산들에서 화염이 하늘로 치솟자, 멀리 동서남북에서 귀를 찢을 듯한 함성이 금성으로 밀어닥쳤다.

"철천지원수 왜적들을 다 죽여라!"

"한 놈도 살려 보내서는 안 된다!"

"이랴!"

"끼랴!"

월성 위에서 관군들이 6부촌의 협공을 반기면서 사방을 포위해 있던 왜적들에게 화살을 비가 퍼붓듯 날려 대었다.

내물마립간이 닷새 동안 월성 성문을 굳게 닫고 농성전을 계속하자, 왜적들은 싸운 보람도 없이 얻은 것도 별로 없이 천지를 진동시키면서 동쪽으로 퇴각하였다.

동해안 아주 낮은 야산(野山) 독산(獨山, 영일군 신광면) 꼭대기에 여름철 한낮의 햇빛이 내려쬐고 있었다. 독산의 정서쪽에는 마치 학이 양 날개를 펴고 막 동해로 날려는 품새를 취한 지형을 한 비학산(飛鶴山, 762m)이 올려다보였다. 비학산 동쪽 벌판의 독산 근처 백성들은 비학산칼국수를 즐겨 만들어 먹었기에 그 음식이 영일현까지 소문이 나 있었다. 독산은 벌판 가운데 아주 낮은 산으로 주위 산들과 떨어져 고립되어 있는데, 천지가 개벽할 때 물에 둥둥 떠다니다가 외따로 멈추어버렸다고 전해온다.

독산 일원에 마치 불이라도 난 듯 연기가 산과 마을을 뒤덮었다. 짧은 저고리와 바지를 입었기에 팔과 다리가 다 드러난 왜구들 수천 명이 동해 바닷가로 전속력으로 달리고 있는데, 갑자기 그 앞에 계림의 기병들 수백 기가 나타나 화살을 비 퍼붓듯 쏘아대었다.

"와! 왜놈들 모조리 다 날려버려라!"
"아이고! 내 죽는다."
"죽여라! 짓밟아버려라!"
"고향에도 못 가고 죽는구다."
"악마들아! 게 섰거라!"
"아얏!"

불쑥 앞을 막아선 기병들에 기가 질린 왜구들이 뒤돌아 서쪽 벌판으로 도망가기 시작하였다. 그때 저 멀리 서쪽 벌판 끝에서 10여개의 군대들이, 깃발을 수십 개나 들고 화살을 쏘아대며 천지를 쩡쩡 울리면서 달려들었다. 그들은 6부촌의 군인들과 관군들이었다.

"이놈들! 우리 가족을 죽인 놈들 그냥 돌려보낼 수가 없지."
"악!"
"이큭!"

그 날 오전, 김희철 훈장이 마상에서 집안의 사병들을 휘몰아 참전한 제자들을 독전하고 있었다.

"나의 제자들이여! 나라가 있어야 학문도 집안도 있느니라. 사병들과 오늘 저 독산에서 뼈를 묻을 각오를 하라. 동탁이는 점량부(모량부) 손씨 가문의 명예를 걸고 왜적 뒤의 독산 만뎅이에 가서 불을 놓아라. 그것을 신호로 나와 제상 태학사 군대와 같이 왜적을 박살낼 것이다."

왜적들이 새벽에 물러간다는 보고를 받은 마립간이 장사들에게 명했다.

"제장들이여! 때가 왔도다. 서불한 군대가 날쌘 기병 이백을 보내 적군들의 앞을 가로 막아라. 그 뒤에 보졸(步卒) 1천을 보내 적당한 때 협격(挾擊)토록 하라."

기가 질려 도망가다 앞뒤에서 계림군을 맞은 왜적들이 우왕좌왕 흔들리기 시작하였다. 가족을 왜구에게 처참하게 잃은 계림 군사들이 악이 받쳐 이리 뛰고 저리 뛰며 왜구들의 목을 쳐 날렸다. 한참 뒤, 왜구의 주검들이 물 잡힌 논과 지열이 이글거리는 밭에 가을철 볏단처럼 어지럽게 늘려 있었다. 수백 명의 왜구들이 간신히 살아남아 동해로 가서 배를 타고 도망 가버렸다.

오늘 독산 전투에서 제상은 이십여 명의 집안 사병들과 합심하여 왜적을 무찔렀다. 제상은 달리는 말의 안장에 두 손을 잡고서 몸을 말의 옆구리와 배 밑에 바짝 붙여, 적진 깊숙이 들어가서는 말을 버리고 왜구 수십 명을 죽였다.

김희철 훈장은 마립간의 가까운 친척이라 전쟁에 대비해 훌륭한 갑옷과 양마를 조상으로부터 물려받았다. 제상과 함께 관군의 우익을 맡아 돌진했던 그는, 왜구 몇 명을 쳐 날린 뒤 나아가다가 견갑(肩甲, 어깨보호용 갑옷)에 왜장의 후려치는 철봉을 맞아 낙마해 정신을 잃었다. 그는 찰갑(札甲, 비늘식 갑옷)을 입었고 그의 말도 마갑(馬甲, 말의 갑옷)으로 무장해 중장기병(重裝騎兵)과 다름이 없었다.

"훈장님! 깨어나시오!"

"눈을 떠보시오!"

제상이 왜구들을 물리친 뒤 화려한 갑옷을 입은 김 훈장을 왜구들의 시체 속에서 찾아내 계속 흔들어 깨웠다. 부스스 깨어난 훈장은 제상의 모습을 확인하고는 중얼거렸다.
"내가 죽지는 않았구나. 필사즉생(必死則生) 필생즉사(必生則死)라더니 그 말이 빈말이 아니네 그려."

"아~아~ 좋아."
"너무 좋아. 월년이."
동탁이가 등불이 희미하게 밝혀진 방에서 높은 삼베 베개를 베고 발가벗은 상태로 반드시 누워있었다. 동탁의 엉덩이 왼쪽에 벌거벗은 처녀가 쪼그려 앉아 머리를 푹 박아, 총각의 왼쪽 가슴 팍과 오른쪽 허벅지에 난 깊은 상처를 혀를 날름대며 부드럽게 핥고 있었다. 총각은 몸에 경련을 일으키더니, 자기 엉덩이의 왼쪽에 앉아 있는 처녀의 약간 들린 듯한 살찜이 좋고 둥그스름한 엉덩이를 여러 차례 쓰다듬었다. 그는 쉼 없이 두 손으로 처녀의 젖무덤과 온몸을 조심스레 어루만졌다.
'햐! 여체가 어찌 이리도 부드럽고 미끈거리며 따사롭는고…'
남자가 도저히 못 참겠는지 벌떡 일어나더니 여자를 눕히고 그 위에 올라탔다. 그는 그녀의 두 가랑이 새 심연 깊숙이 남근을 디밀어 꽂더니 서서히 뺐다 꽂기를 지속하였다.
남정네는 자신의 거대한 물건이 여자의 살 속으로 들어갔다 나왔다 하는 것을 내려다보면서 더없는 정복감과 만족감을 느꼈다. 한참을 그러던 총각이 여자의 허리가 이불로부터 떨어져 활시위처럼 둥글게 되자 남근을 빼내어버렸다. 그리고는 얼굴에 미끈거리는 땀을 여자의 배꼽 위에다 비벼대었다.

 또다시 그의 남근을 여근 속으로 내리 꽂더니 격렬하게 넣기와 빼기를 끈질기게 지속하였다. 한 쌍은 허리가 분질러져라 힘껏 껴안더니 질정 없는 헛소리를 내질렀다.

 "엇! 흡!"

 "아앗! 휴우~"

 동작이 갑자기 잠잠해지더니 조용해졌다. 팔베개를 한 월년이 동탁의 얼굴에 내려진 머릿결을 걷어 올렸다. 남녀의 두 몸뚱이는 여름밤 땀으로 번질거렸다. 바람소리가 쏴 하더니만 멀리서 개 짓는 소리가 들려왔다.

 "월년이, 왜 나에게 옷까지 벗고 그러오?"

 "아부지가 공자님이 발기가 되는지 알아보라고 해서요."

 "어르신은 내 상처가 그렇게나 위중한지 걱정이 되셨던 모양이구나."

 "내가 두 손으로 당신의 전신을 어루만지니 기분이 불쾌하진 않았어요?"

 "보통 여자들이 남정네 손에서 해로운 병이 옮기지나 않을까 기분 나빠하지만, 공자님이 굴아화현(屈阿火縣, 울산) 염포산(鹽浦產) 소금으로 손을 깨끗이 세척했으니 괜찮아요."

 "낭자, 고맙소."

 "그대의 허벅지가 길고도 탄탄해 진정으로 맘에 들었어."

 "허벅지가 탄탄하면 무엇이 몸에 좋은가요?"

"허벅지 근육은 마치 골짜기의 저수지와 같다네. 저수지가 충실해야 그 아래 벌판에 물대기를 잘 할 수 있어 농사가 잘 되지. 저수지가 빈곤하면 농사가 피폐하게 되지. 비쩍 마른 남녀의 허벅지는 남녀관계에서는 별로 재미가 없지."

한 달 전 동탁은 가병(家兵) 몇 명과 김희철 훈장의 명령으로 숲속을 헤쳐가면서 독산 꼭대기에 올라 불을 놓아 신호를 보내고 급히 하산하였다. 하산 중 왜적 십여 명을 만났다. 가병들은 열심히 싸웠으나 모두 전사하였다. 그는 뒤따르던 왜군들을 따돌리려다 가슴팍과 오른쪽 허벅지에 화살과 창을 맞아 피를 엄청 흘렸다. 필사적으로 도망가다가 창고 옆의 풀밭에 쓰러져 의식을 잃었다.

월년의 아버지가 그 창고에서 대장장이 생활을 하였는데 동탁을 구했고, 죽어가던 동탁을 월년이 지극정성으로 간호해 살아나게 되었던 것이다. 한여름인데도 동탁은 밤에만 집 뒤 뜰 안을 거닐 뿐 대부분의 시간을 월년의 정성스런 간병을 받으며 살았다. 총각과 처녀는 하룻밤도 쉬지 않고 꿈길 같은 애정행각을 벌였다. 밤마다 뒷문의 문틈 새로 둘의 행각을 침을 삼키며 씩씩거리며 지켜보는 두 눈이 있었다. 그녀는 월년의 여동생 일년이었다. 그 앳된 처녀는 동탁 공자와 언니의 진한 성희 장면을 창호 새로 엿 보며 중얼거렸다. "언니는 공자가 그리도 좋은가. 끌어안고 엎어져 홀꼬 빨고 난리법석이네. 정말이지 나도 한번 해봤으면 정말 좋겠는데... "

그 이튿날 낮에 어머니께 그녀는 간밤에 지켜본 희한한 두 남녀의 장면에 대해 속닥거렸다. 엄마가 깜짝 놀라 딸의 입을 두 손으로 막으며 크게 나무랐다. "아부지가 다 요량이 있어 그러니 너는 절대로 마실에 소문을 내지 말거라. 그랬다간 너는 집에서 쫓겨 날테니."

독산에 단풍잎이 고와졌고 저녁이 오면 섬돌 아래 귀뚜리가 울기 시작하였다. 하늘은 구름 한 점 없고 저 동쪽의 월포와 칠포 앞바다의 빛깔처럼 푸르렀다. 여름을 지내고 동탁은 금성을 지나 고향 점량부로 가려고 말에 올랐다. 월년의 대장장이 아버지가 말 잔등에 탄 동탁에게 말했다.
"공자가 다 나아 고향을 가니 정말 다행이오. 우리를 집으로 여기지 말고 나라의 동량이 되어주시오."
"어르신, 댁은 내 생명의 은인이오. 멀지 않아 다시 찾을 것이오."
월년은 벌써 잉태해 배가 약간 나와 있었는데, 떠나는 일 동탁에게 두손을 흔들며 한없이 풍성한 미소를 지어 보였다. 월년의 여동생 해년은 이제 밤마다 공자와 언니의 진하디 진한 사랑동작을 볼 수가 없어, 그 아쉬움에 얼굴색이 노랑 탱탱하게 변했으며 고개를 들지 못하고 있었다.

"아들이 살아 돌아온 것은 참으로 반가운 일이나, 너의 문장과 점량부 촌장인 우리 가문이 있는데, 어찌 성씨도 없는 바닷가 대장장이를 사돈으로 맞다니 부끄럽지 않단 말인가. 절대로 안 될 일이다."

동탁은 촌장인 아버지의 꾸지람을 듣고 두 번 절하며 하소연하였다.

"아버님, 가난하고 천한 것은 부끄러운 것이 아니옵고, 학문을 배워 이를 행하지 않는 것이 더 부끄러운 것이옵니다. 소자가 일찍 듣자오니, 옛 사람들이 말하기를 '조강(糟糠)의 아내는 버리지 아니하고 빈천할 때 사귄 벗도 가히 잊어서는 아니 된다.' 하였으니, 천한 아내라 할지라도 차마 버리지 못하겠나이다. 더구나 그 집 사람들은 소자의 생명을 구했나이다. 그러니, 아버님도 부디 소자의 심정을 이해해주시길 바라나이다."

이에 점량부 손 촌장은 점잖은 선비인데다 아들이 언급했던 조강지처의 고사를 너무나 잘 알고 있었기에, 양산(남산)촌 부잣집 딸과 오가던 혼담을 깨끗이 단념했던 것이다. 그가 알고 있던 조강지처의 고사는 다음과 같은 것이었다.

「조강이란 술지게미와 쌀겨를 말하는데, 둘 다 가축의 사료로나 쓰지 귀한 사람은 먹지 않는 것이었다. 가난하고 비천한 사람들은 남녀노소 할 것 없이 양식이 없어 술지게미를 빈속에 먹고 얼굴이 불콰해 돌아다니곤 했다. 역시 가난한 사람들은 쌀겨로 개떡을 해 끼니를 때우기도 했다.

공자가 가장 아꼈던 제자 중 안회(顔回)가 어찌나 가난했던지 조강조차 배불리 먹어보지 못하고 요절하자 크게 슬퍼했다. 더러는 조강이라면 고통과 가난을 함께했던 부부로 알고 있었다.

저 서쪽 대륙에서 후한(後漢)을 세웠던 광무제(光武帝)에게는 과부가 된 누님 호양공주(湖陽公主)가 있었다. 수절하던 공주가 유부남인 대신 송홍(宋弘)에 반해 고민 끝에 동생 광무제에게 중매를 요청했다. 누님의 청이 딱해 광무제는 주연(酒宴)을 차려 송홍을 초대했다. 그는 누님을 병풍 뒤에 숨게 해 엿듣도록 했다.

광무제가 "사람이 한 평생을 살아가는데 있어 지위와 돈이 중요하지. 그것만 있다면 친구나 아내도 쉽게 얻을 수 있지 않는가" 하면서 송홍의 의중을 떠보았다. 그런데 송홍은 "아닙니다. 가난하고 비천했을 때 친구일수록 잊어서는 안 되며, 조강을 먹고 어려움을 함께한 아내일수록 소중하게 생각해야 합니다."며 황제를 꾸짖듯 말했다. 그 말에 광무제는 물론 병풍 뒤의 누님도 얼굴이 붉어졌다. 조강지처라는 말은 이때부터 쓰기 시작하였다.」

삽량성은 계림의 방어기지며 재원조달의 근원지라
- 왜국과 가야국의 방어기지 삽량성 간(干) 제상 -

"삽량성(歃良城, 양산시)은 예로부터 아름다운 산과 풍부한 물길을 가진 데다, 기후가 온화하고 농사짓기에 좋아 사람들이 많이 살았습니다. 반면, 주변에는 황산하(黃山河)가 남해안과 이어져 왜적들이 자주 침략합니다. 즉, 삽량성은 대륙세력과 해양세력이 교차하는 지역에 있기 때문에 항상 왜국의 침략이 연속되었지요. 그것뿐 입니까. 바로 황산하를 건너면 금관가야(金官伽倻)가

버티고 있어 계림의 군사요충지입니다. 삽량성 지역에 계림국의 지배력이 미친 것도 현재의 내물마립간 이후지요.

　마립간께서는 본관이 30대 초반인데도 불구하고, 혁거세거서간의 후손으로 왕족의 피가 흐른다고 삽량성의 책임관으로 임명하셨습니다. 옛 말에 남의 신하가 되어서는 충성을 다해야 하고, 남의 아들이 되어서는 효도를 다해야 하며, 위급한 일을 당해서는 목숨을 내놓은 것이 충성과 효도를 함께하는 것이라 했습니다. 본관이 삽량성에 부임한 이상 백성들의 살림살이를 보살핌은 물론, 백성들이 학문에 몰두하도록 하는 동시에 충과 효가 충만한 지역이 되도록 최선을 다하겠습니다. 삽량성이 왜국과 가야국과 늘상 대치하고 있는 상태라 위급한 상황입니다.

　오늘 본관의 부임식에 참석하신 고마운 각각의 군과 현의 관리들 및 삽량성 유지(有志) 여러분들의 충정어린 협조를 당부 드립니다. 본관이 아직 계림 왕경의 남쪽과 동쪽의 광막한 지방인 삽량성을 책임질 간으로는 부족함이 많다고 생각하기 때문입니다. 감사합니다."

　내물마립간 40년(395) 박제상이 삽량성(양산시) 간(干)으로 부임해, 관아에 모인 삽량성에 속한 각 군과 현의 관리들 및 삽량성 유지들에게 부임인사를 하고 있었다. 저녁 해가 황산하 건너 금관가야(김해) 무척산(無隻山, 食山) 위에 진홍색을 발하고 있었다.

　삽량성에 속한 관리들은 젊은 신임 간의 달변과 부드러운 표정 속에 번듯이는 용기와 지혜를 알아보고는 긴장되어 몸을 바짝 도사리고 있었다. 반면에 살이 찌고 얼굴에 기름기가 번지르르 흐르는 유지들은, 그런 간의 표정에는 아랑곳 않고 술잔을 기울이며 젊은 간에게 여러 가지를 물어보았다.

"신임 간님, 마립간께서 왕족을 지방의 간으로 임명하는 관행은 언제부터 생겨났어요?"

"계림국이 사로6부에서 주변의 소국들을 부지런히 복속하게 된 것은 제4대 탈해이사금과 제5대 파사이사금 때부터였지요. 초창기에는 중앙 조정의 지배력이 복속된 지방에까지 속속들이 침투가 되지 못해, 그 지방의 유력자들이 해당 지역 백성들을 다스렸답니다. 그런데, 계림국 건국의 주체로서 박씨 왕족에게는 국가보위에 대한 책임이 부여되었지요. 탈해이사금 이후 박씨 왕족을 변경 요새지에 간으로 파견하는 관행이 생겼지요. 그 결과 소관이 삽량성에 부임하게 되었답니다."

"우리 고장을 삽량성이라 부른 것은 언제며 그것은 어떤 의미를 가지고 있는가요?"

"간이란 자리는 어떤 자리인가요?"

"저 서쪽의 대륙에서는 지방의 책임관을 보통 태수(太守)라고 하는데, 계림국에서는 간이라 부릅니다."

"지가 삽량성에 수십 년을 살면서 왜구와 가야국의 침략을 받아 엄청 끔찍한 일을 많이 당했어요. 우리 지역에 왜구와 가야국이 침입한 사례를 간님을 알고나 기십니까?"

"본관이 평소 외적의 침입에 관심이 많은데다, 간이 되기 전 왕실 도서관인 보문전에 근무할 때 외적의 침입에 관한 기록을 많이 보았기에 큰 침략은 알고 있답니다."

 신임 간(태수)의 해박한 왜군의 삽량성 침략사를 다 듣고 있던 관리들과 유지들이 한숨을 쉬면서 한탄했다.

 "그 놈의 왜적들 여름밤 모기처럼 끝없이 괴롭히는구나."

 "계림의 동해와 이곳 남해의 삽량성은 하시라도 민관이 합심해 왜적의 침략을 섬멸해야 할 것이오. 황산진나루터(양산시 원동면과 김해시 상동면 간의 강나루)에 언제 왜적이 출몰할지 누가 미리 알겠오?"

 잠자코 듣고 있던 대청마루 위의 삽량성 방어대장 김광기(金光基)가 갑자기 경직된 표정을 짓더니 목소리를 높여 외쳤다.

 "간님! 최선을 다하겠습니다. 염려 마이소!"

 "대장, 그래야지. 내일 삽량성 방어망을 점검해야겠다."

 신임 간은 부임 이튿날 새벽, 청색 관복을 입고 성황산성(城隍山城) 꼭대기에서 관리 몇 명과 삽량성 관아 사방의 지형을 살피고 있었다. 산성은 징강(양산천) 동쪽의 성황산 꼭대기 부분을 두르고 있는 원형으로 축성된 퇴뫼식이었고, 그 안에 삽량성의 치소가 있었다. 간이 성황산 정상의 작은 바위봉에서 해당 관리에게 말했다.

 "우리 이 삽량성 치소 주변의 산천에 대해 설명을 해보세요."

 "예, 성황산은 삽량고을의 진산(鎭山)입니다. 서남쪽에서 동쪽으로 황산하가 흐르고 그 건너 가야국 무척산이 있습니다. 남쪽의 앞산 뒤에 멀리 바라보이는 높은 것이 금정산(金井山)이며, 서쪽에는 황산(오봉산)과 어곡산(魚谷山, 선암산, 매봉)이 남북으로 올려다 보이지요. 그 아래가 고을이며 징강입니다. 북쪽에 높은 산이 원적산(圓寂山, 원효산)인데 그 뒤에 천성산(千聖山)이 있답니다."

"이곳 성황산이 남해에서 왜적이 올라오는 황산강과 가야국이 쳐들어오는 황산진나루를 감시하기에는 딱 좋은 요지에 솟아있구나. 삽량성은 왕경인 금성외에는 계림국의 제2의 고장으로 최전방기지다. 아, 꼭대기 남쪽의 저 작은 기와집이 성황사(城隍祠)겠지?"

"간님! 처음 보시고 어찌 아시나요?"

"대부분의 큰 고을의 성황산에는 성황사가 다 있기 마련이다. 성황은 성과 황이 합해진 말인데, 성(城)은 외부의 적으로부터 고을을 방어하기 위한 시설물이고, 황(隍)은 성을 보호하기 위하여 성 주위를 둘러 파놓은 도랑을 말하며, 이를 성지(城池) 또는 성호(城壕)라고도 한다네. 성황신앙은 고대 성읍국가의 치소를 보호하기 위해 구축되고 있는 성과 황을 숭배하는 뜻에서 비롯되었지. 성황은 성내 집단의 생명과 재산을 보호해주는 수호신으로 중요시되었단다. 성황은 또 씨족이나 부족 단위로 제천을 하던 장소이기도 하다.[11] 성황신에게 참배하고 내려 가자네."

남방불교의 첫 유입지 금관가야는 불교나라였다오
- 남방불교가 유입된 가락국의 불교전래 헌상 -

7년 전 왕경 사람 원철(元哲)과 의명(義溟) 두 젊은이는 가락국에 신묘한 종교가 유입되었다기에, 황산하 가의 높은 산 원적산(圓寂山, 원효산) 남쪽 기슭에 내려와 초옥을 짓고 불도에 전념하였다. 원적산 정상에는 화엄벌이란 수십 만 평의 억새평원과 진달래군락지가 펼쳐져 있어 인간세상의 선경을 연출하고 있었다. 저 서남쪽에는 가락국 무척산과 그 아래 황산하가 건너다보이고 동쪽에는 더운산(大雲山, 울주군 온양읍 대운산)이 건너다보였다.

원철은 원효대 아래에 의명은 의상대 아래에 각각 초옥을 지어 수도를 하고 있었다. 두 곳은 넘어지면 코가 닿을 정도로 가까운 곳이었다. 둘은 결의형제를 맺었고 거기서 도를 닦을 작정이었으며, 도를 깨우칠 때까지는 서로 헤어져 살기로 다짐했다.

어느 늦가을 한밤이었다. 의상대 아래에 묘령의 부인이 나타나 의명의 초옥 방문을 두드렸다. 사방은 쥐죽은 듯 고요하고 가끔가다가 나뭇잎 떨어지는 소리와 물 흘러가는 소리가 들릴 뿐이었다. 쟁반에 옥이 굴러가는 듯한 고운 여인의 목소리가 들렸다.

"스님, 지나가는 나그네입니다. 하룻밤만 쉬어 갑시다요."

그러자 안에서 구독자다운 스님의 차가운 목소리가 답했다.

"여기는 승방이니 여자는 들어오지 못하오."

"스님, 날씨가 너무 춥습니다."
"그래도 할 수 없오."
문득 여인은 신음하는 소리를 내었다.
"아이고, 아야~아~ 스님, 갑자기 산기(産氣)가 있습니다."
"그래도 할 수 없오."
그러자, 의명은 문고리를 더욱 여물게 채우고는 불경을 더욱 목소리를 높여 읽었다.
"의명스님이 다 되었다더니 아직 멀었구나. 그럼 원철이나 만나고 갈까?"
여인은 혼자서 중얼거리고 떠났는데, 실은 이 여인이 관세음보살의 화신이었던 것이다. 그녀는 원효대로 들어서자 원철의 방문을 두드렸다.
"지나가는 나그네입니다. 하룻밤 쉬어갈 수 없겠습니까?"
"아니 젊은 여자의 목소리구나. 이 어두운 밤에 어떻게 혼자서 왔소? 호랑이나 늑대 같은 무서운 짐승이 사는 곳인데 어서 들어오시오."
원철은 그녀의 손목을 잡아서 방안으로 들이고는 구들목에 앉혔더니 얼마 후에 여인은 신음하기 시작했다.
"스님, 지가 산기가 있습니다."
여인은 구들목에 반드시 누우면서 말하고 난처한 표정을 지었다.
"큰일 났구나. 어서 물을 덥혀야지."
스님이 밖으로 나가서 물을 덥혀 들어오니, 여인은 옥동자를 낳았다.

"스님, 죄송합니다만 그 물로 저를 좀 씻겨주세요."

그녀가 옷을 활활 벗자, 여체 특유의 윤기가 번득이는 알몸과 붉은 유두 및 풍성하고 희디흰 엉덩이가 눈길을 끌었다. 그러나, 스님은 여자가 아이를 처리하는 일에만 관심이 있는 것 같았다. 여자가 그런 그에게 말했다.

"스님도 옷을 벗고 몸을 좀 씻으세요."

문득 물이 소용돌이치는데 향내가 진동하고 순간 여인과 옥동자는 간데 온데 없이 사라져버렸다. 원철은 합장하면서 생각했다.

'관세음보살이 나를 시험하러 왔던 것이구나.'

원철은 그 물에 목욕을 했다. 그러자 그는 그 순간 도를 깨우쳤다.

이튿날이었다. 의명은 새벽에 일어나서 웃기 시작했다.

"나기에 망정이지. 딴 사람 같았으면 큰일 났을 거야. 아마, 형님은 기어코 간밤에 파계하고 말았을 것이야. 암 그렇고 말고지. 그 자유분방하고 통이 큰 성격에 말일세."

그는 이렇게 중얼거리면서 그 길로 원효대로 갔다. 승방 문을 여니, 이 어찌된 일인가? 천만 뜻밖에 원철 스님이 위엄을 갖추고서 신비의 웃음을 머금고 가부좌를 하고 앉아 있었다.

의명은 문득 고개가 숙여졌다. 원철 스님이 도를 깨우쳤음을 의명은 단번에 알아보았던 것이다. 의명은 당장 섭섭한 속내를 털어놓았다.

"형님, 너무 무정하시오. 어찌 혼자서…"

의명은 원철 앞에 무릎을 꿇더니 울기 시작하였다.

"울지 마라. 아직 저기 물이 남아 있다. 너도 어서 저 물에 목욕을 해라."

 자세히 살펴보았더니, 원철의 곁에 대야가 놓여 있었고 그 대야에는 물이 고여 있었는데 향내가 진동했다. 의명은 너무나 고마웠다. 그는 곧 원철에게 절을 하고서 재빨리 몸을 씻었고 미구(未久)에 그도 도를 얻었다.

 그 후 세상 사람들은 말했다. "원철의 불교는 대승불교이고, 의명의 불교는 소승불교였다."고.

 원효대 아래 작은 절집 초옥에서, 수도승 지운(至雲)으로부터 이 이야기를 들은 이정건 선비가 물었다.

 "스님, 원철 스님과 의명 스님이 지금도 삽량성 내에 기십니까?"

 "그렇지 않소. 원철 스님은 불교를 전파하노라 왕경에 계시고, 의명 스님은 불교를 더욱 깊이 공부한다고 서역(西域)으로 가셨다는 소문을 들은 바가 있다오."

 전기조가 그 스님에게 다시 물었다.

 "소인이 알기로는 계림국에서는 불교가 아직 승인도 되지 않았는데, 어찌 부처님을 모시고 그러시오."

 그 말에 스님이 정색을 하면서 대꾸하듯 청산유수로 내뱉었다.

 "계림은 아직 왕족의 시조신을 모시는 등 미신에서 헤어나지 못하고 있시반, 서 황산하만 건너노 금관가야국에서는 큰 절이 서있고 불교가 널리 포교되어 백성들이 하나로 뭉치고 있지요. 고구려는 소수림왕 때 불교가 들어왔고, 백제에도 일찌감치 동진(東晉)에서 불교가 들어와 믿고 있답니다. 계림에서도 속히 불교를 믿어야 백성들이 잡다한 미신에서 벗어나 사상의 통일을 기할 수 있을 것이오."

이정건과 전기조가 간의 의향을 묻는 듯 제상의 얼굴을 쳐다보았다. 젊은 간의 표정이 많이 굳어있었다. 제상이 그 승려에게 물었다.

"금관가야에 서역에서 온 허 황후가 불교를 들여와 포교가 되고 있음은 나도 대강은 알고 있소. 스님께서는 금관가야에서 불교를 습득하셨다니 그 내력에 대해 자세히 이야기 해보시지요."

"예, 그렇게 하리다. 금관가야의 시조 김수로왕은 귀지봉(龜旨峰)에서 6개의 황금알이 담긴 금상자에서 다른 5개의 가야 시조와 더불어 태어났다(42년경)고 하더군요. 얼마 후 수로왕의 왕후 허황옥(許黃玉)이 서역(中印度) 아유타국(阿踰陁國)에서 불경과 파사석탑(婆裟石塔)을 가져왔고, 허황후의 오빠 장유화상(長遊和尙)은 수로왕과 더불어 금강산(金剛山, 신어산)에 금강사(金剛寺, 銀河寺)를 지어 금관가야에 불교가 널리 퍼지기 시작하였답니다."

전기조 장사가 물었다.

"스님, 그 파사석탑이 계림의 돌과 다른 독특한 성질을 가졌고 의미심장한 신통력도 지니고 있다던데, 나도 한번 보고 싶군요."

"몰래 강 건너 가서 보면 될 것이오. 허황후의 능침 앞에 세워져 있는 작은 탑이지요. 허황후가 부친의 명을 받아 바다를 건너 동쪽으로 향했으나, 파신(波神)의 노여움을 받아 항해를 하지 못하고 다시 부왕께 돌아가 아뢰니, 부왕께서 그 탑을 싣고 가게 하므로 이 탑을 배에 싣고서야 편안히 바다를 건너 올 수 있었다며,

일명 진풍탑(鎭風塔)이라고도 부른답니다.

탑편의 돌에 붉은 줄무늬가 새겨져 있어 가야의 돌과는 달라, 누군가 닭 벼슬의 피를 찍어서 엉겨 붙는지를 시험했다는 이야기도 전해요. 탑의 형태를 지녔던 이 탑을 배를 타는 어부들이 조금씩 양밥을 한다고 떼어가는 바람에 지금은 네모난 작은 돌형태로 남아있는데, 모두가 6개의 작은 돌입니다."

이번엔 이정건 훈장이 물었다.

"계림국은 아직 불교가 승인도 받지 못해 숨어서 몰래 믿고 있지만, 그렇다면 금관가야는 삼한 최초로 불교가 신봉되는 나라가 되겠네요?"

"고구려나 백제보다도 3백년도 더 전에 서역에서 불교가 들어왔으니 확실히 그렇습니다."

다시 이정건 선비가 물었다.

"스님, 방금 설명한 것 외에 금관가야에 불교에 대한 유적이 더 이상은 없는가요?"

"그 가야국 중앙에 분산(盆山)이란 높은 산에 테뫼식 산성(분산성)이 있는데, 그곳에는 만장대(萬丈臺)라는 봉화대도 있다오. 만장대에서 내려다보면 동쪽의 황산하와 남쪽의 황금바다가 마치 꿈결 속의 선경인 양 아름답기만 하지요."

이때 김광기 군관이 간과 이 훈장의 눈치를 슬쩍 살펴보더니 짜증스럽다는 듯 재촉을 했다.

"스님, 분산성이고 만장대는 불교와는 관계가 없잖아요."

"그렇지요. 워낙 절경이라 해본 소리요. 그 분산성이란 금관가야

보루성(堡壘城) 안에 해은사(海恩寺)라는 꼭 기억해야 할 우리 역사상 가장 중요하고도 오래된 절집이 있답니다. 허황후와 장유화상이 가락국에 도래하여 억만 리 머나먼 바닷길에 숱한 풍랑과 역경을 막아준 바다 용왕의 은혜에 감사한 뜻으로, 남쪽 황금바다를 굽어보는 그곳 만장대에 절을 세우고 해은사라 했답니다.

해은사 법당인 영산전(靈山殿) 안에는 삼한 최고(最古)의 성씨 김관(金官, 김해)김씨 시조 김수로왕과 김관 허씨 시조 허황후의 영정이 봉안되어 있습니다."

제상 간이 무겁게 입을 열었다.

"스님, 불교 얘기는 되었고요. 억만 리 멀리 서역에서 어찌 수로왕의 비가 되려고 왔는가요? 참으로 이상도 합니다그려."

"왕후가 처음 수로왕을 만났을 때 말하기를, '부왕과 모친의 꿈에 하늘의 상제(上帝)가 와서 가락국의 수로를 하늘에서 내려 보냈으나, 지금까지 배필이 없으니 공주를 보내 그 배필로 삼도록 하라.'고 하셔서, 돌배를 타고 가락국으로 왔다고 했습니다. 그 말을 들은 수로왕도 '나는 나면서부터 성스러워 멀리서 공주가 올 것을 미리 알고 있어서, 신하들이 왕비를 맞으라는 청을 거절하고 기다렸던데 그대가 왔다오."

"역시 건국신화에 나오는 신대(神代)의 이야기로군요."

전 장사가 웃으면서 미심쩍다는 표정으로 물었다.

"김수로왕과 허황후가 157살과 158살에 돌아가셨다는 것이 사실이오."

"맞습니다. 인간은 정신과 육체를 잘 관리하고 건전한 생각을 가지고 살아가면 150살 정도는 여사로 산답니다. 보통 사람은 40세 80세가 대부분이지만요."

김 군관이 고개를 갸우뚱 기울여 또 스님에게 물었다.

"가야국 무척산 정상의 천지(天池)가 조성될 때 재미난 이야기가 있었다던데, 그에 대해서 이야기를 좀 해주시죠."

"삼한에는 탐라국 한라산의 백록담과 고구려 백두산 천지 및 금관가야 무척산 정상의 천지가 자랑거리가 되고 있다오. 가락국 시조 수로왕의 국장 때 능침(陵寢)에 물이 자꾸만 고여 아유타국에서 허황후를 수행해 온 신보(申報)가 '고을 가운데 가장 높은 산에 못을 파면, 능자리에 물이 없어질 것이다.'라고 해 그의 말대로 무척산 정상에 못을 파니, 능자리에 물이 없어져 무사히 국장을 치를 수 있었다는 전설이 전해지고 있답니다."

이때 제상 간이 평소와 달리 무뚝뚝한 음성으로 승려에게 충고 삼아 한마디 내뱉었다.

"지운 스님, 서역에서 불교가 유입된 가락국의 경우는 불교남방전래설(佛敎南方傳來說)이라 하고, 고구려와 같이 북쪽에서 불교가 유입되는 경우를 불교북방전래설이라 한답니다.

스님, 똑똑히 기억하세요. 마립간님과 조정에서는 불교를 승인한 적이 없어요. 우리 계림의 건국이념은 (고)조선 이전부터 전해오는 수천 년 된 선도사상(仙道思想)이란 위대한 사상이, 엄연히 백성들 정신과 생활 속에 분명히 자리 잡고 있어요. 그 선도사상의 전통을 계승 발전시켜야 할 것이 계림국의 본연의 임무인데, 스님이 이렇게 산속에 숨어서 사사로이 서역의 종교인 외래의 불교를 믿고 포교한다는 것은 있을 수가 없어요.

　본관이 처음으로 관내를 순행하는 길이라 스님을 처벌하지는 않겠소만, 향후는 사정이 달라질 것이오. 언제 본관이 초청할 테니 삽량성 아래 학당에 와서 선도사상의 교육을 받도록 하시오."

　신임 간이 워낙 심각한 표정과 큰 목소리로 충고의 말을 하자, 승려가 다소 질린 듯 퉁명스럽게 대답을 했다.

　"소승은 간님이 부르신다면 하시라도 출두를 하지요. 조심해 하산하십시오."

　오늘 관내 초행길에 나선 간 제상을 호위하는 김광기 군관과 이정건 훈장 및 전기조 장사가, 원효대에서 서남쪽의 능선을 타고 삽량성으로 내려가면서 물었다.

　"간님, 그 선도사상이란 것이 무엇이오?"

　"본관의 집무실에 그에 대한 책자가 여러 권 있으니 보여드리리다. 본관이 일차적으로 이 훈장의 삽량학당에서 강의를 한 뒤, 본관과 이 훈장이 번갈아 가면서 삽량성 관리와 백성들에게 주입 교육을 시키도록 합시다."

　"글쎄요. 워낙 생소한 말씀이라 많이 헷갈리는군요. 내일 다시 의논해봅시다."

굴아화촌(울산)은 고래와 소금의 고장이로다
- 굴아화촌 동해안의 고래와 소금 및 반구대암각화 -

내물마립간 40년(395) 초여름 굴아화촌(屈阿火村, 울산) 동쪽 어촌 어느 주막에서, 어부인 주인이 청색 비단옷을 입고 고운 조우식 절풍건(鳥羽飾 折風巾)을 썼으며 검정가죽신을 신은 관리로 보이는 손님 둘을 모시고, 이야기를 부지런히 주고받고 있었다.

"나으리들, 보시다시피 굴아화촌 동해안에는 고래가 수백 수천 마리씩 몰려다니면서 물을 저렇게나 높이 뿜어 올리고 있기 때문에, 여기 사람들은 여개 바다를 고래의 바다 혹은 경해(鯨海) 라고들 하지요."

"주인장, 고래떼들이 파도 위로 올라와 숨 쉬는 모양이 정말 장관이네요. 고래에 대한 재미있는 이야기가 많을 것 같네요."

"손님들께서는 천천히 술을 드시면서 소생의 고래에 대한 이야기를 들으시지요.

「이전에 주전마을 어부 하나가 작은 배를 타고 바다에서 고기를 잡고 있었답니다. 그런데, 갑자기 배가 공중으로 확 치솟아 올라 그만 정신을 잃고 까무러쳐 버렸어요. 그 자가 정신을 차려보니 캄캄한데, 자기가 앉아있는 동굴이 물 댄 논바닥 같았고 비릿한 역겨운 냄새가 코를 찔렀답니다. 그는 퍼뜩 고래 뱃속임을 알아차렸지요. 그 자는 배안에서 큰 칼을 찾아 사정없이 배 안을 난도질했지요. 고래의 배 속에서 땀범벅이 되어 바다로 탈출한 뒤 정신을 잃어버렸답니다.

어부가 정신을 차려보았더니 바닷가 모래사장이었고, 해안 멀찌감치 대왕고래가 죽어 있었지요. 대왕고래가 이 세상 고래 가운데 가장 크다고 하더군요. 그는 마을 사람들과 고래를 꺼내어 해체한 후 마을 사람들에게 절반을 주었고 자신이 절반을 차지했지요. 그가 고래고기를 팔아 논 세 마지기를 샀는데 지금도 그 논을 고래논이라고 부르고 있답니다.」[12]

이야기를 다 듣고 난 젊은 손님이 자신의 경험을 이야기 했다.

"주인장, 이야기가 참으로 재미가 있군요. 내가 평소 듣기로, 고래 몸속에 들어간 사람이 다 죽지 살아나오는 경우는 없다고 했고, 난도질하여 고래 뱃속에서 밖으로 나오는 것도 불가능하다고 들었오. 고래의 바깥 표면은 칼로 가르면 마치 수박[13]처럼 쩍쩍 갈라지지만, 뱃속에서는 칼로 갈라서 밖으로 나올 수가 없다고 들었습니다. 대부분의 사람들이 고래 뱃속에서 이미 죽어버린다고 했거든요."

"소인의 생각은 나으리의 생각과는 조금 다릅디다요. 고래 뱃속에서 살아 돌아온 이야기를 한 두 개 더 해보지요."

「어떤 사람이 물속에 헤엄쳐 들어갔다가 갓 새끼를 낳은 고래에게 삼켜져 고래 뱃속에 들어갔답니다. 고래의 뱃속을 보니 미역이 가득 붙어 있었고 장부(腸部)의 악혈(惡血)이 모두 물로 변해 있었다고 했지요. 고래 뱃속에서 겨우 빠져나와 미역이 산후조리하는데 효험이 있다는 것을 알았다고 하더군요. 이것이 사람들에게 알려져 그 양험이 처음으로 알려졌다는 것이에요.[14] 계림국 산모들이 산후 미역국을 즐겨먹는 이유를 고래의 뱃속에서 배운 것이라고 하더군요.

또, 옛날에 한 어부가 큰 고래의 뱃속에 삼켜졌다가 고래가 그를 토해버렸다고 하더군요. 그런데, 그가 고래 뱃속에 있을 때 머리가 고래 배에 접촉이 되었고, 그 결과 머리가 고래 배에 데어서 벗겨졌는데, 그 후 머리털이 나지 않아 대머리로 흉하게 살다가 죽었다는 소문이 지금도 동해안에 떠돌고 있지요.」

이번에는 나이가 더 들어 보이는 손님이 고래에 관한 이야기를 점잖게 했다.

"주인장이 현지에서 고래에 관한 이야기는 많이 알고 있네요. 나는 주인장이 모를 이야기를 하나 하지요."

「계림에서는 종을 치는 당(幢)이 고래모양을 하고 있지요. 범종을 매달기 위해 종 위쪽에 만들어 놓은 장치를 종뉴(鐘紐)라 하는데요, 이것이 용의 형상을 취하고 있어 용뉴(龍紐)라고도 하고, 그 용을 특별히 포뢰(浦牢)라고 합니다.

예로부터 전해오는 용생구자설(龍生九子說)에 의하면 포뢰는 용의 또 다른 화현(化現)이라고 합니다. 포뢰는 바다에 사는 고래를 제일 무서워하여 그를 만나면 놀라 크게 비명을 지른다는 말이 있지요. 포뢰 모양을 만들어 종위에 앉히고 고래 모양의 당으로 종을 치면, 고래를 만난 포뢰가 놀라 큰 소리를 지르는 것처럼 크고 우렁찬 종소리를 낸다는 것이에요. 그런 연유로 범종의 소리를 경음(鯨音), 혹은 경후(鯨吼)라 하였답니다. 저 서쪽 대륙(중국)이나 왜국의 종에서는 찾아볼 수 없는 우리 선인들의 지혜로 봐야 할 것이지요.15)」

 두 금성의 관리인 듯한 사람들은, 동해 방어진 바닷가 일산만(日傘灣)과 대왕암 및 어풍대(御風臺)의 절경에 넋을 잃고 바라보면서, 고래고기와 술을 몇 잔 마시고는 말등에 올랐다. 그들은 서쪽의 청량산(淸凉山, 문수산)과 그 남쪽의 형제봉 남암산(南巖山)에 붉은 석양이 불타는 것을 올려다보면서 길을 재촉했다.

 젊은 나그네가 천천히 말 엉덩이에 채찍질을 하면서 말했다.

 "이찬 형님, 실성이 고구려에 가서 잘 지내는가요?"

 "그렇다더구나. 마립간의 어명에 토를 달수도 없고 세월을 견뎌야지 뭐."

 "형님의 속이 시꺼멓게 타서 재가 되었을 것이오."

 "훈장 동생, 우리는 믿는 사이니까 술김에 이런 말들을 주고받지만, 마립간 귀에 들어갔다간 살아남지 못할 것이네. 조심하게나."

 "두 말씀하면 잔소리지요."

 그들은 다름 아닌 금성의 대서지 이찬과 김희철 훈장이었다. 두 사람은 왕족으로 포용성이 남다르고 덕이 있는 훈장이 아들을 고구려에 볼모로 보내고 수년을 보낸 아비가 얼마나 괴롭겠는가 하고, 그를 모시고 위로 겸 삽량성 지역에 유람을 다니는 중이었다.

 그들이 서쪽으로 십리쯤 가니 해안의 넓은 갯벌에서 어민들이 뙤약볕 아래 전신에 땀을 뒤집어 쓴 채, 갯벌 밭에서 커다란 나무 삽으로 하얀 쌀 같은 것을 끌어 모으고 있었다. 그들은 어민들 곁으로 가서 말에서 내려 쌀 같은 것을 자세히 보았다. 이찬이 먼저 말을 꺼냈다.

"아니, 이게 그 유명하다던 굴아화현의 천일염[16]이구나. 참으로 신기하이. 나는 처음 보는데."

김 훈장이 일꾼들에게 물었다.

"어르신, 노천에서 소금을 삽으로 끌어 모으는 것과, 저 옆에서 큰 흙가마 속에 바닷물을 끓이는 것은 또 무엇이오?"

제일 고령자로 보이는 노인이 주름이 많고 새까맣게 그을린 얼굴에 땀 때문에 찡그리면서, 귀하게 보이는 손님들에게 설명을 했다.

"바닷물로 소금을 만드는데 두 가지 재주가 있답니다. 노천에 바닷물을 이렇게 가두어, 햇빛에 그대로 말려 소금을 만드는 것을 천일염이라 하지요. 저쪽에서와 같이 큰 솥에다 바닷물을 넣어 장작 등을 떼어 소금을 만드는 재주를 자염(煮鹽)이라 한답니다. 우리들은 보통 자염을 만들어 팝니다."

다시 이찬이 물었다.

"이 갯가가 그 유명한 염포항이 아닌지요?"

"그렇다오. 소금이 많이 생산되어 계림 전국에 팔려나가고 있으니, 추풍령이남 사람치고 염포 소금 안 먹는 사람이 없다고 하더군요. 굴아화현 바닷가가 온통 소금생산지지요."

이찬이 다시 소금에 큰 관심이 있는 듯 물었다.

"노인장, 심심산골에 가면 등금장수라는 소금 팔러 다니는 장사치가 있던데 여기엔 등금장수는 없나요?"

이번엔 최고령자와 같이 일하던 중년사내가 대답을 대신하였다.

"지가 이따금 등금장수로 전국을 돌아다닌다오. 등금장수로 나서면 저기 있는 지게에 소금을 잔뜩 싣고 가는데요, 지게에는 소금외에도 간단한 이부자리와 취사도구를 지고 다니는데, 지게 밑에 단지솥을 대롱대롱 달고 다니지요. 피땀을 흘리며 수백 리를 걷고 난 뒤 그 단지솥에 해먹는 밥이 일미랍니다.

보통은 노상에서 자야하지만, 소금이 많이 팔려 수지가 맞는 날에는 봉놋방에서 자기도 합니다. 봉놋방이란 돈 많은 사람들이 자고 가는 숙소이기에 술, 밥, 말죽도 판답니다. 봉놋방은 사람들의 왕래가 많은 역촌(驛村)에 있는데, 백리도 넘게 떨어져 있지요.

'황산하(낙동강) 잉어가 뛰니 봉놋방 목침도 뛴다."는 우스갯소리가 있지요. 봉놋방에는 이부자리나 베개는 없고 목침만 수두룩하지요."

두 왕족은 속히 말을 몰아 태화강 중류 굴헐역(울주군 범서읍)을 거쳐, 절경인 대곡천(大谷川) 계곡길을 따라 반구대마을의 최정규(崔定規) 훈장에게 갔다. 모시옷 차림에 삼베건을 쓰고 학동들을 가르치고 있던 훈장은 왕족들을 보자 반가와 어쩔 줄을 몰라 했다. 저녁을 먹으면서 김 훈장이 주인장에게 권했다.

"훈장님, 대곡천의 반구대임각화(盤龜臺巖刻畵)와 친진리각석(川前里刻石)이 그리도 유명한 선사시대의 기록물이라던데, 한번 보고 가도 되지요?"

"당연하지요. 이 골짝에 손님들 모실 곳은 거기뿐이니까요. 마침, 오늘 밤 같이 그믐이 가까워 캄캄한 밤에 암각화를 보시면 분위기의 진수를 느낄 수가 있답니다."

주인장이 마루로 나가 종자에게 명령했다.

"여봐라! 큼직한 배를 준비하여 반구대 구경을 갈 수 있게 해라."
"예~이, 주인어른님."

저녁밥을 먹고 서당 앞 대곡천에 나갔더니 사방이 높은 산줄기로 가로막혀 있는데, 그 사이로 대곡천 맑은 물길이 소리기 없이 흘러내리고 있었다. 최 훈장이 신바람이 난 듯 지형을 설명했다.

"저곳 서쪽의 높은 산등성이에서 동쪽의 대곡천으로 불쑥 나온 저 낮은 능선모양이, 마치 대곡천 물을 마시러 내려온 거북과 닮았다 해서, 이 마을을 반구대라고 부른답니다."

이찬 영감이 산등성 사이의 대곡천을 살펴보더니 감명을 받은 듯 말했다.

"능선 너머에는 인간 세상일 텐데, 그 속의 이 마을은 마치 수만 년 전의 태고가 흐르듯 신비스럽기까지 하군요."

일행은 거북의 머리 부분의 강물 위에서 큰 나룻배를 타고 횃불을 들고 서서히 하류로 내려갔다. 곧 사방이 캄캄해졌고 물줄기가 남향에서 동향으로 바뀌자마자 우측(남쪽)에 열 길쯤의 바위절벽이 병풍과 같이 솟아있었다. 최 훈장이 종자에게 명했다.

"자네는 여기에 배를 묶고 횃불로 암각화가 보이도록 하게나."

최 훈장은 신이 난 듯 손님들에게 설명을 하기 시작했다.

"이 암각화가 있는 곳을 건너각단이라 하지요. 이찬 어른, 김 훈장님, 이곳 방만한 크기의 반듯한 바위면을 자세히 보십시오. 삼백 개도 넘는 그림이 그려져 있는데, 무당, 사냥꾼, 고래를 잡는 배를 탄 어부들, 탈을 쓴 얼굴, 사슴, 호랑이 등이 보이지요. 그 중에서도 고래가 가장 많이 그려져 있답니다. 어떤 전문가가

와서 말하기를

'이것이 세상에서 가장 오래된 포경의 책과 같은 그림이다.'라고요.

아마, 우리 마을에 동해의 방어진, 장생포 등에서 수천 년 전 고래잡이를 하던 사람들이 이곳에 와서, 고래가 많이 잡히기를 기원하는 제사를 올리면서 이 그림을 그리지 않았나 생각이 됩니다. 사슴도 많이 그려져 있는데 식용으로 쓰려고 사냥을 즐겼기 때문인 것 같아요."

젊고 눈이 밝으며 암각화에 관심이 많은 김 훈장이, 그림들을 보다가 문득 암각화 주변이 횃불로 인해 성스러운 분위기가 연출됨을 느끼며 중얼거렸다.

"바위면에서 사람들 고래와 호랑이 사슴 등이 마치 살아 움직이는 듯 느낌이 드는구려. 수천 년 전 선사인들이 북을 치고 요령을 흔들면서 신께 기도를 올리는 제당 안과 같은 느낌이 들구나. 이곳이 신비스럽고 제사를 모시기에 적당한 곳으로 느껴짐은 우리나 선사인들의 생각이나 별반 다름이 없었을 것이겠지."

다시 김 훈장이 물었다.

"훈장님, 선사인들이 와 이런 암각화를 그렸나요?"

"그들은 글이 없었으니까, 자신의 염원을 이런 그림으로나마 표현하고 싶었겠지요. 선사인들의 사냥, 기도, 제사 등을 나타낸 역사서로 생각하면 무난할 듯하네요."

이번엔 이찬 어른이 끼어들었다.

"그림을 그린 선사인들은 언제 여기 있었고 무엇으로 이 그림을 그렸나요?"

"마치 수백 마리 짐승들이 들어 있는 동물원과 같은 이 그림들은, 수천 년 전 신석기시대나 혹은 청동기 초기 사람들이 강한 돌칼이나 청동칼로 그린 것으로 짐작을 하고 있답니다."

김 훈장의 의문에 찬 물음이 이어졌다.

"그럼, 훈장님도 그림을 그린 사람들의 후손입니까?"

"아니라오, 그들은 고래와 사슴 등을 잡아먹고 살다가, 북방에서 농경민족들이 내려오자 더 이상 버티지 못하고, 저 왜국이나 어디로 도망 가버린 것으로 짐작이 됩니다."

"대곡천의 오리(五里) 하류 반구대암각화와 달리 이 그림들은 천전리각석이라 부른답니다. 그림에서 보시다시피 동그라미를 겹쳐 그린 것, 세모나 네모 모양의 그림, 물결무늬와 한자 등이 그려진 것으로 보아 하류의 암각화보다는 여기가 훨씬 늦게 그려진 것이라 여겨집니다."

김 훈장이 물었다.

"대강 짐작은 됩니다만, 하류 그림은 바로 있는 형상을 사실 그대로 그렸는데, 여기에는 동그라미, 물결무늬, 동물의 껍질 등이 특히 눈에 띄는군요. 저런 무늬가 무엇을 뜻합니까?"

"반구대보다 여기는 선사인들의 지혜가 훨씬 발달해 글을 대신하는 기하학 도형을 그렸다고 여겨집니다. 그래서, 이 각서를 새긴 사람들은 석기시대 후 청동기 사람들이 새겼다고 봅니다. 간혹 사람이름을 한자로 새긴 것으로 보아 계림 건국 전후의 사람들이 썼다고도 짐작됩니다."

이찬 어른이 이상한 그림을 손가락으로 가리키면서 한 물음을 던졌다.

"사람 머리에 호랑이 신체를 하고 있는 이 인면호신상(人面虎身像)이 특이하군요."

"나에게 온 전문가라는 사람들이 저 수만리 북쪽의 아무르강 같은 데도 이런 그림들이 더러 있다고 하더군요. 우리도 (고)조선이 망하자 남쪽의 계림으로 내려왔지 않아요. 암각화 앞에 넓은 너럭바위가 있고 그 앞에 물줄기와 건너 절벽이 있어, 이곳도 선사인들이 제사를 모셨던 곳으로 짐작이 됩니다. 실제로 사량부 귀족들 왕족들이 여기 와서 사냥을 하고 물고기를 잡아 천렵을 즐기는 장소로 유명하답니다."

첫날밤은 반구대암각화를 살펴보았고 이튿날 한낮에는 천전리각석을 둘러본 뒤, 왕족 둘은 최 훈장을 앞세우고 서쪽의 동해통(東海通) 대로로 접어들고 있었다. 여기서 동해통이란 왕경지 금성에서 남쪽의 굴아화현(울산)-옛 거칠산국(동래)-삽량성(양산)-황산하 건너 금관(김해)으로 통하던 관도였다. 최 훈장이 왕족들에게 잘 보이려고 그런지, 특별히 점잖은 체면에 맞지 않은 우스꽝스런 이야기를 한 자리 하였다.

「귀공님들, 심심한데 소인이 재미있는 옛날이야기를 한자리 하지요. 귀공들께서 곧 달리게 될 사량부 대로의 금성에 접어들기 전, 십리나 되는 무인지경의 열박재라는 고개가 있소. 수년 전 어떤 장군이 삽량성 황산진에서 가락국 침략자들을 치러가던 길이었지요. 회덕땅(울주군 두동면 봉계 일원) 복안천 갱분에 야영을 하고 있는데, 장군이 휘하 이백여 명의 군사들에게 다음과 같이 명했답니다.

"군사들이여! 너희들 가운데 마누라가 무섭지 않은 자들은 저 붉은 깃발 아래로 모이고, 겁이 나는 자들은 저 푸른 깃발 아래로 모이도록 하라. 즉시, 헤쳐 모여!"

명령이 떨어지기가 무섭게 군사들은 함성을 지르며 몰려가 모두 푸른 깃발 아래에 섰지요. 그런데, 유일하게 한 병사만 붉은 깃발 아래에 외로이 서 있었지 뭐예요."

"저것 봐라. 아내가 두렵지 않은 사람도 있긴 있는 모양이구나?"

이렇게 중얼거리며 장군은 붉은 깃발 아래 홀로 서있는 병사 앞으로 나아갔다.

"이 사람아, 자네는 대단한 사람이로다. 남자들이란 안방의 이불 속에서 부부의 깊은 사랑으로 인해 부인에게 제압당하고 모두들 부인을 받들어 모시며 두렵게 여기는데, 자네는 무슨 재주로 아내가 두렵지 않아 이 붉은 깃발 아래에 홀로 서 있는가? 정말 기특한 사람이로다."

허나, 이 병사의 대답은 엉뚱하게도 다음과 같았지요.

"장군님! 그게 아니올습니다. 저는 아내의 명령에 절대 복종해야 합니다. 아내가 항상 주의시키기를, '남자들이란 세 사람만 모이면 여자에 관한 얘기를 하게 되니, 남자 세 사람 이상이 모인 곳에는 절대로 가지 말라.'고 했습니다. 지금 살펴보니 푸른 깃발 아래에 많은 사람들이 몰려가 있으므로, 아내의 명령에 따라 거기로 가지 않고 아무도 없는 여기에 와 서 있는 것입니다요."

이 말을 들은 장군은 기뻐서 크게 웃으며 말했답니다.

"자네는 아내를 무서워하는 것에선 확실히 나보다 한수 위다."

그리고, 그 장군은 아내를 겁내지 않은 병사가 한 사람도 없다는 사실에 대해 무척 기뻐했답니다."[17]

두 왕족은 파안대소하면서 큰 소리로 말했다.

"훈장님, 아주 흥미로운 이야기였오. 우리도 집안에 가면 부인들 눈치를 꽤나 본다오."

삼한의 조상은 (고)조선 이전부터 있었느니라
- 삽량성 학당에서 『부도지』 특강을 하는 제상 -

"계림국의 원래 조상들은 저 서북쪽 수만 리 밖의 마고대성(중앙아시아 파미르고원)에서 출발하였답니다. 인류의 조상으로 네 천인(天人)이 있었는데, 그들은 황궁씨(黃穹氏), 백소씨(白巢氏), 청궁씨(靑穹氏), 흑소씨(黑巢氏)였이요. 황궁씨가 계림 백싱들의 직계조상이며 제일 어른으로, 인류의 낙원 마고성 복본(複本)에 대한 책임을 지고 스스로 천산주(天山洲)로 분거하였답니다. 네 천인이 마고성에서 '오미(五味)의 변(變)'으로 인해 세상 사방으로 뿔뿔이 흩어져 살게 되었지요."

삽량성의 유지들과 선비들 및 학동들이 박제상 간의 새로운 역사이론에 큰 관심을 갖고 여기저기서 묻기 시작하였다.

"간님, 그 '오미의 변'이 무엇이오?"

"백소씨 족의 지소씨가 지유(地乳)를 마시려고 유천(乳泉)에 갔는데, 사람은 많고 샘은 작으므로 여러 사람에게 양보하고 자기는 마시지 못하였답니다. 이런 일이 여러 차례 지속되자, 집에 돌아와 배가 고파 어지러워 쓰러졌지요. 마침 집 난간에 포도 넝쿨이 내려와 있었답니다. 배고픔에 그는 금단의 열매인 포도 열매를 따먹었습니다.

백소씨의 사람들이 듣고 크게 놀라 금지하고 지키니(수찰, 守察), 이때에 열매를 먹는 습관과 수찰하는 법이 시작되었지요. 그 전에는 금지하지 아니하더라도 스스로 금지하는 자재율(自在律)이 유지되고 있었는데, 그 자재율이 파기된 것입니다. 화가 난 마고가 성문을 닫고 대성(大城)의 기운을 거두어버렸던 것입니다."

"간님, 듣자하니 '오미의 변' 때문에 사람들의 모습과 성정이 아주 나쁘게 변했던 것으로 여겨지는데, 구체적으로 어떻게 변했는가요?"

"이해력이 높습니다요. 열매를 먹고 사는 사람들은 모두 이(齒)가 생겼으며, 그 침은 뱀의 독과 같이 되어버렸답니다. 그런 까닭으로 사람들의 피와 살이 탁해지고 심기가 혹독해져서 마침내 천성을 잃게 되었고, 하늘의 소리를 들을 수 없게 되었지요. 만물을 생성하는 원기[태정(胎精)]가 불순하여 짐승처럼 생긴 사람을 많이 낳게 되었지요. 이것이 현재 우리들의 비뚤어진 모습이 되었습니다."

"백소씨는 어떻게 되었고 포도 열매를 먹은 사람들은 또 어찌 되었습니까?"

"백소씨와 포도 열매를 먹은 사람들에 의해 비난과 시비와 갈등이 생기게 되었습니다. 이것은 고통과 분열 등의 시작을 의미하지요. 죄를 부끄러워한 그 자들은 성을 나가 이곳저곳으로 흩어져 살게 되었답니다. 그때 맏이인 황궁씨가 그들의 정상을 불쌍하게 여겨 고별하여 다음과 같이 말했지요.

'여러분의 미혹함이 심히 커서 본바탕(性相)이 변이(變異)한 고로 어쩔 수 없이 성안에서 같이 살 수 없게 되었오. 그러나 스스로 수증(修證)하기를 열심히 하여 미혹함을 깨끗이 씻어 남김이 없으면 자연히 천성을 되찾을(複本, 마고성의 원상회복) 것이니 노력하고 노력하시오.'

그러나, 결국은 황궁씨를 포함하여 모두 마고성을 떠날 수밖에 없게 되는 상황이 벌어졌답니다."

"간님의 부도지 이론을 들어보니, 천지창조와 인간의 발원 및 그 장래가 아주 재밌게 전개되고 있네요. 그 이후는 또 어떻게 전개가 됩니까?"

"기존의 우리 역사이론과 달라서 배척하는 백성들도 있는데 재미있게 받아들여 주시니 고맙답니다. 황궁씨가 곧 천부(天符)를 신표로 각 천인들에게 나누어주고, 칡을 캐서 식량을 만드는 법을 가르쳐 사방으로 나누어 살 것을 명령하였습니다. 여기서 '천부'란 천리(天理), 즉 천수지리(天數之理)에 부합한다는 뜻이며, 하늘의 인장, 즉 신표라는 뜻도 있지요.

이에 천인들은 각 권속을 이끌고 마고대성을 나가 사방으로 헤어졌지요. 청궁씨는 동쪽문을 나가 운해주(雲海洲, 지금의 중원지역)로, 백소씨는 서쪽문을 나가 월식주(月息洲, 달이 지는 곳, 중근동 지역)로, 흑소씨는 남쪽문을 나가 성생주(星生洲, 별이 뜨는 곳, 인도 및 동남아지역)로, 우리들의 직접 조상이 될 황궁씨는 북쪽문을 나가 천산주(天山洲, 천산산맥 지역)로 갔답니다. 황궁씨가 매우 춥고 위험한 땅인 천산주로 간 것은 네 천인의 맏이로서 스스로 기필코 복본을 이루려는 모범을 보이기 위해서였지요."

"다른 천인들은 몰라도 황궁씨의 장래는 어찌됩니까?"

"황궁씨는 천산주에 도착하여 미혹함을 풀고 복본할 것[解惑複本(해혹복본)]을 가르쳤지요. 황궁씨의 첫째 아들이 유인(有因)씨인데 그에게 명하여 인간세상의 일을 밝히게 하고, 둘째와 셋째 아들에게 모든 주(洲)를 돌아다니며(巡幸) 복본하도록 가르쳤습니다.

유인씨는 인간을 불쌍하게 여겨 불을 일으키고 음식을 해먹게 가르쳤지요. 유인씨가 천년을 지내고 한인(桓因)씨에게 천부를 전하고 곧 산으로 들어가 계불(禊祓)을 전수하며 나오지 아니하였답니다. 한인씨가 천부삼인(天符三印)을 이어받아 요즘의 인간세상살이의 좋은 환경을 만들었던 것입니다. 이는 3세(황궁·유인·한인)가 하늘의 도를 닦아 실천하는 삼천 년간 그 공력을 거의 없어질 만큼 썼기 때문이지요."

"간님, 설명 중에 잘라 죄송하지만, 계불은 무엇이고 마고와 그 한인의 관계는 어떤 것이지요?"

"계불이란 '재앙을 없애는 굿' 또는 '신시를 열고 마음을 깨끗이 하여 하늘에 제사를 지내는 의식의 일부'랍니다. 곧, 심신을 닦아 진리로 돌아가는 수행인데, 몸과 마음을 깨끗이 하여 천지간의 악을 없애는 행사입니다.

　마고대성의 마고가 궁희를 낳고 궁희는 황궁씨와 청궁씨를 낳았지요. 황궁씨의 아들이 유인씨이며 유인씨의 아들이 한인씨입니다."

　"그럼, 유인씨가 들어간 산, 한인씨가 이치를 편 땅은 어디입니까?"

　"천산(天山, 雪山)이며 그때의 나라이름이 한국(桓國)이지요. 약7천년전에 건국 된 이 한국이 우리 민족이 세운 최초의 나라라고 들었습니다. 한국은 한인천제(桓因天帝)들이 신선도를 닦으면서 살았던 나라이름입니다. 한(桓, '환'이 아니라 한으로 읽음)은 '하늘'이란 뜻이니, 한국은 하늘나라, 하느님 나라라는 뜻입니다. 한인의 한국은 오늘의 우리 민족만이 아니라 너무 넓어서 12연방으로 나누어 다스렸는데, 혈족으로 형성된 나라가 아니라 고도의 정신문명을 나누어 주면서 이루어진 정신공동체 연합국가였다오. 다만, 그 정신의 맥을 정통으로 이은 민족이 우리 민족일 뿐이요."

　"한인이란 어떤 한 사람 개인입니까?"

　"아주 좋은 질문입니다. 개인이 아니라 계림의 마립간 같은 명칭과 같이 한국을 다스리던 최고의 우두머리 권력자 명칭입니다. 한국에는 7세(일곱 분)의 한인이 계셨답니다."

　"간님의 새로운 이론「부도지」는 상당히 어려워 이해가 쉬이 되지 않네요."

"그럴 것입니다. 소인도 보문전 이찬 시절에 여러 가지 선도사상에 대한 책들을 수십 번이나 읽어 겨우 이해를 했으니까요. 우리 민족은 한인시대를 마치고 환웅시대를 지나 단군시대에 접어듭니다."

"한웅시대라고요? 몇 번 들어본 역사용어네요."

"한인씨의 아들 한웅씨는 태어날 때부터 큰 뜻을 가지고 있었지요. 천부삼인을 계승하여 계불의식을 행하였습니다. 한인 천제께서 삼위(三危)와 태백(太白)을 내려다보시고 모두 가히 홍익인간(弘益人間) 할 곳이라 하시며, 여러 아들 가운데 한웅을 천부인(天符印)과 무리 3천명과 함께 태백산에 내려 보냅니다. 한웅이 태백산 신단수(神檀樹) 아래에 내려와 도읍(神市)을 정하고 나라를 세웠으니, 그 나라 이름이 '배달(倍達)'이며, 한웅천왕[거발한(居發桓)]이 제1대 천왕이었답니다. 여기서 천왕이란 곧 대대로 한웅입니다. 어떤 사람들은 이 배달(신시)나라가 우리 민족이 세운 진정한 최초의 나라라고도 하지요. 이때부터 신시시대(神市時代)가 시작됩니다.[18]"

"간님, 그러면 삼위와 태백은 어디를 말하나요?"

"계림의 보통 선비들은 고구려 압록수가 시작되는 백두산을 태백산으로 보고 있지만, 소관이 여러 자료를 통해 알아보았는데, 삼위는 서쪽 대륙(중국) 돈황(敦煌) 막고굴(莫高窟) 바로 앞의 삼위산이 그것일 것입니다. 여기에 특이 할 사항이 있지요. 한웅과 같이 천산쪽에서 동남쪽으로 내려 오던 사람 가운데 반고(盤

古)란 자가 있었습니다.

반고가 한인천제에게 허락을 받고 한웅과 함께 동남쪽으로 내려오다 삼위산 납목동굴(拉木洞窟, 타림동굴)에서 나라를 건국해 서쪽 대륙(중국)의 건국 선조로 이름을 남깁니다. 반고는 동이족에서 처음으로 우리와 결별해 중국 민족으로 흡수가 되었지요.

반고를 가리켜 제견(諸畎) 또는 반고가한(盤古可汗)이라 하였는데 그는 우리 한민족의 후손이었습니다. 그는 처음으로 중국의 무릉만(武陵蠻), 묘족(苗族), 요족(猺族)의 시조가 되었다고 전하지요. 그는 차우씨의 지배하에 있었다고 합니다. 중국은 삼국시대부터 반고를 그들의 공동조상으로 받들었다고 합니다.

반고는 중국의 천지창조 신화에 나오는 인물로 달걀 모양과 같은 홍돈 속에서 태어 났는데, 그가 죽자 머리는 중국의 다섯 진산인 오악(五岳)이 되었고 기름은 바다가 되었으며, 두 눈은 해와 달이 되었다고 하지요. 반고가 죽은 후에는 천황(天皇)씨와 지황(地皇)씨와 인황(人皇)씨가 차례로 다스렸다고 중국의 몇몇 기록에 전하고 있습니다.

이렇게 우리 조상들은 천산지역에서 한인시대 수천 년을 살다가 그곳이 사막화되자, 다시 살만한 곳을 찾아 동남쪽으로 내려오다가 반고와 헤어져 서쪽 대륙(중국) 서안(西安)의 태백산에 새 나라를 세웠던 것입니다. 삼위산과 태백산은 수천 리나 떨어져 있지요.

지금도 지도에는 천산, 삼위산, 태백산이 버젓이 있고, 그곳에 가면 우리 조상들의 생활습속이 그대로 남아있다는 것입니다."

"우리 조상들이 마고대성에서 서쪽 대륙(중국)으로 고구려 북쪽(만주)로 계속 이동하게 되는 까닭이 무엇인지요?'

"지금 아시다시피, 옛날 살던 곳이 자꾸만 사막화가 되어가자 어쩔 수 없이 이동을 했지요. 서쪽 대륙(중국)으로 왔다가, 다시 천도문화의 씨앗을 간직하기에 적합한 땅을 찾아 결국 한반도 계림국으로 들어왔습니다."

"한웅 할배의 건국에 대해 더 자세한 설명이 있어야 할 것 같네요?"

"그렇겠지요. 한웅(桓雄)이 배달나라를 세워 개천한 것은 저 서쪽의 예수 탄생 전(서기 전) 3898년 전 음력 10월 3일이었지요. 한웅시대가 제1세 거발한 한웅으로부터 제18대 거불단(居弗檀) 한웅까지 18대 1,565년간 지속되었다는 것은 각 한웅의 칭호와 재위기간까지 기록되어 있어 움직일 수 없는 것으로 보입니다. 그 중 제13세 사와라(斯瓦羅) 한웅까지 1,191년간은 지금의 서안 근처에 있는 태백산을 중심으로 배달나라를 세우고 활동하면서 저 서쪽 대륙(중국)을 문명화시켰답니다. 이것이 소위 황하문명이지요.

제14세 자오지(慈烏支)한웅[치우(蚩尤)천왕)] 때 도읍을 동쪽으로 옮기는데, 지금의 산동성(山東省) 태산(泰山) 근처이고, 나라 이름을 '구례(句麗)'라 하여 374년을 더 계속합니다. 청구(靑丘, 동쪽 지역)라는 지역에 구례가 있었지요. "

"특강 가운데 태백산이란 이름이 자주 나타나는데 무슨 특별한 이유라도 있는지요?"

"우리 민족을 배달나라라고 하는데, 배달나라의 최고 통치자를 하늘의 아들이라 해 천자(天子)라고 불렀습니다. 천자가 나라를 세울 때는, 반드시 주위의 가장 높고 신령한 산에 올라 꼭대기에 단을 쌓고 하늘에 고하는 제사를 지냈지요. 그 제사를 천제(天祭)라 하고 그 산은 반드시 태백산(太白山)이라 이름 했답니다. 태백은 '큰 광명' 그냥 큰 것이 아니라 크고 커서 끝이 없는 광명을 가리키니, 바로 '하늘의 덕(德)'을 뜻하는 말이랍니다. 옛날 천자들은 하늘에 제사지내는 것이 가장 중요한 종교의식이었답니다.

태백산은 서쪽 대륙(중국)과 한반도에 걸쳐 여섯 군데가 있습니다. 그 중 셋은 태백산이란 이름을 그대로 간직하고 있고, 나머지 셋은 후대로 오면서 이름이 바뀌었지요. 이름이 그대로 있는 것은 서쪽 대륙의 서안과 산서성 및 우리나라 금성(경주) 북쪽(강원도)입니다. 이름이 바뀐 곳은 고구려 국내성 근처(백두산), 서쪽 대륙 산동성(태산)과 난주에 있답니다.[19]"

"박식하신 우리 간님, 부도지 특강이 재미는 있지만 너무 어렵습니다. 머리를 식힐 재미있는 역사 이야기는 없는지요?"

"좀 쉬는 시간에 운명론자의 이야기를 한 자리 하지요.

서쪽 대륙 한(漢)나라 시대 이야기로 알고 있는데, 시골에 가난한 선비가 살았지요. 선비는 다 쓰러져가는 집 방안에 틀어박혀 글공부만 열심히 하였습니다. 아내는 그런 남편을 뒷바라지한다고, 날마다 논에 나가 피를 뽑아 피알갱이를 마당 멍석에 가득 늘어두곤 했지요.

하루는 아내가 논으로 가면서 비가 올 것 같기도 하고 안 올 것 같기도 해 남편에게 말했다.

'당신, 혹 비가 내리면 멍석의 피를 거두어 마루에다 늘어주시오.'

'알았오, 부인, 그리하리다.'

아내는 한참 후 논에서 비가 세차게 내리기에 급히 집에 와 보았더니, 한 달도 넘도록 고생해 장만해 두었던 피가 물에 다 떠내려 가버렸음을 보고, 마당에 퍼질러 앉아 두 주먹으로 가슴을 쿵쾅쿵쾅 소리가 나도록 쳐대었다.

'저 놈의 남정네가 신신당부한 것을 생각도 않고 책장만 뒤적이다니… 생고생한 피가 다 떠내려 가버렸구나! 아이고! 아까와 어쩌노…'

아내는 저런 한심한 바보 멍충이 남정네와 평생을 살면 고생바가지일 뿐이라 명심을 하고, 다른 남정네를 찾아 집을 떠나버렸다. 대신 선비는 죽자고 글공부를 해, 과거에 합격해 꽃으로 장식한 관모를 쓴 채 가마를 타고 고향 행차를 하고 있었다. 대로변 논에서 여전히 피를 뽑던 선비의 전 아내가, 이전 남편의 화려한 행차가 너무 반갑고 고마워 뻘 묻은 맨발로 뛰어가 무릎을 꿇고 빌었다.

'영감, 지가 지난 날 당신을 떠난 것을 넓은 마음으로 용서하시고 다시 지를 거두어 주실 수가 없겠나이까?'

가마에서 내린 선비가 야무진 표정으로 한마디 내쏘았다.

'한번 변심한 여자는 흘러간 물과 같거늘, 그대는 피나 열심히 뽑고 살도록 하시오.'

가마를 타고 의기양양하게 떠나는 선비는 옛정이라고는 손톱만큼도 보이지 않았답니다. 사람을 알아보지 못한 비극적 인간상이 눈에 선하지요. 인간이란 자신의 그릇대로 살아가기도 하고요. 낮이바구가 길어지면 폐농한다는 옛말이 있듯 얘기는 끝냅시다."

삽량성 서쪽이며 징강(양산천) 동쪽에 부자들이 사는 마을이 있었다. 이 마을에 이정건 훈장이 경영하는 '삽량성학당'이 있었다. 그는 왕경 금성에 가서 10여 년간 열심히 한문공부를 해, 고향의 부자 자식들을 계림과 삽량성의 동량으로 배출하려고 무척 진지하게 후학들을 교육하고 있었다.

그때 신임 간으로 젊은 박제상이 부임해오자 이 훈장은 간과 성격이 맞는데다, 간이 나라에 충성심이 강하고 역사의식이 투철해 간혹 간을 모셔 특강을 들었다. 오늘도 훈장은 삽량성 관리들과 유지들 및 학동들에게 「부도지」 특강을 했다. 훈장은 간과 자주 어울려 그의 「부도지」라는 우리 민족의 이동경로에 큰 관심을 갖고 배웠다. 몇 달 후 훈장도 「부도지」를 강의할 지식을 쌓았다.

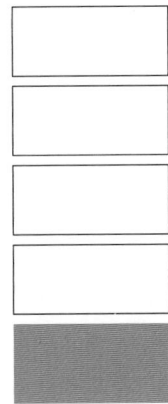

제5부

고구려와 왜국의 침략 속 계림의 자강노력

삽량성 방어는 민관군의 철석같은 단합으로 가능한 것인기라
- 왜국의 400년 대침공을 분쇄한 삽량성 민관군 -

"대왕마마! 아국 마립간님께서는 왜적의 침략으로 풍전등화와 같은 계림에 속히 대왕님의 천병(天兵)을 보내시어 계림을 구해 주시옵기를 간절히 바라옵니다."

높은 어좌에 왕관을 쓰고 의젓하게 앉아 있는 광개토대왕의 뒤에는 대형 삼족오(三足烏)가 수놓인 큼직한 비단천이 걸려 있었다. 왕은 계림 사신의 다급한 내물마립간의 전언에 전혀 흔들림 없이 계림의 국서를 읽어보았다. 왕이 국서에서 눈을 떼기가 무섭게 백관렬(百官列) 맨 앞에서 대대로(大對盧, 수상)가 역시 다급하고 큰 목소리로 아뢰었다. 대대로는 국사를 총괄하였는데 귀족들의 합좌제도에 의해 선출되었다.

"대왕마마! 아무리 계림이 우호국이고 왜의 침공을 받았다 할지라도 원군 파병은 불가합니다. 불과 얼마 전 후연왕(後燕王) 모용성(慕容盛)이 직접 대왕님께 트집을 잡아, 군사 3만을 거느리고 서쪽 국경을 습격하여 신성(新城)과 남소(南蘇) 두 성을 점령하는 등 피해가 막급했다 아닙니까? 우리가 계림에 간 사이 후연의 적들이 반드시 쳐들어 올 것입니다. 통촉하여 주시옵소서."

정전(正殿)의 어좌 아래에서 머리를 조아리고 있던 특사 김희철은, 포악한 왜적들에게 유린당하고 있는 조국을 생각했던지라 대대로의 불가 간청에 가슴이 철렁 내려앉았다. 그는 문득 왜적의 분탕질로 불바다가 된 금성, 왜적의 칼날을 피해 달아나다 목이 잘리면서 피를 뿌리는 백성들의 처참한 모습을 상상하면서, 참을 수 없는 격정으로 자신도 모르게 흐느끼듯 발악조로 하소연하였다.

"대왕마마! 여유가 없사옵니다. 계림이 믿을 것은 오직 대왕님의 은덕뿐입니다. 통촉하시옵소서!"

광개토대왕의 쩌렁쩌렁한 명령이 백관의 머리 위로 폭포수와 같이 쏟아졌다.

"대대로! 지금 당장 기병과 보병 도합 5만을 즉시 계림으로 출병시켜라!"

"대왕마마! 국내성은 어쩌려고요?"

"짐이 국내성을 사수하리라!"

"계림에 엄청난 대군을 파병하는 명분은 무엇이온지요?"

"계림을 왜적에게 빼앗긴다면, 우리는 북의 후연적(後燕敵)과 남쪽의 백제와 왜적 및 가야의 협공을 받게 될 것이다. 순망치한(脣亡齒寒)의 이치니라. 어려울 때 도움을 받은 계림이 짐의 은혜를 잊어버린다면 그것 또한 인간의 도리가 아니다. 당장 출병하라!"

계림의 특사가 국내성에 도착하기 닷새 전, 금성은 불바다가 되었고 아비규환의 생지옥이 되었다. 내물마립간의 침소에 급하게 황촉불이 밝혀지고 왕경을 지키던 장수들이 갑옷차림으로 뛰어들었다.

"전하! 수도 헤아릴 수 없는 왜적들이 쳐들어와 금성에 불을 놓고 백성들을 도륙하고 있나이다."

"즉시, 백관회의를 소집하고 병사들을 소집하여 왜적을 깨부수라! 일반 백성들도 힘이 되는 자는 모조리 소집하라!"

"전하! 적의 수효가 수만이 되는 듯한데 선불리 맞붙었다간 피해가 걷잡을 수 없을 듯하옵니다."

"시간이 없다. 보문전 이찬 김희철 공을 속히 들라하라!"

한편, 금성이 불바다가 되고 있던 그날 밤, 삽량성(양산시) 입구의 캄캄한 황산하에 왜선 수십 척이 올라와, 왜적들이 횃불을 휘두르면서 징강(양산천, 북천)을 따라 성황산 아래로 상륙하고 있었다. 왜병들이 황산하에 정박시킨 배는 군사는 물론 말과 군량미를 실을 수 있는 큰 배였다.

횃불 아래 드러난 왜적들이 수천은 되는 듯한데, 그들 절반은 소리끼 하나 없이 민첩하게 박제상 간이 머무는 삽량성 관아로 올라오고 있었다. 나머지 절반의 왜적들은 징강을 따라 북쪽으로 올라가고 있었다.

바로 그때였다. 삽량성이 있는 성황산 정상과 그 맞은 편 서쪽 황산(오봉산) 정상 및 황산하 건너 무척산 정상에 대낮같은 불길이 하늘로 치솟았다. 그 불길로 인해 징강과 삽량성 민가들이 훤하게 내려다보였다. 그 불길이 신호라도 된 듯 성황성과 황산 및 북쪽의 징강 상류에서 수백씩의 기병과 보병이 왜적을 포위하며 함성을 질렀다.

"악질 왜적들이 또 쳐들어왔다!"

"인정사정 볼 것 없이 목을 쳐라!"

"이랴! 이랴! 낄낄!"

"먼저 화살을 쏴라! 우~와!"

"얏! 앗차!"

삽량성의 수려한 산천에 반하여 20여 년간 왕경에서 이주하여 살고 있던 왕족 김원무(金瑗武)란 정의로운 선비가 살았다. 그는 평소 잘 알고 지내던 병사들이 누구는 누구는 아주 용감한 무용담을 남기고 영광스러운 전사를 하였다는 이야기를 할 때마다, 감동해 눈물을 주르륵 흘리곤 하였다. 오늘밤 갑자기 김정무가 가병 20여명을 이끌고 삽량성 입구에 나타났다. 갑옷을 입고 장창을 든 그가 삽량성 입구에 떡 버티고 서서 왜적이 오기를 기다리고 있었다. 그와 동문수학하던 친구들이 그런 그에게 권했다.

"김공, 지금 왜적들이 어둠을 틈타서 기습을 해와 도저히 당할 수가 없소. 중과부적이오. 비록 공이 싸우다 죽는다 하더라도 사람들은 공의 명예로운 죽음을 알지 못할 것이오. 하물며 공은 계림의 귀골(貴骨)로 마립간의 사위인데 만일 적병의 손에 죽는다면, 왜국에게는 큰 명예를 더하는 것이고 우리에게는 큰 부끄러움이 될 것이오. 후일을 도모합시다."

그러나, 그는 전혀 동요를 하지 않고 장창을 쥔 손을 투구 위로 밀어 올리며 외쳤다. 김 선비의 머리 위에는 성황산 가을날의 고운 낙엽들이 우수수 비처럼 흩뿌려지고 있는 것이 어지러운 불빛에 반사되고 있었다.

"대장부가 이미 몸을 나라에 맡겼거늘 사람들이 알고 모르는 것에 구애받을 것이 없오. 구태여 사람들에게 알려져 명예를 얻으려고 할 것은 없오. 나라가 있어야 왕족도 있는 법."

그는 이미 죽을 결심을 하고 있었다. 올라오는 왜적 여러 명을 쳐 죽이고 자신도 전사했다. 그의 말고삐를 잡고 주인의 위험을 극구 말렸던 가신들과 종들도 사력을 다해 싸우다 모두 전사했다.

김원무의 이웃에 살던 삽량성 지방관리 박동개는 친구의 아름다운 전사 소식을 전해 듣자 결심을 굳혔다.

"그는 귀골로 영화를 즐기는 몸인데도 절개를 지켜 죽음으로 말미암아 사람들이 모두 애석해 여긴다. 하지만 나는 살아도 무익하고 죽어도 손해가 없는 몸이다."

하고 드디어 적진으로 뛰어들어 몇 놈의 목을 쳐 날리고 죽었다.

삽량성 성문 위에서 김원무와 그 가병들의 용감한 전사를 지켜본 제상 간과 김광기 장군은 깊은 감명을 받았다. 갑옷 차림의 김 장군은 간에게 즉시 경례를 올린 뒤 부하들을 데리고 성문을 열고 나갈 때, 간이 장군에게 짧게 명령했다.

"그대는 관군을 이끌고 대석촌(大石村)으로 성문 앞의 왜병들을 유인해 가서, 화엄(華嚴)벌에서 전기조 장수와 합류하게."

"옛! 명령 받들겠나이다."

김광기 장군이 횃불을 든 기병과 보병 수백을 이끌고 이십 리나 떨어진 북쪽의 대석촌 골짜기로 달려갔다. 김원무 등 수십 명이 전사한 뒤, 삽량성에서 간의 독전에 힘입어 죽음을 무릅쓰고 적에게 화살과 돌을 날리자, 왜적 일천여가 김광기 장군이 달아난 뒤를 따라 붙었다. 성문 위의 박제상 간은 성내의 관군들을 독전했다.

"화살과 돌을 다 날려라!"

"여자와 아이들도 다 와서 끓는 물을 적에게 쏟아 부어라!"

"인명은 재천이다! 피하지 말라!"

"죽지 않는다!"

김광기 장군의 관군이 원효산 서쪽의 협곡을 거쳐 북쪽의 수만 평 억새평원인 화엄벌에 올랐다. 억새평원 동북쪽에는 진달래군락지가 넓어 봄날이면 진달래꽃의 별천지를 이루었다. 김 장군을 쫓던 왜적의 후미가 협곡에 완전히 접어들었을 찰나였다. 원효산 정상에 불화살 몇 개가 왜적들의 중간 허리부문에 날아들었다. 곧 골짜기를 뒤흔드는 수백 명의 함성이 새벽공기를 찢었다.

"모조리 죽여라!"

"한 놈의 왜적도 살려 보내지 말라!"

"와~아!"

"우~와!"

협곡의 왜적들이 잠깐 말 달리기를 멈추고, 동쪽과 서쪽의 능선 위에서 나는 소리를 듣고는 그쪽을 올려다보았다. 새벽의 여명 속에 사람키 길이의 불기둥 수십 개가, 동·서쪽의 높은 능선에서 그들이 있는 협곡 쪽으로 쏜살 같이 내리꽂히고 있었다. 그 불기둥의 정체가 이상해 넋을 잃고 올려다보고 있는데,

"우~웅~"
"웅~우~"
"움메~에! 음에~에!"
"이~히~잉! 이~히~잉!"

하는 마소떼의 소리 같은 굉음이 들렸다. 가파른 산비탈을 크나큰 불덩이가 굴러오듯 수십 마리의 마소떼가 머리와 꼬리 끝에 불붙은 건초더미를 매달고 미친 듯 왜적들을 덮쳤다. 화들짝 놀란 일천의 왜적들이 마소떼에 밟혀죽지 않으려고 이리 뛰고 저리 뛰면서 고래고함을 지르며 발악을 하였다. 왜장이 목청을 돋우어 독전했다.

"불덩이 마소떼다! 빨리 피해 북쪽 언덕에 적들을 쫓아라!"
"협곡에 있다간 몰상 당한다!"
"빨리 벗어나라!"

순식간에 협곡 왜적의 행군 행렬은 뿔뿔이 흩어졌다. 전신에 벌겋게 불이 붙은 마소떼들은 왜적들과 군량미를 실은 수레들을 풍비박산으로 만들고 말았다. 그야말로 아비규환의 생지옥으로 변해버렸다. 협곡은 순식간에 불바다로 변한 것이다. 왜적들이 본 불붙은 마소떼들은 전설 속에나 나오는 불가사리떼와 같았다.

처음에는 쇳조각이나 먹는 작은 쥐만한 불가사리를 장롱 속에다 키웠더니, 나중에는 황소만큼 자라서 성안(城內) 전체 골목길을 미친 듯 뛰어다니면서, 집들을 풍비박산 내어버렸다는 그 불가사리 말이다. 왜군들은 단말마적인 비명을 질러대기 시작하였다.

"와야! 나 죽는다."

"계림에는 소 말도 전쟁을 하는가! 정말 환장하겠구나."
"전진하라! 우왕좌왕하다간 다 죽는다."

왜병들이 협곡에서 마소에 짓밟혀 수백 명이 죽고, 겨우 살아난 7~8백 군사가 급히 화엄벌에 올라섰다. 때는 가을이라 화엄벌 수만 평 억새밭에는 누런 억새가 키 높이로 자라나 있었다. 화엄벌의 동쪽이 원효산 정상이라 왜적들이 정상 올라가는 쪽을 올려다보았더니, 방금 협곡을 탈출한 삽량성 기마병 20여기와 보병들 일백여 명만이 이쪽을 내려다보고 있었다.

왜군의 선두 장수가 뒤따르던 부하들을 돌아다보면서 의기가 양양해 목이 터져라 명령을 내렸다. 그 장수는 장검을 머리 위에서 앞으로 가리키면서 선두로 달려 나갔다.

"계림 적이 몇 안 되니 단칼에 쳐 날려버려라!"

자신이 만만해진 왜군들이 정상 쪽으로 달려가면서 외쳤다.

"와! 아~ 적들을 짓밟아 버려라!"

"저 쪼무래기들, 오늘이 제삿날이다!"

왜군들이 동쪽으로 달리기 시작한 바로 그때였다. 화엄벌 가장자리 기슭에 매복해있던 삽량성 군사 수백 명이 일제히 함성을 지르며, 화엄벌 가운데 왜군들에게 불화살과 돌을 던졌다. 화엄벌은 벌써 훤해졌고 동쪽 건너편 천성산(千聖山) 뒤의 동해에는 해가 뜨려는지, 진홍색 하늘이 남북 방향으로 운무에 가리어 드리우고 있었다.

"왜놈들 한 새끼도 살려 보내지 말라!"

동쪽의 김광기 장군과 북쪽의 전기조 장수 및 서쪽의 이정건 훈장이 동시에 고래고래 고함을 질렀다. 가을 가뭄으로 바싹 말라있던 화엄벌 억새밭에 불이 붙기 시작하였다. 마침 서풍이 불어 삽시간에 수만 평 평원이 파도치는 바다 파도와 같이 불길이 무섭게 번져갔다.

"병사들이여! 불길을 피해 달아나는 왜구들만 쳐 죽이고 쏴 죽여라."

"구태여 접전해 아까운 생명을 잃지 말지어다."

"인정사정 볼 것 없다! 철저히 베어라!"

왜구들이 화살을 맞고 불에 타서 죽어가면서 한탄을 하는 비명들이 들렸다.

"아야! 금성까지도 못 가고 객귀신이 되었구나!"

"에잇! 시팔! 금성 가면 비단과 금을 충분히 준다던데, 이게 무슨 꼴이람."

"아이쿠! 지쿠! 여기가 어디고? 억새밭 경치는 더럽게도 좋네."

"죽는 판에 경치가 뭣꼬? 우리 아부지 내 시체도 못 찾겠구만."

이른 봄날 새벽에 불길에 휩싸인 왜구들이 휘두르는 칼날을, 삽량성 관군과 민병대는 슬쩍슬쩍 피해가면서 왜구들을 칼로 베고 창으로 찔렀다. 해가 저 동쪽 청량산(淸凉山, 문수산)과 남암산 위에 불쑥 솟아올랐을 때, 벌판이 검정 밭으로 변했고 그 잿더미 속에는 왜구들의 시체가 가을 논의 벼 짚단처럼 뒹굴었다. 이백여 명의 왜구가 포로로 포박 당했고 삽량성 백성들도 30여명이 죽었다.

고구려 원병으로 왜군을 물리침은 한번으로 족하다오
- 광개토왕의 원병 계림국 침략한 왜구 싹쓸이 -

"마립간님! 고구려 대장군 고방(高放) 고합니다. 아국 대왕님의 원병 5만을 이끌고 우호국 계림을 구하러 왔나이다. 계림과 가야에 첫눈이 오기 전, 왜국과 가야의 잔당들을 싹쓸이 해버리겠으니, 마립간님께선 우려를 붙들어 매십시오. 특히, 걱정되는 것이 무엇인지 말씀만 하십시오."

"고 대장군, 이천 리 머나먼 길에 오직 우정을 생각해 고생을 무릅써주시니 정말 고맙소. 귀국 대왕의 하해와 같은 은덕에 눈물이 납니다. 작금의 왜군만 깨트려주시면 되겠습니다. 월성 주변이 왜군으로 포위되었을 것인데, 입성에 곤란은 없었나요?"

"쪽샘지구에 몰려있던 왜군을 쫓아내는 중에 우리 장군 한 두 명이 전사했지요. 국내성 북쪽의 광막한 벌판(만주)을 달리던 고구려 군사들에게, 그까짓 왜군들은 파리나 보기에 불과합니다. 계림 전역의 우환거리를 깨끗이 해결하고 갈 테니 그리 아시기 바랍니다."

"참으로 고맙소. 원병들이 전투를 하는데 필요한 물자와 군사 등은 짐에게 말만하시오. 무엇이든지 곤란이 없도록 하겠오."

"우리 대왕님께서 작업군도 충분히 보냈으니, 다만, 군량미와 의복이 문제가 될 것입니다. 되도록 단기간에 임무를 마칠 작정입니다."

 내물마립간은 정청의 백관들 앞에서 고구려의 강대한 힘을 자랑하며 으쓱거리는 대장군의 건방진 꼴에 심기가 몹시 불편했으나 꾹 참았다. 계림 백관들 모두가 마립간과 생각이 꼭 같았으나 약소국의 설움을 표현할 길이 없었다. 계림 조정에선 속으로 설움을 삼켰다. 갑옷 속의 대장군의 체격은 우람 자체였다. 눈길에는 형형한 용맹이 빛났고 특히 허벅지가 노송 줄기 같이 굵고 강건해, 대륙을 달리는 고구려 군사의 장군으로 손색이 없어 보였다.

 '지금 저들이 아니면 우리 계림은 역사에서 사라질 것이다.'

 고방 등 고구려 원병은 소맥산맥의 계립령(鷄立嶺, 조령)을 넘어 질풍노도와 같이 계림의 월성으로 말을 달렸다. 월성을 포위하고 있던 가야군과 왜군은, 군사는 물론 말마저도 온통 철갑으로 중무장한 고구려 개마무사(蓋馬武士)가 수만 명이나 몰려온다는 소식을 듣고는 남쪽의 거칠산군(동래지역)의 종발성(從拔城, 동래읍성 일원)으로 후퇴했다. 종발성은 가야국이 차지하고 있던 성이었다.

 개마무사는 철갑으로 중무장한 데다 약 20척(5~6m)의 장창을 능수능란하게 사용해 종발성 안의 약 1만 명의 가야군과 왜군은 바짝 질리어 있었다. 성곽전은 고구려의 장기였다. 험준한 산악지대의 높은 성에서 싸워오던 고방 등은 높이가 15척(4.5m)인 종발성 안을 내려다보면서 피식 웃었다. 성격 급하고 덜렁대는 고방이 고함을 쳤다.

"독 안에 든 쥐다. 앞뒤 사정 볼 것 없다. 당장 공격하라!"

이때 광개토왕이 고방의 덤벙대는 성격을 염려해 딸려 보낸 고방의 동생 고익(高翼) 군사(軍師)가 깜짝 놀라 형님을 말렸다.

"형님! 굳이 싸우지 않아도 며칠만 포위해도 저들이 스스로 나와 무릎을 꿇을 것인데, 우리 부하들을 죽일 필요가 없다오. 제가 시키는 대로 하시지요."

"에잇! 하로 아침 해장거리인 것을 눈앞에 보고 참아야 한다니…"

고방은 항상 덤벙대다가 동생에게 여러 번 신세를 졌기에 꾹 참았다. 고익은 차분하고 사려 깊은 문신이었다. 며칠 뒤 성안의 군사들은 군량미와 식수가 부족해 허덕이고 있었다. 그것을 꿰뚫고 있던 고익은 성안으로 불화살을 계속 날리게 했다. 고익은 고대장군에게 귀띔을 했다.

"대장군님, 저들이 성을 나와 항복하거던 장수만 목을 베고, 일반병사들은 고구려에 데리고 가서 부하들의 노비로 삼도록 하십시오."

고방 군사는 적의 항복을 받은 뒤 허술하던 종발성을 깡그리 허물어버렸다. 그러자, 성 일원이 순식간에 폐허로 변했다.

"병사들이여! 사거리 안에선 궁수들이 나서서 활을 쏘아야 할 것이며, 20보 안에 왜적이 있다면 창을 적의 가슴팍이나 얼굴을 관통해야하오. 예를 들면, 100보 안에서는 불화살을 쏘아야 하지요. 활로 적진을 붕괴시킨 후 근접전, 즉 단병접전으로 까부수어야 적을 괴멸시킬 수가 있습니다."

무(武)란 병기로 적을 살상하는 것이고, 무예(武藝)는 전쟁을 전제로 하는 살상입니다. 무는 일반 오락이나 단순한 각저(角抵 : 씨름과 유사한 옛 유희)와는 다르지요. 각저가 원래 군사적인 훈련의 일환으로 행해지는 격투기의 일종임은 명확합니다.

자랑스러운 군사들이여! 무인이라면 담력을 갖추어야 합니다. 담력은 타인과 경쟁해야 양성이 되지요. 혼자서는 담력이 안 생깁니다. 계림의 피를 말리면서 계속 침입하는 왜군이 눈앞에 있고, 마립간님의 요구로 고구려 원병이 든든하게 뒷배를 봐주고 있는 상황이니, 이 기회에 제각기 계림을 방어할 담력을 양성해주기를 바라오. 한 병사가 10명씩의 왜구의 목을 잘라보십시오. 그 이후에는 반드시 담력이 생길 것이오. 평화스런 계림에 와서 가옥을 불 지르고 백성을 도륙하는 왜군은 악마이지 인간이 아니오. 악마를 죽이는데 한 톨의 양심의 가책을 갖지 마십시오.

군사들이여! 우리가 하는 무술은 나라(국가)무술이고 저 서쪽 대륙(중국)의 무술은 개인무술이요 민간무술이외다."

내물마립간 45년(400) 왜국의 대대적 공격을 받은 계림국에서는 고구려 광개토왕의 원병 5만을 지원받아 왜구를 물리치고 있었다. 낮에 전투가 끝난 밤에도 월성 안에서는 횃불을 낮처럼 밝혀두고, 군사들이 모여 군사전문가들의 전술에 대한 가르침을 받고 있었다. 위의 일반적인 전술과 무예에 대한 가르침은 삽량성 간 박제상의 그것이었다.

다음은 군사전문가로 왕경 방어책임자인 이 종한 서불한(舒弗邯, '이벌찬'의 별칭)이 나서서, 전투 때 무기의 종류와 그 구체적 사용요령을 가르쳤다.

"사랑하는 계림의 병사들이여! 전투는 사기가 제일 중요한데 고구려 군사 5만이 왜구들을 내리쫓고 있으니, 이번 전쟁에서 계림군사의 사기는 문제가 없을 것이다. 전투에서 사용되는 무기는 기본적으로 장검, 창, 활임은 잘 알 것이다.

보통 칼날이 한쪽에만 있는 것을 도(刀)라 하고 양쪽에 날이 있는 것을 검(劍)이라 한다. 고대로 올라갈수록 검이 많고 후대로 내려올수록 도가 많다. 지금의 삼국시대 대표적인 칼로는 칼자루 끝에 둥근 고리가 달린 환두대도(鐶頭大刀)가 있다. 이것은 고구려에서 시작되어 차츰 백제·계림 그리고 왜국으로 전파되었는데, 그 전체 길이는 대략 3척(80~100㎝)이다. 그 고리는 끈을 달아 손목에 묶어 사용함으로써 칼을 놓치는 것을 방지하고, 칼 전체의 무게를 조절하는 역할을 한다. 나중에는 장식적인 요소도 가미되어 신분을 나타내는 증표의 구실도 하게 되었다.

활에도 여러 종류가 있다. 삼한의 우리 민족을 서쪽 대륙(중국)에서는 동이(東夷)라고 부르는데, 여기에서 이(夷)는 큰 활[大ㅣ弓]이리는 의미로 큰 활을 잘 다루는 민족이란 뜻이다. 고구려 시조 주몽왕이 활쏘기의 달인이었다.

삼한에서 활쏘기는 전술적인 이유로 매우 중요시 되었다. 산악이 많고 수성전(守城戰) 위주의 전투를 선호하였던 한민족에게 활쏘기만큼 효과적인 무예는 없었다. 활은 먼 거리에서 적이 접근하기 전에 제압할 수 있는 무예이므로, 아군의 손실을 최소화하면서 상대에게 큰 타격을 미칠 수 있기 때문이다."

그때였다. 박제상 간이 상대의 기분이 상하지 않게 말을 중간에 끊고 조용히 건의했다.

"서불한님, 지금 너무 일반적인 무예를 설명하기에는 시간이 부족하니, 현실적으로 병사들이 왜구와의 실전에서 사용가능한 구체적 전투방법을 말씀하여 주심이 좋을 것 같습니다."

서불한도 그제야 정신이 번쩍 드는지 간의 건의를 좋게 받아들였다.

"좋소. 바로 그거요. 먼저 장거리에 있는 왜적을 활로 쏘고, 이어 근접전에서 단병 무예를 구사하는 보병은 12명을 한 대로 삼아 운용하는 원앙진(鴛鴦陣)[20]을 핵심으로 해보겠오. 원앙진을 구성하는 기본 무예는 등패·낭선·장창·당파입니다. 앞 네 가지로 구성된 2열 종대의 대형을 경우에 따라 양의진·삼재진 등으로 변화시켜 운용해야 하는데, 원앙진은 각 병기의 장점을 극대화하고 서로 보조함으로써 효율성을 높인 전술이지요."

제상이 알고 있는 것을 중간에 서불한에게 물었다.

"소관이 알기로는, 원앙진을 왜구에게 내일이라도 당장 적용해야 할 이유는, 왜적들의 우수한 칼(왜도, 일본도)로 인해 우리 병사들이 겁을 집어먹고 있기 때문이라 봅니다."

"맞아요. 왜구의 칼은 길이가 길고 매우 날카로우며 가벼우면서도 단단해서, 날에서 발하는 빛을 보기만 해도 아군이 전투 의욕을 상실할 정도지요. 특히, 두 손을 사용하여 칼에 힘이 있고, 좌우로 도약해서 내려치게 되면 상대의 병장기가 잘려나가기 일쑤여서, 아군의 병사들에게는 두려움의 대상이 되고 있답니다."

옆에서 두 관리의 전법을 듣고 있던 김희철 이찬이 당장 제안을 했다.

"왜군 일천이 현재 저 서쪽 오봉산 기슭의 여근곡(女根谷) 아래에 진을 치고 있으니, 내일 새벽에 가서 원앙진 진법으로 깨부수어 봅시다."

서불한과 제상이 동시에 자신 있게 답했다.

"그럽시다. 오늘밤에 군사들 실전 훈련을 철저하게 시켜둡시다."

"병사들이여! 적이 불과 일천 보 앞 산기슭에 있다. 여기서 곧바로 원앙진을 구성해 돌격한다. 궁수가 먼 거리에서 먼저 화살을 퍼부어야 한다. 원앙진은 간밤에서와 같이 두 줄로 정렬하라! 원앙진의 구성은 등패, 낭선, 장창, 당파의 4개가 주무기인데 대오에 한 치의 흐트러짐이 있으면, 그 자리에서 즉시 참수할 것이다. 무지한 병사들을 위해 무기의 설명도 곁들이겠다.

먼저! 등패(藤牌)는! 선봉에서 표창을 던지거나 칼을 사용해 적을 공격하라! 등패는 알다시피 가느다란 등나무 줄기를 엮어 만든 방패이니라.

둘째! 낭선(狼筅)은! 등패 바로 뒤에서 등패를 보호하고 구원해라! 낭선은 긴 대나무의 잔가지 끝에 철편으로 날을 달고 독을 발라 사용하므로, 무기가 커서 엄폐물의 역할을 해야 한다. 낭선이 엄폐물로써 다른 병사들에게 심리적 안정감을 주도록 해야 한다.

셋째! 장창(長槍)은! 낭선 바로 뒤에서 낭선을 구원하는 역할을 해라! 거듭 말하지만 장창은 원앙진에서 주된 공격의 역할을 담당하기 때문에, 다른 무예들보다 2배의 인원인 4명을 배치해 효과를 극대화하였느니라.

넷째! 당파수(鐺鈀手)는! 화전(불을 붙여 쏘는 화살)을 소지하고 있다가 전투가 시작되면, 먼저 당파에 화전을 걸쳐 쏘고 이어서 당파를 운용하여 장창을 구원하는 역할을 해라! 당파는 바로 삼지창이다."

이정건 훈장이 간밤과 오늘 서불한이 하고 있는 군사훈련을 살펴보았더니, 원앙진의 구성무기와 그 병사들의 특색이 정리가 되었다.

등패는 선봉에서 재빠른 공격을 담당하기 때문에 체격이 중간 정도인 신체가 유연한 사람이 선발되어야 했다. 낭선은 부대의 선봉에서 적군에게 위압감을 주고 아군에게 안정감을 줘야 하므로 체격이 크고 힘이 센 사람이 필요했다. 장창은 무기가 길고 무거워 힘이 들고, 적을 죽이는 임무를 담당하기 때문에 정신력이 있고, 뼛심[골력(骨力)]이 있는 사람, 마지막으로 당파는 창을 구원하며, 적을 죽여야 하기 때문에 용맹과 위엄이 있는 사람이 선발되어야 했다.

간밤 월성 궁성 연병장에서 원앙진 전법을 실행해본 이종한 서불한은, 왜구 1천여가 포진하고 있는 왕경 서쪽의 오봉산[五峰山, 주사산(朱砂山)] 아랫마을(건천읍 신평리 가척)로 오늘 새벽에 올라왔다. 오봉산 북쪽 기슭에는 여성의 성기와 같이 묘하게 생긴 작은 봉우리가 있는데, 그곳을 여근곡이라 불렀으며 중간 비탈에 맑은 물이 사시사철 솟아나는 샘물이 있었다.

이 서불한과 제상 간, 김희철 이찬 및 이정건 훈장이 선두에서 계림국 병사 1천여 명을 지휘해, 원앙진 전법으로 돌격했다. 곧 점량부[漸梁部, 혹은 모량(牟梁)] 벌판은 갑자기 군사들의 함성으로 새벽을 맞았다.

"계림의 병사들이여! 죽지 않는다. 공격하라!"

"아니, 저 계림의 개 같은 것들이 새벽부터 해보잔 말인가!"

"칼로 도륙을 내라!"

"모두 깨워라! 큰 일 났구나!"

왜군들이 그들의 주무기인 장검을 휘둘렀으나, 멀리서 불화살이 날아드는 데다, 12명씩 여러 가지 무기를 든 대오에 감히 범접을 할 수가 없었다. 가을 태양이 주사산 정상에 왔을 때, 왜구 1천명은 거의 전사했고 일부가 포로가 되었으며 나머지 일부는 산속 깊이 숨어버렸다. 제상이 서불한을 격려했다.

"서불한님, 간밤의 그 원앙진 전법이 참으로 감탄할 묘책이었어요."

"간님, 나도 이 정도로 왜구들이 맥을 못 추고 쓰러질 줄은 미처 몰랐다오."

"종발성주는 들어라! 내가 그대의 목숨은 살려줄 것이니. 지금 곧장 황산하(낙동강)를 건너 그대의 금관가야 이시품왕(伊尸品王)에게 아국 대왕님의 국서를 전하라!"

종발성 성주는 무시무시한 고구려 개마무사들이 성을 점령하자마자, 자신의 부장들을 비참하게 참수하는 것을 보았다. 그는 축담 아래 마당바닥에 엎드려 고개를 들지 못하고 사시나무 떨 듯 떨었다. 높은 대청마루의 팔걸이의자에 걸터앉은 적장이 고개를 숙인 성주에게 외치는 명령이었다.

성주가 겨우 목청을 가다듬어 응답했다.

"예~이, 장군님 명령을 받잡겠습니다."

성주가 허리를 꽉 굽힌 채 비실거리며 축담에 올라가 적장이 건네는 고구려 국왕의 국서를 두 손으로 받았다. 겨우 고개를 든 성주가 적장을 올려다보았더니, 비단옷에다 금우식 조우관(金羽飾 鳥羽冠)을 쓴 채 만면에 웃음을 흘리고 아래의 자기를 내려다보고 있었다. 성주가 겨우 국서를 받아들자, 적장 고방이 거만한 태도의 큰 목소리로 마지막 말을 내뱉었다.

"이시품왕이여! 고구려와 계림은 남북연맹으로 우호국 관계를 지속할 것이오. 그대가 백제와 왜국과 동서연맹을 맺어 우리와 싸우겠다는 허망한 꿈은 접도록 하시오. 계림 남쪽에 잔존하던 그대들의 영토 거칠산군은 성주도 보듯 거의 초토화가 되지 않았오. 가락국은 6개 연맹으로 분할되었고 중앙에 강력한 왕권도 없으니, 항차 계림에 복속될 지도 모를 일 아니오. 우리가 뒤에서 계림을 도울 것이오."

바짝 긴장한 성주는 적장의 외침을 듣고는 고개를 갸웃했다. 적장이 고구려왕의 국서를 외워서 읽는 것인지, 아니면 적장이 이시품왕에게 혹은 성주인 자기에게 명령·당부하는 것인지 헷갈렸기 때문이었다.

동해안 북쪽에서 수십 마리의 고래가 남쪽으로 급속도로 빨리 달려오고 있었다.
"모두 창을 던져라!"
"꼬리에 부딪히면 죽는다!"
"가까이에서는 작살[21]로 찔러라"
"명중이다!"
"명중이다!"

고방과 박제상, 이정건, 전기조 일행이 탄 나무배가 갑자기 파도 위로 불쑥 솟는가 싶더니 갑자기 주위가 밤처럼 캄캄해졌다. 모두가 기절을 하였는지 잠시 조용했다. 그때 방어진 촌장이 발악하듯 외쳤다.

"대왕고래의 아가리 속이다! 먼저, 대장군님이 칼로써 고래의 배를 가르고 밖으로 나가시오! 다음은 각자 서로 다치지 않게 따라 나가시오!"

고래 뱃속이 엄청 퀴퀴하고 비릿한 역겨운 냄새가 코를 찔렀다. 고방은 포경 배에서 튀어나가다 머리를 고래의 몸통에 데었는지 극도로 고통스러운 듯 고함을 질러댔다.

"아얏! 뜨거워! 머리가 탄다!"
"대장군님! 빨리 나갑시다!"

그 뒤에는 말이 없었다. 모두가 사생결단으로 칠흑 속에서 환도를 사용하여 고래의 아가리 속을 헤집고 나아갔다. 한참 뒤에 고방이 바다로 나가서 다른 배에 올랐다. 다음은 나머지 사람들이 모두 고래의 뱃속에서 나왔다. 고래는 죽었고 주변에는 고래의 붉은 피가 파도에 섞여 출렁이고 있었다. 고래 뱃속에서 나온 사람들 모두가 전신이 검붉은 고래의 피로 범벅이 되어 있었다. 촌장이 기쁨을 감추지 못하고 목청을 돋우어 크게 외쳤다.

"모든 창을 던져서 고래를 끌고 가자."

고래 몸에 꽂힌 창 자루 끝의 줄에는 포경수의 손에 쥐어진 줄이 연결이 되어 있었다.

한 달 전 새벽, 방어진 앞바다에 동이 트려고 수평선 전체가 붉은 노을로 물들어 너무나 아름다웠다. 마침 아침바다는 호수와 같이 잔잔했다. 넓고 푸른 바다의 여기저기에서, 고래가 사람 키의 4~5배(최고 높이 10m)의 높이로 희디흰 수증기를 뿜어 올리는 것을 보고, 고구려 병사들은 감탄하여 입을 다물지 못했다.

뭍에서 출발하여 바다로 오리쯤 나오자, 고래 떼들이 수십 마리씩 줄을 지어 물에 잠수했다가 물 위로 떠올랐다 하면서, 아주 빠르게 남쪽으로 신나게 달리고 있었다. 방어진 촌장이 고래 떼들을 유심히 살펴본 후에 말했다.

"우리가 제일 먼저 왔으니 고래 떼의 앞길을 배로 막아섭시다. 작살을 단단히 잡고서 고래의 눈을 명중시켜야 하는데, 눈이 여의치 않으면 꼬리를 제외하고 등이나 배나 옆구리를 아주 깊숙이 찔러야 합니다. 여러 개의 작살이 빗나가면 우리가 오히려 고래에 떠받치어 물에 빠져 죽을 수도 있다오."

모두가 자신 있다는 듯 외쳤다.

"예, 한번 해봅시다."

한참을 기다리니 북쪽에서 고래 수십 마리가 줄지어 오고 있었다. 수십 척의 배가 활처럼 둥글게 고래의 진행방향의 앞에서 멈추어 기다렸다. 박제상이 적당한 거리에 온 제일 앞의 고래에게

"야잇!"

하는 기합소리와 동시에 긴 작살을 날려서 명중시켰다. 동시에 다른 배에서도 같은 고래의 몸에다 작살을 잽싸게 날려서 깊숙이 꽂았다. 배에 탄 사람들이 일제히 외쳤다.

"야잇!"

"얏!"

"쉬~웅!"

"척!"

일행이 한 고래를 잡는 사이 다른 고래는 배를 비켜서 계속 가버렸다. 작살 맞은 고래가 갑자기 바다 깊숙이 잠수해버렸다. 얼마 뒤에 기진맥진한 고래가 숨이 떨어졌는지, 머리를 일시적으로 공중으로 치켜세워 수직 자세를 취했고 꼬리는 물속에다 처박았다. 배에서는 창을 수십 개 날렸다.

두 척의 배가 고래를 끌고 육지로 나갔다. 촌장 집 앞마당에서 방어진 촌민들이, 세상에서 육류로서는 가장 맛있는 고래고기를 먹기 위해 해체작업을 하면서 술도 실컷 마셨다.

"마립간님, 그간 고마왔수다. 대장군 고방 왜군을 물리쳤으니 계림을 떠나겠오."

"고 대장군, 참으로 고맙소. 대왕님께 본 국서를 전해주시오.

고구려의 은덕을 계림 백성들은 두고두고 잊지 않을 것이오. 고래의 바다 방어진과 장생포에서 고래 수십 마리를 잡은 걸로 알고 있소. 고래고기는 수레에 싣고 가다 부하들과 술과 드세요. 왜군들이 계림이 구름에 쌓인 신비로운 나라인데다 비단과 금이 많다고 자주 침략하고 있다오. 대왕님께 올릴 비단과 금을 성심껏 마련해두었으니 가져가시오."

고방이 마립간에게 금우식 조우관을 벗어 보이면서 민망한 듯 아뢰었다.

"마립간님, 방어진에서 대왕고래 뱃속에 들어갔다 탈출했는데, 고래 뱃속에서 머리 정수리를 고래 내장에 데어 이렇게 대머리가 되었답니다. 계림의 왜군 격퇴와 포경 때문에 대머리가 된 것은 죽을 때까지, 계림 파병기간의 좋은 추억이 될 것 같네요. 하! 하! 하!"

"아뿔사! 제상 간이 큰 실수를 했구나. 죄송하기 짝이 없소. 용서하시오."

고방이 고구려의 강성만 믿고 마냥 거만스럽고 안하무인격인 것으로만 알았더니 대장부다운 시원한 면도 있어 백관들이 빙그레 웃었다.

'왜군과 같은 섬나라 좁은 근성이 아닌 대륙을 호령하는 장군다운 데가 있어 맘에 드네 그려.'

고구려 5만 원군은 계림의 왜국 침략군을 격퇴하고 가야 6개 연맹을 무력화시킨 뒤 이듬해 봄에 귀국하였다. 고구려는 계림의 군사요충지마다 발위사자(拔位使者)의 관등을 가진 당주(幢主,

부대장)를 머물게 해 계림의 군사운용에 간섭을 하게 했다. 삼한의 동남부 작은 영토에서 약소국으로 버텨왔던 계림국은, 왜국의 대공습을 고구려의 파병으로 견뎌낸 결과 고구려의 수하(手下)로 격하된 신세가 되었다. 이렇게 왜국과 가야가 맥을 못 추게 되자 상대적으로 백제는 삼한에서 고립적 위치에 빠져들었다.

훗날 신라는 이 날의 치욕을 다음과 같은 애매모호한 기록으로 얼버무리고 말았다.

「내물마립간 45년 8월에 패성(孛星 : 彗星)이 동방(東方)에 나타났다. 동 마립간 동년 10월에 마립간이 상어(甞御)하는 내구(內廐)의 말이 두 무릎을 꿇고 눈물을 흘리면서 슬피 울었다.」

계림왕이 되기 위해 광개토왕의 심복노릇이라도 해야만 하나?
- 실성이 전성기를 맞은 광개토왕에게 속내를 보이다 -

실성이 고구려 조정에 나갈 때마다, 백성들과 백관들에게 인기가 하늘을 찌를 듯 높아진 광개토왕을 자세히 살펴보았더니 정말 장관이었다. 부왕 고국양왕(故國壤王)의 아들로 담덕(談德)이라 불렸던 그는 태자 때부터 전투에 천재적 재질을 발휘해 주변의 수많은 부락을 점령하였다. 어려서부터 체격이 웅위(雄偉)하고 뜻이 고상(高尙)하였다.

○ **광개토왕, 계림국 볼모 실성에게 속내를 보이다**

"실성공, 국내성에서 지내기가 조국 월성에서 지내기보다는 많이 불편하겠지?"

"수하들이 잘 해주어 아무런 불편이 없사옵니다. 대왕마마께서 간혹 이런 독대의 자리까지 마련해주셔서 몸 둘 바를 모르겠사옵니다."

"다행이구나. 요즘도 태학에서 고구려 역사는 많이 공부하겠지? 불편하거나 요구사항이 계시다면 항상 말하게나. 계림의 귀한 자식을 불편하게 할 생각은 없다네. 거련(巨連) 왕자와도 친하게 지내게."

"대왕마마, 금번 원병의 결단력에 계림 조정에서는 마마의 영향력이 엄청 높아졌을 것입니다. 내물마립간의 건강이 많이 악화되었다는 보고가 있답니다. 아직 눌지 왕자의 나이는 어리고요. 거련 왕자와는 친하게 지내니 우려마시기 바랍니다."

"공의 속내는 짐작이 가는구나. 인간의 길흉화복이란 장담할 수가 없지. 왕좌는 하늘이 내려주고 권력은 부자지간에도 나눠가질 수가 없단다. 최선을 다하는 것은 인간의 도리이고, 나머지는 하늘의 순리에 맡겨야지. 확실한 것은 실성공이 짐과 거련에게 충심을 다하는 것이네."

"제가 감히 그것을 모르겠나이까. 대왕마마 이전까지는 삼한 모든 나라가 서쪽 대륙(중국)의 연호를 사용했는데, 대왕마마의 연호 영락(永樂)을 사용하시며 영락대왕으로 불리시는 사유가 무엇이온지요?"

"짐도 그렇거니와 부왕께서도 사방의 외적들과 피비린내 나는 전쟁을 지속하면서, 꿈속에서도 바라는 이상이 있었다면 그것은 백성들이 '영원한 즐거움'을 갖고 살도록 하는 것이었다네. 부왕께서 그런 세상을 짐에게 실현하기를 유언으로 남겼다네. 그 결과 영락이 나타났단다."

"계림은 태백산맥과 소백산맥에 갇혀 약체국을 못 면하고 있는데, 마마께서는 광막한 대륙을 호령하고 계시니 감탄됩니다."

"천손(天孫) 의식이 강한 고구려 백성들이 끔찍한 살육현장을 누비며 거의 맹목적으로 싸워야하는 까닭은, 적을 쳐부수지 않으면 먹힌다는 엄연한 현실 때문이야. 무르익는 봄날 탄력 솟아나는 초원 위를 느긋하게 산책하면서 살다 죽고 싶네만, 약육강식은 엄연한 현실세계이고 영락은 짐의 영원한 이상세계라네. 짐은 동·서·북의 대륙에 대한 정복사업을 지속할 것이네. 짐과 거련의 기간 동안 실성공이 고구려와 계림이 형제같이 교류하며 찬란한 역사를 써 내러 가도록 열성을 보여주게나."

"대왕마마, 감히 고인들로부터 들었던 말씀을 올리오니 참고하여 주시기 바랍니다. 화복(禍福)은 출입의 문이 따로 없고 오직 사람이 스스로 불러들이는 것이라 했습니다. 착한 일을 하지 아니하면 길(吉)이 흉(凶)으로 변하고 착한 일을 하면 재앙이 도리어 복으로 화한다고 들었습니다. 지금 대왕님께서 나라를 내 집과 같이 걱정하시고, 백성을 내 아들과 같이 사랑하시니, 비록 조그만 우려도 할 것이 있다할지라도 무엇을 염려하리요."

"실성공, 참으로 고마우이. 고구려가 대륙의 침략에서 삼한을 방어하는 기지역할을 하고 있어 짐은 자부심도 대단하다네. 계림국 사람들은 온화한 기후의 영향 탓인지 성격도 온후하고 의리도 있으며, 남남북녀란 말과 같이 실성공처럼 모두가 훤칠하게 잘생긴 남정네들이 많아 믿음이 간다네. 시간 나면 또 보게나."

광개토왕의 침실에서 암시를 받은 실성이 일어나 큰절을 한 뒤 돌아서 나오는데, 얼굴에 화기가 돌아 그 좋은 풍채에 서광이 비치는 듯 보였다.

실성은 오늘도 국내성 태학에서 고구려 귀족 자제들과 태학박사로부터 고구려의 역대왕 역사를 배우고 있었다.

○ 모본왕, 포악함으로 측근에게 시해당하다

"이놈! 죽어라! 니가 왕이가?"

"이놈이! 짐을 죽인다! 살려 달라!"

고구려 제5대 왕이 목과 가슴 등 여러 급소에 단검을 맞고 피를 토하며 침소에 엎어졌다.

비명소리에 시측하던 궁녀들이 고함을 질렀다.

"대왕님이 시해되었다!"

당장 왕실 경호무사들이 들이닥쳤다.

"누가 죽였느냐?"

"내가 죽였다."

"왕에게 무슨 죄가 있었느냐?"

"왕은 천성이 사납고 어질지 못하여 국사를 잘 살피지 못해 백성들이 원망하였도다. 최근에 날로 포악이 더해져 매양 사람을 깔고 앉고, 누울 때는 사람을 베개로 배어 사람이 혹 움직이든지 하면 죽여 용서치 아니하였으며, 신하로써 간(諫)하는 자가 있으면 활을 당겨 쏘았다. 그대들도 그 사정을 알고 있지 않느냐."

"그대는 누구이며 시해한 까닭은 무엇이뇨?"

"나는 모본인(慕本人)으로, 왕의 좌우(左右)에 시측(侍側)하고 있었는데, 해를 입을까 염려하여 여러 번 통곡을 하였다오. 누가 나에게 말하기를, '대장부가 왜 우느냐. 고인(古人)이 말하기를 나를 무휼(撫恤)하면 임금이요, 나를 학대하면 원수다 하였으니, 지금 왕이 포학한 짓을 하여 사람을 죽이니 백성의 원수다. 그대는 도모 할지어다 하였다. 오늘 밤도 왕이 나를 끌어다가 깔고 앉으므로 시해하였다오."

"정당방어로다."

드디어 모본원((慕本原)에 장사하고 묘호(廟號)를 모본왕이라 하였다. 고구려는 왕 사후 그 장지(葬地) 이름을 따서 왕호를 결정한 경우가 많았다.

○ 고국천왕, 현량 을파소 국상을 초야에서 천거 받아 진대법 시행

제9대 고국천왕(故國川王)은 귀족들이 천거한 안류(晏留)란 사람을 중용하려 하였다. 그러나, 그는 왕의 당부를 거절하면서 을파소를 천거하였다.

"미신(微臣)은 용렬하고 어리석어 대정(大政)에 참여할 인물이 못 됩니다. 서압록곡(西鴨淥谷) 좌물촌(左勿村)의 을파소(乙巴素)란 사람은 유리왕조의 대신(大臣) 을소(乙素)의 손자로 인품

과 재능이 대단하니, 대왕께서는 그 사람을 등용하심이 가할 것이옵니다."

왕은 을파소에게 중외대부(中畏大夫)의 벼슬을 내리고 국정을 보좌하라고 명했다.

"노둔한 신(臣)으로는 감히 엄명(嚴命)을 당하기 어려우니, 원컨대 대왕은 신보다 더 현량(賢良)한 사람을 발탁하여 대업을 이루게 하소서."라는 을파소의 사양의 말을 들었다. 왕은 그의 거부의 속내를 짐작하여 국상(國相, 수상)을 맡겼다.

이때 조신(朝臣)과 귀족은 그가 신진(新進)으로서 구신(舊臣)을 왕에게 이간질한다 하여 미워하였다. 이에 왕이 하교(下敎)하기를, "귀천을 물론하고 만일 국상에게 대하여 복종하지 않는 자가 있으면 족(族)을 멸하리라."고 엄명을 내렸다. 이후 국상의 활약으로 백성이 평안하고 중외(中外)가 무사하였다.

안류와 을파소 이전에 왕후의 친척들이 고위직을 장악하여 반란을 일으켰다가, 왕이 직접 그 반란을 토평한 적이 있었다. 왕은 흉년에 길거리에서 굶고 헐벗은 백성들을 보고 다음과 같은 진대법(賑貸法, 후세 환곡법의 기원이 됨)의 실시를 명하였다. 먼저 왕은 중외(中外, 조정과 민간)의 관리에게 다음과 같이 명했다.

"환(鰥, 홀아비)·과(寡, 과부)·고(孤, 고아)·독(獨, 늙어 자식 없는 노인)과 노병(老病, 늙고 병든 자)·빈핍(貧乏, 가난하여 아무 것도 없음)으로 자존하지 못하는 자를 널리 물어 구휼(救恤)케 하라."

왕은 또 유사(有司)에게 말하기를, "매년 3월부터 7월까지 관

곡(官穀)을 내어 백성의 호구(戶口)의 다소에 따라 진대(賑貸)하
되 차등(差等)을 매기고, 10월에 이르러 관(官)에 환납케 하라."
하고 상례(常例)로 삼으니 중외가 크게 기뻐하였다. 왕의 이런
정책을 적극적으로 시행한 국상 을파소는 역사에 진대법의 시행
자로 길이 남았다.

○ 산상왕, 눈치 없고 무모한 형을 죽이고 등극하다

어떤 학동이 태학박사에게 질문했다.
"박사님, 제10대 산상왕(山上王)이 즉위할 제 그 형인 발기(發
岐)가 반란을 일으켜 죽었다는 내막은 어떤 것입니까?"
"그 역사는 내막이 길단다. 산상왕의 휘는 연우(延優)로 제9대
왕 고국천왕의 아우다. 고국천왕이 자식이 없이 돌아가시자 왕후
우(于)씨는 왕의 죽음을 비밀리에 부치어 발상(發喪)치 않고 밤
에 왕제(王弟) 발기의 집에 가서 말하기를, '왕이 후사가 없으니
그대가 계승하라.' 하였단다.
발기는 왕의 죽음을 모르고 대답하기를, '하늘의 역수(曆數, 天
運)는 따로 돌아가는 데가 있으니 가벼이 의논할 수 없으며, 하물
며 부인으로 밤에 나와 다니니 어찌 예라 할 수 있습니까.' 하였
다네.
왕후가 부끄러이 여겨 곧 발기의 아우 연우의 집으로 가니, 그
는 일어나 의관을 갖추고 문에서 맞이하여 자리에 들어와 주연을
베풀었단다. 왕후가 말하기를, '대왕이 돌아가고 아들이 없으니
발기가 어른이 되어 의당 뒤를 이어야 할 터인데, 도리어 나를 이

심(異心)이 있다하고 포만무례(暴慢無禮)하므로 지금 숙(叔, 아재)을 보러 온 것이오.'

이에 연우는 예를 더하여 친히 칼을 잡고 고기를 베다가 잘못 그의 손가락을 다쳤다네. 왕후가 허리띠를 풀어 그의 다친 손가락을 싸매주었단다. 왕후가 환궁하려 할 때 연우에게 말하기를, '밤이 깊어 무슨 불의의 일이 있을까 염려되니 그대는 나를 궁에까지 바래다주시오.'하였단다. 연우가 그리하였더니 왕후가 그의 손을 잡고 궁으로 돌아갔다네.

이튿날 날이 샐 때, 왕후는 거짓으로 선왕(고국천왕)의 유명이라 꾸며 군신으로 하여금 연우를 세워 왕을 삼게 했지. 발기가 그것을 듣고 크게 노하여 군사로 왕궁을 에워싸며 부르짖어 말하기를, '형이 죽으면 아우에게 돌아가는 것이 예인데 너는 순차를 뛰어 왕위를 찬탈하니 큰 죄다. 속히 나오라. 그렇지 않으면 처자를 죽일 것이다.'라고 윽박을 질렀다네.

연우는 3일간 궁문을 닫으니, 나라 사람들도 발기를 따르는 자가 없었단다. 발기는 어렵게 된 것을 알고 처자를 데리고 요동으로 달아나, 태수(太守) 공손탁(公孫度)에게 전후 사정을 알린 뒤 군사 3만을 지원받아 연우를 치러왔지. 연우(산상왕)가 아우 계수(罽須)를 시켜 군사를 이끌고 가서 막게 하니 발기의 군사가 대패했다네.

계수가 발기를 추격하였더니 발기가 계수에게 말하기를, '네가 지금 늙은 형을 죽이려 하느냐.'고 했단다. 계수가 '연우가 나라를 사양하지 않은 것은 의(義)가 아니나. 그대가 일시의 분을 가지고 종국(宗國)을 멸(滅)하려 함은 이 무슨 뜻이오. 사후에 무슨 면목으로 선인(先人)을 뵙겠습니까.'라고 하였다네.

 발기는 동생의 옳은 말을 듣고 참회의 눈물을 흘린 뒤 달아나 스스로 목을 찔러 죽어버렸단다. 계수는 슬피 울고 그 시체를 거두어 초장(草葬, 草殯)한 후 돌아왔지. 왕은 기쁨과 슬픔에 싸여 계수를 내전으로 불러들여 가인(家人, 형제)의 예로 연견(宴見, 한가이 접견함)하며 말하기를, '발기가 외국에 청병하여 제나라를 범하였으니 죄가 막대하다. 이제 그대가 그를 쳐 이겼으나 죽이지 아니하였으니 그것으로 족할 것인데, 그가 자살하자 매우 슬피 우니 도리어 나에게 무도하다고 하느냐.'하였단다.

 계수가 추연(안색을 변하는 모양)히 눈물을 머금고 대답하기를, '신은 지금 한 마디 말씀을 사뢰고 죽기를 청합니다.'고 하였다네. 왕이 '무엇이냐.'고 물었다지. 계수가 말하기를, '왕후(于氏)가 비록 선왕의 유명을 가지고 대왕을 세웠다 할지라도, 대왕이 예로써 사양하지 아니하신 것은 일찍 선인(先人)들의 예를 따르지 아니한 까닭입니다. 신은 대왕의 미덕을 나타내려고 하여 그 시체를 거두어 초빈(草殯)한 것인데, 이로 인하여 대왕의 노하심을 입을 줄은 미처 생각지 못하였나이다. 대왕이 만일 인(仁)으로써 악을 잊으시고 형의 예로써 장사한다면 누가 대왕을 불의하다 하겠습니까. 신이 이미 말씀을 사뢰었으니 비록 죽어도 산 것과 같습니다. 청컨대 나아가 유사(有司)에게 죽음을 받게 하소서.'라고 하였단다.

 왕은 이 말을 듣고 앞으로 자리를 옮겨 앉으며 온화한 얼굴로 위로해 말하기를, '내가 불초하여 의혹이 없지 아니하더니 지금 그대의 말을 들으니 진실로 나의 허물을 알겠다. 원컨대 그대는 책기(責己, 자기 자신을 꾸짖는 것)치 말라.'하였다네. 계수가 일어나 절하니 왕도 일어나 답배(答拜)하고 한껏 즐거움을 다한 후 자리를 파하였단다.

왕이 유사에게 명하여 발기의 상을 봉영(奉迎)하여 왕례(王禮)로 배령에 장사하게 하였단다. 왕은 본시 우씨로 인하여 대위(大位)를 얻게 되었으므로 다시 장가를 들지 않고, 우씨를 세워 왕후로 삼았다네."

○ **산상왕, 꿈속 천신의 예언대로 평민여성에게서 태자를 얻다**

"박사님, 산상왕께서 제11대 동천왕을 낳을 때도 재미난 배경이 있었다고 들었답니다."

"그렇지. 왕이라고 자식을 쉬이 얻을 수야 없었지. 역사가 그것을 말해주고 있으니까."

"저 돼지를 잡아라! 놓치면 큰 일 난다!"

어떤 귀하게 생겨먹은 사람이 주통촌(酒桶村)이 떠나갈 듯 이리 저리 도망가는 돼지를 쫓으며 고래고래 고함을 질러댔다. 그 때 20세쯤 되어 보이는 여자가 곱고 어여쁜 얼굴로 웃으며 앞실러 가서 잡으니 쫓아가던 자가 비로소 얻게 되었다. 돼지를 쫓던 사람이 그 여자에게 고맙다고 하니 여자가 물었다.

"어르신, 그 돼지가 아주 귀한 것 같은데 무엇을 하려고 그러오."

"비밀인데 하도 고마워 살짝 가르쳐주지. 교시(郊豕, 祭天用 돼지)인데 유사(有司)인 내가 놓쳐 상사에게 큰 꾸지람을 들을 뻔했다네. 낭자, 정말 고마워."

산산왕이 그 이야기를 듣고 이상히 여겨 그 여자를 보려고 미행(微行, 암행)하여, 밤에 그녀의 집에 가서 시인(侍人, 왕의 近侍人)을 시켜 달래어 보았다네. 왕이 그녀의 방으로 들어가 가까이 하려 하자 여자가 말하기를, '대왕의 명을 감히 어길 수는 없습니다만, 만일 아이가 생긴다면 저버리지 마시기를 바랍니다.'하므로 왕이 허락했단다. 그때는 산산왕 13년 때였다네.

'왕이 드나드는 주통촌 그 집에 가서 그 여자를 잡아 죽여라.' 주통촌 여자가 왕후의 그것을 눈치 채고 남장을 하고 도망을 갔지 뭐야. 여자가 군사들에게 잡히자 묻기를, '너희가 지금 와서 나를 죽이려 함은 왕의 명령이냐 왕후의 명령이냐. 지금 나의 뱃속에는 아이가 들어 있으니 이는 실로 왕의 유체(遺體)이다. 내 몸을 죽임은 가하거니와 왕자까지도 또한 죽이려 하느냐.'라고 물었다.

군사가 감히 그를 해치지 못하고 돌아와 여자가 하던 말을 고하니, 왕후가 노하여 꼭 그를 죽이려하다가 목적을 이루지 못하였단다. 왕이 듣고 그 여자의 집에 가서 묻기를, '네가 지금 내 아이를 배었다 하니 이것이 누구의 아이냐.'하니 대답하기를, '첩이 평생 형제와도 동석(同席)치 않거늘 하물며 남자를 가까이 하겠습니까. 지금 복중(腹中)에 있는 아이는 실로 대왕의 유체올시다.'고 하였다. 왕에 의해 이 사실을 전해들은 왕후도 감히 어쩌지 못했다.

나중에 주통촌 여자가 남자아이를 낳으니 왕이 기뻐하며 말하기를, '이는 하늘이 나에게 사자(嗣子)를 주신 것이다.'하였다. 처음에 교시의 사실로 인하여 그 어머니를 얻게 되었으므로 그 아이의 이름을 '교체(郊彘)'라 하고 그 어머니를 소후라 하였단다.

처음 소후의 어머니가 아이를 갖고 아직 해산하기 전에 무당이 말하기를, '반드시 왕후를 낳을 것이다.'하였다네. 그 어머니가 기뻐하여 딸을 낳으니 이름을 후녀(后女)라 했단다. 산산왕 13년 10월에 왕이 도읍을 환도(丸都, 지금의 通溝 輯安縣城)로 옮겼다. 왕 17년 정월에 교체를 세워 왕태자로 삼았단다.

산산왕 7년 3월 왕이 아들이 없으므로 산천에 기도하더니, 이달 밤 꿈에 천신이 나타나 말하기를, '내가 너의 소후로 하여금 아들을 낳게 할 터이니 근심을 말라.'하였다네. 왕이 꿈을 깨어 여러 신하에게 말하기를, '꿈에 천신이 나에게 이리저리 간곡히 말을 하였는데, 소후가 없으니 어찌하면 좋으냐.'하니, 을파소가 대답하기를, '천명은 헤아릴 수 없으니 왕은 기다리십시오.'라고 하였단다. 5년 뒤에 주통촌 소후가 운명처럼 왕에게 나타났고 교체를 출산하였던 것이다. 왕이 꿈에 천신을 만났던 그해 8월에 국상 을파소가 죽으니 나라 사람들이 통곡하였다네."

○ 밀우와 유유 목숨을 던져 동천왕을 구하다

"장군님, 소인은 고구려 동부인(東部人) 유유(紐由)로 왕의 항복문서를 가지고 왔습니다. 과군(寡君, 고구려 왕)이 대국에 죄를 짓고 도망하여 바닷가에 이르렀으나 몸 둘 곳이 없답니다. 장차

진전(陣前)에 나가 항복을 청하고, 법관(法官, 司寇)의 처벌을 받으려 하여, 먼저 소신을 보내어 변변치 못한 물건을 가지고 와서 종자(從者)들의 음식을 삼으려 하오니 받아들여 주십시오."

위장(魏將)은 흔쾌히 "그렇게 하라."며 허락했다. 유유가 식기 속에 칼을 숨겨 가지고 앞으로 가서 칼을 빼어 위장의 가슴을 찔러 죽이고 자신도 함께 죽었다. 장군이 죽자 위군은 어지러워졌다. 고구려 동천왕이 군사를 세 길로 나누어 급히 치니, 위군은 요란(搖亂)하여 진을 치지 못하고 낙랑 방면으로 물러갔다.

동천왕 20년 서쪽 대륙(중국) 위나라가 유주자사(幽州刺史) 관구검(毌丘儉)을 시켜 군사 1만 명을 거느리고 현도[무순(撫順)]를 나와 고구려를 침범하니, 왕은 2만 병사를 지휘하여 처음에는 크게 이겼다. 중간에는 크게 패하여 아군 1만8천여 명이 죽고 왕은 겨우 1천여 명의 기병과 압록원(鴨淥原)으로 달아났. 관구검이 환도성을 쳐 무찌르고 장군 왕기를 보내어 왕을 추격하였다. 왕은 남옥저(南沃沮)로 달아나 죽령(竹嶺)에 이르니 군사가 거의 다 흩어졌다. 이때 동부인 밀우(密友)가 결사대를 이끌고 적진에 나아가 싸웠다. 이때 패망 직전의 왕을 구한 자가 밀우였다. 왕이 나라를 회복한 뒤 밀우와 유유에게 식읍(食邑)과 벼슬로 그 공에 보답하였다.

○ 국상 창조리, 교만하고 의심 많은 봉상왕을 폐위시키다

"천재(天災)가 거듭하여 닥치고 연곡(年穀)이 잘못되어 백성들이 처소를 잃으니, 장정들은 사방으로 유리(遊離)하고 노유(老

幼)들은 구렁텅이에 구르니, 이때야말로 하늘을 두려워하고 백성을 위하여 근심하며 공구(恐懼, 몹시 두려워함)하고 반성할 때입니다.

대왕께서는 이를 생각지 아니하시고 주린 사람을 구사(驅使, 함부로 부림)하여 토목의 역(役)으로 괴롭게 하시오니, 너무도 백성의 부모된 뜻에 위반됩니다. 하물며 이웃에는 강적이 있으니, 만일 그들이 우리의 피폐한 틈을 타서 쳐들어오면 사직과 생민(生民)을 어찌 하오리까. 원컨대 대왕은 깊이 생각하소서."라고 국상 창조리(倉助利)가 봉상왕(烽上王, 제14대)에게 간하였다.

이에 왕이 노하여 말하기를, "임금이란 백성의 우러러보는 바다. 궁실이 장려(壯麗)치 못하면 위엄을 보일 수 없다. 지금 국상은 과인을 나무라는 것은 백성의 칭송을 구하려 함이다."하였다. 창조리가 말하기를, "임금이 백성을 사랑하지 아니하면 인(仁)이 아니요 신하가 임금을 간하지 아니하면 충(忠)이 아니올시다. 신이 이미 국상의 빈자리를 이은 이상 말을 하지 않을 수 없는데 어찌 감히 칭예(稱譽)를 구하겠습니까."하였다.

왕이 웃으며 말하기를, "국상은 백성을 위하여 죽으려 하느냐, 다시는 그런 말을 하지 말라."하였다. 국상은 왕이 허물을 고치지 않음을 알고 또 해(害)가 자기에게 미칠까 두려워하여 물러가 여러 신하와 폐립(廢立)을 동모(同謀)하여 을불(乙弗)을 맞아 왕을 삼았다. 폐왕은 화를 면치 못할 줄 알고 자살하니 그의 두 아들도 따라 죽었다.

봉상왕은 제13대 서천왕(西川王)의 태자였는데 어릴 때 교만하고 의심이 많았다. 왕은 즉위한 해, 앞서 공업(功業)이 많은 숙부 항렬 달가(達賈)가 백성들의 존경을 받았으므로, 그를 의심하여 모살(謀殺)하였다. 그 다음 해 왕은 그 아우 돌고(咄固)가 이심(異心, 叛心)을 품었다 하여 그에게 죽음을 내리니 나라 사람들은 달가와 돌고의 무죄함을 알았으므로 애통해 하였다. 돌고의 아들 을불은 야외(野外)로 달아났다.

○ **소금장수 왕족 을불 미천왕에 등극하다**

비단옷과 절풍건(折風巾)을 쓰고 가죽신을 신은 두 사내가 비류하(沸流河, 훈강) 가 배 위의 한 장부에게 절을 하며 말했다.

"지금 국왕이 무도하여, 국상(國相)이 여러 신하와 음모하고 왕을 폐위하려 합니다. 왕손 을불의 조행(操行)이 검소하고 인자애인(仁慈愛人)하여 가히 조업(祖業)을 이을 만하므로 신 등을 보내어 받들어 맞이하게 한 것입니다."하였다.

배 위의 사내가 의심하여 말하기를, "나는 야인이요 왕손이 아니니, 다시 자세히 살펴보십시오."하였다. 두 사내가 다시 말하기를, "지금 주상(主上)이 인심을 잃은 지 오래라, 족히 국주(國主)가 될 수 없으므로 여러 신하가 간절히 왕손을 기대하는 것이니 의심하지 마소서."하고 드디어 을불을 모시고 국내성으로 돌아가 어느 집에 숨어서 살게 했다.

봉상왕이 사냥을 가는데, 창조리가 수종(隨從)하여 여러 사람에게 말하기를, "나와 마음을 같이 하는 자는 내가 하는 대로 하라."하고 갈대잎을 모자 위에 꽂으니 여러 사람이 다 그렇게 하였다. 창조리는 여러 사람의 마음이 일치함을 알고 왕 앞을 가로 막아섰다.

"대왕님! 여기서 멈추시오!"

왕이 분노하며 고함을 꽥 쳤다.

"국상! 눈에 보이는 것이 없소. 감히 짐의 앞길을 가로막다니, 여봐라! 저 자의 목을 쳐라!"

수비대 병사들이 왕에게 저항하듯 말했다.

"우리는 국상의 명령만 듣소. 그대는 이미 왕이 아니오!"

국상이 설명했다.

"그대는 지금부터 왕위에서 폐위되어 별실에서 지내야 하오. 그대의 조카 을불이 왕위를 계승할 것이니 그리 아시오. 백관의 간언에 귀를 막는 군주를 더 이상 모실 수가 없소. 물은 이미 흘러가버렸소."

"뭐라! 짐이 그대를 국상에 올렸는데, 은덕을 모르는 무도한 자로구나."

"병사들이여! 폐왕을 즉각 묶어라."

봉상왕이 즉위해 아우 돌고를 의심해 죽이자, 을불은 도망해 나와 처음에는 수실촌(水室村) 사람 음모(陰牟)의 집에 가서 고용살이를 했다. 음모는 그가 어떤 사람인지 몰라 심악스럽게 부렸다.

"밤에 연못의 개구리가 요란하게 울어 잠을 이룰 수가 없구나.

종자야! 기와나 돌을 연못에 던져 개구리를 울지 못하게 하여라. 원, 잠을 못자니 머리가 지끈거려 죽겠구나."

을불이 밤새도록 개구리 울음소리를 멈춘다고 잠을 못 자, 낮에 졸고 있을 때면 주인이 고함을 질러댔다.

"이 자식아! 니가 낮에 잠이나 자려고 우리 집에서 밥 먹고 버티나? 하루에 세 짐씩 땔나무를 해오너라. 그래야 밥값을 하지. 안 그렇냐?"

"예, 주인님. 알겠구만요."

1년간 음모 밑에서 고생하던 을불은 중대결심을 했다.

"아버지만 살아계셨다면 내가 이런 고통을 받지 않았을 것인데, 내 운명이다. 어디로 도망가서 좋은 사람을 만나야지."

을불은 동촌(東村) 사람 재모(再牟)와 함께 소금장사를 하였다. 하루는 배를 타고 압록강 하류에 이르러 소금을 가지고 뭍에 내려 강동(江東, 압록강 동쪽) 사수촌(思收 村) 사람 집에 기류(寄留)하였다. 그 집의 노파가 소금을 청하므로 한 말 가량을 주었는데 재차 청하니 주지 않았다. 그 노파가 원망하여 가만히 자기의 신을 소금 속에 넣어두었다. 을불이 소금짐을 지고 가고 있는데 그 노파가 헐레벌떡 따라와 고함을 질렀다.

"야잇! 도둑놈아! 당신이 내 신을 훔쳐갔제?"

"할매! 내가 와 할매 신을 가져갈까요?"

"엉큼한 사람이구나. 압록재(鴨淥宰)에 고발하겠다."

압록재 관리는 노파의 요구에 따라 을불의 소금짐을 풀어보았다.

"신이 나왔다. 노파의 말이 맞구나. 신발값에 해당하는 소금을 노파에게 주어라."

을불은 노파가 원망스러웠으나 어쩔 수 없이 소금을 들어주었다.

'저 놈의 노파. 늙어도 더럽게 늙는구나.'

압록재 관리는 을불에게 태형(笞刑)을 가한 뒤 놓아주었다.

"젊은 사람이 노인의 신발을 도둑질하다니 의리가 없군그래."

이 당시 을불은 얼굴이 파리하고 옷이 남루하여, 남이 보고 왕손인 줄을 알지 못하였다. 이때 국상 창조리가 장차 봉상왕을 폐하려 하여 자신의 심복부하 둘에게 밀명을 내렸다.

"비밀리에 전국을 뒤져 을불을 찾아라."

두 심복이 산야를 뒤졌는데, 비류하(沸流河, 훈강) 가에 이르러 배 위에 한 장부(丈夫)가 있는 것을 보았는데, 그 얼굴이 초췌하나 동작(動作)은 보통 사람이 아니었다. 그에게 접근해 두 사람은 을불임을 알아내었던 것이다.

○ 실성, 내물마립간에게 처형당하는 악몽을 꾸다

실성은 국내성에 와서 산천이 한번 변할 동안에 계루부(桂婁部) 출신 태대형 고철규와 서부(西部)의 귀족 출신 장군 우대해(于大海) 등과 깊이 사귀어 정이 들었다. 광개토왕 11년(401) 여름 어느 날, 오늘 밤도 좋은 술집에서 예쁜 여자들이 시중을 받으며 고철규, 우대해 등과 술을 과하게 마셨다. 침소 모기장 안에서 잠이 들면서 지껄였다.

"세작(細作, 간첩, 정탐꾼)들이 마립간이 죽을 때가 다 되어 간다던데, 10년만에 꿈에 그리던 계림으로 돌아가 어좌에 앉아 천하를 호령할 수가 있을 것이다. 조금만 더 기다리자."

"네 이놈! 실성아! 계림의 사정이 어려워 고구려에 보내두었더니, 계림을 방어할 생각은 않고 왕 자리나 탐내고 있으면 되나! 무슨 일이 생겨도 왕좌는 어린 눌지 왕자에 돌아갈 것이니 과욕을 버려라."

"마립간님, 나는 억울합니다. 지가 무슨 죄가 있긴데 천만리 북방에 와서 갖은 고생을 해야 합니까? 다음 왕좌는 눌지가 아니라 지가 차지해야 하겠습니다. 지혜를 발휘해주시옵소서."

"여봐라! 실성 왕자를 끌어내 참수하라! 왕실에 큰 해악을 끼칠 자이니라."

"흐~흑! 억울하옵니다. 살려주십시오."

주위를 살펴보니 여명이 시작되고 있었다. 얼굴과 몸에 땀이 흥건히 젖어 있었고 목이 말라 타는 듯 했다. 꿈속의 마립간은 백발이 성성했고 크게 노하여 자신을 죽일 것 같았다.

'마립간이 마치 내 속을 꿰뚫어 보는 듯하네. 내 주변에 세작들을 심어두었는가? 계림은 이제껏 왕위계승에 큰 변고가 없었는데, 고구려는 태학에서 배운 바와 같이 왕위계승에서 죽이고 죽는 일이 더러 있었지 않았던가? 65년간 다져진 미추이사금과 내물마립간의 원수세력인 왕가세력을, 내가 고구려의 세력을 등에 업고서 완전히 나의 세상으로 계림국을 변모시킬 수가 있을지. 왠지 모르게 내 앞길이 순탄하지 않을 듯하구나. 하여간 바짝 엎드려 상황을 살펴보자. 왜, 이리도 꺼림칙한 기분이지. 요상도 하지.'

우리 민족과 중국민족이 다름은 치우족과 황제족의 탁록대전에서 분명히 나타나느니라
- 단군 이후부터 한반도까지 『부도지』의 민족이동 -

"우리 민족(계림국)의 조상들이 저 북쪽에서 한웅시대를 거쳐 단군시대 및 우리 한반도에 접어든 것을 설명할 차례입니다. 한웅씨가 임검(壬儉)씨를 낳았다고 합니다. 후세에 '壬'자를 '王'자로 잘못 기록하는 바람에 '단군왕검'이란 말이 나타났는데, 임검은 요새 말로 임금이란 뜻이지요. 원래 '단군'은 제정일치시대의 통수권자를 호칭하는 말로 특정 임금을 뜻하는 고유명사가 아니라 보통명사입니다. 앞에서 말한 한인이나 한웅도 다 마찬가지입니다.

이때 나타나는 박달임금(朴達壬儉)이 단군(檀君)인데, 단군은 '단국(檀國)의 군(君)' 즉, '박달나라 임금'이란 뜻입니다. 물론, '박달'은 박달나무의 음을 빌렸을 뿐, 그 뜻은 '밝은 땅' 즉 '광명의 나라'라는 뜻이지요. 그것이 '배달'로 변하게 됩니다.

지금까지 설명해온 바와 같이, 우리 민족은 어느 때라도 마고성의 그 이상세계를 실현하기 위해 온갖 유혹을 뿌리치고, 이를 다시 실현하려는 '해혹복본(解惑複本)'에 최선의 노력을 기울였답니다. 임검씨가 사방으로 흩어진 다른 세 종족들을 방문한 뒤 돌아와 부도를 건설할 땅을 택했는데, 그곳이 자석(磁石)이 가리키는 방향[자방(磁方)] 즉, 동북의 땅이었다고 합니다.

즉, 한웅시대의 마지막 도읍지인 산동성 태산 근처의 구려(또는 청구)를 중심으로 동북쪽으로 왔다는 것인데, 소위 서쪽 대륙(중국)의 중원(中原)이라는 황하와 양자강 사이에 있는 비옥한 땅, 중국의 중심부를 무시하고 멀어져 와버렸다는 겁니다.

결국, 부도(符都)를 세운 곳은 고구려의 북쪽(만주 하얼빈의 완달산)이었는데, 황궁씨의 후손 6만 명이 부도에 이주해 사해(四海, 전 세계)의 종족들을 초청해 신시(神市)를 베풀었지요. 단군이 부도를 건설한 이곳이 단군조선의 수도가 된 곳입니다.

부도 건설을 완료한 후 신시를 크게 여는데, 행사를 진행하는 순서는 다음과 같았답니다. 먼저 계불로 마음을 깨끗이 한다.→ 하늘의 움직이는 모습을 살핀다.→ 마고의 족속임을 확인한다.→ 말과 글을 정리하는 데 천부의 음에 준한다.→ 북극성과 북두칠성의 위치를 살펴 제사를 올린다.→ 모여서 노래한다. 연주는 천웅의 음악이었답니다. 이러한 신시 행사를 십 년마다 열어 말과 글을 통일하고, 천하 사람들을 화합시켰으며 산업과 교역을 일으켰답니다.

단군의 부도 건설에 대한 내용 설명이 길었는데, 무슨 의문점이 있다면 질문하십시오."

삽량성 유지들과 학동들이 『부도지』 특강을 하고 있던 이정건 훈장에게 질문을 하기 시작했다.

"부도란 말이 자주 나오고 중요한 것 같은데 그 의미하는 바가 무엇이오?"

"부도란 '하늘의 뜻에 맞는 나라, 또는 그 나라의 서울'이란 뜻으로, 단군조선(檀君朝鮮)의 수도요 천부(天符)의 도시입니다. 그러나, 그 부도가 단순한 단군조선의 수도만을 가리키지는 않고 세계의 정치적 종교적 중심지로서 온 천하의 공도(公都)라고 이해해야 합니다."

"신시란 말의 설명을 해주시지요."

"신시란 신국(神國)이 제천행사도 하고 물품교환도 하는 장소입니다. 이는 장소에 따라 세 가지로 분류가 됩니다. 첫째, 신시는 정치 중심지인 부도에서 행하는 교류이고, 둘째, 조시(朝市)는 육산물의 중심지에서 행하는 것이며, 셋째, 해시(海市)란 해산물의 중심지에서 행하는 것이었지요. 이 세 개를 합해 제시(祭市)라고 하는데, 그 목적은 종족들간의 연락과 화합이었답니다. 제시의 부수적 목적은 물품교환이었는데 이것이 훗날 조공(朝貢)으로 변하게 됩니다."

"서쪽 대륙의 중원이 한없이 넓고 땅도 기름지다고 했는데, 왜 부도를 중원이 아닌 고구려 북쪽에 건설했나요?"

"우리는 무엇보다도 산과 더불어 살아온 민족입니다. 산은 영검한 기운이 뭉쳐진 땅이지요. 산에서 수도하고, 하늘에 드리는 제사도 높은 산에서 해야 합니다. 우리 민족은 산이 없는 곳에서는 호흡할 수가 없어 갑갑하기 때문이었지요. 새겨 볼만한 민족의 특질입니다. 그리하여 마침내는 산이 국토의 7할을 차지하는 금수강산 한반도로 들어왔던 것이지요."

"임검씨가 부도를 건설할 땅을 찾을 때 왜 자석의 방향을 따랐습니까?"

"고대인들은 빛과 소리와 자력(磁力)을 만물의 근원으로 생각한 듯합니다."

"우리 조상들 가운데 대부분의 선비들은 우리 민족의 태생지를 태백산(묘향산 혹은 백두산)이라고 가르치고 있는데, 그에 대한 설명을 좀 해주시죠."

"본 훈장은 박제상 간의 『부도지』이론을 더욱 믿습니다. 서쪽 대륙(중국)의 지도에는 태백산, 삼위산이 버젓이 있고, 그곳에 가보면 우리 조상들의 흔적을 수없이 찾아볼 수가 있답니다. 그런데도 소위 단군신화(檀君神話)의 웅녀와 환웅이 단군임검을 낳았고, 우리가 그 자손이라는 설명은 선뜻 이해가 가지 않습니다. 본인의 생각으로는, 우리가 마고성에서 한반도 삼한으로 유입되는 과정 중의 가까운 과거의 한 과정만 잘라서, 설명한 민족의 태생론이 아닌가 싶습니다. 우리는 마고성에서 왔지 단군임검부터 시작된 것은 아니란 것입니다.

"이제까지 설명한 이해하기 어려운 과정을, 마고성에서 우리가 쉬이 알 수 있는 고구려와 한반도 삼한까지를 알기 쉽게 요약바랍니다."

"마고의 후손으로 천산주 황궁씨와 유인씨→ 천산 기슭의 한인씨→ 태백산 한웅씨→ 단군 임검→ 부루(夫婁, 2세 단군)→ 읍루[(浥婁, 3세 단군 가륵(嘉勒))의 7세에 천부가 전해진 것이 7천 년이었답니다. 읍루씨는 세상에 뜻이 이루어지지 않자 천부를 명지(明地)의 단(檀)에 봉쇄하고 입산하여 버리고 나타나지 않았지요. 여기에서 간(干)님의 『부도지』 내용은 모두 종결됩니다.

『부도지』가 아닌 다른 기록에서는 단군이 그 후로도 47세 고열가 단군까지 계속 되다가, 국력이 쇠미해져 고열가 단군이 왕위를 버리고 입산수도하여 신선이 되는 것으로 끝납니다.

우리 민족이 마고성에서부터 왔다는 설과 단군신화에서와 같이 태백산(太白山, 묘향산 혹은 백두산)에서 시작되었다는 설이 대립되어 있듯, 왜국 신대(神代)의 역사도 비슷합니다. 남쪽 쿠슈(九州)지역의 세력이 점차 동쪽의 긴끼내(畿內) 지방으로 침략해 들어가 요즘의 왜국이 되었다는 동정설(東征說)과, 긴끼내(畿內) 바로 그 지방에서 천지가 창조되어 세상이 만들어졌다는 천지창조설(天地創造說)이 대립하고 있지요."

"단군 이후 고구려 북부(만주)에서 한반도로 조상들이 들어와 계림국이 건설되는 것은 어떻게 설명이 되는가요?"

"단군조선이 서쪽 대륙의 한(漢)나라에 망하자 북부여(北扶餘)를 거쳐 전개되는 고구려, 백제, 계림, 가야 4국은 단군조선의 망국의 유민들이 조국 광복운동 결과 재건한 한국(桓國) 또는 단군조선의 후국들입니다. 그러나, 여러 나라로 분열되면서 대립과 투쟁의 시대로 접어들고, 전통정신은 점점 퇴화하게 되었답니다.

우리 간님은 위 4국 중에서도 계림에 부도의 뜻이 전해 남은 과정을 『소부도지(小符都誌)』라는 제목으로 적고 있답니다. 우리 계림에 부도가 실현되어야 한다고 강조하고 계신답니다. 많이 혼탁해진 요즘 세상에서도 마고성 시대와 같은 이상세계 즉, 해혹복본(解惑複本)을 실현해야 한다고 염원하고 계신답니다."

"『부도지』에서는 서쪽 대륙(중국) 민족에 대해선 언급이 없나요? 그들도 우리민족과 같은 민족인가요?"

"그들을 흔히 한족(漢族)이라 부르는데 우리 민족을 동이족(東夷族)이라 얕잡아 보는 경향이 있답니다. 그러나, 저들은 우리 민족을 통해 그들이 문명화되었다는 사실을 모르고 교만을 떨고 있는 것입니다.

그들의 역사의 시작도 여타 나라와 같이 신대(神代)로부터 개시가 되므로 정확하게 알 수 없답니다. 그들의 역사의 시작은 삼황(三皇)시대로, 수인(燧人)씨, 복희(伏犧)씨, 신농(神農)씨가 그것인데 각각 인황(人皇), 지황(地皇), 천황(天皇)이라고도 하지요.

전한(前漢)시대 사마천(司馬遷)이 『사기(史記)』라는 역사서를 쓰면서 삼황을 신화로 단정해 책에 싣지를 않았답니다. 그러나, 먼 훗날 사마정(司馬貞)이란 자가 앞서 나왔던 『사기(史記)』(B.C 91)』란 책을 멋대로 가필하여 '삼황본기(三皇本紀)'란 내용을 제일 앞머리에 추가했지요. 타인의 책에 자신이 쓴 내용을 추가해 넣은 명백한 사료 조작의 한 예입니다.

사마천은 『사기』 앞머리에 1대 황제(皇帝)·2대 전욱(顓頊)·3대 제곡(帝嚳)·4대 요(堯)·5대 순(舜)의 순서로 이어지는 오제(五帝)부터 역사적 사실로 보았습니다. '사기'란 책에는 황제족과 치우족의 대결로 시작하는데, 황제는 요즘 한족(漢族)의 시조요, 치우(蚩尤)는 제14세 자오지한웅으로 구례(九麗) 혹은 구려의 시조입니다. 한웅씨의 후예들은 구려에서 374년을 더 살게 되었습니다. 여기 '구려'에 대해선 우리 민족의 이동 과정에서 이미 설명이 되었지요. 구려에서 대문구문명(大汶口文明)을 건설하게 됩니다.

　한족들이 우리 동이족이 그들이 살고 있던 산동성 태산 근처로 이주해오니까, 우리를 침략자로 간주하고 탁록(涿鹿, 북경 서북쪽 120km 지점, 하북성)에서 맞붙어 피터지게 싸웠지요. 그곳에는 지금도 황제성과 치우성(蚩尤城)의 유적이 남아 있답니다. 서쪽 대륙(중국) 사람들은 『사기』란 책 때문에 60여 개 종족들이 뭉쳐 하나의 민족의식을 갖게 되었는데, 그 책 이전에는 오랫동안 우리 동이족에 의해 그들이 문명화되었다는 설이 지금도 파다합니다. 한족이 명백하게 우리 민족과 다르다는 것은 그 사기 앞부분에서 증명이 된 것입니다."

　"그 치우 한웅은 탁록대전에서 인류 최초로 갑옷을 입고 싸워 한족들을 이기고 놀라게 했다던데요?"

　"선암(仙巖) 어른, 정말 많이도 아십니다. 치우한웅은 도깨비부대를 이끌고 황제 헌원(軒轅)과 70여회 싸워서 이겼답니다. 그의 생김새가 구리머리(銅頭)에 쇠이마(鐵額)였고 어깨에는 외날 칼, 몸통은 갑옷, 양손에는 모(矛, 자루가 긴 창)과 극(戟, 창끝이 두 가닥으로 갈라진 창)을 지닌 전형적인 기마무사(騎馬武士)였답니다. 당시는 3천여 년 전(B.C 2,700년경) 청동기시대였는데 동방에서는 금속무기의 원조가 그였답니다. 당시 서쪽 대륙의 복희씨와 신농씨는 나무나 돌로 병기를 제작할 수 있을 뿐이라고 전합니다.

　그런데 치우천황은 속설에 능이 안개를 일으키고 뇌우(雷雨)를 크게 만들어 산하(山河)를 바꾼다고도 했습니다. 한족(漢族)들의 간담을 서늘하게 했던 전쟁영웅이었던 모양입니다.

황제족 등은 치우를 보고 공포에 떨며 괴물로 묘사했지요. 그는 무신(武神)으로 존경받은 우리 역사상 단군 이전에 가장 탁월한 영웅으로 받들어지고 있답니다. 그의 도깨비 생김새가 서쪽 대륙은 물론 우리 민족에게도 워낙 강하게 각인되었기에, 우리 생활상 기와문양 및 단오 때 부적 등에 그려지고 있지요. 치우한웅은 우리민족의 뿌리 찾기의 주요사항으로 여겨집니다. 우리 민속상 전설 등에 도깨비가 우리와 친근하게 느껴짐은 치우한웅의 모습을 닮았기 때문이 아닐까요?'

여기서 알아두어야 할 것이 동이의 족의 자부선생(紫府先生)의 훌륭함입니다. 그 선생의 제자에 치우천왕, 황제헌원, 창힐(倉頡)과 대요(大橈)가 있었지요. 창힐은 중국 한자의 시조로 창힐문자를 만들었다고 합니다. 창힐이 문자를 만들자 하늘이 곡식을 비처럼 뿌리고 귀신이 밤새도록 울었다고 기록에 남기기도 했답니다. 그러나 우리 단족(桓族)의 한 책에서는 그가 치우천왕의 제후로서 배달족 신지문자(神誌文字)를 중원에 전파시킨 인물이라고 적고 '신지'는 환웅시대 고대문자를 책임졌던 관리라고 합니다.

헌월은 삼황내문경(三皇內文經)을, 대요는 간지(干支)의 술법을, 창힐은 부도지문을 자부선생으로부터 각각 전수 받았답니다. 그후 헌월은 탁록에서 군사를 일으켰다가 치우의 공격을 받고 대요와 창힐에게 도움을 요청 했으나, 대요와 창힐은 스승과 같은 민족을 배반 할 수 없다고 거절 하였지요. 결국, 헌월 황제는 치우에게 무릎을 꿇었답니다.

"서쪽 대륙(중국) 영토에 60개도 넘는 종족들이 나뉘어 지리멸렬하게 살아갈 때는, 그들이 오히려 우리민족에게 조공을 했다는 말을 들었습니다."

"얘, 맞아요. 우리가 천자의 칭호를 쓰던 조선시대(만주지역, 고조선)에 서쪽 대륙(중국)의 동북부와 태행산(太行山)을 경계로 한 그 동남부 전역이 (고)조선의 영토였지요. 서쪽 대륙의 군주는 경계인 태행산 마루에 크게 사당을 짓고 해마다 조선의 천자가 계시는 쪽을 향해 예를 행하였습니다. 사당이란 뜻을 나타내는 '廟(묘)'자는 바로 서쪽 대륙의 군주가 집을 짓고 조선[朝]을 향해 제사를 지낸 데서 유래된 것이라고 합니다.

그 후 저들이 통일되기 시작해 힘이 강하게 되어 우리가 서쪽 대륙에게 밀리자, 우리가 서쪽 대륙 황제 등에게 물건을 받치는 것을 거꾸로 조공이라 인식하게 된 것은 잘못된 인식입니다. 그 외에도 서쪽 대륙의 책력법 등 그들의 많은 문화가 우리 동이족이 그들을 깨우친 것이란 사실은 그들 스스로도 인정하고 있답니다."

"훈장님, 나라를 건국하는 것은 백성들을 위해 어떤 목적이 있습니까?"

"인간의 사고 즉, 생각은 역사발전의 원동력으로서 인간행위에 대해 투쟁이나 협동을 요구합니다. 양자택일(兩者擇一) 가운데 투쟁보다는 협동이 더욱 문화발전에 기여하지요. 역사의 목표는 낙원의 건설에 두어야 하지요.

사실 나라란 적의 침입을 막기 위한 성곽이라기보다는 꽃이 피고 음악이 흐르며 젖이 샘솟는 낙원을 의미한다고 봄이 맞는 것입니다. 그런데, 동양 특히 우리 삼한은 마고성 같은 평화스러운 이상세계를 실현하는 것이 꿈인데, 서양은 무기로 상대나라를 억압하여 다스리려는 무력을 이상으로 생각하여 한심하다는 생각이 듭니다."

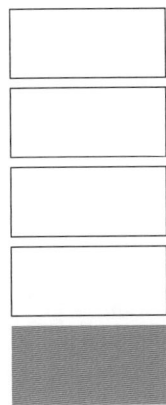

제6부

우리 민족의 이동경로
『부도지』 집필한 제상

미해야! 형을 원망하며 왜국에서 조금만 참아다오
- 실성마립간 미사흔을 왜국에 볼모로 보냄 -

"이럇!"
"따각! 따각!"
"빨리 가자구!"

금성(경주) 월성 서북쪽에 1백여 명의 말 탄 관리와 군인들이 급히 왕궁쪽으로 가고 있었다. 맨 앞의 사내는 금우식 조우관을 쓰고 있었고 뒤따르는 군인들은 조우식(鳥羽飾) 조우관을 쓰고 있었다. 제일 앞의 사내는 한창 때의 장년으로 키가 크고 풍채가 아주 좋았다. 기와집이 밀집한 대로에서 그들을 올려다보는 백성들은 고개를 갸웃갸웃했다.

'저 새끼들은 틀림없이 고구려 군인들이다. 작년 가을에 왜구들 물리친다고 와서 온갖 행패를 부리며 민폐를 끼쳤는데, 왜 또 왔을꼬?'

그때 나이가 꽤 들어 보이는 초로의 어른이 맨 앞의 관리를 뚫어지게 쳐다보더니, 손뼉을 치면서 깜짝 놀랐다. 그가 옆에 동갑내기들과 놀란 얼굴로 급히 말을 주고받았다.

"아악! 실성 왕자닷!"
"그래? 마립간이 오늘 내일 한다더니, 고구려에서 군사를 이끌고 왔구나…"
"왕자가 십년 전엔가, 눈물을 뿌리면서 한겨울에 마립간을 원망하면서 광개토왕께 볼모로 끌려갔는데."

"아직 눌지는 어린데 장차가 걱정되는구나."

"실성의 인간됨이 음흉한 면이 있는데다, 결정되면 밀어붙이는 추진력이 대단해."

"부디 두 왕족 사이에 불상사가 없어야 할 텐데…"

"그 오랜 세월 동안 원한이 쌓이지 않았다면 이상하지."

"고구려 군사들을 저렇게나 많이 끌고 온 것이, 아무래도 신경 쓰이는구나."

"계림이 속국은 아니지만 고구려의 압박을 견딜 수가 있을까?"

얼마 뒤 월성 궁성의 마립간 침소에 들어간 실성이 상당히 뻣뻣한 태도로 마립간에게 절하면서 말했다.

"마립간님 어명을 받고 10년간 고구려에서 많이 배우고 돌아왔습니다. 병환이 우중하단 소식을 들었는데, 현재 어떠하온지요?"

"나이가 드니 어쩔 수 없는 일이지 뭐. 대왕님은 평안하시겠지?"

"그러하옵니다. 마립간님께 특별히 안부를 전했답니다."

"실성 왕자, 숙부님(대서지 이찬)도 돌아가셨으니 이제 눌지 왕자와 친하게 지내도록 특별히 신경을 쓰시게. 그런데, 고구려 군사들을 와 그리도 많이 데리고 왔느냐?"

"혹시 또 왜구들이 기습할까 봐 데리고 왔답니다."

'실성이 결국 계림 왕좌에 욕심을 드러내고 있구나. 눌지가 어

린데다 고구려 볼모에서 풀려나 귀국한 저 놈을 해할 수도 없고 좀 여유를 갖고 처리해야 하겠다.'

　실성은 정말 오랜만에 돌아온 본가에 누워 섬돌 밑 귀뚜리 소리를 들으면서 잠을 청하면서 몸을 뒤척이었다. 고구려와 계림 사이의 국경부터 월성까지 급히 달려오면서, 머리 위로 가을비처럼 떨어져 내리는 노랗고 붉은 낙엽을 보면서 온갖 생각을 하였다.

　'나는 왜 그 추운 한겨울에 고구려에 끌려갔고, 계림 귀국 때는 만물이 소생하는 봄날이 아닌 우수수 낙엽이 지는 가을이었던가? 한겨울의 눈밭과 가을의 낙엽 등이 나의 운명과 관계되는 듯, 나에게 왠지 불안한 장래를 예감하게 하구나. 계림 왕실에서 우리 김씨는 김알지(金閼智) 할배 이후, 마립간의 계통 할배인 미추이사금(味鄒尼師今)이 김씨 왕계로는 첫 왕좌에 올랐고 그 다음은 현재 마립간이다. 우리 직계조상은 이찬 등 고위직에 있긴 했다만 마립간에 오른 적은 없었다. 마립간 계통의 60년도 넘는 권력을 어찌 뒤집나?

　병환이 위중하다던 마립간은 아직도 정신이 멀쩡하니 내손으로 확 죽여 버릴 수도 없고 말이다. 하여간 막강한 고구려 세력을 등에 업은 내가 내일부터 계림 조정의 백관들을 내 손아귀에 넣어 버려야 한다. 내일부터 뱀처럼 소리 소문 없이 백관들과 장군들을 내편으로 포섭해야지.'

　이때가 내물마립간 46년(401), 고구려 광개토왕 11년 7월말이었다. 내물마립간이 언제 죽을지 모를 상황에 놓지 왕자가 어리다보니 계림 백성들은 실성이 속히 돌아올 것을 바랐다. 고구려 광개토왕은 그의 영향력이 계림에 미치게 하는 데는 실성을 왕좌에 올려야 한다는 생각을 하고 있었다.

실성이 고구려 병사 십여 명을 대동하고 월성 동쪽의 병마사가 훈련을 하고 있는 연병장에 가보았다. 병마사를 담당하던 서불한(이벌찬) 박명재가 당장 뛰어와 실성에게 호들갑을 떨면서 인사를 했다. 그는 고개를 연신 굽실거리며 두 손을 비빌 자세를 취했다.
"어이쿠! 실성 왕자님, 고구려에서 얼마나 고생이 많았나요? 며칠 전 귀국 소식은 들었습니다. 직접 찾아가 뵈어야 했는데 이거 면목 없습니다. 용서하십시오."
실성은 훈련장의 의자에 천천히 앉으면서 능청스레 대답했다.
"괜찮아요. 연세 드신 서불한께서 군무에 바쁘실 텐데 그렇게까지 하실 거야. 그래서 지가 서불한을 뵈러 온 것이 아니겠습니까. 지가 고구려 군사전문가를 데리고 왔으니 같이 훈련을 해보십시오."
"아이구, 정말 고맙소이다. 왕자님. 작년 왜구 격퇴 때 고구려 병사들에게서 많이 배웠답니다."
실성은 병마사 담당 서불한의 하는 태도를 보며 생각에 잠겼다.
'박 서불한이 왕도(王都)를 방어하는 고위직인데 나에게 진정으로 충성을 바칠 것 같구나. 관리들이란 자신을 임명할 권력자에게 들쥐떼처럼 아주 빠르고도 길게 줄을 서는 법이지. 이런 현상은 고구려, 계림은 말할 것도 없고 동서고금의 관리들이 다 그런 것이지. 나라를 잘 이끌어 가야할 동량(棟梁)에 따르는 것이 아니고 자신을 승진시키고 이득을 줄 사람이면 무조건 따르니, 참으로 관리들 사회가 문제야. 어쨌든 나로서는 그런 관리들의 심리를 백분 활용해 왕좌를 차지하고 눌지를 제거해야 한다. 암, 그렇고 말고지.'

실성은 연병장 병사들이 고구려 병사들과 활, 창과 칼을 사용하면서 훈련하는 과정을 한참 지켜본 뒤, 자리를 떠나면서 악수할 것을 바라는 서불한에게 친절히 말했다.

"서불한님, 머잖아 지가 술자리를 한번 마련하겠아오니 사양치 마시기 바랍니다."

"실성 왕자님, 정말 고맙습니다. 진정으로 몸 둘 바를 모르겠습니다."

실성은 조정안 백관은 물론 지방의 간(干)들 등 수많은 관리들을 귀국 인사를 핑계대면서 만나보았다. 그는 그런 순행 뒤에 다음과 같은 생각을 정리하게 되었다.

'대부분의 관리들이 고구려를 등에 업은 나를 알아보고 내편에 붙을 약속을 확고히 했다. 그러나, 미추이사금과 내물마립간으로 연결되는 저쪽 계통의 왕족에게 충성을 바치는 자들은 나를 달갑지 않게 보고 있다. 서쪽에 붙는 자들을 제거하거나 내편으로 끌어들여야 후환이 없겠다.'

계림 조정과 지방관리들 사이에서는 실성이 뱀처럼 소리 없이 빠르게 움직였는 데도 불구하고, 해가 바뀔 즈음 다음과 같은 소문이 나돌기 시작했다.

'실성은 고구려를 등에 업고 계림국을 압박하는 마립간이 될 인물임에 틀림없다. 그를 마립간에 올렸다가는 계림이 완전히 고구려의 속국이 되고야 말 것이다. 아무리 어려도 눌지 왕자를 대위(大位)에 올려야만 한다.'

한편, 실성은 자신을 향한 이런 소문을 듣고는 생각했다.

'내가 은밀히 움직였는데도 적대세력들이 비난을 쏟아내고 있구나. 까딱 잘못 하다간 왕좌는 고사하고 내 목숨도 부지할 수가 없을 것이다. 우리 계통이 왕권을 잡아 고구려처럼 세속을 해야만 한다. 내 치세기에 반드시 그렇게 하고 말겠다.'

"마립간이 돌아가셨다! 갑자기 돌아가셨다!"

금성 안의 거리가 떠들썩했다.

"추운 겨울이 지나고 해동이 되고 있는 데, 와 갑자기 돌아가셨나?"

"의원들이 심한 가슴의 통증을 하소연하더니 유언도 없이 가셨다네."

"마립간 연세를 보아서는 돌아가실 때도 되긴 했네만, 눌지 왕자가 아직 어린 게 걱정이야."

"걱정할 게 뭐람. 고구려에서 많이 배운 훌륭한 실성 왕자가 있는데…"

내물마립간의 장자 눌지 왕자가 15세의 어린 나이였으므로 결국 실성이 마립간 자리에 등극하였다. 고구려에서는 계림국을 자기들의 뜻대로 쥐고 흔들기 위해 고구려에 충성을 바친 실성을 대위에 오르도록 온갖 압력을 가했다. 실성이 마립간이 되자 계림 조정은 극도로 불안해질 수밖에 없었다. 실성은 밤낮 없이 백관들을 자기편으로 끌어들이려고 노력했다.

'절대로 표가 나게 행동해서는 안 된다. 반대파는 비밀리에 쳐내어야 한다. 역시 생각대로야. 내가 마립간이 되었는 데도 내편보다는 대신들이 대부분 죽은 마립간과 눌지 편이다.'

"존경하는 마립간님, 아국의 왕께서는 마립간님의 즉위를 축하하셨습니다. 그리고 여기 우리 왕의 친서를 올립니다."

실성 마립간이 야마토(大和) 조정의 왜왕이 올린 국서란 것을 읽어보았다.

「본 왕은 마립간님의 즉위를 축하하며 앞으로 두 나라 사이의 영원한 평화를 기원합니다. 마립간님의 그 큰 덕을 기리기 위해 귀국의 왕자와 사귀고 싶으니 왕자 한 분을 소국에 보내주시기 바랍니다. 그런데, 최근 백제가 우리(왜국)에게 사신을 보내어, 백제와 우리가 연합해 계림과 고구려를 침략하자는 제의가 왔기에 사신을 보냈으니, 향후 사정을 잘 헤아려주시기 바랍니다.」

실성 마립간은 왜왕의 국서를 보고 빙긋 웃었다.

'왜왕은 왜국이 점차 통합이 이루어져 힘이 강성해지자, 계림을 우습게보고 고구려까지 들먹이면서 위협을 하는구나. 가증스런 것들. 왕자를 볼모로 보내란 것이 아닌가. 아니야, 이 기회를 잘 이용하면 눌지쪽의 세력을 크게 약화시킬 수가 있어.'

남당(南堂) 안에 잠시 침묵이 흘렀다. 실성 마립간이 그 침묵을 깨면서 말했다.

"사신들은 객관에서 기다리길 바라오. 머지않아 우리의 입장을 전달하리다."

몇 사람의 왜국 사신 표정은 예외 없이 모질고 독살스러운 것이었다. 그들은 뒤통수에다 주먹만한 상투를 틀어 붙이고 알록달록한 위 저고리에다 자줏빛 아래치마를 입고 있었다. 허리에는 길고 짧은 두 자루의 칼을 차고 있었다.[22] 마립간에게 넙죽 절하는 행동이며 나갈 때 출랑거리는 자세 등 한없이 경망스러워 보였다. 백관들은 사신들을 경멸의 눈초리로 바라보면서 생각했다.

'왜왕이 내물마립간 사후의 새 마립간과 현재의 계림 사정을 염탐하려고 저들을 보낸 것이 틀림없을 것이다. 에잇! 사악한 놈들 같은 이로고.'

실성 마립간이 양심의 가책을 느끼는 듯한 표정으로 천천히 대신들에게 의사를 물어보았다.

"왜국이 짐과 영원한 평화를 바란다니 계림으로선 평화의 시기를 맞을 수가 있지 않겠소. 너무 어리긴 하지만 미사흔(未斯欣) 왕자를 잠시 왜국에 보냄이 어떨까 하오만…"

대신들은 즉시 반대했다.

"전하, 음흉하고 악독하기 그지없는 저들의 이리떼 소굴에다, 어찌 전왕(前王)의 겨우 열 살밖에 안 되는 막내 왕자를 볼모로 보내신단 말씀이신지요. 절대로 반대합니다."

"이벌찬, 계림이 아직도 사방의 강적들에 둘러싸여 있는 판국에 전왕의 어린 왕자만 생각하시오. 짐도 차디찬 고구려에 가서 10년간이나 갖은 고초를 겪었소. 그 결과 지난 2년 전 왜구의 대거 침략에 광개토왕의 5만 원군이 우리를 구한 것이 아니오. 그대들은 짐의 고뇌에 찬 구국의 결단을 양해하시기 바라오."

"고구려는 그나마 우리와 친선관계에 있지만 왜국은 무도한 짐승과 같은 족속인데, 두 나라를 어찌 동일선상에서 거론하십니까? 전하가 고구려에서 겪으신 고충은 모르는 바가 아닙니다만, 통촉하여 주시옵소서."

"짐인들 미사흔을 저 바다 건너 무도국에 볼모로 보내는 것이 어찌 가슴 아프지 않겠소. 미사흔이 왜국에 가 있는 동안 합심해 병력을 증강시킵시다. 길어봐야 삼사 년이겠지요."

마립간은 미사흔이 아직 어려 말하는 것이나 행동하는 것이 아직 익숙하지 못했으므로 내신(內臣) 박사람(朴娑覽)을 부사(副使)로 딸려 보냈다.

때는 계림 실성마립간 원년 삼월이었다. 굴아화현 율포(栗浦) 해안가였다. 율포 해안의 검푸른 파도는 성춘(盛春)의 햇살에 넘실거렸고 야산에는 진달래와 벚꽃이 만발하였으며, 하늘에는 종달새가 지지배배 울음을 울면서 하늘 높이 솟아오르고 있었다.

"왕자님! 부디 몸조심 하시고 잘 다녀오시오. 소신들이 두 형님 왕자를 잘 보필해 왕자님이 돌아오시도록 온갖 힘을 쓰겠습니다요."

해안에는 궁중의 늙은 신하 몇 사람과 장자 눌지와 차남 복호(卜好)가 미사흔을 왜국으로 떠나보내고 있었다. 왜국 사신들이 탄 배가 어린 왕자를 태우고 서서히 동해로 나아가기 시작하였다. 간장을 찢을 듯한 보내는 자들의 슬픔은 아랑곳 하지 않고 미사흔은 15세와 13세인 두 형에게 고사리 손을 흔들며 인사를 했다. 두 손을 입술에 갖다 대었다가 두 형에게로 쑥 뻗으면서 제법 호기롭게 지껄였다.

"큰형, 작은형, 잘 있어. 사랑해 형님. 나 금방 다녀올 게. 오래 걸리지 않겠지 뭐."

왜국 사신들이 탄 배는 계림왕자를 강제로 빼앗아 가는 데 성공해서인지, 서북풍을 받아 아주 빠르게 동해상의 한 점으로 가물거리더니 결국 눈에서 사라져버렸다. 눌지와 복호는 신하들의 눈은 마음에도 없는 듯 바위 위에 철퍼덕 주저앉았다. 두 눈에서 한없이 흘러내리는 두 줄기 눈물을 좌우의 두 소매로 번갈아가면서 훔쳐대기 시작하였다.

"아바마마! 미사흔이 불쌍해 어찌해야 하오리까. 제발, 말씀을 해주십시오. 내 기어코 실성마립간을 용서하지 않겠소. 흑, 흑, 흐, 아~"

실성마립간은 미사흔을 볼모로 보낸 것에 대한 눌지와 복호의 원한을 짐작 못할 위인이 아니었다. 그는 눌지를 달래기 위해 자신의 딸 아로를 눌지에게 시집을 보냈다. 실성은 조정과 계림 방방곡곡에 도사리고 있는 내물마립간과 눌지의 지지자들을 겁내지 않을 수가 없었다. 아로는 비록 눌지가 원수로 보는 실성마립간의 딸이었으나 용모가 아름답고 마음씨가 고운 덕망이 있는 여성이었다. 아로는 눌지를 몹시 존경하고 성심성의껏 받들었다.

사악한 자가 선한 자를 이기는 것은 일시적일 뿐이니라
-야마토정권의 계림국 도래인들, 박제상의 간(干) 사직-

"전하, 계림에 병법에 통달한 귀인이 계시니, 그를 신하로 데리고 쓰시면 향후 국력신장에 여러 모로 도움이 될 것입니다."
"오호! 그래요? 그의 성함이 무엇이오."
"그는 이상용(李相龍)으로 계림의 신불산 배내골(울주군 상북면) 파래소폭포 위 왕방골에 살고 있는데, 이천 도사(梨川 道士)의 수제자요. 그는 본시 굴아화현(울산) 척과촌(尺果村) 사람입니다. 소인이 그를 야마토(大和) 조정으로 보내겠으니 중용하시기 바랍니다."
"이천도사가 유명하단 소문은 들었소. 선생의 천거인데 짐이 소홀히 할 수야 있겠습니까?"
대화조정의 왜왕에게 계림의 이상용을 소개하는 뜨내기 선생은 한반도 삼한은 물론 왜국에도 좀 알려진 청운 거사(靑雲 居士)였다. 그가 세상일에 통달하다보니 왜왕도 그의 천거는 믿었다. 당시 왜국은 기나이(畿內), 세토내해(瀨湖內海)의 많은 소국들이 야마토 정권으로 통합된 나라가 이루어져 국력신장이 계속되고 있었다.
야마토 조정에 필요한 많은 사람들이 저 서쪽 대륙(중국)은 물론 한반도의 고구려, 백제, 계림, 가야에서 건너왔는데, 그들을 도래인(渡來人)이라 불렀다. 4세기 말에서 5세기경 야마토 조정에서는 문물 발달에 필요한 도래인에 대해 호의적이었다. 이들은 선진적 문물을 왜국에 전파해 정치, 사회, 문화, 경제에 큰 영향을 미쳤다. 도검(刀劍), 도자기, 견직물(비단), 마구(馬具), 양잠, 기직(機織), 대규모 토목공사·관개공사·농지개간이 이들에 의해서 이루어졌다. 또한, 백제 왕인(王仁) 박사의 논어, 천자문, 유교, 한자 등이 왜국에 큰 영향을 미쳤다.

당시 계림의 신불산 배내골의 이천 도사가 몇 명의 제자를 두고 있었다. 그는 배내골 높은 산과 깊고 맑은 내에 만족하고 살면서 바깥세상과는 담을 쌓고 살았다. 그는 속으로 항상 '지란은 인적 없는 깊은 숲속에서도 향기로운 꽃냄새를 풍기고 있다(芝蘭生於深林, 不以無人而不芳)'라는 자긍심을 갖고 살았다. 그러나, 그는 자신을 찾아오는 제자들 가운데 재주가 남다른 사람이 있으면 가르치는 일을 사양하지 않았다. 그에게는 이상룡·배정구(裵正九)·연고(淵固)·부여성(夫餘成)이란 유명 제자가 있었다.

이천 도사는 온갖 학문과 지식을 두루 갖춘 만능도사였는데, 그 가운데 특히 네 가지 방면으로 유명하였다.

첫째는 수학이었다. 우주와 모든 자연은 수의 원리로 되어 있으므로, 그 수의 원리를 알게 되면 모든 변화와 과거와 미래를 꿰뚫어 볼 수 있다는 것이다.

둘째는 병학이었다. 전략과 전술과 진법 등의 무한한 변화는 귀신도 이를 헤아리지 못할 정도였다.

셋째는 유학(遊學)이란 것이었다. 말로써 남을 달래어 내 뜻을 따르게끔 하는 유세술(遊說術)을 말한다.

넷째는 출세학이란 것이었다. 세상에 나와 벼슬을 하는 그 출세가 아니라, 세상을 완전히 벗어나 신선이 되는 공부를 말한다.

도사의 제자 가운데 이상룡·배정구는 병학을 공부하고 있었기에 의형제를 맺고 있었다. 연고·부여성은 유세학을 공부하고 있었는데 역시 의형제를 맺고 있었다.

이상룡은 속이 깊고 무게가 있는 반면 배정구는 눈치가 빠르고 겉도는 편이었다. 이상룡이 나이가 많았으므로 형이라 불렸고 배정구는 아우로 불렸다.

도사는 꽃으로 점치기를 좋아했다. 사람이 어떤 생각을 하고 움직이게 되면 그 움직임이 곧 앞날을 말하는 것이 된다. 다만, 보통사람은 그것을 알지 못한다. 도를 통한 사람은 그것으로 앞에 닥칠 일을 점칠 수 있다는 것이 그의 풀이였다.

배정구가 왜국으로 벼슬길에 나가기 위해 배내골을 떠날 때 거사가 꽃점을 친 결과를 그에게 일러주었다.

"내가 너에게 여덟 글자를 적어줄 테니 몸에 지니도록 해라."

라고 말하면서, '양을 만나 꽃이 피고 [우양이영(遇羊而榮)], 말을 만나 시들고 만다[우마이췌(遇馬而瘁)].'라는 말을 적어주었다. 그리고, 쇠우녕이 될 충고도 해주었다.

"남을 업신여기거나 속이는 일이 있어서는 안 된다. 남을 속이면 너도 남에게 속는다. 깊이 마음에 새겨두기 바란다."

도사가 이때 한 말은 뒷날 이상룡과 배정구의 관계에서 그대로 나타나게 된다. 결국 배정구는 도사의 예언처럼 되고 만다. 왜왕의 수라상에 양을 올리는 것을 본 그날에 벼슬에 올라 12년 뒤 마릉(馬陵)에서 죽고 만다.

도사가 어느 날 베개 밑에서 병법책을 꺼내어 이상룡에게 주면서 말했다.

"나는 일찍부터 너의 할아버지와 친하게 사귀고 있었으므로 이 책을 너의 할아버지에게서 얻어 주해까지 달아두었다. 읽어 보아라."

"이 책을 저에게만 주시고 배정구에게는 왜 안 주셨나요?"

"모르는 소리. 이 책은 착하게 쓰면 천하를 이롭게 하지만, 나쁘게 쓰면 천하에 해를 끼치게 된다. 배정구는 마음이 어질지 못한데 어떻게 함부로 줄 수 있겠는가?"

사흘 뒤 도사가 이상룡에게서 그 병법서를 회수해버렸다. 이미 이상룡이 그 병서를 머릿속에 다 이해해버렸다는 것을 알았기 때문이었다.

배정구가 야마토 정권에 가서 왜왕의 편전에서 인사를 올리려 할 때, 마침 수라청의 선부가 찐 양을 임금에게 올리고 있었다. 그는 퍼뜩 배내골을 떠날 때 스승이 말한 '양을 만나 꽃이 핀다.'는 말을 기억해 기대에 부풀었다. 젓가락을 들던 왜왕이 너무도 잘 생긴 배정구를 보고는 일어나 반갑게 맞았다. 왜왕도 속에 있는 내용물보다는 겉포장을 중시하는 보통사람과 다름이 없었기에 그랬던 것이다.

배정구는 왜왕이 자신을 극진한 호의로 대하자, 왜왕이 이웃나라들과 싸워서 이길 수 있는 방법을 자랑삼아 떠들어대었다.

그도 꼭 그럴 자신이 있어서 한 말은 아니었다. 왜왕을 쉽게 보고 재주를 자랑해 보인 것이다. 참으로 재주와 힘을 가진 사람은 재주와 힘을 자랑하지 않는다고 한다. 또 참으로 사람을 볼 줄 아는 사람은 말부터 앞세우는 사람은 멀리한다고 했다. 원래 큰소리치는 사람에게 마음이 끌리는 왜왕인지라, 거듭되는 배정구의 큰소리에 절로 마음이 들뜨기 시작했다.

배정구가 배내골을 떠날 때, 골짜기 입구의 배내고개까지 따라와 악수하는 이상룡에게 크게 위하는 양 말했다.

"형님, 지가 왜왕에게 가서 벼슬을 하게 되면, 반드시 형님을 그곳으로 모셔 같이 도와 벼슬을 하도록 합시다."

"그렇게 하면 얼마나 고맙겠나."

그런데, 배정구는 1년이 넘도록 이상룡에게 아무런 소식도 전하지 않았다. 착한 사람은 남도 자기처럼 착한 것으로 믿기 쉽고, 악한 사람은 착한 사람의 그 같은 마음을 나쁘게만 이용하기 때문에 세상에는 악한 사람이 잘 되고, 착한 사람은 고생만 한다는 말이 바른 말로 여겨지고 있는 것이다.

이상룡은 왜국에 간 배정구에게서 아무런 소식이 없자 배내골 스승에게 간혹 들리는 청운 거사에게 말했다.

"거사님, 소인도 왜국에 가서 이제껏 익힌 병법을 활용하고 싶습니다. 왜왕에게 가시거든 소인을 좀 천거해주세요."

얼마 뒤, 왜왕의 부름을 받고 이상룡도 왜왕이 있는 야마토(대화) 정권에 가게 되었다.

이상룡이 야마토 조정에 도착하자마자 제일 먼저 마중 나온 사람이 배정구였다. 그는 그 잘 생긴 얼굴 만면에 웃음을 지우면서 고개를 숙이며 친절히 말했다.

"형님, 그간 잘 계셨죠. 동생이 왜왕에게 간절히 형님을 천거해, 지난 번 청운 거사가 왔을 때 형님을 모시기로 합의를 보았답니다."

"동생, 참으로 고맙네. 그간 고생이 많았지."

배정구는 오히려 자기보다 월등 병법에 뛰어난 이상룡이 왜왕에게 와서 자신의 출세를 막을 것을 염려해, 청운 거사가 이상룡을 천거할까 불안해하고 있었던 것이다.

"형님, 다른 집에 가서 고생할 것이 아니라, 저희 집에서 편안히 모시겠으니 그리 아십시오."

이상룡은 동생이 1년도 넘는 동안 자신을 그렇게나 생각했는지 고마워 어쩔 줄을 몰랐다.

"그렇게 하겠네. 참으로 고마우이."

이상룡이 배내골을 떠날 때 이천 도사는, 지금까지 쓰던 그의 호(號) 손님이란 뜻의 빈(賓)을 죄지은 사람에게 주는 벌의 하나인 무릎을 뽑아버리는 뜻의 빈(臏)으로 글자를 바꿔 쓰라고 일렀다. 스승은 차마 말로써 장차 제자가 무릎을 뽑아버리는 억울한 형벌을 당하게 될 것을 일러줄 수 없어 그 이름자로 암시하고, 그것을 참고 견디며 끝까지 굳세게 살아남도록 타이른 것이다.

이천 도사는 이상룡이 떠날 때 또 비단주머니를 하나 주며 이렇게 일렀다.

"이 주머니를 남이 보지 않는 옷 속에 깊이 간직하고 있어야 한다. 그리고 이제는 꼼짝 못하고 당하게 되었다 싶을 때 열어보도록 해라. 이 속에 그 방법이 들어있다."

이상룡이 벼슬길에 오르기 위해 왜국으로 떠나는 것을 보고 배내골에 남아 있는 연고와 부여성은 스승에게 그들의 뜻을 전했다.

"저희들도 이제 스승님 곁을 떠나 벼슬길에 찾아가야 할 것 같습니다."

스승은 한참 동안 두 제자를 바라보고 있다가 말했다.

"이 세상에서 가장 얻기 어려운 것이 마음이 밝은 사람이다. 마음이 밝은 사람이 아니면 어느 것이 참으로 소중하고 귀한 것인지를 깨닫지 못한다. 어찌하여 아침이슬 같고 뜬 구름 같은 부귀와 헛이름을 찾아 티끌 먼지 속으로 뛰어다니려 하는 거냐? 운명이란 어쩔 수 없는 것이지만 남에게 원한 살 일을 하지 않으면 어려운 고비를 덜 어렵게 넘길 수도 있다. 뜻을 얻기 전에 고통을 견디기는 쉬워도 뜻을 얻은 뒤에 남을 업신여기지 않기는 어려운 일이다. 남에게 속임을 당할지언정 남을 속이지 말도록 해라."

두 제자는 스승의 이 교훈을 지키지 못했다. 연고는 원한을 품은 사람의 칼에 맞아 죽게 되고, 부여성은 남을 속이는 일만을 하며 일생을 마쳤다. 두 제자가 배내골 밖으로 나가려하자 이렇게 말했다.

"나도 이제 이곳을 떠나 멀리 바다 밖으로 나가 놀까 한다. 다시는 너희들과 만날 수 없게 될 것이다."

연고와 부여성이 떠난 지 며칠 뒤 이천 도사는 영영 자취를 감추고 말았다. 신선이 되어 바다로 갔다는 말만이 전해질 뿐이다.

한편, 배정구는 밤마다 온갖 맛있는 음식을 차려 이상룡의 방에 놀러가 감언이설을 늘어놓았다. 배정구가 이상룡의 방을 자주 찾는 목적이 있었다. 첫째는 자기가 알지 못하는 이상룡이 그의 조부로부터 배운 병법을 알아내는 것이었다. 둘째는 이상룡을 영영 없애버릴 수 있는 기회를 엿보고 구실을 찾는 일이었다. 착한 사람은 언제나 악한 사람에게 속기 마련이다. 어쩌면 그것이 운명의 장난인지도 모르는 일이다.

이상룡이 왜왕에게 병법실력을 충분히 보여주어 왜왕이 배정구보다도 이상룡을 더욱 믿기 시작할 때였다. 배정구가 이상룡에게 언젠가 물어본 적이 있었다.

"형님은 가족들이 계림 어디서 사십니까?"

"부모님은 내가 어릴 때 돌아가셨고 삼촌 아래서 자랐는데, 삼촌과 사촌형님과도 가난 때문에 뿔뿔이 흩어져 지금은 어디 계시는지 모른다네."

그런 얘기가 오간 반년 뒤, 이상룡이 퇴청해 수레에서 내리는데 계림에서 왔다는 인삼장수가 기다리고 있었다. 그 인삼장수가 계림의 안강현(安康縣)에서 이상룡의 사촌형님들이 보낸 편지를 가져왔다. 이상룡은 형님들과 헤어진 지가 너무 오래되어 형님들의 필체도 몰랐고 누구에게 함부로 가족 이야기를 한 적도 거의 없었다. 그가 배정구에게 오래 전에 가족 얘기를 한 것은 벌써 잊어버렸다. 인삼장수가 이상룡에게 말했다.

"군사(軍師)님, 군사님 소식을 들은 사촌형님들의 편지를 가지고 배내골에 갔으나 왜국에 벼슬하러 떠났다기에, 왜국에 장사차

온 김에 편지를 갖고 왔습니다."

이상룡은 꿈에도 그리워했던 형님들이 사는 곳이 밝혀진 이상 그 인삼장수에게 답장을 써서 보냈다. 그는 형님들에게 단순한 안부편지를 써서 주었다. 그런데, 그 인삼장수가 배정구에게 매수된 사내였다. 배정구가 모사(模寫) 잘 하는 사람을 고용해 이상룡이 쓴 편지 후반부를 모사자가 왜왕에게 아주 불리하게 고쳐 쓰게 했다. 그 편지의 내용은 이러하였다.

"형님들, 정말 그리웠소. 왜왕이 나를 형편없이 대우하니 나도 곧 계림에 돌아가 왜국을 쳐부수는 계림의 전략을 돕도록 하겠소."

배정구가 그 편지를 왜왕에게 갖다 바쳤다.

"전하! 이상룡 군사(軍師)가 계림의 세작(細作)이란 긴급보고가 들어왔습니다. 이상룡이 계림에 돌아가면 우리가 계림을 치는데 극도로 불리한 상황이 될 테니, 이상룡을 죽이기보다는 무릎뼈를 뽑아버리고 이마에 먹물을 넣어, 외부에 돌아다니지 못하게 하심이 좋을 줄 압니다. 이상룡은 죽이기에는 아까운 인재올시다."

배정구는 집에 돌아와 이상룡에게 능청스럽게 크게 위하는 척 말했다.

"어떤 인삼장수가 계림행 배를 타려다가 감독관에게 붙잡혀, 형님의 편지가 왜왕에게 보고가 되었소. 그 편지에 형님께서 왜왕을 원망했는 데다, 곧 계림에 돌아가 왜국을 치는데 일조를 하겠다는 내용이 적혀 있어, 왜왕이 크게 격노해서 참형(斬刑)을 시행하라고 엄명을 내렸답니다."

마음 착한 이상룡이 얼굴이 하얗게 변색되어 물었다.

"아우, 무슨 좋은 계책은 없겠는가?"

"지가 지금 당장 왕에게 주청해 형님의 극형(極刑)을 면하도록 빌어보겠소. 기다려보십시오."

라고 말하고는 즉시 수레를 몰아 궁성으로 갔다.

배정구의 계획된 모함을 일러 침윤지참(浸潤之譖)이라 이른다. 이른바, 옷에 물이 배어들 듯 느끼지 않는 모함이란 말이다. 배정구는 감언이설로 왜왕의 허락을 받아낸 체 하면서 이상룡에게로 되돌아 와서 슬피 울면서 말했다.

"제가 왜왕의 격노를 겨우 잠재웠습니다. 참형 대신에 형님이 계림에 못 가시도록 무릎뼈를 뽑아버리고 이마에 먹물을 넣어, 외부에도 돌아다니지 못하게 하라는 엄명을 내렸답니다."

이상룡은 배정구의 말이 진심인 줄로만 알고 오히려 죽음을 면하게 해주어 고맙다고 했다.

이상룡은 두 무릎뼈가 뽑히고 기절해버렸다. 그런 다음 바늘로 이상룡의 이마를 찔러 사사로이 외국과 내통했다는 뜻인 '사통외국(私通外國)'이란 네 글자를 새기고, 그 위에 먹물을 발랐다.

죄인의 얼굴에 먹물을 넣어 전과자란 것을 나타내게 하는 것을 경(黥)이라고 한다. 그래서 남을 욕하는 말에 '경칠 놈'이란 말이 있고 크게 고통을 겪었다는 뜻으로 '경 쳤다'는 말을 쓰곤 했다.

이상룡은 무릎뼈가 없어 일어설 수도 없고 다닐 수도 없어 두 다리를 포개고 앉아있는 것이 고작이었다. 그는 폐인이 되어 방에서 배정구가 주는 밥만 받아먹고 살아갔다. 그런 이상룡에게 배정구는 약을 바르는 등 온갖 정성을 다 쏟았다. 배정구는 때로는 그런 이상룡을 보고 눈물을 질질 흘리면서 울기까지 하였다. 이상룡은 그런 아우가 고마워 달래기까지 했다. 배정구는 부귀영화를 위해 이런 비양심적인 속임수까지 써야하는 자신이 미워서 눈물을 흘렸던 면도 있었다.

이상룡이 시간이 흘러 건강을 회복하자 배정구는 어려운 듯 당부를 했다.

"형님, 머릿속에 남아있는 병법을 책으로 써시지요. 대왕에게 보여 공훈을 인정받고 사면을 받아내어야지요. 병법이 훗날 나라를 위해 크게 유용할 것이니까요."

이상룡 방의 계집종 성아(誠兒)에 의해 배정구의 이상룡을 향한 지극한 정성이 기만이란 것이 드러나게 되었다. 계집종은 이상룡과 배정구 사이의 관계를 잘 아는 어른에게 물어서 그녀의 의문이 풀리게 되었다. 평소 이상룡의 인자함과 불쌍함에 대해 존경과 동정심을 갖고 있던 계집종이 이상룡에게 귓속말로 알렸다.

"배정구 어른이 이상룡 군사님의 병법책이 끝나면 죽여버릴 것이라더군요. 군사님을 살려둔 것도 다 군사님 머릿속의 병법책을 얻으려는 기만극일 뿐이라더군요. 그 분의 기만에 더 이상 속지 마세요."

이상룡은 너무 착해 배정구를 절석같이 믿고 있있다가 배정구의 진심을 알고부터 배신감에 가슴을 쥐어뜯고 싶었다. 그는 퍼뜩 스승이 준 비단주머니를 생각해내고 열어보았다.

'사풍마(詐瘋魔)-귀신이 들린 것처럼 미치광이 짓을 하라.'

이상룡은 그 글귀를 보고 "그렇다! 바로 이거다!"라고 하마터면 고함을 지를 뻔했다.

 이런 다급한 일이 있을 것을 미리 알고, 그에 대한 대책을 비단 주머니 속에 적어 넣어두었다고 해서 이를 금낭지계(錦囊之計)라고 한다.

 이상룡은 그때부터 밥상을 뒤엎고 낄낄거리면서 웃고 지금까지 써두었던 병서를 모두 불 질렀다. 배정구는 이상룡이 진짜로 미쳤는지 알아보기 위해 이상룡을 돼지우리 속에 넣기도 했고, 온갖 첩자를 보내 진심을 알아보려고 했지만 그 확인에 실패하고, 결국 그를 미치광이로 여기게 되었다. 배정구는 이상룡을 더 이상 자신의 집에 두지 않고 자연사 하도록 길거리에 내다버렸다.

 이때 청운 거사는 계림의 삽량성 전기조 장사의 식객(食客)으로 머물고 있었다. 그는 자신이 천거한 이상룡이 배정구에 의해 처참한 폐인이 되었다는 소식을 들었다. 전 장사는 황산하에 배를 이용해 고구려·왜국·백제·가야와 무역을 해 거부가 되어 있었다. 이 당시 세도가들은 훌륭한 식객을 많이 거느리는 것을 자랑으로 삼았다. 식객을 상, 중, 하 등급으로 나누어 달리 대접하고 있었다. 식객들은 그들의 주인 세도가를 위해 여러 가지 조언을 해야 했다.

 어느 날, 청운 거사가 전기조에게 당부했다.

 "전 장사가 재력가인데다 애국심이 강하니 계림의 인재 이상룡을 안전하게 환국시키도록 도와주시오."

 "도사님, 미력하나마 적극적으로 돕겠습니다. 방법만 말씀해주십시오."

전 장사도 수년 전 삽량성에서 약 백리 떨어진 배내골에서 이상룡을 만난 적이 있었다. 그가 왜국까지 가서 세작이란 누명을 쓰고 폐인이 되었다는 거사의 설명을 듣고 전 장사는 눈물까지 글썽이었다.

"병법에 통달한 그가 계림을 위해서 얼마나 도움이 되리오 반드시 구합시다. 그가 왜국에 가서 벼슬살이를 왜 했을까? 이해가 안 됩니다."

"잘은 모르겠지만, 왜국의 사정을 정확히 알고 왜국의 병법도 터득하기 위해서일 것이야. 그는 결코 왜국에 영원히 봉사할 인물은 아닐 것이라고 보고 있다."

"계림의 골품제도 아래서는 벼슬길에 나가기가 어려우니, 왜국에 가서 도래인으로 공적을 쌓으려고 그런 것은 혹 아니었을까요?"

전기조의 무역상들은 왜국의 대마도, 쿠슈(九州), 기나이(畿內), 세토내해(瀨戶內海) 등에도 무역상을 하면서 더러 깔려 있었다. 대장군인 배정구는 이상룡을 완전 미치광이로 보아, 야마토 조정(나라현 아스카)의 밤거리에 돌아다니다가 자연사 하도록 은혜를 베풀었다. 전기조의 명령을 받은 무역상들이 청운 거사와 같이 길거리 걸인으로 소문나 있던 이상룡을 구해 계림으로 데려왔다. 그 걸인은 어두운 밤만 되면, 눈에 불길이 철철 흘러 마치 범이나 여우의 눈같이 보였다고 전했다.

계림의 삽량성에 돌아온 이상룡은 지난날의 편지 내용에 따라 안강현에서 사촌형님을 찾아보았다. 그러나, 형님들이 안강현에 산 다는 것은 거짓임을 알았다. 그는 배정구가 그 편지마저 조작했다는 사실을 확인하고는 치를 떨었다. 그는 이를 빡빡 갈면서 말했다.

"내 기어이 그놈 배정구를 반드시 죽여주고야 말겠다. 스승님의 암시를 왜 내가 진작 눈치 채지 못해 이렇게 내가 처참한 꼴이 되었나."

얼마 전 왜왕의 사신으로 실성마립간에게 와서 여러 밀담을 나눈 후 미사흔을 볼모로 잡아간 이가 바로 왜왕의 대장군 배정구였다. 배정구는 지난 해 월성에서 실성마립간과 맺은 비밀맹약을 언제냐는 듯 배신하고, 이듬해 정월 계림 전국토가 눈과 얼음으로 가득할 때 3천의 군사를 이끌고 쳐들어왔다. 마립간은 겁을 집어먹고 금성만 지켜라며 엄명을 내리고 성문을 꽉 닫아버렸다.

"왜구가 한 놈도 도망가지 못하도록 군선에다 불화살을 날려라!"
"군선을 모조리 수장시켜라!"
"싸기 싸기 불화살을 날려라!"

동쪽 바다위에는 일출의 기운에 붉어지기 시작했고, 거칠산군(동래지역) 해안에 수십 척의 크나큰 군선이 육지에서 쏘아대는 불화살에 맞아 불이 활활 붙고 있었다. 계룡(鷄龍)의 그림이 새겨진 군기를 든 육지의 병사들은 계속 화살을 쏘아대었고, 장수기 옆의 장수들은 목에 피가 쏟도록 계속 독전을 했다.

한편, 군선에 타고 있던 왜구의 장군이 역시 독전을 했다.
"빨리 하선해 적들을 쫓아라! 수백 명에 지나지 않는다."

"하로 아침에 해장국이라 초반에 박살을 내어버리자."

"금성에 가서 황금과 비단, 생구(生口, 노예)를 한 배 싣고 환국하자."

어둡고 차디찬 바닷물에 몸을 적시고 육지로 오른 배정구 대장군이 부하 장수들에게 말했다.

"적들이 어찌 우리가 오는 줄 알고 지키다가 불화살을 날렸나?"

"우리들 가운데 세작이 섞여 있지나 않겠는가요?"

"그럼, 보통 문제가 아닌데…"

"대장군님, 적들이 밤새 솥을 걸어두고 밥을 해 먹었던 모양이오."

"아궁이가 모두 몇 개인가 확인하라."

"천 개정도 되네요."

"적들이 계림에 입성하기 전에 다 죽여라."

쫓기는 계림군과 쫓아가는 왜구가 피차간에 전사자가 속출했다. 겨울 해가 굴아화현(울산) 동쪽 무룡산(舞龍山) 위에 높이 솟았을 때, 태화강 굴헐역 근처에서 보니 계림군들이 밥을 해 먹었던 아궁이가 5백 개가 남아 있었다. 대장군이 장검을 앞으로 찌르듯 명령했다.

"병사들이여! 적들이 절반으로 줄었다."

"잠시도 머뭇거리지 말고 달려라."

"월성 가까이에서 적들을 다 죽일 수 있다."

배정구 대장군의 눈길을 끄는 계룡이 그려진 군기 옆에, 항상 그 수레에서 얼굴을 내보이지 않는 장수의 수레 한 대가 있었다.

태화강 물은 꽁꽁 얼어 말이 지나가도 꿈적 안했다. 왜군들이 굴아화촌에서 수백 명의 계림 군사들을 추격해 월성 남쪽 삼사십 리의 북토촌(北土村, 경주시 외동읍)에 도달하였다. 바로 그때였다. 동쪽의 토함산(745m)과 서쪽의 마석산(531m)에서 수천의 계림군사들이 군기를 펄럭이며 그들을 에워쌌다.

배정구 대장군은 중간에 포위되어 퇴로를 뚫으려고 안간힘을 다 쓰고 있었다. 이제껏 배 대장군의 눈길을 끌었던 계림의 장군 수레가 자신의 앞길을 가로막았다. 수레옆에서 고함소리가 들렸다.

"왜장 대장군을 포박하라!"

"왜장 대장군을 장군님께 꿇리어라!"

말 탄 배정구와 계림의 장수가 몇 합(合)을 겨루었지만 결국 배정구는 낙마해 수레쪽으로 고개를 돌려 쳐다보았다, 수레 앞에는 '군사이상룡(軍師李相龍)'이란 군기가 펄럭이고 있었다. 배 대장군은 황급히 두 손등으로 눈을 비비며 그 글자를 자세히 쳐다보았다. 동시에 그는 단말마적인 신음을 쏟아내었다.

"어찌! 이상룡이야!"

"아스카에서 죽었거나 길거리를 기어 다니고 있을 텐데…"

계림 군사들이 배정구를 포박해 수레 앞에 데리고 가서 무릎을 꿇리었다.

그때서야 수레의 장막이 걷혔다. 그 수레의 의자에는 공포의 대상인 이상룡 형님이 두 다리를 겹쳐 앉아, 충혈된 두 눈으로 아래를 내려다보고 있었다. 배 대장군이 이상룡을 올려다보면서 맥

빠진 음성으로 지껄였다.

"결국, 형님이었군요."

"너에게! 의형제! 신뢰! 스승! 동문수학! 인간의 의리! 따위는 도대체 무엇이었단 말이냐?"

"형님! 살려주십시오! 죽을죄를 지었습니다."

배정구는 눈물을 펑펑 쏟으면서 짐승처럼 울부짖었다.

"너를 그렇게나 믿었건만, 어찌 이다지도 참혹하게 나를 불구자로 만들었단 말인가? 너는 살아있는 악마다!"

"형님, 언제 내 본심을 알아차렸나요?"

"성아가 귀뜸을 해주었지. 눈 하나 까딱하지 않고 나를 죽이려는 니가, 그 아이에게 얼마나 원망스러웠고, 나 또한 바보같이 보였겠나?"

"내가 형님을 보고 그토록 눈물을 흘린 것은, 부귀영화와 출세 앞에서 악마와 같은 욕망을 자제하지 못하는 내가 너무나 미웠기 때문이었소. 용서하십시오."

"나와 자네의 운명을 정확히 점친 스승님의 마음이 얼마나 괴로웠을까? 저기 서쪽 산이 마석산이고 이 벌판은 마릉(馬陵)이라고도 불리지. 동생도 12년의 호의호식 뒤, 결국 마릉에서 숨을 거두구나. 저승에 가서 스승님께 용서를 빌라."

이상룡은 왜구를 물리친 뒤 배내골 스승을 찾으러 갔다는 소문만 나돌았다. 그 후 그는 세상에 나타나지 않았는데, 세상 사람들은 이천 도사가 그를 데리고 남해의 따뜻한 섬으로 숨어버렸다고

도 했다.[23)]

박제상의 군대가 이번 왜군 3천을 격파했다는 보고가 실성마립간에게 긴급보고가 되었다. 그러나, 마립간은 제상을 자기와 반대파라고 해 특별한 상을 내리지도 않았고 시무룩한 표정만 지을 뿐이었다.

왜구의 금번 기습을 물리친 삽량성 간은 마립간에게 사직서를 내면서 아뢰었다.

"왜구가 쳐들어오면 무력으로 물리쳐야 함에도, 전(前) 마립간의 막내가 10살밖에 안 되는 데도 왜국에 볼모로 보낸 것을 신은 더 이상 보고만 있을 수가 없었사옵니다. 또한, 계림 요소요소에 고구려 병영을 그대로 존치해, 고구려의 속국 같은 상태로 나라를 운영함도 계림 조정의 자존심을 짓밟는 것으로, 나라가 용기와 정통성이 없이 겨우 지탱케 함을 보고만 있을 수 없어 신은 삽량성 간에서 물러나겠사옵니다. 윤허(允許)하여 주시옵소서."

평소 마립간은 내편 저편 가르기를 좋아 하는데다, 삽량성 간 박제상이 엄청 주요하고도 넓은 영토를 다스리고 있었기에, 혹시 반란이나 획책하지 않나 하고 항상 불안하고 심기가 불편했다. 제상이 사직서를 올리자 마립간은 마지못해 받아들이는 척 수리해버렸다.

"그대가 충성스런 신하임을 짐은 알고 있소. 그러나, 굳이 삽량성 간 직무를 수행하기 싫다니 짐도 방법이 없어 수리하는 바이오."

실성마립간은 그 자리에다 자신의 심복 김진출을 내려 보내었다.

선도사상이 우리 민족의 전통사상이니라
-삽량성 징심헌에서 한민족 최초의 역사서 『징심록』 집필, 우리(계림) 문화의 고갱이-

전(前) 삽량성 간이었던 제상이 대청마루의 낮은 책상을 앞에 두고 두터운 책들을 뒤져가면서 열심히 글을 쓰고 있었다. 얼마 후 부인 금교김씨가 전복죽을 끓여와 간식을 하라고 책상에 올려놓고 제상 옆에 앉으면서 물었다.

"하루도 쉬지 않고 무엇을 그리도 열심히 쓰십니까?"

"우리 계림국 백성들의 뿌리에 대해 자료를 수집해둔 것을 기본 내용으로 민족의 이동경로를 쓴답니다. 후손들이 우리가 어디서 왔는지는 알아야 되지 않겠소."

남정네가 죽을 들면서 가녀린 한숨을 쉬었다. 그러자 여편네가 조심스레 물었다.

"여보, 무슨 큰 근심거리라도 있나요?"

"계림의 정통성이 내물마립간에서 눌지 왕자로 이어져야 하는데, 인덕이 부족한 실성마립간 계통으로 이어져, 고착될까 그것이 자나 깨나 걱정되오."

"적당한 때를 기다려 간님과 뜻을 같이 하는 중신들을 뭉치어 행동하시지요."

"부인, 말조심 하시오. 가뜩이나 마립간이 자신이 소수 편임을 알아 신하들 감시가 아주 엄중하다오."

"그럼, 간님은 왕통이 실성 계통으로 이어지는 것을 보고만 계실 것이오. 역사의 흐름에는 탁월한 인간의 강한 의지가 작용하기 마련이오. 간님이 앞장 서셔야 할 것입니다."

"부인의 의지가 아주 부럽기만 하다오."

때는 계림국 실성마립간 원년(402)이었다. 박제상은 삽량성 간을 사직하고 삽량성(성황산성) 서북쪽 징강(양산천, 북천) 가의 징심헌(澄心軒, 양산시 상북면 효충마을)에 은거하면서, 우리 역사상 최초의 역사서인 『징심록(澄心錄)』을 쓰고 있었다.

『징심록』은 총 15誌로 구성된 방대한 규모의 우리 민족 고대의 선도서(仙道書)였다. 그가 보문전 이찬으로 재직 중이던 10여 년간 보문전에서 수집한 자료와 그의 가계에서 전해 내려오던 선도에 관한 자료를 수집해 집필되었다. 15지는 삼교(三敎)로 분류되는데, 상교(上敎) 5지는 「부도지」, 「음신지(音信誌)」, 「역시지(曆時誌)」, 「천웅지(天雄誌)」, 「성진지(星辰誌)」이며, 중교(中敎) 5지는 「사해지(四海誌)」, 「계불지(禊祓誌)」, 「물명지(物名誌)」, 「가악지(歌樂誌)」, 「의약지(醫藥誌)」이고, 하교(下敎) 5지는 「농상지(農桑誌)」, 「도인지(陶人誌)」 외에 (현재는 알 수 없는) 3지이다.

"본인의 간(干) 사직 후 사인(私人) 신분인데도, 여러분들과 이렇게 어울려 우리의 역사를 토론할 수 있음은 본 학당 이정건 훈장 덕분입니다. 여러 모로 훈장님께 감사를 드립니다. 우리 모두 훈장님께 박수를 올립시다."

박제상의 이 말에 삽량성 선비들과 귀족 자제들 등 학당에 모인 사람들의 열띤 박수가 끝나자, 이 훈장이 일어나 고개를 숙여 답례를 하면서 박제상에게 물었다.

"여러분들, 감사합니다. 간님, 지금껏 부도이론(符都理論)을 연구했는데 결론적으로 우리 문화의 고(골)갱이를 요약하면 무엇이라고 요약해 말할 수가 있습니까?"

"좋아요. 참으로 어려워 길게 설명하자면 시간이 너무 소요되니 오늘은 간단히 설명하겠습니다. 부도이론에서 토론해왔듯 우리민족의 조상인 한인-한웅-단군 할아버지 때 확립된 민족의 인간·정치·생활철학이 그것인데, 그것을 선도사상(仙道思想) 혹은 선도문화라고 규정하고 싶습니다. 그 선도사상이 우리 삼한은 물론 좁게는 계림의 현실생활을 지배하고 있는데 '우리민족 문화의 고(골)갱이'라 할 수가 있답니다. 우리는 부도이론 연구에서 대부분을 이미 보아왔답니다.

위대한 천도(天道)문화, 심신 수련문화, 홍익(弘益)·이화(理化)의 문화, 빼어난 정신문화, 율려(律呂)문화, 자연문화 등이 그것이지요.[24]

첫째, 천도문화란 하늘을 깨달아 하늘과 하나 되는 것으로 마고성부터 우리 천인(天人)은 몸은 사라져도 본체는 죽지 않고 영생합니다. 천도문화의 대표적인 흔적이 삼신사상(三神思想)인데 이 우주에서 창조(創造)하고, 길러 가르치고(敎化), 다스리는(治化) 세 가지 작용을 하지요. 사람이 곧 하늘이고 하늘이 사람에게 내려와 있는 것입니다. 결국 천지인(天地人)이 통합된 모습이 바로 삼신이지요.

천도문화는 제도적 측면에서 철저한 평등과 만장일치의 화백, 지방분권 등이었고 그 운용의 정신은 홍익인간·이화세계였습니다. 제천(祭天)행사와 천인합일(天人合一) 등이 그 실천방식입니다. 우리 민족만이 천도를 이어받은 지구상 유일 민족인데, 그 증거가 아기가 태어날 때 엉덩이에 푸른 반점을 받아 나온다는 몽고반점이지요.

둘째, 심신 수련문화는 마고성에서 쫓겨 난 우리가 세월이 흐르면서 계속 타락의 길로 걷자, 천인인 우리가 다시 하늘로 되돌아가기 위해 몸과 마음을 끊임없이 닦는 것이지요. 그 구체적 방법의 수도 많지만 제천의식, 계불, 천웅도(天雄道) 등으로 나타났답니다. 한웅시대와 고구려 주몽왕 시대의 칙서 등에서도 나타나고 있답니다.

셋째, 홍익·이화의 문화란 단군조선의 건국이념이었는데 이도여치와 광명이세도 역시 그 이념이었지요. 홍익인간이란 '모든 것에 최대한 이익이 되는 사람이 된다', 재세이화(在世理化)는 '세상에 있으면서 다스려 교화시킨다', 이도여치(以道與治)란 '도로써 세상을 다스린다', 광명이세(光明理世)란 '밝은 빛으로 세상을 다스린다'는 이념이었습니다.

넷째, '빼어난 정신문화'란 우리 조상들이 천인인데다 끝없는 심신수련을 했기에 고도의 정신문화를 유지했다는 것이지요. 천박하고 거대한 물질보다는 항상 정체성이 확립된 정신(세계)을 기준으로 삼고 살았다는 것입니다. 아담한 집, 검소한 의복, 선비 정신 등에서 그것을 볼 수가 있답니다.

다섯째, 가장 어려운 율려문화를 설명할 차례네요."

이때 이 훈장이 손을 들고 일어나 공손히 간의 설명을 중단시키며 건의했다.

"간님, 율려 문화는 너무 어렵고 시간도 흘렀으니 머리도 식힐 겸 재미있는 이바구 하나 한 뒤에 계속함이 어떨지요?"

"훈장님, 의견을 받아들입니다. 사냥에 미친 옛 왕의 얘기를 하나 하지요. 그 왕의 이야기는 다음과 같았지요.[25)]

「서쪽 대륙(중국)의 어떤 왕이 늘 사냥하기를 즐겨하므로 승상(丞相) 중수(重修)가 왕에게 간하였다.

'옛날 전하께서 태자시절에는 날마다 정사를 깊이 생각하시고 앞일을 크게 염려하셨으며, 좌우의 바른 선비들의 직간을 받아들이시고 모든 일에 부지런히 힘써서 편안하였습니다. 그러므로 어진 정사로 백성들을 다스리시고 나라를 안보할 수 있었습니다.

그러하온데 현재 전하께서는 날마다 광부 엽사(狂夫 獵師)들과 함께 매나 개를 놓아 돼지·꿩·토끼 등의 들짐승을 잡으러 산과 들로 뛰어다니시며 이를 그만 두려고 하지 아니합니다. 노자(老子)는 말하기를 '산을 날녀 사냥을 즐기면 사람의 미음을 미치게 한다'고 하였사옵고, 서전[書傳, 서경(書經)에 주해를 단 책]에 말하기를 '안으로는 여색에 빠지고 밖으로는 사냥에 몸을 빼앗기면, 이 중에 한 가지라도 하면 곧 망하지 않는 사람이 없다'라고 하였습니다. 이를 두고 보면 안으로는 마음을 방탕하게 하실 것이고 밖으로는 망국 환을 당하게 될 것이니, 가히 살피지 않을 수 없겠나이다. 전하께서는 이를 깊이 생각하옵소서.'하였으나, 왕은 그의 말을 듣지 않았다.

그러나, 승상은 이후에도 여러 번 왕에게 간절히 간하였으나 왕은 끝내 그의 말을 듣지 않았다. 그 뒤에 승상은 병으로 마침내 죽게 되자, 그의 세 아들에게 말하기를, '나는 남의 신하가 되어 임금의 나쁜 점을 바로 잡아 구하지 못 하였으니, 대왕이 놀이를 그치지 않다가 나라가 패망하는 데까지 이를까 염려된다. 이것이 나의 근심하는 바이니, 내 비록 죽더라도 반드시 이를 생각하여 임금을 깨닫도록 할 것이니, 나의 뼈를 대왕의 사냥 다니는 길가에 매장하여다오.'라는 유언을 남기고 죽었다.

아들들은 그의 유언대로 장사를 지냈다. 그 후 어느 날 왕이 사냥을 나갔는데 중도에서, '사냥 가지 마소서'하는 이상한 소리가 나는 것 같았다.

왕은 좌우를 둘러보며 그 소리가 어디서 나는 무슨 소리인가를 묻자, 신하들이 아뢰기를 '그것은 승상 중수의 무덤에서 나는 소리입니다'하고는 드디어 승상이 죽을 때 남긴 말을 전하니, 왕은 추연히 눈물을 흘리면서 말하기를, '그 사람의 충간(忠諫)은, 죽어서도 나를 잊지 않고 애호하는 마음이 그토록 지극하구나. 만약 내 끝까지 이를 지키지 않는다면, 무슨 면목으로 그의 영령(英靈)을 대할 것이냐.'하고는 다시는 사냥을 하지 않았다고 한다.」

"율려란 우주 혹은 내가 생겨나기 이전의 우주의 숨결, 즉 호흡이지요. 우주가 숨을 내쉴 때 삼라만상이 생겨나고 들이쉴 때 사그라진다고 보면 될 것입니다. 가장 거시적 율려는 우주의 대폭발(빅뱅) 등 우주의 호흡이고, 미시적 율려는 인간의 호흡 등 개개 생명의 호흡이지요.

율려의 작용은 기(氣, 정지상태)에서 기운(氣運, 흐름상태)으로 나타나는데 세상 만상(萬象)은 바로 기운의 표현입니다. 율려의 표현 형식은 한정이 없는데, 그 단적인 것이 소리(音)랍니다. 우리 민족은 다른 나라와 비교해 음악에 특히 뛰어난 재능을 발휘했는데, 그것의 표현이 바로 전통음악에서이지요. 3박자의 자연의 소리, 중화지정(中和之正)의 음악, 음양조화(陰陽調和), 곡선미, 신명의 음악, 건강미, 여성성, 표기되지 않은 음악 등에서 우리 계림 음악의 위대성을 발견할 수가 있지요.

여섯째, 삼한의 문화 예술 전반에 걸쳐 명료하게 표현되는 것이 자연주의 문화입니다. 음악, 미술, 도자기, 주택, 정원, 음식, 의복, 마음가짐, 사람의 도리 등 사람의 생사에 관한 모든 의식(意識)과 의식(儀式)에는 자연주의가 관통하고 있습니다. '바보'란 '어리석은 사람'이 아니라 '바로 보는 사람'이지요. 야단스러운 기교와 인공이 가해지지 않은, 철저히 '아(我)'를 배제하고 자연의 조화를 그대로 받아들이는 창작이 우리문화의 특질입니다.

우리 민족이 다른 민족에 비해 유난히 자연주의적인 이유는, 우리 민족의 하늘사상 내지 천도문화 때문일 것입니다. 이 세상 모든 것은 존재하는 그대로 완전한 것입니다. 그런데 오직 사람만이 망상에 젖어 불완전한 삶을 살고 있을 뿐이지요. 자연은 진리의 세계입니다. 자연이 내 안에 있고 자연 속에 내가 살지요.

꾸미지 않은 자연이 더 아름답지요."

제상 간(干)의 '우리민족의 고갱이' 설명이 다 되었음을 알아챈 어떤 중후한 선비가 물었다.

"간님, 우리 옛 조상들이 그 민족의 특질 내지 본성이라는 고갱이인 선도사상을 실제로 교육하는 기관은 어디였나요?"

"어르신, 아주 좋은 질문입니다. 서책을 읽지 않고 끝없는 수련이나 교육이 없으면 결국 패망의 길로 접어듭니다.

우리의 통치자들은 삼신사상을 실현해 이상국가를 건립하기 위해 백성들에게 교육을 철저히 했는데 그곳이 소도(蘇塗)였지요. 소도는 전국 주요 지역의 제천에 겸해 교육을 하는 장소였습니다. 소도에서는 제도적으로 교육을 않았는데 교육은 소도 옆에 반드시 있는 경당(扃堂)에서 행해졌답니다. 경당에서 교육을 받는 미혼 자제를 국자랑(國子郎)이라 불렀는데, 그들이 출행(出行)할 때는 머리에 천지화(天指花)를 꽂았으므로 사람들이 이들을 천지화랑(天指花郎)[26]이라고 불렀지요."

"당시 경당의 교육이 요즘처럼 복잡했나요?"

"그 내용은 상당히 다양하고 조직적이었습니다. 먼저 정신교육으로 「천부경(天符經)」, 「삼일신고(三一神誥)」, 「참전계경(參佺戒經)」의 강독이 있었으며, 독서, 활쏘기, 말달리기, 예절, 음악, 권술 및 검술까지도 교육을 했습니다. 소도에는 계율이 있었지요. 충효신용인(忠孝信勇仁)을 '오상(五常)의 도'(道)[27]라고 했으며, 이 오상의 도는 지금도 계속 전해져 오고 있지요. 소도에는 상소도(上蘇塗)와 소도로 구분했으며, 각 읍락(邑落)에서는 삼로(三老)가 그 기능을 대신했습니다."

제상이 긴 강의를 마치려는 듯 엄숙한 표정을 지으면서 결론으로 덧붙였다.

"우리 민족에게 이런 훌륭한 선도사상이 계림에까지 맥맥히 전달되어 왔는데, 최근 가락국과 고구려 및 우리나라 일부 백성들이 서역에서 전달되어 온 불교란 문화에 너무 빠져들고 있어 본인의 가슴이 답답도 합니다. 삽량성 백성들은 특히 유념해야 할 것이오."

왕좌 유지에는 정통성에다 덕망도 갖추어야
- 광개토왕의 볼모 복호 왕제, 눌지를 죽이려던 실성마립간 되레 고구려 군사들에 죽음 -

실성마립간 7년(408), 마립간은 왜인이 대마도에 군영(軍營)을 두고 병기와 군수품을 저축하여 계림을 습격하려 한다는 정보를 듣고, 그는 미연에 정병을 뽑아 그들 군수의 저축을 깨뜨리려 하였다. 이에 서불한(舒弗邯) 미사품(未斯品)이 말하기를,

"신이 듣기로는 병(兵)은 흉기요, 싸움은 위험한 일이라 하였으며, 하물며 대해(大海)를 건너 남을 치다가 만일에 이(利)를 잃으면 후회한들 미칠 수 있겠습니까. 신의 생각에는 험한 곳에 관(關 : 요새)을 설치하고 적이 오거든 막아 침노하지 못하게 하고, 우리 쪽에 이롭거든 나아가 적을 사로잡느니만 같지 못하니, 이것이 이른바 남을 유치(誘致)할지언정 남에게 유치되지 않는다는 것으로서, 제일 상책입니다."고 하였다. 마립간이 이를 청종(聽從)하였다.

남당의 높은 어좌에 그 좋은 풍채를 과시라도 하듯 점잖게 앉아있던 실성마립간이 미간을 찡그리면서 천천히 말했다.

"백관들이여! 계림이 아직 국력이 미약해서인지 동쪽 왜구의 침략과 서쪽 백제와 가야의 침략이 거칠 날이 없소이다. 짐이 고구려에서 십여 년 전 볼모에서 겨우 풀려왔는데, 우호국인 고구

려 장수왕조차 짐에게 정말 난처한 국서를 보내왔소. 이찬께서 국서를 읽어보시오."

"예. 귀국 선왕(先王)의 둘째 아들 복호(卜好)가 뛰어난 지혜와 인품을 지녔다고 이곳 멀리 국내성까지 소문이 파다하다오. 고구려 조정에서는 귀국의 복호 왕자와 사귀고 싶어 하고 있소이다. 그래서 특히 사신을 보내어 청하오니 양국의 친교를 위해 꼭 복호 왕자를 보내주시기 바랍니다."

남당 안은 일순간 가을밤 낙엽 떨어지는 소리까지 들릴 정도로 조용했다. 마치 깊은 물속 같은 적막감이 흘렀다. 파진찬(波珍飡) 김상렬(金相烈)이 평소 성품대로 차분히 아뢰었다. 그는 현재 조정의 고위직 관리로 내물마립간에게서 국정을 배운 신라 왕족이었다. 그는 성격이 워낙 조용해 마립간파인지 눌지파인지 분류하기가 어려운 상태이긴 해도 그는 눌지파였다.

"전하, 장수왕이 우리에게 사실상 볼모인 전왕의 왕자를 보내달라는 배경이 무엇이라 생각하시는지요?"

"왕은 광대한 만주평야와 기름진 아리수(阿利水, 北瀆, 한강)유역 및 광대한 서북(西北)지역을 모두 차지하였소. 현재 서북쪽의 광대한 벌판과 한반도에서 장수왕을 저지할 세력은 어느 나라도 없습니다. 고구려의 영토는 더 이상 넓힐 곳이 없을 정도라 봐야겠지요. 그런 상황에서 짐마저 내려왔으니, 왕은 또 다른 계림 왕족을 사귀면서 양국의 친교를 다지고 싶은 것이겠지요."

파진찬의 송곳 질문이 집요했다.

"전하, 양국 친교는 허울뿐이고 계림을 손아귀에 넣고 주물리려는 의도가 눈에 선한데, 어찌 그렇게 보시옵니까? 왜국에 10세의 미사흔을 볼모로 보냈는데, 23세에 이른 복호 왕자를 또 보내면 지하의 마립간께 큰 죄를 짓는 것이 아니겠습니까? 다른 왕족을 대신 보내시기 바랍니다. 신은 적극 반대합니다. 굽어 살피소서."

'파진찬 저 자가, 백관들 앞에서 공공연하게 고구려와 짐의 의지를 꺾다니. 도저히 용서할 수가 없네. 눌지도 벌써 25세가 되어 내 자리를 위협하고 있는데, 복호를 고구려로 보내버려야 한다. 그래야 눌지의 힘이 약화되지. 장수왕을 등에 업고 있는 짐을 계림 조정에서 그 누가 감히 끝까지 복호를 보냄에 반대할 수 있을까? 이 기회에 나의 강한 결기를 확실히 내보여야 눌지파들이 더 이상 날뛰지 않지. 밀어붙이자!'

"짐도 군사력이 허용된다면 고구려의 요구를 꺾고 싶소만, 지난 십여 년 전 왜구가 쳐들어 왔을 때 광개토왕의 원병이 없었던들 계림이 여태껏 지탱이 되었겠소. 우선 복호를 보낸 뒤 적당한 때 사신을 보내 복호를 데리고 옵시다. 장수왕의 인품이 그리 사악하거나 졸렬한 것이 아니오. 오죽 하면 그 선왕(先王)이 사해 만방이 편안하게 살기를 기원하는 영락(永樂)이란 연호를 썼겠어요. 제신(諸臣)들은, 짐을 믿길 바라오."

백관들은 마립간의 처사가 전왕에 대해 너무 가혹하다는 것을 알면서도, 반대했다간 소리 소문 없이 머나먼 국경이나 섬으로 유배 갈 것이 확실하기에 침묵해버렸다. 그렇다고 다른 왕족의 자식을 보내기도 마땅하지가 않았다. 마립간이 신하들의 눈치를 얼핏 살폈다. 그리고는 더 이상 반대자가 없을 것이란 것을 꿰뚫었다.

'나와 직접 관계가 없는데 침묵이 상책이지. 엄연히 생사여탈권을 쥔 현금의 마립간이 내려다보고 있는데, 전왕과의 향수에 젖어 주둥아리 나불거리다간 집안만 도륙당할 것. 눌지가 왕이 된다는 보장은 현재는 없다. 이 기회만 넘기면 된다. 김상렬 파진찬은 자신이 곧 죽을 지도 모를 주청을 하는 것으로 보아 용기가 있는 관리임은 확실하다.'

"복호 아우, 정말 미안하구나. 짐도 16여 년 전 내물마립간의 엄명으로 이렇게 낙엽지는 아름다운 계림을 떠나 머나먼 이천리 밖 국내성까지 갔다네. 짐은 그대를 가장 소중히 여기고 있다. 장수왕은 아주 훌륭한 군주니까 자네에 대한 핍박은 없을 걸세. 약소국 왕자로서 부딪혀야지. 고구려의 군사측면 등 좋은 것을 많이 배워오게나. 나라를 위해 왕자로서 부득이 할 일이니 힘껏 부딪히게나. 보좌 김무알에게 무엇이든 물어보게나."

실성마립간은 특별히 궁성 서북쪽의 점량부(漸梁部, 모량리)까지 앞장서 가서 복호를 떠나보냈다. 그는 아주 슬픈 표정을 지으며 복호의 두 손을 꼭 잡으면서 위로했다. 고개를 숙인 복호가 마립산의 두 손을 잡았는데, 마립간과 복호의 집은 손등에 복호의 뜨거운 눈물과 붉게 물든 낙엽이 떨어졌다.

마립간은 내신(內臣) 김무알(金武謁)을 보좌(輔佐)로 함께 보냈다.

눌지는 동생을 위로하는 마립간을 바라보면서 가슴이 터질 것만 같았다. 마치 뾰족한 칼끝으로 가슴을 후벼 파는 듯한 아픔 속에 흘러내리는 눈물을 참아야만 했다.

'아우들아! 내가 오늘의 이 설움을 잊지 않고 반드시 원수를 갚아주겠노라. 조금만 기다려다오."

"실성마립간의 무능과 무도가 도를 넘고 있소이다. 왜구의 소굴인 대마도를 공격하려던 어리석은 전략이 서툴한 이사품에 인해 다행히 방지가 되었지만, 왜 빈대 잡으려고 초가삼간을 태우려는 짓을 하려고 했던지. 그리고, 마립간이 자신과 가까운 왕족을 고구려에 보낼 수도 있었는데, 장수의 국서대로 또 내물마립간의 차남 복호를 볼모로 보냈습니까?

내가 여러분을 믿기에 드리는 말씀입니다만, 우리가 전 마립간의 하해와 같은 은혜를 입었는데, 이러다간 눌지까지 생명이 보장된다고 누가 장담하겠소. 계림의 왕통은 유능하고 덕망 있는 미추이사금과 내물마립간 계통으로 계승되어야 하지 않겠소?"

"간님, 맞습니다. 이대로 왕통이 잘못 흘러가고 있음을 방관해서는 절대로 안 될 것입니다. 속히 손을 써야 할 것 같습니다. 무슨 방도가 없겠습니까?"

"요즘 들어 실성마립간이 눌지가 25살을 넘자, 자기파의 힘이 달리니 부쩍 불안해하고 있답니다. 자신의 뜻대로 움직이지 않는 조정 관리를 뚜렷한 사유도 없이 좌천시키거나 멀리 유배를 보내곤 하고 있습니다. 그래서 백관들의 불만이 곪아터질 지경입니다. 반란군까지는 일으키진 못해도 타격을 가해야 할 것 같습니다.

제상 간님의 지혜가 필요한 때입니다."

"내물마립간의 은혜를 입은 우리끼리 피를 나눠 마시면서 혈맹을 하고서 때를 기다립시다."

이때가 실성마립간 12년(413) 여름이었다. 제상은 종자를 보내어, 뜻이 통하고 현재 조정에 불만이 많은 자신과 친밀한 관리들을 삽량성 징심헌에 모았다. 단검으로 각자의 손가락 끝을 베어 대접에 피를 받아 각기 한 종지씩 나눠마셨다. 참석한 관리는 박제상을 위시해 현신(賢臣) 신자천(申自天), 배중량(裵仲良), 파진찬 김상렬, 수주촌간(水酒村干: 경북 예천) 벌보말(伐寶靺), 일리촌간(一利村干 : 경북 성주부근) 구리내(仇里迺), 이이촌간(利伊村干: 영주지방) 파로(波老) 일곱 명이었다.

참석한 관리들 가운데 가장 연령이 많고 신념이 강직하며 전략이 다양하고 지혜와 용기로도 비범한 박제상이 향후 일정을 추진하기로 했다.

"동지들이여, 본인이 마립간을 격발(擊發)시켜 눌지를 구하고 마립간이 스스로 패망하는 방법을 생각하여 수시로 연락을 하겠소. 오늘 모임은 무덤까지 비밀로 하시고 주변에 용기 있는 선비와 장사(壯士)들을 많이 모아두시기 바라오."

"전하께서 직접 사냥터에서 잡은 산돼지를 구웠사오니 한 점 드시지요. 머루주도 마련되었사옵니다. 저 평상 위로 납시지요."

"서불한, 참으로 고맙소.

마립간이 평상에 앉자마자 귓가에 날카로운 소리가 지나갔다.

"횡~이잉, 딱!"

서불한이 놀라서 외마디 소리를 외쳤고 마립간이 본능적으로 상체를 굽혔다. 화살촉에 종이가 달린 화살이 평상 옆의 굵은 참나무에 깊숙이 박혔다. 한 병사가 그 화살을 뽑아 마립간에게 올렸다. 마립간이 그 종이를 펴보더니 얼굴이 붉으락푸르락 하였다. 마립간이 서불한에게 긴급히 지시를 내렸다.

"근위병(近衛兵) 가운데 의심되는 자를 색출해 명일(明日)에 처형하시오."

"전하, 근위병이 아닌 숲속의 괴한일 수도 있지 않겠습니까?"

"아니오. 반드시 근위병 가운데 있을 테니 색출하시오."

"예~이잇!"

실성마립간 일행이 사냥을 한 것은 남산 동쪽의 서출지(書出池) 일원이었다. 화살에 달린 종이의 글에는 '실성아, 눌지가 대위(大位)에 오를 나이가 되었으니 이제 물려주도록 하라.'고 씌어 있었다. 거짓말 잘 하고 속이 음흉한 사람은 남을 의심하여 해를 입히기 마련이었다. 초겨울 석양에 근위병들과 월성 궁전으로 돌아가면서 마립간은 자신에게 날아온 충고의 편지 때문에 속에서 불길이 활활 타고 있었다.

'짐이 대위에 올라 십년도 넘었건만 마립간인 나보다 눌지에게 더 많은 신하와 장병들이 따르고 있으니 어쩌면 좋나. 미사흔과 복호가 금성에 없고 외국에 볼모로 갔는데, 백관과 백성들은 그들을 볼모 보냈다고 짐만 원망하고 짐이 없는 곳에서 나를 욕이나 하니 말이야.'

그 이튿날, 마립간의 어명에 의해 근위병들 가운데 며칠 전 거칠산군(동래)의 늙은 부모님께 인사 다녀온 젊은이가 혹독한 고문을 못 이겨 저승으로 갔다. 그 화살사건 이후 몇 달에 한 번씩 그런 화살과 편지가 마립간에게 날아들었다. 마립간은 그럴수록 자꾸만 눌지에게 위협감을 느껴 제정신이 아닌 것 같았다. 결국 마립간은 살기 위해 비상한 조치를 내렸다.

"눌지는 집밖으로 나가지 말고 집안에서 학문에 열중하라."

군사 수십 명이 눌지의 집 담장을 철저히 지켰다.

눌지가 가택연금(家宅軟禁)을 당한 지 3년도 더 지나자, 금성거리에는 마립간을 비난하고 눌지를 동정하는 방이 요소요소 나붙기 시작하였다. 마립간이 깊은 밤 술수에 능한 심복부하에게 물었다.

"눌지를 어떻게 처리하면 좋을까?"

"내일부터 연금해제를 했다가 한 두 해 뒤, 고구려에 밀사로 보내고 국경에서 고구려 군사를 시켜 처리하시기 바랍니다."

눌지가 호위병 십여 명을 이끌고 관문현(冠文縣) 북쪽의 높은 고개(鷄立嶺, 문경새재)를 넘고 있었다. 바로 그때였다. 고개 일원이 쩌렁쩌렁 울리는 큰 소리가 들려왔다.

"게 섰거라! 계림국 사람들아!"

고개 북쪽과 남쪽에 매복해있던 고구려 군사 일백여 명이 눌지 일행을 에워쌌다. 깜짝 놀란 눌지가 자신의 앞길을 막아서는 장수에게 물었다.

"그대는 대체 뉘신지요?"

"나는 고구려 서부의 귀족 우대해(于大海)라오."

"오호! 그래요. 참으로 반갑소. 나는 계림국 눌지 왕자라오. 내 아우 복호가 국내성에 있기에, 우리 마립간의 국서를 갖고 지금 국내성으로 가던 중이오. 귀인을 만난 셈이구려."

"허, 허, 핫, 왕자님, 그리 반가와 할 것은 아니오. 여봐라! 눌지 왕자를 포박하라!"

"예~이잇!"

순간 눌지는 장검을 빼들었으나 중과부적이라 생각을 바꾸었다.

"우 장군! 우호국끼리 이럴 수가 있어요."

"내가 왕자를 죽이기야 하겠소. 순순히 따르시오."

결국 눌지와 부하들은 고구려 군사들에 의해 포박되었다. 말에서 내린 우 장군이 눌지에게만 들리도록 입을 눌지의 귀에 갖다대며 속삭이듯 말했다. 우대해는 국내성 술집에서 실성과 술잔을 기울일 때도 실성이 평소 천성이 음흉하고 교활함을 느껴 별로 좋아하진 않았다. 그는 광개토왕과 만주벌판에서 전쟁으로 뼈대가 굵은 의리의 사내였다.

"실은 내가 실성왕의 어명을 받고 이곳에서 왕자를 기다리고 있었오. 왕자를 보는 대로 제거해버리라는 것이었소. 숲속에서 앞서 오는 그대를 본 순간, 너무나 단아하고 인자해 군자의 풍모라 도저히 죽여서는 안 될 인물이라는 것을 느꼈소. 차마 내 칼로 그대를 해칠 생각은 접었소. 내물왕이 자식들을 잘 두셨군요. 복호도 국내성에서 인기가 좋답니다."

우 장군이 말하는 너무나 충격적인 정보들에 눌지는 눈이 둥그레져 내뱉었다.

"마립간이 나를 죽인다고? 복호가 잘 있다고?"

"시방 고구려는 백제 정벌 문제로 그대가 오는 것에 신경 쓸 겨를이 없소."

"하! 하! 하! 마립간 문제는 부왕(父王)의 업보에 대한 당연한 결과이니, 내 결코 그를 탓하진 않으리라."

한편, 실성마립간은 근위병을 이끌고 몰래 눌지 일행을 따라오고 있었다.

'새재(鳥嶺)에서 우대해가 만일에 눌지를 죽이지 못하고, 눌지가 후퇴해오면 내 칼로 죽여버려야지. 국경지대에서 후환을 없애 버린 뒤, 고구려 군사들에게 죽었다고 하면 국인들이 그대로 믿으리라.'

마립간이 고개쪽으로 올려다보았더니, 우 장군이 포박된 눌지에게 다가가 무엇인가 밀담을 나누고 있었다. 눌지는 상당히 놀란 표정이었고 우 장군은 화해의 포용감을 드러내고 있었다. 마립간은 채찍을 휘둘러 급히 고개 위로 달려갔다.

'당장 죽이지 않고 저게 무엇인가? 대사(大事)가 뒤틀린 듯한데…'

마립간이 우 장군에게 달려가 말에서 뛰어 내렸다. 그 순간 우 장군이 전광석화 같이 장검을 빼들어 마립간의 목을 쳐버렸다.

"악! 우대해! 너마저. 끽!"

눌지와 고개의 군사들이 너무나 긴박하고 충격적인 장면에 숨이 막혀 지켜보고 있었다. 도저히 인간세상에서 일어날 수 없는 장면이 눈앞에 생생하게 펼쳐졌던 것이다. 고구려 군사들이 눌지 일행의 포박을 풀었다. 눌지가 아직도 충격에서 헤어나지 못하고 꾸짖었다.

"우 장군! 어찌 계림국의 마립간을 그리도 무참하게 죽이시오! 그대에겐 하늘도 없단 말이오! 통탄스럽도다!"

"왕자님! 미안하오. 나머지는 왕자가 알아서 하시오. 나는 이만 바빠 돌아가요. 복호는 내가 돕겠소. 핫! 하! 핫!"

"어찌 인간이 저렇게나 잔인할꼬. 짐승이야 짐승이지. 헉! 허 허…"

바로 이때였다. 눌지가 마립간의 피 흘리며 죽어가는 장면을 애처로이 지켜보고 있는데, 저 아래 책바위 쪽에서 60여 명의 사람들이 함성을 지르면서 병장기를 들고 뛰어올라왔다.

"왕자님을 구하라! 근위병들을 처치하라!"

밑에서 올라온 사람들이 마립간의 근위병들과 접전이 시작되었다. 이때 눌지가 고함치며 말렸다.

"계림 사람들끼리 이게 무슨 피바람이오! 당장 멈추시오! 그대들은 도대체 어디서 온 자들이요?"

박제상이 앞에 나서면서 눌지에게 두 무릎을 꿇었다.

"신은 삽량성 간이었던 박제상이오. 왕자님이 국경지대로 가셨단 소식을 듣고 뒤따라 왔어요. 근위병들도 병장기를 던지고 새 마립간님께 큰절을 올리시오."

눌지를 앞에 세운 상태에서 모든 사람들이 큰절을 올리면서 제상의 선창에 따라 후창을 하였다.

"계림국 새 마립간, 눌지 왕자를 추대합니다. 천세! 천세! 천만세!"

"계림국 새 마립간, 눌지 왕자를 추대합니다. 천세! 천세! 천만세!"

......

"간님, 동행한 사람들의 정체는 무엇이오?"

"전하, 삽량성 황산하에서 장사를 하는 상인들, 거지화현(울산시 언양읍) 취서산(鷲栖山) 동쪽 금강골에서 금을 캐던 인부들을 비밀리에 훈련시킨 특수 부대들입니다. 황산하 상인들 30여 명은 전기조라는 거부의 군대이고 금강골 인부들 30여 명은 파진찬 김상렬의 군대입니다. 언젠가 이들을 투입시켜 왕자님을 보호하려고 했던 것입니다."

"그랬군요. 나는 마립간이 하도 경계를 하기에 왕권에는 생각을 아예 하지 않았다오. 고맙군요. 많은 도움 바랍니다."

실성마립간은 심복부하의 작전을 듣고 생각했다.

'내가 눌지파들의 편지질 때문에 명대로 못 살겠다. 이래 말라 죽으나 저래 죽으나 좌우간 결단을 내려 후환을 없애비리겠디. 다 같은 알지(閼智) 할배의 자식들인데 왜 미추와 내물의 자식들만 대위를 승계한단 말인가?'

그는 심복부하에게 밀서를 주어 우대해 장군에게 전했다. 밀서의 내용은 대략 이러했다.

'눌지는 은혜국인 고구려에 반역할 위험인물이니 도중에서 만나는 즉시 죽여 없애기 바라오. 내 옛정과 공적을 생각해 두둑한 사례를 하리다.'28)

몇 년간 가택연금 당해 있던 눌지는 마립간이 연금을 풀자 왕권에 대한 욕심을 버리고 주유천하(周遊天下)를 즐겼다. 오곡이 무르익는 금성벌판과 온갖 아름다운 꽃이 사계절 만발하는 계림의 방방곡곡을 돌아다녔다. 소의 혀처럼 늘름거리면서 붉게 뜨는 동해안의 일출과, 따뜻한 수온으로 해수욕하기 좋고 맛있는 해산물이 지천으로 널린 남해안에서 젊음을 마음껏 구가하고 있었다.

그러던 어느 날, 월성 궁전에서 마립간의 호출이 있었다. 용모가 특이하게 잘 생긴 당숙(堂叔)이었지만 천성이 음흉하고 시기심이 많은 성격의 마립간인데다, 동기간인 어린 복호와 미사흔을 고구려와 왜국에 볼모로 보냈기에, 도저히 금성 하늘을 같은 머리 위에 두고는 살 수가 없었다.

'마립간이 또 나에게 무슨 계략을 꾸밀까? 나를 위한 일은 아닐 테고 반드시 해칠 것이리라.'

눌지가 마립간의 편전에서 큰 절을 올리면서 안부 말을 올렸다.
"전하, 강령하시겠지요? 무슨 일로 신을 불렀나이까?"
"숱한 햇수가 흘렀는데도, 미사흔과 복호가 돌아올 가능성이 없어 정말 답답하구나. 그렇다고 짐이 직접 갈 수도 없고 아무래도 친형인 눌지가 가서 호소함이 절박하지 않겠나. 짐이 장수왕에게 복호를 돌려보내달라고 간곡한 부탁을 한 국서를 써두었으니, 눌지가 직접 가서 장수왕과 복호도 만나고 돌아오게나. 태자

시절 장수왕도 나와 교류가 있었으니 그대를 홀대하진 않을 것이네. 그도 포용성이 남다르다네."

"신이 한 몸 바쳐 전하의 의지를 관철하고 아우를 구하겠나이다."

"눌지, 정말 고마우이. 사실 두 왕자를 볼모로 보낸 내 마음이 너무 안타까왔다네."

이런 과정을 거쳐, 마립간은 즉시 고구려에서 친해두었던 우대해 장군에게 밀서를 미리 보내, 눌지가 국경지역에 도착하기 전에 손을 쓸 수 있도록 해두었다.

실성마립간이 재위 16년만에 시해 당하자, 눌지가 많은 국인의 절대적 추대를 받아 마립간[29]에 올랐다. 이때가 눌지마립간 원년(417) 오월이었다. 계림 천하는 새 기운이 솟아났다. 인자 온후한 성품의 눌지는 원수의 아들인 치술(鴟述)을 궁에서 극진히 보살폈다. 눌지파였던 박제상은 다시 삽량성 간의 직에 복위되었다. 계림 천하가 다시 내물마립간의 평화시대로 이어지게 되었다.

눌지가 마립간이 되자, 눌지를 옹립하였던 공신 신자천 등이 박제상 간에게 권하였다.

"제상공은 뛰어난 지혜와 용기 및 학식으로 조정에서 주요 관식을 제수 받아야 할 것인데, 왜 지빙의 삽량성 간 자리에 또 복위하오이까?"

"삽량성은 산수가 수려할 뿐 아니라, 황산하를 경계로 남쪽의 금관가야 등 가야연맹과 접하고 있고, 동남쪽 바다로 왜구가 수시로 출몰하기에 계림을 방어하는 전초기지입니다. 계림국의 왕경을 제외한 왕경 서쪽과 남쪽 및 동남쪽의 광막한 지역을 관리해야 하는 고로 누군가 굳건히 지켜야 합니다. 그 외에 삽량성에서 생산되는 농산물과 수산물이 풍부해 계림국의 재정의 바탕을 이루고 있지요. 그래서 본관은 계림국을 지탱하는 간으로서 자부심을 갖고 있다오."

마립간에 오른 뒤 두 세 달이 흘러 초가을에 접어든 어느 날 밤, 눌지마립간은 중앙과 지방의 관리들이 올린 상소문을 다 읽어 보고 깊이 잠이 들었다. 그는 잠결에 자신을 부르는 묵직한 목소리를 들었다.

"눌지, 즉위 초기라 과다한 국정으로 고생이 많구나. 일어나 보세."

그가 깜짝 놀라 소리 나는 곳을 바라보았더니 방문쪽에 붉은 비단옷을 입은 실성마립간이 서 있었다.

"당숙, 여긴 어쩐 일이시오. 너무나 참혹하게 돌아가시어, 이 몸도 가슴이 미어졌다오."

"다 지난 일이지 뭐. 눌지 조카가 늦게 태어나 내가 사촌형님 내물마립간에게 경계를 당해, 머나먼 고구려에서 금성을 그리워하며 기나긴 세월을 보냈지. 조카가 어린 탓에 내가 대위를 차지하게 되었고, 조카가 성장해가자 왕좌에 욕심이 생긴 나는 눌지 파들에게 시달려 정말 괴로웠다네. 훌훌 털어버리고 남해의 한적한 바닷가에 가서 조용히 살았다면, 이런 처참한 일을 미연에 방지할 수 있었을 텐데. 젊은 시절 인간의 욕망에서 그게 그리 쉬운 일은 아니었네. 우대해가 그렇게나 참혹하게 나를 베어버릴 것이란 미처 생각 못했네. 정말 억울하네.

조카, 이왕 왕좌에 올랐으니 부강한 나라를 만들고 아로와 치술을 계속 잘 보살펴다오. 지난날이 몹시도 후회스럽구만. 잘 자게. 이제 돌아가야지."

"아재, 간혹 오셔서 충고 주십시오."

"나는 적통 마립간도 아니었고 떠밀려 그 자리에 올랐지. 이렇게 원혼(冤魂)으로 떠돌아도 한 세대(世代, 약 30년)면, 영혼이 산 사람에게는 나타날 수도 없어 제 갈 곳으로 간다고 하더구나. 눌지야 출생부터가 복 받은 왕족이니 태평성세도 이루겠지. 모든 과거사는 화해하고 잊도록 하자꾸나."

"예, 아재요. 미안하고 또 고맙습니다."

곧바로 실성마립간의 영혼은 사라져버렸다. 자정이 훨씬 넘었는지 남천가의 옅은 초가을 바람소리와 풀벌레 소리 및 궁성 수비대들의 두런거리는 소리만 들리었다.

"치술 왕자님이 돌아가셨소! 저 멀리 남쪽 산만댕이에서 왕자가 돌아가셨답니다."

치술의 사망소식으로 월성 안이 벼들썩했다. 소식을 접힌 아로 왕비는 실신 후 한참 뒤에야 겨우 깨어났다.

"치술이 죽었다고! 그곳이 어디야 당장 가보자!"

"마님, 사량부 남쪽 끝 회덕(廻德, 울주군 두동면 봉계 일원)과 마등오(馬等烏, 울주군 두동면 만화리 일원) 사이에 높은 산이 있는데, 그 산에 시신이 있답니다."
"누가 치술을 찾았다고 하드냐?"
"어느 약초 캐던 여인이 매우 춥던 겨울날 시신을 발견해 신고를 해왔구만요."
눌지마립간과 왕비는 궁인들을 데리고 치술의 시신이 있는 산만댕이에 가보았다. 왕비가 눈물범벅이 되어 치술 시신의 얼굴을 만져보았다.
"전하! 치술이 죽은 지가 오래 되었는지 몸이 돌덩이 같이 굳었습니다."
왕비는 죽은 어린 동생을 안고 하염없이 울었다. 마립간이 애처로이 왕비를 위로하였다.
"이미 죽은 사람 살릴 수야 없지가 않소. 그만 울음을 그치시오."
"전하! 나도 여기서 치술과 같이 죽겠소. 혼자 돌아가세요."
"여봐라! 근처 양지바른 곳을 찾아 시신을 묻도록 하라."
치술은 산기슭에 묻혔는데, 왕비는 삼일 동안이나 무덤 앞에서 두 주먹을 움켜쥐고 땅바닥과 가슴을 번갈아 가면서 두들겼다. 마립간이 이렇게 두었다간 왕비도 죽을 것 같아 어명을 내렸다.
"여봐라! 마마님을 가마에 태우고 궁성으로 돌아가도록 하자."
궁성에 돌아온 마립간은 치술과 가까이 지냈던 수라간(주방) 여인을 불렀다. 여인은 지은 죄가 있는지, 마립간에게 두 무릎을 꿇고 이마를 땅에 대고 두 손바닥을 대청바닥에 대고 부들부들 떨고 있었다.
"혹시 그대가 치술 왕자에게 이전 마립간의 죽음에 대해 이야기 한 적이 있는가?"

"전하, 죽을죄를 지었습니다. 몇 달 전 왕자님이 소인에게 틈만 나면 아버지에 대해 물었습니다. 할 수 없이 대강을 이야기 했습니다만, 이렇게까지 될 줄은 미처 알지 못했나이다. 죽여주시옵소서."

궁에 돌아온 왕비는 날만 새면 치술이 죽은 산을 향해 "치술아! 치술아!"를 외쳐 부르며 통곡하였다. 그것을 본 온 궁안의 신하들이 왕비를 따라 울면서 치술이 죽은 산을 향해 절을 올렸다.

그리하여, 그 산이 치술령(鵄述嶺, 765m)이 되었다. 치(鵄)란 '솔개 등의 새를 나타내는 말'이고, 술(述)은 '수리, 높은 산을 뜻하는 말'로 '새들이 사는 높은 산'이란 뜻을 가지고 있다. 치술령이 산이 아닌 령인 것은, 서쪽의 마둥오 사람들이 이 산을 넘어 동쪽의 계림 왕경으로 드나들었기 때문으로 여겨진다.

치술이 눌지마립간과 누나 아로 부인의 지극스런 보살핌에도 불구하고 점차 성장하여 철이 들자, 부왕의 잘못된 이력을 전해 듣고 양심의 가책을 느껴 몇 달간 헤매다가 치술령에서 굶어 죽었던 것이다.

제상은 징심헌에서 『징심록』을 집필하나가 다음과 같은 '제시(題詩)'라는 시를 쓰기도 했다. 제시(題詩)[30] 혹은 제징심헌(題澄心軒)이란 이 시는 제상이 왜국에 들어갈 때 지은 시였다.

煙景超超望欲流(연경초초망욕류) - 아지랑이 초초하게 흐르는 걸 바라보니
客心搖落却如秋(객심요락각여추) - 나그네의 마음도 가을처럼 지는구나
世間堅白悠悠事(세간견백유유사) - 세간의 견백(일종의 궤변)도 유유한 일도
座對澄江莫設愁(좌대징강막설수) - 징강을 대하고 앉아 근심을 잊는다

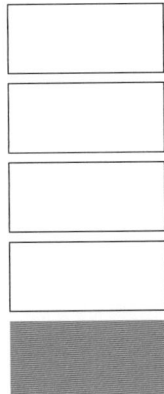

제7부

왕제 구출의 모험 뒤 거룩한 순국
-고구려는 청명하늘, 왜국은 장마철 진창

장수왕이여! 믿음을 저버리고 탈출해 정말 죄송하다오
- 장수왕을 설득, 복호 왕제와 탈출하는 제상 -

 눌지가 마립간에 즉위하고 나니 수년간 실성마립간의 경계로 맘의 여유가 없었던 상태에서 벗어나게 되었다. 그는 항상 왜국과 고구려에 잡혀가 있는 동생들 생각으로 잠을 이룰 수가 없었고 가슴 한 구석이 텅 빈 것 같았다. 그가 즉위한 이듬해 봄날이 왔다.
 '지하의 부왕께서 동생들을 외국의 범아가리 같은 곳에 넣어놓고 왕좌에 앉아 있는 짐을 얼마나 원망하실까? 말 잘하는 변사(辯士)를 시켜 반드시 두 아우를 구해오겠다.'
 이 당시 변사란 나라간 왕들 사이를 오가면서 나라간의 어려운 일을 해결하는 해결사의 역할을 하고 있었다. 생각이 여기까지 미치자 마립간은 즉시 이를 실행에 옮기기로 했다. 만물이 생동하는 따뜻한 춘삼월을 맞이해 그는 여러 신하들과 나라 안의 호협(豪俠)한 사람들을 모아 놓고 잔치를 베풀었다. 술이 세 순배 돌고 모든 음악이 울려 퍼지자 마립간은 눈물을 흘리면서 여러 신하들에게 말했다.
 "지난 날 실성마립간이 나라의 화평을 위해 짐의 사랑하는 동생 둘을 왜국과 고구려에 볼모로 보냈다. 오늘날도 이웃 나라가 강성하여 전쟁이 하루도 그칠 날이 없었다. 짐이 아무리 부귀를 누린다 해도 일찍이 두 아우를 잊고 울지 않은 날이 없었다. 두 아우가 죽었는지 살았는지도 알 수가 없다. 그런데, 짐만 이런 호강을 누리고 있자니 가슴이 미어지구나. 만일 두 아우를 만나보고 함께 아버님 사당에 뵙게 된다면 온 나라 사람에게 은혜를 갚겠다. 누가 능히 이 계교를 이룰 수 있겠는가."

이 말을 들은 백관이 입을 모아 아뢰었다. "이 일은 쉬운 일이 아닙니다. 반드시 지혜와 용맹을 겸한 사람이라야만 될 것입니다. 신 등의 생각으로는 삽량주 간(태수)이 가할까 사료됩니다."

이를 마립간에게 주청한 관리는 수주촌간 벌보말과 일리촌간 구리내, 이이촌간 파로 세 사람이었다. 순간 마립간의 얼굴에 수심기가 확 걷히면서 희색을 띠우고 물었다.

"아! 그 박제상공 말이지? 짐도 그분이 시조 할아버지 혁거세 거서간의 자손이고 지혜와 용맹이 남다르다는 소문을 들은 적이 있구만."

"예, 그러하옵니다. 그는 의지가 굳세고 용기가 남들보다 뛰어납니다. 뿐만 아니라 임기응변하는 지혜는 계림 안에서는 그를 따라갈 사람이 아무도 없을 것입니다. 그를 보낸다면 마립간의 걱정을 단번에 해결해드릴 것이라 기대가 됩니다."

"오호! 그래. 당장 제상공을 불러오게."

잔치가 끝나기도 전에 전령이 밤새 말을 달려 삽량성 간에게 어명을 전달했다. 이튿날 간이 서둘러 상경해 월성 어전의 마립간에게 머리를 조아리며 아뢰었다.

"전하, 무슨 사유로 급히 신을 불렀사옵니까?"

"경이 작년 관문현 고개에서 짐을 도운 것 참으로 고마웠소. 짐이 자꾸 경께 어려운 당부를 하게 되어 몸 둘 바가 없소이다."

"신은 전하를 위해 무슨 어려운 어명이라도 실행할 준비가 되어 있사오니, 어려워 마시고 하명만 내려주시옵소서."

"고맙소. 이 몸이 비록 천명으로 마립간 자리에 앉아 있지만, 외국에 잡혀가 고생하는 아우들 생각으로 맘이 하루도 편안할 리가 없소. 듣자니, 경은 지혜와 용기가 남달라 이 일을 능히 감당할지 모른다 하여 급히 경을 불렀다오. 목숨이 아깝지 않은 사람이 누가 있겠소. 이 어려운 일을 경이 맡아서 해결하면 그 은혜를 평생 잊지 않겠소."

"신이 듣기로는, 임금에게 근심이 있으면 신하가 욕을 당하며 임금이 욕을 당하면 신하는 죽는다고 합니다. 만일 일의 어렵고 쉬운 것을 따져서 행한다면 이는 충성스럽지 못한 것이옵고 또 죽고 사는 것을 생각한 뒤에 움직인다면 이는 용맹이 없는 것입니다. 신이 비록 불초(不肖)하오나 전하의 명령을 받아 행하기를 원합니다."

"아~아, 경은 참으로 세상에 둘도 없는 충신이구료. 짐은 경을 믿고 좋은 소식을 기다려 보겠소. 충신을 호랑이 아가리 속으로 늘여보내는 것 같아 참으로 가슴이 쓰리며 눈물이 납니다. 용서하시오. 사정이 이러니 어찌 하겠소."

"전하, 염려 마십시오. 왜국은 무도한 나라인데다 멀고 바다를 건너야 하니, 왕이 어질고 도량이 큰, 육지의 나라 고구려에 먼저 가서 왕제를 구해오겠습니다. 삽량주에 들렀다가 고구려 복호 왕제를 구하러 가겠습니다. 돌아올 때까지 옥체 만강하시옵소서."
"시절이 하수상하니 경과 이별의 술잔이라도 기울이고 헤어집시다."
마립간은 눈물로 고마움을 표시한 뒤 술잔을 권하고 제상의 두 손을 꽉 잡았다.

"천신이시여! 사해용왕이시여! 소관(小官)이 국난을 당하여 마립간의 어명으로 이천 리 밖 고구려 국내성으로 왕제를 구하러 갑니다. 어명을 무사히 수행할 수 있게 굽어 살피소서. 간곡히 비나이다."
제상공이 사당에서 이런 간곡한 기도를 올릴 때, 황산하의 용소에서 청룡이 물길을 박차고 공중으로 비상하더니 사당 위를 한 바퀴 휙 돌고는 하늘로 높이 날아올랐다. 사당 밖에서 십여 명의 호위병들이 일제히 탄성을 질렀다.
"저 봐라! 청룡이다!"
"용소에서 청룡이 번쩍이는 불빛을 입에서 뿜어내며 공중으로 비상했어요."
"저것 봐라! 빨리 저것을 보아라!"
제상공이 중얼거렸다.
"복호 왕제는 구할 것이 확실한 것 같구나. 황산하 용신이 도와줄 모양이야."
제상공은 마립간에게 맹세를 하고 온 날 밤 자정, 가야진사(伽倻津祠)에서 천지신명과 황산하 용신에게 제를 올리고 있었다. 그는 그 전에 황산하 맑은 물에 전신을 깨끗이 씻는 계불을 행하였다. 가야진사는 계림국 제2대 남해차차웅 때부터 시작된 제사의식 대사(大祀)·중사(中祀)·소사(小祀) 가운데 중사를 올리는 사당이었다. 중사는 제후가 왕명을 받들어 명산대천에 올리는 제사인데, 오악(五岳, 산신)·사해(四海, 해신)·사진(四鎭, 지신)·사독(四瀆, 천신)으로 구분되는데, 가야진사의 제는 사독에 해당한다. 사독이란 금성을 중심으로 동은 토지하(吐只河, 흥해), 서는 웅천하(熊川河, 공주), 남은 황산하(黃山河, 양산), 북은 한산하(漢山河, 한강)를 일컫는데, 천신제와 풍년기원제를 담당한다.

캄캄한 한밤중에 사당에는 전기조 장수가 사비로 마련한 큰 돼지대가리 등 단출한 제수가 제상에 놓여 있었고, 이정건 훈장이 도포와 두건을 쓰고 제상을 도와 축문을 읽고 있었다. 김광기 장군이 만일의 사태에 대비해 삽량성 병사들을 배치하여 두고 있었다.

황산하 건너에 금관가야의 무척산이 높게 솟아 있고 북쪽 뒤에는 천태산이 솟아있다. 황산진의 폭넓은 바다와 같은 황산하 가운데, 가야진사의 건너편 용산(龍山)과 용소(龍沼(김해시 상동면)가 있는 금관가야 땅까지가 강폭이 가장 좁았다. 용소는 황산하 가운데 가장 깊은네(27m) 그곳에는 황룡 한 마리와 청룡 두 마리가 살고 있어, 용신제를 지낼 때는 반드시 메 3그릇, 잔 3개 및 탕 3그릇을 놓아야 했다.

삽량성에서 항상 간을 돕는 세 유지가 보기에 간은 입을 한일자(一)로 굳게 다물고 있었지만 얼굴에는 비장함이 짙게 배어있었다. 세 사람은 그런 그를 볼 때마다 이런 생각을 하면서 애써 자위를 했다.

'간님이 워낙 지혜와 용기의 소유자인데다 임기응변의 재주가 탁월하시니, 우호국인 국내성에서는 장수왕에게 설마 죽지야 않겠지.'

삽량성 관리 일행은 가야진사에서 잠시 눈을 붙인 뒤, 새벽에 황산하를 따라 난 영남대로(嶺南大路)를 말 타고 내려오다가 임경대(臨鏡臺)에 올라갔다. 임경대 절벽 위에서 서쪽의 원동에서 삼랑진까지 펼쳐진 바다와 같은 넓고도 아름다운 강물을 쳐다보면서 주고받았다.

"옛 시인이 황산하 맑은 강줄기를 내려다보면서, 주변의 산과 민가를 담은 강물이 명경과 같이 맑다고 임경대라 했단다."[31]

제상은 이튿날 봄날 새벽의 운무를 가로지르며 금성 서쪽의 점량부(모량리)를 거쳐 북으로북으로 말을 달렸다. 그의 머릿속에는 오직 '복호 왕제를 구해 와 마립간의 걱정을 덜어주어야 한다. 여차하면, 내 하나의 목숨은 마립간과 계림국을 위해 던져야 한다.'는 결심뿐이었다.

제상은 김광기 장군과 이정건 훈장 및 전기조 장사에게 당분간 삽량주 주민(州民)에 대한 일과 자신의 식솔도 부탁해두었다. 그는 새벽까지 금교김씨의 무르익은 여체를 어루만지며 운우지정(雲雨之情)의 쾌락을 즐겼다. 부인의 향긋한 체취와 검붉은 젖꼭지를 입 안 가득 채웠던 기억에 황홀경까지 느꼈다. 매끈하고 풍성한 엉덩이가 손에 잡힐 듯 뇌리 속에 자꾸만 어른거려 하마터면 낙상할 뻔했다.

오늘 새벽녘 여명이 창호지에 스며드는데, 아내는 진득진득하며 기나긴 방사를 치른 뒤 얼굴을 남편의 가슴에 파묻으며 하소연했다.

"간님, 고구려에 가시더라도 속히 돌아와 줘요."

"좀 늦어질 수도 있다오. 왜 그러시오?"

"이 몸은 영감님의 푸근한 품속에서 달콤하게 속삭이는 말씀을 듣지 않고선 잠도 못 자고, 며칠이라도 편안하게 지낼 수가 없답니다. 처음으로 드리는 말씀이지만요."

"부인, 몇 년 후면 관직에서 물러나 자식들과 행복한 만년을 누릴 것인데, 조급히 굴지 않아도 됩니다. 꾹 참고 기다리세요."

"이 몸은 기다리는 것, 특히 영감님을 기다리는 것이 너무나 애가 탄답니다."

남편은 그런 아내의 허리를 힘주어 껴안으면서 위로를 했다.

"내가 부인 속을 항상 평안하게 해드려야죠."

'내가 나라 중대사를 책임지고 가는데 봄날 아침 이런 헛된 생각을 해선 안 되지.'

그는 부인과 어린 자식들에게 마립간의 이명을 받이 고구려에 잠시 다녀온다고만 해두었다. 비밀리에 복호 왕제를 구하러 간다고 하면 가족들이 근심을 할 것이 염려가 되었기 때문이었다.

"네 이놈들! 당장 오라를 받아라!"

삼지창을 든 관졸 십여 명이 길갓집 민가를 에워싼 뒤 고함치며 윽박을 질렀다. 안방 뒤의 머릿방에서 잠자든 새벽의 사내 세 명이 화들짝 놀라 일어났다. 관졸들이 신을 신은 채 방에 들어와 순식간에 방의 사내들을 포승줄로 묶어버렸다.

고구려 땅 패수(浿水, 대동강)를 낀 어느 고을, 평양성(平壤城)의 한 지방관아 마당에 관장(官長, 지방관아의 장)의 서슬 퍼런 추궁에 세 사내가 벌벌 떨며 머리를 조아리고 있었다. 관장이 명령했다.

"주인장! 간밤에 저 자들의 죄상을 사실대로 아뢰어라."

"예~이. 관장님. 어제 석양 무렵 옆의 이팔청춘인 이 소년과 건장하게 생긴 저 젊은 청년이 먼저 우리 방에 들어와 있었지요. 연세가 든 저 스님은 제일 늦게 와서 하룻밤 재워달라고 했습지요. 방이 비좁다고 스님은 다른 집으로 가라고 했으나 괜찮다고 해, 세 사람이 함께 잤지요.

우리 집 마누라가 매우 예쁘다고 마을에 소문이 나 있답니다. 저 세 손님 중 한 명이 한밤중에 안방에 들어와 자고 있던 마누라를 덮쳤답니다. 마누라가 소인에게 짐승보다 못한 놈들이라며, 분함을 참지 못해 관장님께 고발을 한 것이지요."

관장이 주인장의 말을 가로막더니 머리를 조아리고 있던 예쁜 여주인장에게 물었다.

"부인은 괴한의 침입을 미리 알지 못했단 말인가? 고함이라도 질렀어야지. 침입자가 어떻게 하던가?"

"소녀의 배 위에 묵직한 몸뚱이를 덮치더니 입을 한 손으로 꽉 틀어막았습지요. 그라고는 한 손으로는 사정없이 제 아랫도리를 아래로 벗겨 내린 뒤 저고리마저 벗겨버렸답니다. 그라고는 무엇이 그리 급했던지 길고 강한 물건을 내 몸속에 푹 내리꽂더니, 한참 동안 씩씩거리면서 욕망을 채우고는 퍼뜩 나가버렸답니다. 틀림없이 저 사내들 가운데 그 자가 있어요. 제발 처벌해주세요."

관장이 간밤에 길갓집에 잔 세 사내에게 엄하게 문초를 했다.

"네 이놈들! 길손을 재워주는 주인장의 은혜를 겁탈로 갚다니 죽일 놈들이로고. 네놈들 속히 자백하라. 그렇지 않으면 셋 모두 죽을 줄 알아라."

관장이 아무리 을러대고 겁을 주어도 셋은 그런 적이 없다며 잡아뗐었다. 하는 수 없이 집에 온 관장은 내자에게 이 어려운 상황을 얘기했다. 남편의 말을 듣고 웃고 있던 아내가 자신이 알 수가 있다고 이렇게 일러 주었다.

'영감! 간밤에 강간당한 부인에게 물어보십시오. 남자가 몸을 덮칠 때, 뾰쪽한 송곳으로 찌르는 것 같은 느낌이었다고 하면 소년이 범인이고, 막대기로 내리쳐 때리는 것 같은 느낌이 들었다면 그 청년이 범인이며, 마치 삶아 놓은 가지나물처럼 말랑말랑한 것을 밀어 넣는 것 같은 느낌이었다면 그것은 승려가 범인입니다.'

이튿날 강간당한 부인에게 알아보았더니 막대기로 내리치는 듯한 느낌이었다고 말했다. 그래서 너무 아파서 괴로웠다고 말했다. 그리하여 젊은 청년의 실토를 받아내었다.

관장은 강간사건을 마누라 때문에 쉬이 해결하자 기분이 흐뭇

했다. 그는 나이 든 승려를 자신의 집 저녁 먹는데 초청했다. 관장이 손님에게 술을 권하며 말했다.

"스님, 나도 부처님 모시는데 관심이 많다오. 어느 절집에서 우리 고을로 오셨는지요."

"관장님, 먼저 소승을 누명에서 벗어나게 해주셔서 은혜가 중하십니다. 소승은 아리수(한강) 하류의 작은 절집의 주지승을 맡고 있답니다. 첫날에 범인을 못 잡았는데 어찌 이튿날 쉽게 잡았는지요? 그 지혜가 알고 쉽군요."

"하! 하! 하! 우리 집 내자가 그 젊은 청년이라 지목을 하더군요. 그래서 내가 내자에게 물어보았답니다. 자네는 나 몰래 소년, 청년, 늙은이 할 것 없이 다 접하고 있느냐고 물었더니 말하더군요.

'내가 영감의 소시적부터 지금까지 잠자리를 해왔으니 그걸 알고 있지요. 요즘의 당신은 허물허물한 물건으로 억지로 나에게 밀어 넣으려고 안간힘을 쓰고 계시지요.'

나를 동정하는 듯한 그 말을 듣고 났더니 사실 기분이 섭섭했다오. 나도 벌써 오십 대이니, 속바지에서 남근을 억지로 오른손으로 끄집어내어야 오줌을 살 수가 있지요. 젊은 시절 바지만 내리면 연장이 송곳처럼 꼿꼿이 서서 오줌을 눌 수 있던 때가 있었지요."

"관장님, 소승도 그 나이니까 능히 짐작이 됩니다. 세월 이기는 장사가 어디 있겠습니까? 이제 연식이 오래되어 자연스런 것이니까, 크게 염려하실 필요가 없지 않겠습니까? 성애에 너무 집착마시고 건강 챙기시고 백성들 안녕을 잘 관리하시면 되겠지요."

"스님, 고맙소. 오늘 밤 우리집에서 푹 주무시고 내일 떠나십시오. 소란을 피워 죄송합니다."

평양성에서 압록수 이북의 국내성까지 가는데 그 중간에 17개의 역이 있었다. 제상은 고구려에 잠입해 승려차림으로 아무 탈 없이 평양성까지 잘 왔다. 그러다 평양성에서 강간범으로 몰리어 관장에게 문초를 당할 때 혹시 신분이 탄로 나지나 않을지 걱정을 했다. 평양성에서 국내성까지도 말을 달려 17개 역을 통과했으나 승려행세를 하는 그를 어떤 관원도 검문을 하지 않았다.

드디어 제상이 국내성 장수왕(長壽王)의 편전에서 머리를 조아리고 인사를 올렸다. 얼핏 왕의 용상을 올려다보았더니 그 풍모(風貌)가 괴걸(魁傑, 생김새나 재주가 뛰어남)하고 지기(志氣)가 호매(豪邁, 성격이 호탕하고 인품이 뛰어남)하였다. 그는 고개를 더 들다가 장수왕 뒤 큰 비단천의 벽 그림을 본 순간, 깜짝 놀라 하마터면 고함을 지를 뻔했다.

'앗! 삼족오(三足烏) 깃발. 전에 고구려 구원병들이 들고 다닌 그것이구나.'

"그대는 머나먼 계림국 금성에서 무슨 일로 짐에게까지 올라왔소?"

"하늘같은 대왕님! 신(臣)은 계림국 삽량주 간 박제상입니다. 불경스럽게 들리실지 모르오나 감히 말씀 올립니다.

신이 듣건대, 인국(隣國)과 교제하는 도(道)는 성신(誠信)뿐이라고 합니다. 만일 볼모를 서로 보낸다면 오패(五覇, 중국 춘추시

대의 5패도의 제후)에도 미치지 못하는 것이
니, 참으로 말세의 일이라 하겠습니다.

지금 우리 마립간의 사랑하는 아우가 여기에 있은 지 십년이나 되니, 마립간은 척령(鶺鴒, 작은 물새, 형제간에 急難이 있을 때 서로 구원하지 않을 수 없음)이 들판에 있는 뜻으로서, 두고두고 생각하여 마지않습니다. 만일 대왕이 은혜로 돌려보내 주신다면 대왕께서는 구우일모(九牛一毛)가 떨어지는 정도와 같아서 손해 될 바가 없으며, 마립간은 덕(德)으로 생각함이 한량이 없겠습니다. 대왕님은 잘 생각하옵소서."

"허! 허! 허! 그래요. 그대는 용기만 있는 줄 알았더니, 저 서쪽 대륙(중국)의 고대 역사에 대해서도 해박한 지식을 겸비하고 있군요. 대단한 변사로구나."

"너무 과찬의 말씀에 몸 둘 바를 모르겠나이다."

"일찍이 그대와 같은 변사와 충신을 본 적이 없었네. 짐이 왕제를 보내 줄 테니, 그대가 짐의 곁에 남아 여러 가지로 보좌를 해 준다면 정말 여한이 없겠소."

제상은 철저히 적국과 협상의 자리이니 퍼뜩 거짓말로 위기를 모면할 작정을 해버렸다. 아주 공손히 이마를 대청바닥에 대이도록 조아리며 한껏 충성심을 드러내면서 아뢰었다.

"대왕님, 불초 소신을 강대국에서 중용해주신다니 하해와 같은 은혜를 기꺼이 받들겠나이다."

제상은 안도의 한숨을 몰아쉬면서, 일어서서 다시 이마가 대청바닥에 다이도록 큰절을 올린 뒤 물러나왔다.

제상은 눌지마립간 2년(418) 고구려 장수왕 6년 5월 15일 동해안 고성(高城, 강원도) 수구(水口)에서 배를 구해 복호 왕제를 초조하게 기다리고 있었다. 푸르디푸른 바다는 그야말로 만경창파로 끝이 보이지 않았다. 정오가 되자 여러 기병들의 말달리는 소리와 함성이 멀리서 들렸다.

"복호를 놓쳐서는 안 된다. 빨리 달려라"

"빠각! 따각! 띠각!"

"야! 복호! 게 섰거라!"

"우리 왕을 배신하고 네가 살 것 같으냐."

제상은 퍼뜩 돛단배 위에 올라 노를 두 손에 바짝 잡고 있었다. 얼마 뒤 복호가 탄 말이 배쪽으로 달려오고 있었다. 그가 복호를 향해 고함을 지르며 저고리를 벗어 머리 위에서 돌리기 시작하였다.

"왕제님! 여기요! 여기요!"

20~30명의 왕실 근위병인 듯한 기병들이 저 뒤에서 화살을 날리면서 따라오고 있었다. 복호가 말에서 급히 내려 배 위로 올라오는데 멀리서 화살이 날아오고 있었다. 제상은 순간 처절한 죽음이 옆구리에 와 닿는 것을 절감했다. 그는 재빠르게 복호의 두 손을 잡아 배 위로 끌어당겼다. 복호의 온몸에 땀이 팥죽처럼 쏟아지고 숨을 몹시 헐떡이고 있었다. 제상이 복호의 손을 잡았는데 날아온 하나의 화살이 두 사람이 잡은 손등에 떨어졌다. 두 사람이 동시에 깜짝 놀라 외쳤다.

"에고!"

"어~익!"

화살이 몇 개 더 날아와 두 사람의 몸과 배 위에 떨어졌다. 그런데 이게 왠일일까? 화살들이 손등이나 몸에 박히지 않고 딱 하는 소리를 내고는 바닥에 떨어졌다. 순간 두 사람이 서로의 얼굴을 바라보고는 피식 웃었다. 제상이 급히 외쳤다.

"왕제님도 노를 빨리 저어시오. 잡히지 않도록."

배가 해안에서 넓은 바다 속으로 서서히 멀어져 가는데 화살은 여러 개 더 날아들었다. 그런데 화살마다 화살촉이 제거되어 있었다. 제상이 노를 저으면서 말했다.

"왕제님, 우리가 저들에게 바친 황금덩어리가 효과가 나네요."

"그렇지요. 계림국의 황금에 저들도 눈이 멀었지요."

"황금도 황금이지만, 왕제님이 평소 저들에게 보인 덕망에 감복을 받은 탓도 있을 것이오. 하여간, 무사히 탈출해 다행입니다."

군인들은 화살이 배에 닿지 않자 양손을 흔들면서 고함을 질렀다.

"복호! 잘 가!"

"복호! 미안 했데이!"

"제상공! 잘 가시오!"

한편, 장수왕은 복호와 제상에 수시로 저녁 대접을 하면서, 고구려, 계림국, 왜국, 백제 및 저 서쪽 대륙(중국)의 수많은 나라의 현안문제와 옛날 재미있는 역사 이야기를 나누었다. 왕은 특히 제상이 삼한 민족이 저 서북쪽의 높은 산 위 평원지대(파미르고원)에서 서쪽 대륙(중국의 중원)을 거쳐 고구려까지 흘러왔다는 이야기에 크나큰 관심을 가졌다.

왕은 제상의 인자함 속에 번뜩이는 지혜와 강직함을 체험하면서 존경하기 시작하였다. 그 외에도 제상은 최근까지의 전 세계 역사에 대해 모르는 것이 없는 것 같았다.

'내가 인덕이 있는 모양이야. 부왕이 약소국이던 고구려를 광막한 영토의 나라로 건설했는 데다, 최근 제상과 같은 신하를 얻게 되었으니. 그러나 저러나 아까운 복호는 약속대로 계림국으로 보내야 하는데…"

제상은 궁성에 근무하는 근위병 등 왕을 직접 모시는 관리들에게, 몰래 들여온 계림의 황금덩어리를 하나씩 나누어 주어 그들의 형편이 좋아지게 해주었다. 국내성에 와서 한 두 달이 지나자 왕궁에서는 제상과 복호의 인기가 절정에 다다랐다. 왕이나 근위병들도 두 사람을 전혀 의심하지 않았다.

그러던 어느 날, 장수왕이 조회시간에 어좌에서 백관들에게 물었다.

"요 며칠간 복호공이 보이지 않는데 왜 그러냐?"

"심한 감기 몸살로 통 외출을 않고 빙인에민 틀이박혀 있다더군요."

"그래? 앗! 참! 제상공도 며칠간 보이지 않던데… 속히 두 사람의 거처에서 뭣 하는지 확인을 하여라."

군사들이 곧바로 왕에게 보고를 올렸다.

"전하, 두 사람 모두 행방을 감추었나이다. 제상공이 이런 글월을 대왕님께 올렸나이다."

왕은 황급히 글월을 읽어보았다.

'대왕님, 은혜를 배신으로 갚아 너무나 마음이 무겁습니다. 대왕님의 배려로 몇 달간 잘 지내다 왕제님 모시고 계림으로 떠납니다. 인간의 마음이란 수시로 변하는데, 대왕님의 맘도 혹시나 그럴까 번민 속에서 며칠을 고민하다 이런 결단을 내렸습니다. 대왕님께서 이미 결단을 내린 사안이니 너무 탓하지 마시기 바랍니다. 마립간께 잘 말씀드리리다. 고구려와 대왕님의 영원한 번성을 진심으로 기원 드립니다. 대왕님 만수무강하시옵소서. 제상 올림.'

왕은 탁자를 두 손으로 꽝 내리치면서 명령을 내렸다.

"여봐라! 당장 달려가 이들을 잡아오너라. 놓치면 너희 목이 달아날 것이다. 허~으이. 내가 적들을 너무 믿어버렸네."

복호와 제상은 고성에서 출발한지 사흘 뒤 해질녘, 계림의 동해안 동잉음현(東仍音縣, 포항시 신광면) 해안에 상륙했다. 여기에는 독산(獨山)이란 작은 야산이 있는데, 왜구들이 수시로 이곳 해안으로 계림의 황금과 비단이 탐이 나서 쳐들어왔다가 퇴각하는 통로였다.

대업 때문에 장수왕의 신뢰를 배신하자니 너무나 괴롭구나
-장수왕이 제상과 복호에게 고구려 역사 학습을 권장함-

 고구려 국내성 태학(太學)에서 강창수(姜昌修) 박사가 국가위기 때의 가슴 아팠던 역사를 귀족자제들에게 가르치고 있었다. 강 박사는 고구려는 물론 주변 나라들에 대한 역사에 정통한 학자였다.
 "지금으로부터 불과 70~80년 전 제16대 고국원왕(故國原王) 12년(342) 10월, 전연(前燕)의 왕 모용황(慕容皝)이 그의 형 모용한(慕容翰)이 권하는 '먼저 고구려를 취하고 다음에 우문씨(宇文氏)를 없애야만 중원(中原)을 도모할 수 있다.'라는 말을 듣고 고구려를 침략해 왔단다.
 모용황은 친히 정병(精兵) 4만명을 거느리고 남쪽 길로, 장사(長史 : 職名) 왕우(王寓)로 하여금 군사 1만5천명을 이끌고 북쪽 길로 고구려에 쳐들어왔지. 모용황이 환도성(丸都城)에 입성하자 왕은 홀로 말을 타고 단웅곡(斷熊谷)에 숨기 위해 들어갔다. 연장(燕將) 모여니(慕輿埿)가 왕모(王母) 주씨(周氏)와 왕비를 사로잡아갔지.
 모용황이 단웅곡에 있는 왕을 불렀으나 나오지 않으니 환국(還國)하려하자, 좌장사(左長史) 한수(韓壽)가 황에게 아뢰었단다. "고구려가 험한 지세에다 적의 왕이 흩어진 군사들을 모아 다시 일어날 것이니 걱정거리입니다. 청컨대 그 아비(미천왕)의 시체를 파 싣고 그 생모(周氏)를 사로잡아 갔다가, 그가 스스로 몸을 묶어 귀항(歸降)함[속신자귀(束身自歸)]을 기다려 도로 내주고 은혜와 신의로 무마하는 것이 상책입니다."

그리하여, 황은 미천왕의 시체를 싣고 또 부고(府庫)에 있는 누대(累代)의 보물을 취하고는, 남녀 5만여 명을 사로잡고 그 궁실을 불 지르고 환도성을 헐어버리고 돌아갔단다."

나라에 대한 자부심으로 가득 찬 학동이 큰소리로 물었다.

"박사님, 그런 국치를 당하고도 왕은 참았습니까?"

"전쟁을 벌이면 부왕의 시체와 생모도 못 찾을 것인데 어쩔 수가 없었다네. 고구려 역사상 치욕스러운 역사 가운데 한때였단다. 이듬해 왕은 왕제(王弟)를 보내어 전연(前燕)에 칭신(稱臣) 입조(入朝)하고 진귀한 물건 1천종을 바쳤지. 이에 전연 왕은 미천왕의 시체는 돌려보냈으나 그 생모는 잡아두어 볼모로 하였단다.

고국원왕 25년 왕이 전연의 왕 준(雋)에게 사신과 볼모를 보내고 조공을 닦은 뒤에야 생모 주씨를 반환할 수가 있었네. 준이 왕에게 '정동대장군영주자사(征東大將軍營州刺史)'의 작호를 주고 전(前)과 같이 낙랑공 고구려왕(樂浪公 高句麗王)을 봉하였다. 이후(370년) 전연은 전진(前秦)에게 멸망했단다.

고국원왕은 백제의 근초고왕(近肖古王)이 3만 군사를 이끌고 평양성을 공격해오자, 방어 중 유시(流矢)에 맞아 전사했다네."

역사에 관심이 많은 학동이 물었다.

"사후 치욕을 당한 미천왕은 생전 나라에 어떤 공적이 있었나요?"

"그 당시에는 서북쪽 대륙의 나라들과 얽히고설키어 나라를 지키는 것도 아주 힘들었을 때였지. 15대 미천왕(美川王)은 서쪽 대륙(중국)이 북방민족들의 침입을 받아 5胡 16國의 혼란기로 접어들자, 끝내 요동 서안평(西岸平)을 점령하였고 이어 낙랑군을 공격하여 한반도 안에서 서쪽대륙 세력을 완전히 축출하는데 성공하였단다."

"그런데, 지금은 고구려 역사상 가장 광활한 영토를 개척한 광개토왕을 거쳐 장수왕의 전성기를 맞았다 아닙니까? 고국원왕 때의 그런 위기상황에서 어떤 개혁으로 이런 전성기가 올 수 있었습니까?"

"그렇다네. 고구려는 서북쪽의 이민족과 남쪽 백제 계림과 국경을 마주하고 있어 하루도 편안한 날이 없는 형편이지. 나라 형편이 마치 호랑이 등을 타고 달리는 사람 같다네. 등에서 뛰어내려 죽지 않으려면 정신을 바짝 차리고 계속 앞을 향해 달려야 하는 것이지.

고국원왕 때의 위기에서 광개토왕의 정복사업으로 발전하는 데는 제17대 소수림왕(小獸林王)의 국가 기반을 닦는 웅략이 있었기 때문이었다네. 그 왕은 고국원왕의 아들로 몸이 장대하고 웅략이 있었다. 왕 2년(372)에 선신(前秦) 왕 부견(苻堅)으로부터 불교를 받아들이고 우리가 학습하고 있는 이곳 태학을 설립하였으며, 이듬해에는 율령을 반포하기에 이르렀다. 고구려가 한반도에서 처음으로 불교를 받아들인 것이지.

불교의 수용은 고구려 백성들의 사상적 통일에 기여하였고 태학의 설립은 유학의 보급과 문화향상에 영향을 끼쳤으며, 율령의 반포는 나라 체제의 정비를 가져오게 하였지. 이로써 우리나라는 중앙집권적 국가로서 더욱 발전할 수 있는 기틀을 마련했던 것이다."

이번에는 복호 왕제가 물었다.

"정복군주로 유명한 광개토왕은 몇 년만에 구체적으로 어디까지를 점령하였나요?"

"예, 왕제님. 광개토왕의 활약은 장수왕 즉위 초기, 왕이 부왕의 업적을 기리기 위해 지안현(集安縣) 퉁거우(通溝)에 세운 거대한 광개토왕릉비에 나타고 있습니다. 서쪽으로 후연(後燕)의 모용씨를 격파하여 오랫동안의 숙원이던 요동 진출을 이룩하였고, 동북으로 숙신(肅愼)을 복속시켜 북쪽(만주)땅을 차지하였으며, 남쪽으로 백제를 정벌하여 임진강까지, 중부지역으로 아리수(한강) 상류까지 진출하였고, 또한 왜의 침입을 받은 계림을 도와 가야연맹까지 군사를 보내 왜군을 무찌르는 등 재위 불과 20여 연간의 단기간에 64성(城), 1,400촌(村)을 공파하였답니다. 우리 고구려 백성들의 일대 자랑스러운 위업으로 기록됩니다."

이번에는 제상이 물었다.

"박사님, 알고 계실지 모르겠습니다만, 소수림왕 때 전진에서 고구려에 불교가 유입된 것은 처음이 맞겠지요. 그런데 금관가야의 시조 김수로왕 때, 이미 저 서역(인도, 중국의 서쪽)에서 불교가 유입되어 절집이 세워져 백성들 사이에 신앙심이 퍼져 있답니다. 가야가 고구려보다 약 3백년 먼저 불교가 들어왔다는 것입니다.

박사님 외람된 말씀입니다만, 고구려에서도 학동들에게 그 사실을 가르쳐야 되지 않을까 싶어 의견을 드립니다. 저의 견해입니다만, 고구려의 유입을 불교북방전래설이라 하고, 금관가야와 같이 남방에서 전래된 경우는 불교남방전래설이라 구분해 교육함이 좋을 것 같습니다."

"어르신, 좋은 충고 고맙습니다. 향후 열심히 연구를 해 조치하겠습니다."

　다시 제상이 강 박사에게 물었다.

"박사님, 지난 번 계림국에 왜구가 대거 침입해 왔을 때 고구려 구원병이 들고 다니던 삼족오 깃발과, 본인이 국내성에 와서 대왕님의 등 뒤 벽에 걸린 벽화에서 또 삼족오 그림을 보았습니다. 삼족오가 고구려를 상징한다는 것은 알고 있는데, 구체적으로 삼족오는 무엇을 의미 혹은 상징합니까?"

"삼족오는 하늘과 땅을 잇는 평화의 상징으로 고구려의 대표적 문양으로 자리를 잡았다고 보시면 됩니다. 삼족오는 태양에 살면서 신과 인간을 이어주는 사자(使者)로서 전설 속의 새지요. 세 발 달린 까마귀를 뜻하는 삼족오는 태양숭배사상을 가진 고구려 주변 나라가 신성하게 여기는데, 특히 고구려의 상징으로 알려져 있답니다.

"박사님, 문양이 아름답기도 한데다 상징하는 바가 의미심장한 것 같아, 더 자세한 설명을 해주시면 고맙겠습니다."

"귀공의 부탁에 소관이 흔쾌히 응합니다.

　삼족오는 몸통 하나에 3개의 다리를 가진 검은 새로서, 고구려를 비롯하여 우리 주변 나라 사람들이 '태양'과 '새'를 결합하여 태양조(太陽鳥)로 여기고 태양신을 형상화할 때 징표로 삼았답니다. 삼족오는 '세발 달린 까마귀'라고도 하지만 오골계(烏骨鷄), 오죽(烏竹) 등에서 '까마귀 오'가 아니라 '검을 오'로 사용되었 듯 '세발 달린 검은 새'를 뜻하는 것으로 태양의 흑점과도 관련이 깊습니다.

즉, 요즘 사람들은 태양의 흑점에서 검은 본영(本影)이 세발 달린 검은 새를 닮았던 것으로 여겼으며, 해 속에 사는 새처럼 보였기 때문입니다. 또한 눈부신 붉은 태양을 배경으로 하게 되면 어떠한 사물도 검은 색으로 보이게 되는 것으로 현조(玄鳥)라고도 하지요.

옛날 사람들은 자신들이 태양의 후손이란 의미에서, 태양 안에 삼족오를 그려 넣어 자신들의 문양으로 삼았으며 그 대표적인 민족이 (고)조선의 뒤를 이은 고구려이지요. 즉, 천손(天孫, 하늘백성)의식을 가지고 있는 한민족 고유의 상징으로 볼 수 있습니다."[32]

장수왕은 틈만 나면 제상과 복호 왕제를 불러 술잔을 기울이면서 은근히 권했다.

"두 분은 우호국 계림 사람들이긴 하나 자주 말벗이 안 된다면 정이 멀어져 가고 말지. 제상공은 이제 짐의 신하가 되었으니, 태학에 자주 나가서 4백 년도 넘은 우리 나라의 역사 공부를 많이 하세요.

주몽 할배로부터 숱한 선왕들에게서 배울 점이 많을 것이오.

시해를 당하거나 왕위계승 가운데 처참한 꼴도 더러 있어 제상공에겐 창피하기도 하지만 권력이란 게 본래 말썽꾼이 아니겠소. 계림에선 실성왕이 우리 장수에 의해 처참하게 시해되었던 것이 유일한 모양인데 참으로 미안하오. 그러고 보면 확실히 계림국은 우리보다 양심이 바르고 나라가 예의 반듯한 것이지요."

제상은 왕의 칭찬에 양심을 속이는 것이 지극히 미안했다. 마지못해 한마디 위로의 말씀을 장수왕에게 올렸다.

"대왕님, 고구려는 영토가 광대하고 외족의 침입이 잦다보니 왕위계승 가운데 사단이 많은데, 계림 같은 작은 나라와는 경우가 좀 다르다고 생각됩니다. 너무 자책마시기 바랍니다."

신라 장래 500년을 내다보는 신인 백악도사
- 신라가 삼한통일을 이룩한다는 말에 흐뭇해진 눌지마립간 -

"전하, 계림이 지금은 비록 삼한(한반도) 동남쪽의 태백산맥과 소백산맥에 갇힌 약소국이지만, 어진 임금과 백성들이 일치단결해 줄기차게 부도(符都)의 이념을 실천하기 위해 정진하는 지라채, 100년이 지나지 않아 국운융성을 목격하게 될 것입니다."

"오호! 그래? 별로 믿기지 않는 예측으로 짐작된다만, 현재의 계림국 위기를 돌파할 뚜렷한 무슨 대안이라도 있단 말인가?"

"소인이 복 받은 계림국을 위해 좋은 예단(豫斷)을 정중히 말씀드리겠습니다. 감히 외람되게 장래 임금의 호칭까지 언급 하겠사오니 널리 용서해주시기 바랍니다."

"그대 백악 도사(白嶽 道士)의 계림국 장래에 대한 예단에 짐이 큰 기대를 걸고 있으니, 백관들이 수긍할 수 있게 조리 있게 잘 말씀해보게나."

"알겠습니다. 멀지 않아 지증왕(智證王) 치세에는 마립간이란 명칭이 아니라 저 서쪽 대륙(중국)식의 '왕(王)'이란 명칭을 사용하게 될 것입니다. 그때에 가면 국호도 신라(新羅)를 쓰게 될 것입니다. 법흥왕(法興王) 때 나라의 제도 등 기틀이 잡히기 시작해, 그 다음 진흥왕(眞興王)이란 군주가 나타나 태백산맥을 넘어 동해안을 따라 치고 올라가 고구려 영역을 크게 점령하게 될 것입니다. 한산하(漢山河, 아리수, 한강)도 계림의 영역 안으로 편입될 것입니다."

"그대는 머리가 좋고 장래를 내다본다더니 너무 성급하구만. 신라란 어떤 의미를 지녔으며, 진흥왕이 고구려 영역을 점령한다면 무슨 비범한 방도가 있어야 할 것이 아닌가?"

"전하께 너무 좋은 말씀을 급히 올리다보니 그렇게 되었사옵니다. 신라란 '덕업일신(德業日新) 망라사방(網羅四方)'이란 말에서 왔습니다. 신(新)은 덕업이 날로 새로워진다는 뜻이고, 나(羅)는 사방을 망라한다는 뜻입니다. 젊고 혈기왕성한 진흥왕은 귀족 자제 가운데 젊은 청년들을 화랑(花郞)으로 선발해 명산대천을 유람하게 하며, 나라를 위한 무술을 닦고 정신수양도 하도록 합니다. 그 화랑을 따르는 수백 수천의 낭도(郞徒)들이 일치단결해 외국과의 전투에서, 나라를 위해 자신의 목숨을 초개와 같이 버리면서 훌륭하게 싸우게 될 것입니다."

"화랑이라? 그대의 예측에 점점 흥미가 당기는구나. 그럼, 신라가 진흥왕의 영토 확장으로 끝을 맺는가?"

"아니옵니다. 신라 상대(上代)에는 부모가 모두 왕족이면 성골(聖骨)이라 해 왕이 될 수가 있는데, 그 한쪽이 왕족이 아니면 진골(眞骨)이라 해 왕이 될 수가 없지요. 그러나, 중대(中代)인 태종무열왕(太宗武烈王) 때부터는 진골도 왕이 되기 시작합니다.

남성 가운데 성골이 없어지자 진골인 여성이 왕이 됩니다. 선덕여왕(善德女王)과 진덕여왕(眞德女王)이 그들이지요. 선덕여왕이 장래를 볼 줄 아는 혜안(慧眼)을 가진 여왕인데, 당시 열세의 신분에 있는 진골의 김춘추(金春秋)와 가야계의 화랑 김유신(金庾信)을 발탁해 결국 삼한통일(三韓統一)을 이루어 낼 기반을 마련합니다. 그 여왕은 월성의 서쪽에 당시로는 아주 희귀한 천문기상 관측소 첨성대(瞻星臺)도 세워 백성들의 농사와 생활에 편의를 제공하게 됩니다."

편전(便殿)의 백관회의장 상석 왕좌의 눌지마립간과 백관들이 자신들도 모르게 화들싹 놀라면서 한마디씩 내쏘았다.

"신라가 삼한통일이라니!"

"통일의 기반이라니? 도사! 결국 우리가 삼한의 마지막 승자가 된다는 말씀인가?"

"전하! 지금은 전혀 믿기지 않겠지만 사실로 나타납니다. 약

250년 후 강성한 고구려와 백제가 신라에 무릎을 꿇게 됩니다. 그러하오니, 대망을 품으시고 내·외치에 진력하소서!"

"하! 하! 하! 진정 그대의 말을 믿어야 할지 말아야 할지 모르겠구만."

백관렬(百官列)에서 여러 신하들이 갑자기 봇물이 터지듯 마립간에게 강한 주장을 고해바쳤다.

"전하! 요승(妖僧)의 예단에 크나큰 문제가 있사오니 저 자를 속히 물리치시기 바라옵니다."

"알았소! 조용히들 하시요! 도사의 말이 다 끝난 뒤에 물리쳐도 큰 문제될 것이 없으니 마저 들어봅시다."

마립간의 용안(龍顔)에는 아침 햇살 같은 아주 밝은 색깔이 감돌고 있었다. 주위가 조용해지자, 머리를 조아리고 백관렬 중앙의 대청에 무릎을 꿇고 머리를 조아리고 있던 도사가 약간 음성을 높여 아뢰기 시작했다. 마립간 역시 기대감에 부풀었는지 더 큰 소리로 물었다.

"그 통일이 어느 왕 때 이루어지며, 무슨 특별한 계기나 통일전략이라도 있어야 하지 않겠어요?"

"약소국 신라를 무시하고 고구려, 백제가 양쪽에서 계속 국경을 압박해오자, 용맹과 지략이 뛰어난 춘추공(春秋公)이 왜국과 고구려에 가서 협조를 요청했지만 결국 실패를 하게 되지요. 그래서, 당나라에 가서 군사를 요청하게 되고 신라와 당나라의 협공에 의해 백제의 의자왕(義子王)이 패망하고(660년), 이어 고구려도 독재자 연개소문(淵蓋蘇文)의 자식들의 내분으로 망합니다(668년). 춘추공의 탁월한 외교와 김유신 장군과 화랑들의 눈부신 전투가 결국 신라를 최후의 승자로 만들게 됩니다."

"오호! 정말로 대단해! 짐이 계림의 마립간이지만 외적의 침입으로 하루도 맘 놓고 잠을 이룰 수가 없는데, 삼한통일을 늦게나마 우리가 이룬다니 꿈만 같구나."

"백악 도사, 고구려까지 신라 영토가 된다면 현재의 월성(月城) 궁전이 너무 협소한데다, 한반도의 동남쪽에 치우친 금성이 전국을 통치하기에는 위치상 맞지가 않을 것인데?"

"통일된 영토가 저 압록수(鴨綠水, 압록강) 북쪽의 (고)조선 땅 전체가 아니고 패강(浿江, 대동강) 이남만 신라 땅이 되고, 그 북쪽은 고구려 유민 대조영(大祚榮)이란 자가 발해(渤海)란 커다란 나라를 다시 건국하게 됩니다. 그래서, 삼한 땅이 남쪽의 통일신라와 북쪽의 발해로 나뉘어 남북조시대가 열립니다.

통일신라에서 신문왕(神文王)이 대단한 업적을 남기는데, 왕이 서울을 달구벌(達丘伐, 대구)로 옮기려 했으나, 금성에서 기존의 부귀를 누리던 귀족과 관리들의 반대로 무산됩니다. 그 왕은 정복된 고구려와 백제의 유민들을 포용하고 소통하게 되는데, 지방의 행정조직을 9주(州)와 5소경(小京)으로 나누어 통치하게 되며, 고구려와 백제의 옛 땅에 이들 주요 관부를 골고루 설치합니다. 피정복국의 유민들을 중앙군인 9서당(誓幢)과 지방군인 10정(停)에 골고루 근무하게도 합니다. 그는 전하의 아주 자랑스러운 후대 임금이지요."

"신문왕이라 대단한 영걸(英傑)이구만. 신라가 한반도를 통치하게 되는데도 왕궁은 이곳 월성에만 계속 머물게 되는고?"

"전하, 월성은 1천 년도 넘게 궁성으로 지위를 갖게 될 길지입니다. 다만, 통일신라의 증원된 관리와 군사 등을 감안해 월성의 동쪽에 별궁(別宮)을 조성하게 될 것입니다. 그 동궁(東宮)에는 통일을 하게 된 문무왕(文武王)이 임해전(臨海殿)이란 별궁과 여러 화려한 부속건물 수십 동과 정원을 조성합니다. 그 앞에 월지(月池, 안압지)라는 큰 연못을 파고 산들도 만들어 귀한 새와 기이한 짐승들을 기르게 됩니다.

임해전에는 외국의 귀빈들을 맞아 연회를 베풀거나, 임금과 신하들이 연회를 베풀면서 통일된 신라의 영광을 구가하는 장소가 됩니다."

"왜 임해전이란 해(海)자를 사용하는고?"

"연못이 반듯한 장방형이 아니라, 마치 신라의 굴곡이 많은 해안과 같이 연못의 가장자리가 들쭉날쭉 하게 조성되어, 한곳에서 연못의 다른 곳을 모두 한눈에 볼 수 없게 해, 마치 바다를 보는 듯 느끼게 해 임해전이란 이름을 쓰게 됩니다."

"그럼, 금성의 규모와 백성들의 숫자는 얼마로 늘어날까?"

"결국 금성의 전성기를 말씀하시는 것인데요. 그때는 금성이라기보다 서라벌이란 이름을 많이 사용하게 됩니다. 약 18만호의 기와집이 있고 초가집은 없게 된 답니다. 나라에서 법으로 왕경에는 기와집 외에는 짓지 못하게 하지요. 그래서, 인구수가 90만여 명이나 된다고 봐야지요.

헌강왕(憲康王) 때는 집의 처마와 담이 이웃집에 서로 연해 있게 되고, 노랫소리와 피리 부는 소리가 길거리에 가득 차서 밤낮으로 끊이지 않게 된답니다. 서쪽 대륙(중국) 당나라 장안(長安)에 견줄만한 거대한 국제도시가 된답니다. 서라벌의 그 많은 기와집들 사이에는 마치 바둑판처럼 동서와 남북에 쭉쭉 뻗은 직선의 도로들이 개통되어 장관을 연출합니다. 그야말로 신라의 태평성대가 도래합니다.

그 외에도 월성과 동궁 및 월지를 관리들이 다닐 때 비가와도 비를 맞지 않도록 회랑(回廊)을 설치합니다. 경덕왕(景德王) 때는 문천(蚊川, 남천) 위에다 역시 회랑이 설치된 월정교(月淨橋)와 춘양교(春陽橋) 두 다리를 건설해 월성 궁전과 양산(楊山, 남산)과도 연결되도록 합니다. 또한 김대성(金大城)이란 재상에 의해 불국사와 석굴암이란 신라 불교예술의 극치를 보여주는 불교 건축물이 조성되게 됩니다. 그때까지 지명과 관직명 등에 신라 고유의 이름을 사용하다가, 서쪽 대륙(중국)의 영향을 받아 모두 한자 이름으로 바뀌는 한화정책(漢化政策)이 시행됩니다."

"대단한 영광이로구나. 통일된 신라에도 박씨나 석씨가 아닌 김씨가 왕권을 이어가는고?"

"진골 왕족인 태종무열왕 직계가 삼한통일을 하는 과정에 계속 왕위를 이어가면서 선제왕권을 확립합니다. 달도 차면 기울 듯, 극성기의 중대 신라도 선덕왕(宣德王) 때부터 기울기 시작해 경순왕(敬順王)을 마지막으로, 북쪽의 옛 고구려 땅에서 일어나는 고려(高麗)란 신흥국에 병합되게 됩니다."

"하긴 신라가 천년만년 이어질 수야 없겠지. 도사, 지금까지는 주로 정치적 측면만 알아봤는데 문화면으로는 어떤 발전이 나타나는가?"

"통일을 도왔던 당나라가 한때 한반도를 집어삼키려다 신라와 적대국으로 수년간 전쟁을 치르게 됩니다. 결국, 화해를 하고 문화교류가 성행하게 되지요.

지금 고구려, 백제, 가야에는 벌써 서역에서 불교가 전래되어 널리 퍼졌는데, 계림은 법흥왕 때 이차돈(異次頓)이란 젊은 관리가 불교도입을 주장하다 처형당해 목에 흰 피를 쏟고서야 결국 공인이 되지요. 진흥왕 때 월성 동쪽 벌판에 황룡사(黃龍寺)란 거대 사찰이 들어서고 그 사찰에 거대한 9층 목탑이 세워져 신라 백성들의 긍지와 자랑이 된답니다. 신라의 젊은 학자들과 승려들이 당나라와 서역까지 가서 유학과 불교를 연구해 귀국해 신라가 문화적으로 융성한 나라가 됩니다.

황룡사 옆에 분황사(芬皇寺)라는 대사찰이 건립되고 그곳에 원효대사(元曉大師)라는 훌륭한 스님이 주지(住持)로 머물러 불교가 한층 발전합니다. 분황사에는 전탑을 모방한 신라시대 최초의 석탑인 분황사모전석탑도 만들어집니다."

"백악 도사, 그대의 '신라 장래 500년 예단'은 짐에게 큰 용기를 주었다오. 이제 나가보시오. 곧, 어명이 있을 것이니 기다리시오."

도사가 조용히 편전을 나가자, 백관회의는 술렁이기 시작했다. 백관들이 여러 질문을 해오자 마립간이 말했다.

"이찬 희철공은 앞으로 나와 백관들의 질문에 답하도록 하시오."

"네, 전하. 그렇게 하오리다."

"그 도사란 자는 대체 어디 사는 뉘시며 신분은 무엇이오?"

"본디 본가야(本伽倻, 김해) 출신으로, 대마도의 쌀 수입 선을 타고 대마도에 가서 뜻한 바가 있어 영산인 백악산(白嶽山, 신라산)에서 20년간 수련해 50에 득도해 계림에 온 것이지요. 그래서, '백악 도사' 혹은 향후 500년의 앞날을 내다본다고 해 '오백년 도사'라고도 불리지요."

"이찬공은 어찌 저 자를 믿고 전하와 백관들 앞에까지 세웠소?"

"막중한 계림의 입장을 소관이 모르는 바도 아니고 그와 며칠간 국제정세에 대해 의견교환을 했는데, 한 치의 빈틈도 없고 계림 백성들에게 유익한 희망적인 장래를 토로하기에 백관회의에 참석시킨 것이오. 그는 말이 도사지 '신과 같은 만능의 사람'으로 신인(神人)과 같은 능력을 갖춘 사람입니다."

"그 자가 이제 어디로 간다고 합디까?"

"5호16국시대(五胡十六國時代)의 혼란기인 서쪽 대륙(중국)을 살펴보고, 결국 서역의 천축국(天竺國, 인도)에 가서 불교에 귀의한다고 하더군요. 쉰 살이 되면 입산수도하란 말씀이 옛 어른들이 흔히 하시는 말씀이 아닙니까?"

몇몇 신하들이 마립간의 엄명에도 불구하고 그 이상한 수도승을 혹세무민(惑世誣民)하는 위태한 사람으로 보아 암살하려다, 마립간의 어명을 받은 희철공과 그 심복들의 철저한 보호에 가로막혀 결국 실패하고야 말았다.

무도한 왜왕을 홈빡 속였다가 세게 업어 쳐야 뜻을 이루지
-야마토(大和) 정권의 왜왕을 속여 미사흔을 만난 제상-

"전하, 신은 계림 왕이 아무 죄도 없는 우리 부형(父兄)을 죽였기로 도망해서 여기로 온 것입니다. 계림에서는 전하께서 삼한의 도래인들을 극진히 보살펴주신다고 해 신도 건너왔사오니 은혜를 베풀어주시기 바랍니다."

"오호! 그래? 눌지마립간은 어질다고 소문이 들리던데 꼭 그렇지는 않구나. 그대는 무엇을 잘 하는고?"

"문장과 역사를 알고 무술도 남 못지않게 할 수가 있사옵니다."

왜왕은 제상의 말을 믿을 수가 없어 일단 그를 감옥에 가두었다. 제상은 그렇게 야마토(大和) 정권의 왜왕을 알현해 자신을 속이고 미사흔을 구하기 위해 속내를 철저히 숨겼다. 이 당시 야마토 조정은 아스카(飛鳥)에 있었다.

한편, 치술령 북쪽의 '한들못' 위의 박제상 집에 금성의 관졸들이 들이닥쳤다. 우락부락한 관졸 하나가 정나미 떨어지는 목소리로 윽박을 질렀다.

"부인! 역적의 처자식들을 치술령 만댕이로 유배시키라는 나라님의 어명을 받으시오."

눈앞이 캄캄해진 금교부인이 억울하다는 표정으로 맞고함을 질렀다.

"여보시오! 우리가 와 역적가족이오?"

"며칠 전, 박제상이 전하를 배신하고 왜국으로 도망가버렸다오. 남편이 기시는 왜국이 바라보이는 치술령에다 움막집을 만들어 두었으니 그곳에서 기도하고 또 기도하시오. 혹시 부인의 기돗발에 남편이 회개하여 돌아올지도 모르지 않겠소. 전하가 철석같이 믿었던 제상공이 하루 아침에 배신을 때리다니, 참으로 기가 찰 노릇이오."

"여보시오! 그대들이 천지를 분간 못하는 데, 그 어른은 결코 계림을 배신할 사람이 아니오. 좀 더 확실히 알아보시오."

"복호 왕제를 구해온 공으로 그나마 부인과 자식들을 죽이지 않고 유배를 보내는 것이오. 자꾸 시간 끌고 속 썩히지 마시오!"

금교김씨는 18세의 큰 딸 아기와 15세의 아영과 13살의 아경 및 5살 된 문량을 데리고, 가재도구를 챙겨 못안마을에서 치술령 북릉을 타고 십리나 떨어진 만댕이에 올랐다. 이후 가족들은 치술령 정상 동쪽의 움푹 파인 굼티기에 관졸들이 지어둔 작은 초가에서 거지처럼 살았다. 낙심하여 얼굴빛이 하얀 어머니에게 아기가 물었다.

"엄마, 아버지가 곧 돌아오시겠시? 오시기만 하면 다시 우리 집에 갈 수 있을 것 아닌가?"

"그럼. 아빠는 결단코 계림을 배신할 분이 아니야. 조금 기다려 보자. 참…"

금교김씨는 치술령 정상 바로 남쪽 기슭의 높은 바위전벽 위에서 동해의 망망대해를 바라보면서 기도를 올렸다.

"왜국의 간이시여! 속히 계림의 가족에게로 돌아와 주시와요. 아닌데… 아닐 것인데… 참말로 미쳐버리겠네."

움막집에서 한 달 정도 지냈는데, 어느 날 석양에 눈초리가 매섭게 생긴 사내 몇 명이 나타나 김씨에게 물었다.

"부인은 귀티가 흐르는 여자분인데, 어찌 이런 참혹한 고산에서 살고 기시오?"

"주인어른이 계림을 배신하고 왜국으로 갔다고 우리가 이곳으로 유배를 왔다오. 나라님이 그렇다니 어디 하소연 할 곳도 없고."

야마토 조정의 편전에서 한 무사가 왕에게 보고를 올리고 있었다.

"박제상은 삽량주 간으로 있었는데, 삽량주에도 없었고 그의 가족은 높은 산 정상의 움막집에서 형편없이 살고 있었사옵니다. 그의 여편네가 남편이 나라를 배신하고 우리 나라로 건너갔다고 하더군요. 제상의 말이 진실인 듯합니다."

드디어 왜왕은 제상을 믿고 훌륭한 집을 주어 그의 신하로 삼고 자문을 구하기까지 하였다. 제상과 미사흔은 날만 새면 말을 타고 서쪽의 갈성산(葛城山, 957m) 기슭을 넘어 오오사카만(大阪灣) 이즈미(泉)의 가이츠카(海塚) 해안에 갔다. 이 해안은 근목천((近木川, 곤고가와) 하구를 포함해 삼십여 리에 달하는 기나긴 모래사장이 연결된 곳이었다. 이 해안에는 바다고기와 오리 등 철새가 지천으로 많았다. 두 사람은 해변에서 놀면서 바다고

기와 오리 등 철새를 잡아 왕에게 바치니, 왕은 매우 기뻐하고 그들을 조금도 의심하지 않았다. 그러나, 조정에서는 두 계림 사람들에게 항상 감시자를 붙여두었다.

"왕제님, 소신이 계림에서 이곳으로 올 때 생각이 납니다. 대마도를 거쳐 세도내해로 들어와 우시마도항(牛窓港)에서 하룻밤을 잤지요. 그곳은 세도내해를 다니는 선박들이 순풍이나 밀물을 기다리기 위해 정박하는 양항(良港)이라더군요. 그 항구는 세도내해의 중간 정도의 해안에 위치하고 있는데, 계림 사람들이 야마토 정권의 아스카(飛鳥)로 올 때 북부큐슈의 하카다항(博多津港)과도 연결되는 중간해안이라고 들었구만요."

"어르신, 본인도 왜국에서 십년도 훨씬 넘게 살다보니 세토내해를 여러 번 항해를 했답니다. 천석선(千石船)이란 엄청 큰 배를 여러 척 본 적이 있습니다. 병사, 마필, 군량미 등을 실어 나르는 큰 배인데 쌀 등은 수백 석을 실을 수 있지요. 배가 큰 만큼 큰 돛을 달고 있답니다. 이런 대형 배는 왜국의 풍부한 회나무, 소나무, 삼나무, 녹나무, 느티나무 등과 같이 지름이 큰 거목을 얻기가 쉬워서 많이 건조되었다고 보입니다."

"소신도 이곳으로 오던 도중에 천석선 몇 척을 구경했답니다. 그 배는 마치 호수와 같이 잔잔한 세토내해 같은 바다에 적합하며 연안선 선형의 배인데, 내파성(耐波性)이 약해 먼 외해(外海)나 원양항해에는 부적합하다고 들었답니다."

제상은 자신의 속내를 모르는 미사흔에게 이런 이야기나 하면서 세월을 보내자니 다소 답답했다. 그러나, 호시탐탐 탈출의 기회를 노리고 있었다.

"우리나라에 서쪽의 백제 왕인(王仁, 일본명 와니) 박사와 아직기(阿直岐)가 천자문을 전래하기 전에는 글자가 없어 문맹국이었지요. 천자문이 전래가 된 이후부터, 우리 나라에는 한자를 사용해 외교문서, 공문서, '니혼쇼키' 같은 역사서를 작성할 수 있게 되어 그 영향이 획기적이었습니다. 즉, 왕권강화의 중요한 수단이 되었으며, 우리 문화의 여러 면에 지대한 영향을 미친 것이지요."

야마토 정권이 운영하는 왕실 학당에서 제상과 미사흔은 왜국의 역사를 배우고 있었다. 역사에 조예가 깊고 해박한 지식을 가진 제상이 소가씨(蘇我氏) 훈장에게 여러 가지를 물었다.

"야마토 정권 이전의 야요이(弥生)문화와 야마타이국(邪馬臺國)[33)]의 역사에 대해서도 가르쳐주시기 바랍니다."

"우리 왜국은 약 2백 년 전 한반도로부터 북부쿠슈(北部九州)에 전래된 벼농사 문화로 크게 영향을 받게 되었지요. 처음으로 농경사회가 생겼는데 이때 야요이 토기가 이용되었기에, 이때 문화를 야요이문화라고 부르지요. 농경이 발달되면서 석기 농기구가 철제 농기구로 발전하게 되었습니다.

그런 사회변화에 의해 전쟁에 의한 계급발생과 신분사회가 발생되어 사회가 통합되어 나라가 발생하게 되었답니다. 야요이 중기가 되면서 즉, 4백여 년 전에 큐수를 비롯한 서쪽 왜국 지역에 1백여 개의 소국이 생겨났지요.

이들은 서쪽 대륙(중국) 전한(前漢) 무제(武帝)가 한반도에 설치했던 낙랑군(樂浪郡)과 교류를 하면서 대륙의 문명을 받아들였죠.『후한서(後漢書)』왜전(倭傳)에는 왜의 노국왕(奴國王)이 약 360여 년 전(기원 후 57년) 후한의 낙양(洛陽)에 조공사(朝貢使)를 보내 광무제(光武帝)로부터 인수(印綬)를 받은 일을 기록하고 있답니다. 노국은 후쿠오카현(福岡縣) 하카다만(博多灣) 연안에 있었던 소국이었지요. 그들은 각각의 소국의 선진성을 높이고 왕의 권력을 강화하는 배경으로 삼았답니다.

2백여 년 전 서쪽 대륙에 위(魏)·오(吳)·촉(蜀)의 삼국이 대립하였을 때, 왜국에서는 소국들간에 격렬한 전쟁이 발생해 1백개 국이 30여 국으로 축소가 되었지요. 이때 왜인사회는 야마타이국 여왕 히미코(卑弥呼)를 맹주로 하는 연맹왕국을 탄생시켰습니다. 연맹왕국을 구축한 히미코는 서쪽 대륙(중국)에 견사조공(遣使朝貢) 하여, 서쪽 대륙 황제로부터 친위왜왕(親魏倭王)이라는 칭호를 받아 서쪽 대륙의 권위를 바탕으로 내정의 강화에 힘썼지요. 그러나 150여 년 전 서진(西晉)에의 조공을 끝으로 서쪽 대륙 문헌에서 왜국 열도의 기록은 소멸되었답니다."

"훈장님, 야마타이국이 실제로 왜국의 어디에 소재했나요?"

"그에 대해선 북부큐슈라는 설과 기니이(畿內)의 야미토(大和)라는 두 가지 주장이 대립하고 있는데, 전자(前者)가 맞다고 조심스럽게 말하고 싶군요. 우리의 국가 발전단계로 미루어 보아, 대체로 큐슈지방이 먼저 동쪽의 야마토보다 먼저 발전했고 서쪽 대륙과 통교를 먼저 시작했으며, 그를 뒷받침할만한 옛날 유적도 발견되고 있기 때문이지요."

"그럼, 현재 대왕님이 통치하는 야마토정권의 형성과 그 발전에 대해 말씀해주시기 바랍니다."

"1~2백 년 전부터 큐슈 동쪽의 이곳 기나이와 세토내해(瀨戶內海)에 통합된 강력한 정치세력이 나타났는데, 기나이 야마토 지역의 이 정권을 야마토 정권이라지요. 즉, 북부큐슈로부터 점차 동쪽의 혼슈 중부에 이르는 지역의 수장들과 정치적 연합을 추진해나갔다고 봅니다. 1백 년 전 야마토 정권은 각 지역정권과 일정한 우위성을 지키며 점차 제 지역세력을 압도해 나갔지요. 기나이에 이런 강력한 정권이 있었다는 것은 요소요소에 남아 있는 거대고분으로 알 수가 있습니다.

최근에 들어 야마토 정권은 정치적으로 백제와 밀접한 관계를 맺고 백제로부터 우수한 선진문물을 수입하였고, 또 한반도 고구려·백제·계림·가야로부터 많은 기술자와 농민이 도래해 각종 기술을 전수받았지요. 이 정권은 그들 도래인들의 활약에 의해 생산력을 높여가고 있답니다. 그리고 서쪽 대륙(중국)의 송과의 책봉관계를 맺어, 그 나라 황제로부터 장군호를 받아 지역 수장과의 권력의 서열화를 꾀하여 국내 지배체계를 구축해 나가고 있습니다."

"훈장님, 왜국이 걸핏하면 동남풍을 타고 수십 수백 척의 배를 타고 계림에 쳐들어와 비단과 황금을 탐내어 빼앗아 갔지요. 계림국 내물마립간 45년(400) 가을 왜국에서 대대적 침략을 감행했고, 방어력이 부족했던 계림은 고구려 광개토왕의 구원병으로 겨우 나라를 지탱했지 않습니까? 그 당시 왜국은 가야 땅에 소위 임나왜국부(任那倭國部, 임나일본부)[34]를 두어 가야, 계림, 백제로부터 조공을 받았다고 하던데 그에 대해 자세한 설명을 해주시지요."

"임나왜국부는 임나가 성립한, 지금으로부터 수십 년 전에 가야에 생겼는데 자세히는 본인도 잘 모르겠다오. 고구려 장수왕이 지안현 통구에 세운 광개토대왕릉비에 그런 내용이 나타나고 있다는 정도로 들었을 뿐이오. 왜국이 계림을 제대로 점령하지도 못하는 현재의 국력으로 어찌 한반도 남부지방을 지배할 수가 있었겠소. 본인은 별로 믿고 싶지도 않소만…"

왜왕은 간혹 미사흔과 제상을 불러 술잔을 기울였다. 왕이 제상에게 물었다.

"제상공, 소가씨 훈장의 우리나라 역사 강의는 들을 만 했나요?"

"예, 전하, 계림 안에서 서적으로만 연구할 때보다는 안목이 훨씬 넓어지는 것 같아 좋았습니다."

"미사흔 왕제는 벌써 15년도 넘게 우리 역사를 공부했으니 잘 알 것이고, 제상공도 역사 전문가라니 우리 역사를 많이 연구해 보시라오. 어차피 짐의 신하가 되어 계림을 격파하는데 도움을 주어야 할 것이므로."

"전하의 하해와 같은 성은에 보답하기 위해 전력을 다 하겠나이다."

아무리 무도한 왜왕이라도 나를 이다지도 참혹한 형벌로 죽이다니

- 미사흔을 먼저 탈출시키고 순국을 택하는 제상 -
- 계림의 개 · 돼지가 될지언정 왜국의 신하는 될 수 없다 -

제상은 세토 내해(瀨湖 內海)에 안개가 자욱하게 낀 어느 날 새벽 미사흔에게 권했다.

"지금이 딱 좋으니 속히 떠나십시오."

"그럼, 공과 같이 떠납시다."

"신이 만일 같이 떠난다면 왜인들이 알고 뒤를 쫓을 것입니다. 원컨대 신은 여기 남아 뒤쫓는 것을 막겠습니다."

"지금 나는 그대를 부형처럼 여기고 있는데 어찌 그대를 버려두고 혼자서만 돌아간단 말이오."

"신은 공의 목숨을 구하는 것으로, 마립간님의 마음을 위로해 드리면 그것으로 만족할 뿐입니다. 어찌 살기를 바라겠습니까."

그리고는 술을 부어 미사흔에게 드렸다. 두 사람이 술잔을 나눈 뒤 속히 움직였다.

"근목천 하구 포구에 가면 강구려(康仇麗)가 배를 대기해 기다리고 있으니 타십시오."

미사흔이 그 사이 몇 달간 제상과 같이 보낸 기간이 주마등처럼 떠올라, 갑자기 제상의 목을 껴안고 울며 작별하고 돌아섰다.

"제상공, 너무나 고맙소. 속히 뒤따라오십시오. 계림에서 기다리겠소."

"마립간님께 안부 전해주세요. 충성한다고. 왕제님, 부디 행복하시오."

미사흔을 떠나보내고 제상은 미사흔의 방에 들어가서 이튿날 아침까지 있었다. 미사흔을 모시는 좌우 사람들이 방에 들어가보려 하므로 제상이 나와서 말리면서 말했다.

"미해공(美海公)은 어제 사냥하는 데 따라다니느라고 몹시 피로해서 일어나지 않았습니다."

그러나, 저녁때가 되자 좌우 사람들은 이상하게 여겨 다시 물었다. 이때 제상은 대답했다.

"미해공은 이미 떠난 지 오래 되었소."

좌우 사람들이 급히 달려가 왜왕에게 고하자 왕은 기병을 시켜 뒤를 쫓게 하였으나 따르지 못했다. 왕은 심복부하 갈성습진언 장군에게 명했다.

"저 자를 신성한 짐의 궁성에서 벨 수가 있겠느냐. 목도 바닷가로 끌고 가자."

왕과 갈싱 장군은 20여 명의 형리(刑吏)를 이끌고 형장을 치리는데 필요한 도구를 준비해 서쪽의 갈성산을 넘어 목도에 갔다.

"너는 어찌하여 너희 나라 왕제를 몰래 돌려보냈느냐?"

왜왕이 제상을 문초했다.

제7부 왕제 구출의 모험 뒤 거룩한 순국   329

"나는 계림 신하이지 왜국 신하가 아니오. 이제 우리 임금의 소원을 이루어 드렸을 뿐인데, 어찌 이 일을 그대에게 말하겠소."

이 말에 왜왕은 노해 고함을 질렀다.

"뭐라! 그대라고! 이제 너는 이미 내 신하가 되었는데도 계림의 신하라고 말하느냐. 그렇다면 반드시 오형(五刑, 다섯 가지 모진 형벌)을 갖추어 너에게 쓸 것이다. 만일 왜국 신하라고 말한다면 후한 녹(祿)을 상으로 주리라."

"차라리 계림의 개나 돼지가 될지언정 왜국의 신하가 되지는 않겠다. 차라리 계림의 형벌을 받을지언정 왜국의 작록(爵祿)은 받지 않겠다."

더욱 격노한 왜왕은 벌써 제정신이 아니었다. 그는 심하게 씩씩거리면서 부하 장수에게 명령했다.

"저 자의 발바닥 가죽을 벗겨라."

군사들이 시퍼런 단검으로 근목천(近木川, 오사카 해총시) 갈대밭의 오랏줄에 묶여 있는 제상의 발바닥 가죽을 벗겼다. 발바닥 가죽을 벗기는데도 제상은 극심한 고통을 신음도 없이 눈알을 부라리며 참았다. 손에 붉은 피를 묻히면서 가죽을 벗기는 군사들은 물론, 그 장면을 지켜보던 왜왕도 겁을 집어먹고 입을 꽉 다물고 있었다.

왜왕의 명령에 의해 제상에게 참혹한 형벌을 가하는 장군은, 미사흔을 몰래 계림으로 돌려보냈다고 제상을 구속했던 갈성습진언(葛城襲津彦, 가츠라기 소츠히코)이었다. 그는 발바닥에 피를 흘리며 고통스러워하고 있는 제상에게 욕을 퍼부었다.

"이 놈! 정말 지독하구나. 고함도 지르지 않고 울지도 않는구나."
왜왕의 명령이 떨어졌다.
"저 놈을 갈대 위로 걸어가게 해라."
저 멀리 동쪽 갈성산(葛城山, 957m)과 금강산(金剛山, 1,125m)에서 서쪽의 오오사까만(大阪灣)으로 흘러드는 근목천 거랑 가에는 갈대가 지천으로 많았다. 이곳을 해총(海塚, 가이츠카)이라 하는데 제상이 형벌을 받는 곳은 해총 가운데서도 목도(木島, 기시마)[35]라는 작은 마을이었다.

두 군사가 제상의 양 옆구리에 파고들어 그들의 어깨로 제상을 들다시피 해 갈대를 베어낸 곳에 세웠다. 제상은 피가 철철 흐르고 있는 발바닥으로 뾰쪽뾰쪽한 갈대 위를 밟고 걸으면서 조금도 얼굴을 찡그리지 않았다. 그는 태연한 표정으로 갈대 위를 걸으면서 왜왕에게 크게 호통을 쳤다.

"이놈! 왜왕아! 이 형벌이 얼마나 무모한 형벌인지 이 갈대풀이 증거 하리라."

이듬해부터 갈대 위에는 이상하게도 '붉은 피의 흔적'이 나타났는데, 사람들은 이를 '제상의 피'라고 불렀다. 제상이 형벌을 받으면서 예언한 것이 갈대 줄기 요소요소에 나타난 것이다.

이곳 갈대밭 형상에는 박세상[모마리질지(毛麻利叱智)]외에도 사신(使臣)으로 와 있던 계림국 사람 오례사벌(汗禮斯伐), 부라모지(富羅母智)와 박제상의 부사(副使) 김철복(金轍復)도 있었다. 그들은 왜왕 옆에 고개를 푹 숙이고 서서 이 끔찍한 형벌을 이따금씩 훔쳐보면서 소스라쳐 놀라기도 하고 치를 떨었다.

왜왕은 '저런 지독한 놈은 처음 본다'라고 생각하면서 다시 물었다.

"너는 누구의 신하인가?"

"그대는 자꾸 묻지를 말라. 나는 백번 죽어도 계림의 신하다."

머리끝까지 피가 솟은 왜왕은 제상에 대한 기대를 완전히 접었다.

"여봐라! 저 자가 갈대 위는 약하단다. 철판을 뜨겁게 달구어 그 위를 걷게 해라!"

제상은 갈대 위에서 다시 벌겋게 달구어진 철판 위로 옮겨 걷기 시작했다. 왜왕이 고개를 푹 숙이고 제상이 당하는 참혹한 형벌을 지켜보던 오례사벌, 부라모지와 김철복에게 다짐을 받듯 물었다.

"계림국 그대들도! 저 자와 같이 벌을 받을 배신을 저지르겠는가?"

"아니오!"

"전하! 절대로 아니옵니다!"

"그런 배신은 결코 없을 것이오. 전하!"

형벌을 집행하고 있는 군사들이 계림국 사신들 뒤에서 보았다. 세 사람이 꿇어 앉아 있는데 각자의 사타구니에서 오줌이 지려 바지가랭이 아래로 뚝뚝 흘러내리고 있었다. 그것을 본 군사들은 생각했다.

"저런 끔찍한 형벌을 보고도 가슴에 동요가 없다면 인간이 아닌 목석이지."

제상이 뻘건 철판 위에 발바닥 가죽이 벗겨진 채로 걸어가는데 살과 피가 타서, 철판 위에 돼지고기를 굽듯 연기가 나고 "지직! 지직!" 소리가 요란스럽게 나고 있었다. 주위가 온통 살타는 냄새로 역겨웠다.
 제상은 발바닥이 타는 데도 고함도 지르지 않고 울지도 않고 묵묵히 왜왕이 보는 데서 걸었다. 제상은 마립간과 가족이 있는 서쪽 계림이 하도 그리워 그쪽으로 고개를 돌렸다. 마침 멀리 서쪽의 이름 모를 산들의 능선 위에는 짧은 가을의 붉은 태양이 서서히 내려가려 하고 있었다. 그는 속으로 절명시를 읊었다.

 '대장부 태어나 나라 위해 한 몸 바쳐 자랑스럽구나.
 본디 왕제 구한 뒤 죽을 작정으로 왜국에 온 것.
 다만, 왜국에서 희망했던 소소부도(小小符都)를 실현 못해 아쉽기만 하구나.
 천리 땅 왜국에서 처참하게 죽어가니,
 여보! 계림이여! 마립간이여! 삽량주여!
 너무나 그립고도 죄송하오. 부디 먼저 감을 용서하소서!
 황천 가는 길엔 주막도 없다던데(黃泉無客店)
 오늘밤에는 어느 집에서 자고 갈소(今夜宿誰家)'[36]

 제상이 갑자기 마지막 발악인가 사방이 쩌렁쩌렁 울리도록 큰 소리로 고함을 쳤다. 그도 곧 죽을 것임을 직감한 것 같았다. 근 목천 갈대밭의 가을 새들이 제상의 고함소리에 놀라 "끼~끽. 끼룩. 끼루~룩." 울음소리를 내면서 사방으로 날아갔다.
"소소부도!"
"소소부도여!"
"왜국에서는 정녕 소소부도가 이루어지지 않는가!"
"꽝! 픽!"
"꽝! 피빅!"
갑자기 천지가 진동하는 굉음이 일었다. 제상 발바닥의 화염에 달대로 단 철판이 폭발해 파편이 사방팔방으로 튀었다.
"악! 어잇!"
"이게 무엇인고!"
"아~야앗!"
형장의 사람들이 모두 고함치고 반사적으로 땅바닥에 바짝 엎드렸다. 철판 가까이 있던 왜왕과 갈성 장군 등 수많은 형집행관들이 불덩이 철판에 맞아 정신을 읽고 쓰러졌다. 제상 지척에서 형을 집행하던 군사 여러 명이 철판의 파편에 맞아 죽었다.
혼도(昏到)에서 깨어난 왜왕은 마지막 명령을 내렸다.
"제상은 절대로 내 신하가 될 자가 아니다. 풀 더미 위에 던져 불태워라!"
완전히 훼손되어 보기조차 처참한 제상의 육신은 또다시 활활 불붙고 있는 건초더미 위에 던져져 타버렸다. 이때 제상의 나이는 57세였다.
그때서야 왜왕은 문득 정신을 차렸는지 크게 감탄해 중얼거렸다.
"제상은 과연 충신이로다. 내가 살다 살다 전쟁도 많이 했지만 저런 충신을 보기는 처음이도다."

"여봐라! 아무리 계림사람이라도 저런 훌륭한 충신은 처음 본다. 여러 신하들도 반드시 본받을 지어다. 제상의 영혼을 위로하는 비석을 세우고 위로하겠다."

왜왕은 목도 형장에다 커다란 비석을 세우고 비석에다 '만고충신계림국박제상지묘(萬古忠臣鷄林國朴堤上之墓)'라고 새겼다. 또 왜왕은 계림국 사신들은 물론 그의 부하들과 함께, 주과포(酒果脯)를 정성스럽게 차려두고 비석 앞에 엎드려 절하며 그 숭고한 영혼을 위로했다. 왜왕은 직접 눈물을 흘리면서 그 숭고한 영혼에 사과하는 위로의 말을 올렸다.

"제상 그대여! 나는 그대의 장렬한 죽음에서 진정한 충신을 보았노라. 진정한 충신은 충신의 나라만이 아니라, 적국의 왕도 감동시킴을 알았다오. 짐이 어린 미사흔을 볼모로 잡아 너무 오랫동안 억류시킨 것이 너무나 후회되오. 진정 이래서는 이웃 나라에 대한 도리가 아님을 오늘 그대의 장렬한 순국을 보고서야 문득 깨달았다오. 다 나의 과욕 탓이오. 짐이 진심으로 존경하는 그대여 짐을 용서하시고 편안히 잠드소서."

왜국이 박제상 순국 이후 끝없이 내세우는 충절 무사도는 박제상의 위와 같은 충절 무사도에서 본받았다고 지금껏 전해지고 있다.

먼 훗날 박제상을 지극히 존경했던 어느 선비는 그의 호(號)에 대해 이렇게 해설하고 있다.[37]

처음에는 호를 도원(桃源)이라 한 것은 반드시 시조왕 탄생처인 선도산의 뜻이요. 다음에 석당(石堂)이라 한 것은 말하지 않아도 결백(潔白:일종의 궤변)을 통찰 한다는 뜻이요. 세 번째로 관설당(觀雪堂)이라고 한 것은, 즉 남김없이 녹아 없어져 깊은 깨달음을 다한 곳이라는 뜻이다. 하물며 생명을 바쳐 절개를 세우고 불에 타서 눈으로 변하는 기우(奇遇:이상한 인연으로 만남)를 몸소 실천한 분임에야.

왜왕은 갈성 장군 등과 말을 타고 석양이 반사되고 있는 동쪽의 갈성산을 넘어 아스카(飛鳥)의 궁성으로 가면서 부라모지에게 물었다.

"부라모지, 제상이 죽기 전에 소소부도란 말을 외쳤는데, 그게 무슨 말이지?"

"전하, 아뢰옵기 황공하오나 제상은 탁월한 역사학자예요. 삼한의 백성들이 저 서쪽 마고성에서부터 서쪽 대륙(중국)을 거쳐 만주의 (고)조선국에서 계림국으로 들어와 소부도국 건설을 했답니다. 부도국이란 마고성을 재건한 이상국가인데, 그가 왜국에도 계림과 같은 마고성의 이상국가를 건설해야겠다고, 신에게 여러 번 말한 바가 있었답니다. 그는 계림에 소부도국을 건설했으니 왜국에도 소소부도국을 건설할 원대한 꿈을 가지고 있었지요. 그의 사상을 선도사상(仙道思想)이라고들 하는데 신은 잘 모르겠나이다."

"그래, 제상이 내 신하가 되었다면, 한반도에서 건너온 여러 도래인들과 힘을 합쳐 왜국 백성들을 깨우쳐 소소부도가 건설될 뻔 했네 그려. 좌우간 제상의 순국은 짐에게도 참으로 가슴 아픈 일이었네."

한편, 제상의 부사 김철복은 정사(正使) 제상공이 처참하게 순국하는 장면을 보고 오줌을 지리면서 무도한 왜왕에게 완전 주눅이 들어버렸다. 그러나, 그는 목도에서 왜왕의 수행 군사들의 뒤를 따르다가 갑자기 생각이 바뀌었다. 그는 슬며시 말머리를 돌려 다시 형장으로 되돌아가면서 중얼거렸다.

"나는 명색이 계림의 부사다. 제상공과 같은 만고의 충신이 그런 모진 형벌도 마다하지 않고 계림을 위해 순국했는데, 내가 오례사벌, 부라모지를 따라 왜왕에 붙어서 살면 계림에서 내 가족과 후예들이 얼마나 창피스럽게 생각할꼬?

내가 방금 전 눈으로 똑똑히 확인하지 않았던가. 관리는 오로지 나의 정사 제상공 같이 살아야 하느니라. 범은 죽어 가죽을 남기고 사람은 죽어 이름을 남긴다[표사유피(豹死留皮) 인사유명(人死留名)]고. 나도 제상공의 순수한 충정을 따르자.

왜왕의 호의 속에 비겁하게 수십 년 더 살기보다 깨끗하게 제상공을 따라 죽어야지. 그래야 그분의 가는 저승길이 쓸쓸하지 않아 부사인 나를 참으로 고맙게 여기시겠지. 저승으로 함께 가는 정사와 부사라니 얼마나 장한 순국으로 기억되겠는가."

김철복은 서쪽 저 멀리 이름 모를 산 능선에 뉘엿대는 석양을 올려다보면서, 가슴에 활화산처럼 북받쳐 오르는 계림에 대한 충성심을 억누를 길이 없었다. 좀 전에 제상공의 장렬한 순국 장면이 눈에 선해 뇌리 속에서 잊혀지지 않고 생생하기만 하였다.

이때였다. 어둑어둑 해오는 갈대밭 위에 실제 제상공의 두 배나 되어 보이는 커다란 환영이 나타났다. 좀 전에 죽기 전 보았던 처참한 모습이 아니라, 평소 입던 푸른 비단옷 차림의 깨끗한 모습 그대로였다. 오오사카만의 파도소리도 귓가를 간질였다. 제상공이 먼저 차분한 음성으로 말을 했다.

"김공, 왜왕을 따라 아스카로 가지 않고 왜 밤이 오고 있는 갈대밭에서 이리 방황하고 있는 것이오?"

"아니오. 소관(小官)은 정사 어른의 숭고한 순국 장면을 보면서, 삶의 진정한 의미를 늦게야 깨달았기에 이제 죽어도 여한이 없다오. 저녁에라도 도를 깨우쳤으니 정사님을 곧바로 따라가려고 합니다."

"그래요. 참으로 고마우이. 나 혼자 가도 되는 이 길을 부사가 동행해주니 얼마나 고마운지. 천리 밖 왜국 땅에서 정·부사가 함께 황천길로 가다니. 정말 눈물이 나는구만."

"정사님이여! 소인도 따라가오니 혼자 말고 함께 가십시다요."

이내 제상공의 환영은 사라져버리고 갈대밭엔 가을의 찬바람만 불었다.

철복은 이빨로 자신의 오른손 검지를 물어 뜯어 제상공의 처참한 죽음에 대해 썼다. 그는 두 손 모아 통곡하면서 하느님께 축원했다.

"천지신명이시여! 계림국 만고충신 제상공의 장렬한 순국이 부디 계림의 월성에 전달되도록 꼭 도와주시옵소서."

그리고 그의 말에게 말했다.

"네 비록 미물이지만 제상공의 태양을 꿰뚫는 충절을 모를 리가 있겠느냐. 이 바다를 무사히 건너가서 이 서신을 꼭 계림에 전하도록 하여라. 너도 제상공의 숭고한 죽음을 똑똑히 보았지. 나도 제상공을 따라 죽을 것인즉, 이 사연을 마립간에게 전하지 못한다면 얼마나 애통한가. 잘 부탁한다."

주인이 하는 비장한 말에, 애마도 그 심정을 알았는지 철복의 눈동자를 응시하며 고개를 끄덕였다. 철복은 자신의 말의 입안에다 그 혈서를 깊숙이 밀어 넣었다. 그는 말을 오오사까만 바닷물에다 밀어 넣었다.

서산에 해가 넘어갈 때 철복공은 칼을 물고 목숨을 끊었다. 캄캄한 목도의 어둠이 철복의 주검을 덮어버렸다. 목도의 갈대밭에는 스산한 갈바람이 불고 있었고 둥지를 찾는 철새들이 삼삼오오 몰려들고 있었다.

철복의 말은 혈서를 물고 바다(현해탄)를 건너 계림에 왔는데, 그것은 바로 하늘이 돕고 귀신이 도운 기적의 산물이었다. 그때 눌지마립간은 두 아우와 함께 우식곡(憂息曲)이란 향악(鄕樂)을 지어 부르면서 하회(下回)를 고대하고 있던 차에 말이 대궐문 밖에 이르러 혈서를 토하고 울다가 즉시 죽었다.

궁성 호위병이 깜짝 놀라 즉시 마립간의 탑전(榻前)에 달려가 이 사실을 아뢰었다. 마립간은 그 말을 듣고 허겁지겁 뛰어나와 현장에 달려 가보니 바로 제상공이 순절했다는 소식이었다. 마립간은 두 아우와 함께 손을 맞잡고 통곡하며 어떻게 할 바를 몰라 했고, 그 소식을 전해들은 원근 국인들은 슬퍼하고 애석해하지 않는 자가 없었으며, 금성 백성들 모두 달려와 울면서 몇 달 동안

시장을 파하였다.

또한, 왜승(倭僧) 규백방(規白方)이 사신으로 계림에 와 제상공의 순국 사실을 매우 자세하게 전했다고 한다.

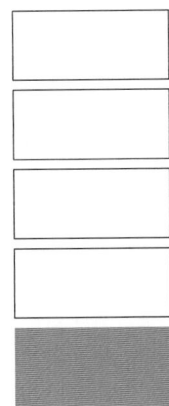

제8부

제상의 의로운 피를 받아
숭고한 삶을 사는 유족들

왕제님, 이제 계림의 마립간 품속에서 영원한 행복을 누리소서
- 눈물 속에서 남편에 대한 그리움으로 지새우는 금교김씨 -

미사흔은 17년여 만에 꿈에도 그리던 조국 계림 땅을 밟았다. 그는 먼저 강구려를 시켜 나라 안에 사실을 알렸다. 눌지마립간은 놀라고 기뻐하여 백관들에게 명하여 미사흔을 굴헐역(屈歇驛, 울산광역시 범서읍)에 나가서 맞게 했다. 마립간은 아우 보해와 함께 남교(南郊)에 나가 친히 미해를 맞아 대궐로 들어갔다. 마립간은 잔치를 베풀고 대사령(大赦令)을 내려 죄수를 풀어주었다.

"여보, 부인, 참으로 보고 싶었소. 내 귓가엔 항상 당신의 아름다운 속삭임과 부드럽고 달작지근한 입술의 촉감이 잊혀지지가 않았소. 정말 그리웠다오."
"고맙네요. 이 몸이 간님의 따스한 품속에 다시 안기길 얼마나 학수고대했는지, 영감님은 몰랐을 것입니다. 이전처럼 힘껏 껴안아주세요."
간님의 품속에 안겨 서로 얼굴을 비벼대는데 누가 배 위에 무거운 발을 척 올려놓아 깜짝 놀라 깨었다. 방안은 캄캄한데 큰딸아기가 옆에 자다가 애정에 부풀어 꿈길을 걷던 어머니를 발로 깨워버렸던 것이다.

금교김씨는 지난 봄날 남편과 진한 이별의 방사를 치르고 난 뒤, 벌써 반년도 넘도록 간님의 품속을 그리워하면서 망부석 위에서 오직 남편의 무사귀환을 빌고 또 빌었던 것이다. 부인은 머리가 맑아져오기에 골똘한 생각에 잠겼다.

'내가 와 이리도 간님의 품속을 그리워하는지. 임은 천만리 머나먼 왜국 땅에서 언제 죽을 지도 모르고 왕제를 구한다고 갖은 고생을 하고 계실 텐데. 남들이 내 속을 들여다봤다면, 내가 남정네를 밝히는 나쁜 여자, 행실 없는 여자로 욕을 하겠군.

아이고! 간님, 당신의 품안이 너무 그립다오. 속히 돌아와 이전과 같이 운우지정을 누립시다요.'

부인은 자다 말고 자리에서 일어나 앉아, 남편을 그리워하면서 자식들이 듣지 못하도록 울면서 하염없이 눈물을 흘렸다. 이때가 구월 말이었는데, 김씨는 방안에 있으나 베틀(바위) 위에서 베를 짤 때나 망부석 위에서 기도를 할 때나, 항상 그립고 인자한 간님이 자신을 지켜보는 듯 몽환적 상상에 젖어들곤 하였다.

"간님, 너무 보고 싶어요."

님이여! 간이시여! 부디 무사귀환 하소서!
- 혼은 새가 되고 몸은 치술령 망부석이 된 제상의 부인 -

"삽량주 간이었던 제상공은 죽음을 무릅쓰고 두 왕제를 구해왔으니 그야말로 지혜와 용기의 화신으로 부족함이 없도다. 지금껏 역사에서 그 유례를 찾기 힘든 계림 만고충신이었다. 제상공을 대아찬(大阿湌, 5등)에 추증(追贈)하고 동명후(東明侯)에 봉하며 충렬(忠烈)의 시호를 내리노라. 공께 단양군(丹陽君, 영해)을 봉하노라.

공의 부인 금교김씨를 국대부인(國大夫人, 나라의 어머니)에 봉하노라. 김씨부인을 따라 죽은 두 딸을 효녀로 추증하노라. 왕제 미사흔을 공의 차녀 변한국부인(弁韓國夫人)에 봉해진 아영과 혼인시키겠노라. 담당 유사는 즉시 제상공의 유족에게 후한 상을 내리도록 하라."

마립간은 아직도 제상공의 순국에 너무나 가슴이 아파서인지 눈시울에 붉은 기미가 지워지지 않았다. 오늘 남당의 백관들에게 단호하게 제상공의 공적에 대한 조치와 그 유족에 대한 조치를 명했다. 마립간에겐 제상과 두 동생에 대한 한 해 동안의 극적인 사건들의 전개가 너무나 감격적이라 지금도 가슴이 울렁거렸다.

'제상공이야말로 짐이 생각했던 것보다 너무나 훌륭한 충신이라 말로는 표현할 수가 없구나. 어찌 한 인간으로써 감히 그렇게까지 지혜와 용기가 출중하여 짐의 가슴에 소용돌이를 일으킨단 말인가. 옳다고 생각하면 죽음도 두려워하지 않고 곧바로 실행하는 선비가 그리 흔할 수가 있겠나. 어찌 천리 타향 왜국 땅에서 홀로 짐을 위해 그렇게나 참혹한 형벌에 의연하게 죽어갔단 말인가. 저승에 가서라도 백배 천배 감사를 표해야지.'

그 후 나라에서는 제상공을 위해 충렬묘(忠烈廟)를 국대부인을 위해 신모사(神母祠, 치술령 정상)를 세워 봉안하고, 두 따님을 위하여 충렬묘 곁에 쌍정려(雙旌閭)를 세웠다고 한다. 치술령 주위의 백성들은 금교김씨가 죽고 난 뒤부터 국대부인의 넋이 동해와 치술령을 지키는 치술신모(鵄述神母)라고 믿고 있다. 국대부인과 그녀를 따라 죽은 두 딸을 합해 치술삼신녀(鵄述三神女)라고 한다.

치술령 정상 바로 동남쪽 높은 바위절벽 위에서 동쪽의 왜국을 바라보고 있던 금교김씨가, 한낮에 왜국에서 하늘을 가득 채울만한 커다란 붉은 구름이 공중으로 높이 치솟아 올라와 이쪽으로 몰려오자, 가느다란 비명소리를 지르며 자지러지는 듯 절벽 아래로 떨어졌다.

"아이고! 간이시여! 이게 정녕 끝이란 말이요."

동북쪽의 초가집에 있던 첫딸 아기와 셋째 딸 아경이가 이때 어머님께로 올라왔다.

"엄마가 어디 계시지? 안 보이네."

"이상하구나. 여기에서 매일 동해를 바라보면서 아버님의 무사귀환을 기도드렸는데."

두 딸이 사방을 두리번거리다가 절벽 아래를 내려다보았다.

"에구머니! 엄마가 저 아래 떨어져 죽어있구나."

"엄마! 같이 가."

"엄마! 혼자 가면 안 돼."

라는 외마디 소리를 외치며 두 딸이 어머니쪽으로 뛰어내렸다. 한참 뒤 둘째 딸 아영이가 다섯 살 난 남동생 문량(文良)을 등에 업고 그 바위 위로 올라왔다. 아영은 절벽 아래 떨어져 죽어 있는 어머니와 언니와 동생을 보곤 깜짝 놀라 하마터면 떨어질 뻔 했다.

"엄마야! 언니야! 아경아! 왜 죽었어?"

"이게 웬 일이란 말인가. 청천벽력이네."

아영도 뛰어내리려다가 가까스로 등에 업힌 문량을 생각하고 중얼거렸다.

"내까지 죽는다면 문량은 누가 키우고 아버님이 돌아오신다면 누가 맞을꼬. 나까지 죽어서는 절대로 안 되지. 살아야 한다."

문량도 누나의 죽으려는 분위기를 낌새챘는지 등에서 울기 시작했다.

"누나야! 나는 죽기 싫어. 엉~"

금교김씨의 혼은 한 마리 새가 되어 왜국 목도의 남편의 혼을 모시러 동쪽의 붉은 구름 속으로 날아 가버렸다. 죽은 두 딸의 영혼도 두 마리 새가 되었지만 동쪽의 붉은 구름 속에 숨어버린 어미새를 찾지 못해, 서쪽의 마을로 날아가 마을을 한 바퀴 휙 돌고는 그 마을 큰 바위 위에 잠시 앉았다가, 남쪽 국수봉(國讎峰, 603m) 중턱의 바위굴에 숨어버렸다.

후세 사람들은, 두 마리 새가 한 바퀴 돈 마을을 비조(飛鳥)라 했고 금교김씨가 떨어져 죽은 바위를 망부석(望夫石)이라 했다. 그리고 두 마리 새가 숨어든 큰 바위굴을 은을암(隱乙巖)이라 불렀다. 은을암은 열 사람이 들어갈 크기의 바위굴이다. 금교김씨는 죽어서 그 혼이 새가 되어 남편의 혼을 모시러 왜국으로 날아갔고 그 몸은 굳어져 망부석으로 화했다고 한다. 김씨가 치술령에서 남편의 순국소식을 듣고 애처로이 죽고 난 뒤, 신라 사람들이 그녀의 정절을 추모해 '치술령가(鵄述嶺歌)'[38]를 지어 전하고 있다.

남편 제상이 왜국으로 떠난 오월 말부터 금교김씨와 자식들은 치술령 정상 바로 동북쪽 굼티기 움막집에서, 바로 동쪽 아래 급경사 기슭에 있던 참샘(망부샘)의 물을 길러 밥을 지어 먹고 살았다. 김씨부인은 정상과 움막 사이에 있는 베틀(바위)에서 열심히 길쌈을 해 자식들을 부양했다. 부인은 시월이 오기까지 하루도 쉬지 않고, 치술령 정상 바로 동남쪽 절벽 위 망부석에서 왜국에 간 남편이 무사귀환하기를 지극 정성으로 빌고 또 빌었다.

시월 초하룻날 깊은 밤 김씨부인이 깊은 잠에 빠졌는데, 치술령 산신이 희고도 긴 머리카락과 수염을 하고 갈색 도포를 입고 나타났다.
"부인, 오랫동안 남편 때문에 고생이 많았소. 제상공은 미사흔 왕제를 탈출시킨 뒤 왜왕에게 잡혔어요. 그가 살아온다면 시월 사흗날 동쪽 하늘에 흰 구름이 솟아오를 것이요, 참형을 당해 죽게 되면 검붉은 구름이 솟아오를 것이오. 공은 누가 뭐래도 계림의 만고충신이니, 그대와 자식들은 향후 마립간에 의해 호의호식을 할 것이요. 공은 자기 신념대로 충성을 다하고 저승으로 가게 되더라도, 부인은 운명이라 생각하고 자식들 양육하고 잘 사시오."
부인은 꿈에서 깨어나 너무나 생생한 꿈이라 믿지 않을 수가 없었다. 드디어 시월 3일 한낮이 되었다. 하늘에는 구름 한 점 없는 전형적인 푸른 가을하늘이었다. 그녀는 오늘 따라 다른 날보다 더욱 말끔히 단장을 하고는 망부석 위에 두 무릎을 꿇어 앉아 두 손을 비비며, 다른 날보다 한층 더 가열차게 남편의 무사귀환을 빌고 또 빌었다. 바로 그때였다. 저 멀리 동쪽 왜국 하늘에 하늘을 가득 채울만한 검붉은 구름이 공중으로 뭉게뭉게 치솟아 올랐다.

시월 초이튿날 바로 어제 월성의 마립간이 보낸 군졸들이 움막집에 올라왔다. 부인이 그들의 낯이 익어 자세히 봤더니, 지난 오월에 자기 가족들을 이곳 움막집으로 추방시킬 때 왔던 그들이었다. 군졸 중 책임자가 공손히 고개를 숙이며 부인에게 전했다.

"마립간님께서 부인을 국대부인으로 봉하셨소. 국대부인 미안하오. 제상공이 미해 왕제를 탈출시킨 뒤 아직 왜국에 남아 있는데, 곧 돌아오시겠지요. 공이 왜국으로 떠날 때, 마립간님께 부탁하시기를 자신이 계림을 배신하고 떠난 것으로 위장하라고 해, 하는 수 없이 부인을 이곳에 안치시킨 것이오. 그 점 널리 용서하소서.

오늘 밤 궁성에서 마립간님이 두 왕제의 무사귀환을 축하하는 잔치를 베푸는데, 국대부인을 초청해 공의 노고에 위로를 하고 큰 상을 내린다고 합니다. 자식들 데리고 꼭 참석하라는 어명을 받고 왔습니다."

"미해 왕제가 귀환한 것은 참으로 축하합니다. 그러나, 아직 지

아비의 생사가 묘연한데 부인의 몸으로 축하연에 참석함은 경우가 아니라고 생각됩니다. 남편이 돌아오신 뒤에 그런 행사에 참석하겠오."

며칠 뒤 다시 움막집에 올라온 금교김씨 담당 군졸들은 아영과 망부석에 올라와, 금교김씨와 두 딸의 주검을 보고 그 참혹한 모습에 눈물을 그칠 수가 없었다. 그들은 눈물을 머금고 치술령 정상 서북쪽 능선의 세효녀아기바위 근처에 두 딸을 묻었다.[39]
　군졸들은 월성의 마립간에게 제상공의 부인과 딸의 처참한 죽음을 아뢰었다. 마립간은 너무나 괴로워 잠을 제대로 잘 수가 없었다. 며칠 후 철복공의 말이 전한 혈서를 보고는 더욱 가슴이 아파 괴로운 나날을 보내야 했다.
　"아무리 짐승 같은 왜왕이라도 어찌 계림의 충신을 그다지도 참혹하게 죽였단 말인가."
　그 당시 하루는 이상한 새 한 마리가 갑자기 나타나 전정(殿庭, 궁전의 뜰) 마룻대 모서리에서 지저귀며 글자 모양을 쪼아놓고 날아갔다. 마립간께 아뢰어 대신을 시켜 살펴보게 하였더니 거기에는 "목도의 넋을 맞아 고국에 돌아왔는데 뉘라서 그걸 알까?"라고 씌어져 있었다. 이것은 금교김씨의 넋이 새가 되어 왜국 목도에 날아가서 남편의 넋을 모시고 돌아왔다는 한 증거라고 국인들은 생각했다. 그 새는 훨훨 날아서 치술령 남쪽 기슭의 은을암의 두 딸이 숨어든 바위로 돌아갔다. 마립간은 그 바위굴 앞에 영신사(靈神寺)를 창립하니 후세 사람들이 그곳을 은을암(隱乙菴)

이라 불렀다.

전설에는 이런 이야기도 전해온다. 계림(신라)시대에는 은을암은 눌지마립간이 박제상과 금교김씨의 혼을 위로하기 위해 세운 한듬사의 말사였다고 한다. 한듬사는 마등오(울주군 두동면 만화리 현 치산서원)에서 동쪽의 치술령 정상으로 올라가는 중간(현 법왕사 자리)에 있었다.[40]

박제상이 순국한 후, 그가 삽량주 간 재직 때 살았던 징심헌이 있는 효충(孝忠)마을에는 그를 존경하고 흠모하는 내용의 '효충마을 달노래'란 긴 노래가 생겨나, 천년이 넘도록 마을 사람들이 애창하는데 지금도 없어지지 않고 있다. 효충마을에는 박제상의 후손인 영해박씨들이 많이 살고 있다.

마립간은 후에 제상공과 관련된 공적에 보답해 추가 은덕을 베풀었다. 김철복에게도 이찬(伊湌, 2등)을 추증하였다. 김철복이 탔던 말도 치술령 서쪽 기슭 마명산(馬鳴山)에 묻어주었는데, 후에 사람들이 그 산을 가리켜 마등산(馬登山)이라 불렀다.

세상 사람들은 천년만년이 흐르도록 박제상 가족을 두고 칭송하기를 다음과 같이 말하곤 한다.

"충렬공은 만고충신이요, 국대부인 김씨는 열부요, 장녀 아기와 삼녀 아경은 열녀요, 차녀 아영은 효녀로서, 박제상 가문은 일문사절(一門四節)을 배출한 가문으로 동서고금 세상에 없는 희귀한 사례다."

거문고 가락에 인생의 애환을 실어 보내고
-어머님 정을 그리워하며 치술령 기슭에서 만년을 보낸 백결선생-

"남들은 모두 곡식이 있어 방아를 찧는데 우리만 곡식이 없으니 어떻게 이해를 보낼까."

세모가 되어 날씨는 차가와 처마에 고드름이 주렁주렁 달렸고 마당과 골목에는 흰 눈이 쌓여 사방에는 새들도 날지 않았다. 아내가 방안에 들어와 남편에게 한숨을 쉬며 불만을 털어놓았다. 그러자 남편이 하늘을 우러러 탄식하기를 "무릇 사(死)와 생(生)은 명(命)이 있고 부(富)와 귀(貴)는 하늘에 달리었으니, 그 오는 것을 막을 수 없고 가는 것을 따를 수 없거늘 그대는 어찌 상심하는가. 내가 그대를 위하여 방앗소리를 내어 위로하겠소."하고, 이에 거문고를 타며 방앗소리를 내니, 세상에서 전하여 이름하기를 대악(碓樂, 방아타령)이라 하였다.

거문고로 방앗소리를 내어 아내를 위로하는 사람은 금성 낭산(狼山)에 살고 있는 백결선생(百結先生)이었다. 그는 매우 가난하여 옷이 헤어져 백여 군데나 꿰매어 마치 메추라기를 달아 맨 것과 같이 남루하였으므로, 세상 사람들이 동쪽 마을의 백결 선생이라 불렀다. 선생은 그로 인하여 스스로의 호를 백결(百結)이라 하고, 또 개명하여 누랑(婁琅)이라 하였다.

일찍이 영계기(榮啓期 : 중국 고대의 거문고 타며 즐기던 異人)

의 사람됨을 사모하여 언제나 거문고를 가지고 다니며 모든 인간의 희로비환(喜怒悲歡)과 불평사(不平事)를 거문고로 풀었다.

백결선생은 바로 박제상의 유일한 아들 박문량이었다. 그는 실성마립간 13년(414)에 태어나 각간(角干) 이수현(李壽玄)의 딸과 혼인하였다. 눌지마립간 사후 20대 자비왕(慈悲麻立干)이 등극하자, 문량은 마립간의 외숙(外叔)으로 가까이에서 어린 마립간을 항상 직언으로 보필하였다. 그의 나이 65세로 이벌찬(伊伐湌, 최고관등)의 벼슬에 있었다. 마립간의 비(妃)는 미사흔과 아영 사이에 난 딸이었다. 충신 문량을 시기한 간신배들이 문량을 제거하기 위해 모략을 꾸몄다.

계림 관리들이 국대부인을 망덕사 부근에 묻었는데, 그 묘를 쓰고부터 수년간 건장마가 계속되어 흉년이 지속되었다. 이때 어느 풍수가 "이는 죄 없는 국대부인을 죽게 해 그러니, 부인의 유해를 남편이 돌아오기를 기다렸던 망부석 위에다 묻어야 한다."고 나라 안에 소문을 퍼뜨렸다.

어머님의 죽음을 애통해 했던 문량은 마립간의 허락을 얻어 풍수의 말대로 어머니의 무덤을 망부석 위에다 이장을 했다. 이장하던 날 비가 퍼부어 그 해는 풍년이 들었으나 그 후 또 가뭄이 지속되었다. 그러자 간신배들은 "문량이 지술링 정성에다 그 어머니의 무덤을 쓴 것은 장차 그가 용상(龍床)에 오르려는 야심 때문이다."라고 마립간을 충동시켰다.

마립간은 자기 아들 소지(炤知)를 보호하기 위해 문량을 축출했다. 그는 하늘을 우러러 탄식한 뒤, 어머니의 무덤을 치술령 정상 서쪽 아래 사량부 마등오(馬等烏, 울주군 두동면 만화리 일원)에 이장시켰다.

그는 자비왕 21년(478)에 조정에 아첨하는 무리가 많음을 보고 천재(天災)·치폐(治弊)·처경(處境)·흥인(興人)·지인(知人)·화인(化人) 등 여섯 장의 상소문을 올리고 개탄하였다. 그의 상소문 가운데 주요한 내용을 한 가지만 들어보면, "빽빽한 숲 속에 나무가 있으면 묶지 않아도 저절로 곧아지고, 빽빽한 가시덤불 속에 난초가 있으면 베지 않아도 저절로 시든다."고 하여 나라의 인재등용 적부가 얼마나 중요한가를 강조했다.

그가 자비왕 때 벼슬을 그만 두고 귀향할 때 지어 불렀다는 '낙천악(樂天樂)'이라는 귀향곡이 아직도 남아 전한다. 처음에는 금성 낭산에 숨어살다가 다시 어머니가 돌아가신 마등오(馬等烏, 울주군 두동면 만화리)에 이사하여 가족과 함께 가난하게 만년을 살았다. 그는 벼슬에서 물러난 뒤, 궁중에서 후원하는 일체의 물품을 사절하고 분수에 맞게 가난하게 산다면서 맘 편안히 살았다. 그는 아버지를 이어 선도사상을 후손에게 물려주면서 거문고를 즐긴 선비요 예술인이었다.

백결선생의 조상은 박혁거세거서간에서 시작해 제5대 파사이사금 이후 박씨 왕족 파사계가문은 아도갈문왕[참시선인(始仙人)], 물품 파진찬(물계자), 박제상, 백결선생으로 이어지는 계림의 대표적인 선도가문(仙道家門)이었다.

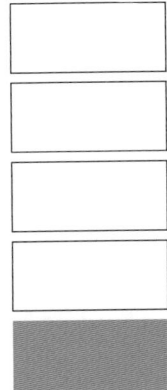

후기

박제상의 인물평과 숭모사업

박제상과 그 후손들의 인물평과 역할 등

신라 시대 : 눌지왕은 박제상을 대아찬(大阿湌, 5등)에 추증(追贈)하고 동명후(東明侯)에 봉하며 충렬(忠烈)이란 시호를 내렸다. 또 박제상의 처를 국대부인(國大夫人)으로 봉하였고, 국대부인을 따라 죽은 두 딸을 효녀로 봉했다. 살아남은 차녀를 미사흔의 부인으로 삼았다.(『삼국사기』, 『삼국유사』)

• 신라의 눌지왕은 박제상을 단양군(丹陽君, 지금 영해)에 봉(封)했기에 영해박씨의 시종조(始宗祖)가 되었다.(인터넷 네이버 영해박씨 박홍식의 글, 2011년, 「신라만고충신 박제상의 공적과 가족 소개」).

• 백결선생은 곤궁한 처지에서도 청빈한 생활과 더불어 참된 즐거움을 가져 후인들이 백결학사(百結學舍)를 세워 그의 유풍을 전했고, 백결선생의 증손인 마령간(麻靈干)은 선도산(仙桃山)에서 신라 김유신과 김춘추의 스승이 되어 백결선생의 도(道)를 행하였다. (『징심록 추기』, 김시습, 제7장 7절.)

고려 시대 : 왕건 태조기 제상공의 종가에 사신을 파견해 부도의 일을 상세히 묻고, 그 차가(次家)의 후예 수헌 선생 부자를 불렀으나 다 사양하고 나아가지 않았다고 하였다(김시습의 『징심록 추기』).

• 고려 충렬왕 때(1277년) 영해박씨의 후손이 문하시중이 되

었다(상기 『징심록 추기』).

• 고려 후기의 불훤재(不諼齋) 신현(申賢)은 『화해사전(華海師全)』이란 그의 전기에서 백결선생의 충성스러운 상소문을 두고, "선생께서 인군을 깨우친 바는 고인들의 이른바 선간·선소한 자도 선생과 짝할 자가 없나니 만세를 통하여 인군된 자는 마땅히 이를 거울삼아야 할 것이다."고 하였고, 또 "영웅호걸은 김유신을 따를 이가 없고 공명정대는 김양(金陽, 신라 대각간, 무열왕 9대손)만한 자가 없으나, 백결선생은 양자를 겸한 분이다."라고 칭송하였다.

조선시대 : 세조를 제외한 조선 역대 왕들이 영해박씨를 중용해 많은 고위 관리들이 왕을 보필해 국정을 수행했다.

• 세종대왕이 왕이 되어서는 은근히 영해를 생각하여 (제상공)의 문중을 두루 구제하였다(김시습의 『징심록 추기』).

• 박제상의 행적은 특히 충효를 근본으로 삼았던 조선 시대에 더욱 빛났다. 세종대왕은 그를 일컬어 '신라 시대 으뜸가는 충신'이라 하였고, 정조 임금도 '박제상의 도덕은 천추에 높고 정충(精忠)은 만세에 걸친다.'고 극찬했다(『삼강행실도』, 『오륜행실도』).

• 조선시대 선비들은 박제상의 충성심과 선비정신을 아주 존경했다고 여겨진다. 그들이 울산 치술령 망부석과 양산 효충사에서 그에 대한 추모시를 각각 남겨두었다. 김종직, 성여신, 임상원, 이의현, 권상일, 이익 등이 그들이다.

※ 조선 세조 때 생육신 김시습은 그의 조상이 박제상의 용

기와 지혜의 결과 고구려에서 계림으로 환국한 복호이었기에 영해박씨와 교류가 왕성하였다고 전한다.

박제상의 숭모사업

- **신라 시대** : 눌지왕은 울산광역시 치술령(범서읍과 두동면 경계) 중턱 은을암 앞에 영신사(靈神祠)를 세워 자결한 세 모녀를 위로하였는데, 후세에 은을암(隱乙菴)이란 절로 변해 지금도 남아 있다. 치술령 정상에 신모사(神母祠)를 세워 매년 제사를 지내기도 했다. 눌지왕이 박제상을 위해 한듬사(대둔사)라는 원찰을 세웠다고 하는데, 그 절이 현 치산서원과 동쪽의 치술령 정상 중간인 현 법왕사 자리에 있었다고 한다.
- **고려 시대** : 태조 왕건은 대승공 류차달(柳車達, 문화류씨 시조)을 시켜 공주의 계룡산에 동계사(東鷄祠)를 세워 제상공을 초혼(招魂)하고 치제(致祭)하였다.
- **조선 시대 울산** : 울산 유림과 박제상의 후손들은 조선 현종 때 박제상가의 충절을 기리기 위해, 치술령에 충렬묘(忠烈廟)와 신모사(神母祠)를 세워 위패를 봉안하고 봄과 가을에 향제(享祭)를 지내왔으며 치산서원(鵄山書院)이라 했다.

그 후 치산서원이 조선 말기 대원군의 서원 철폐령에 의해 폐허가 되어 있던 것을 지역유림들과 박제상의 후손들이 뜻을 모아 1991년에 원형대로 복원하였다. 매년 2월 중정일(中丁日)에 치산사보존회와 지역 유림들이 향제(享祭)를 지내고 있다.

현재 사당을 비롯해 10개가 넘는 건물로 구성되어 있다.
현재 치산서원에는 박제상과 국대부인 금교김씨 및 자결한 두 효녀의 위패를 모신사당이 있다.
- 울주군에서는 2009년 박제상의 충절을 기리기 위해 박제상기념관을 건립해 시민들에게 개방하고 있다.
- **양산** : 후세에 양산의 유림들에 의해, 양산 춘추원(春秋園)에 박제상의 만고충신비(萬古忠臣朴堤上之碑)가 건립되었고, 상북면 소토리(所土里) 효충사(孝忠祠)에서 매년 음력 3월 중정일(中丁日)에 박제상과 그 아들 박문량 부자를 봉사(奉祀)하고 있다.

그 후 양산시는 춘추원에 있던 박제상의 만고충신비를 2012년에 완공한 양산 충렬사(忠烈祠) 경내로 이건하였고 그곳에 그 위패를 봉안하였다. 또한 양산시는 논 가운데 소규모 건물로 있던 효충사를 2016년에 크게 확장해 효충역사공원으로 지정했다. 공원 안에는 박제상이 『징심록』을 집필했다는 징심헌(澄心軒) 건물을 신축하였고, 효충사도 크게 증축했다. 그곳엔 박제상의 동상도 건립되었고 그를 추모하는 조선 시대 선비들의 시비도 여럿 세워졌다.

- 경북 영덕(병곡면)에도 박제상의 충절을 기리기 위한 운계서원(雲溪書院)이 있다.
- 박제상의 높은 충절은 『동사(東史)』(1803년 이종휘의 역사서)와 『삼강행실도』와 『오륜행실도』에도 실려 있다.
- 고(故) 황수영·정영호 교수 등이 1988년 『일본서기(日本書紀)

』의 기록에 근거해 대마도 상현부(上縣部) 상현정(上縣町) 좌호진(佐護津) 외딴 해안가에 박제상의 순국기념비를 세웠다. 이 비문의 앞면에는 「新羅國使 朴堤上公 毛麻利叱智 殉國之碑」라고 새겨져 있다. 우리가 『일본서기』보다 『삼국사기』나 『삼국유사』의 기록을 더 믿어야 하기에 대마도의 박제상순국기념비는 오사카의 패총시 해총의 목도로 이건함이 합리적일 것 같다.
- 울주문화원(후원 : 울주군, 울주군의회)에서는 2010년도부터 매년 한 차례 치산서원에서 '충렬공 박제상 문화축제'를 개최하고 있다.

부록

부록 1) 참고서적 및 해설서 모둠
부록 2) 신라만고충신이시여! 이제는 환국 하소서!

부록 1) 참고서적 및 해설서 모둠
(앞부문 : 참고서적 → 뒷부문 : 본 소설의 인용내용)

※ 소설이므로 참고서적의 쪽수와 인용부문을 논문과 같이 엄격하게 적지는 않고 독자들이 참고하게 두루뭉실하게 적었음.

1) 『삼국사기(하)』, 김부식 지음, 이병도 역주, 1997, 을유문화사, '열전' 등
  → 본 소설 전체 내용의 근거.(23쪽)
  『삼국유사』, 일연 지음 이민수 옮김, 2000, 을유문화사, p.96~100
  → 본 소설 전체 내용의 근거.
  『한국사통론』, 변태섭, 1997, 삼영사, p.55~115 → 본 소설 전체 내용의 근거.

2) 『대마도 통치사』, 황백현, 2016, 글을읽다, p.10~67. → 대마도.(33쪽)
  『잃어버린 우리땅 대마도』, 황백현, 2010, (주)발해투어 → 대마도.

3) 『역주 일본서기 1』권 제2, 동북아역사재단(연민수외 6명), 2014, p.197~243. → 와다즈미신사.(39쪽)

4) '박제상 문화제 학술 심포지엄'에서 송수환 박사가 발표한 「박제상 출자(出自)-울산출신설을 중심으로」, 울주문화원 무설 울주향도시연구소, 2008, p.5~17 → 박제상 출생지.(53쪽).

※ 박제상의 출생지: 울산설, 경주설, 양산설로 나뉘나 『삼국사기』와 『삼국유사』 모두 왕경인이라 해 그 설을 택했음. 현재 울주군 두동면이 당시에 왕경의 사량부인 경주였고, 양산에서 출생했다는 일부 자료가

있으나 본 소설에서는 울산설을 택했음.

5) 『부도지』 내용 중 김시습의 『징심록추기』, 김은수, 2015, 한문화, p.144(제7장 5절) → 박제상과 금교김씨의 인연.(57쪽)

6) 당시에는 아직도 민족이란 개념이 성립되지 않았지만 본 소설에서는 설명의 편의상 소설 전부분에서 민족이란 말을 계속 사용했음. 우리 민족의 형성은 통일된 신라를 계기로 해, 고려와 조선 시대를 통해 숙성기를 거쳐 오늘날의 한국민족이란 동일감을 형성하게 되었음.(71쪽)

7) 『양산시지』, 양산시사편찬위원회, 2004, 울산·경남인쇄공업협동조합 → 설화, 역사 등.(104쪽)

8) 우리 역사상 고대사에 관한 책은 1980년대 김은수 선생이 주해·번역한 『부도지(符都誌)』와 『한단고기(桓檀古記)』를 많이 읽고 있음. 강단사학계에서는 두 책을 위서(僞書)로 다루고 있음. 『부도지』는 박제상이 쓴 책이며 『한단고기』는 『부도지』와 우리민족의 이동경로 등 비슷한 내용이 많아 본 소설에서 인용했음. '桓'은 韓의 정자(正字)로 '환'이라 읽히나 특히 밝음(明)이나 큰 것(大)을 의미할 때는 '한'이라 읽힘.

『부도지』, 박제상 지음 김은수 번역·주해, 1986, 한문화 → 본 소설 전체 내용의 근거.(111쪽)

『한단고기』, 계연수 엮음 김은수 번역·주해, 1985, 한문화→『부도지』를 보충하는 내용으로 역시 본 소설 전체 내용의 근거.

9) 실성은 후에 확보되는 통일신라의 5대 간선도로 소위 5통(五通)·5문역(五門驛)의 북요통(北僥通) 대로(大路)로 한강(漢山河, 아리수)을 건너고 개성을 거쳐 국내성으로 갔을 것임.(117쪽)

10) 왕호는 왕이 죽은 뒤 정해졌지만 본 소설에서는 편의상 미리 해당

왕호를 사용했음.(117쪽)
11) 「성황산성에 대한 고찰」, 정진화(국사편찬위원회 양산시사료조사위원). → 양산시 성황산성.(157쪽)
12) 『울산유사』, 김석보 편저, 1979, 소문출판사 → 고래 뱃속에서 탈출한 어부, 등금장수와 봉놋방 등.(168쪽)
13) 수박은 고려 시대 몽골 군인들이 고려를 쳐들어 올 때 향도역할을 했던 홍다구(洪茶丘)가 처음으로 가져왔다고 전함(168쪽).
14) 『오주연문장전산고(五洲衍文長箋散稿)』의 '산부계곡변증설(産婦鷄藿辨證說), 이규경.→ 산모들이 미역국을 먹는 유래.(168쪽)
15) 『고래도시 울산』, 울산광역시 고래관광자문위원회, 2009, 도서출판 푸른고래.
→ 에밀레종을 치는 당(幢)은 고래모양.(170쪽)
16) 천일염은 조선 말기 혹은 일제강점기부터 한반도 해안에서 생산하기 시작했고, 그 전의 소금 생산은 주로 자염이었다고 함.(171쪽)
17) 『조선왕조 500년 유머』, 김현룡, 2003, 자유문학사 →조선 시대 남녀간의 운우지정 등에 관한 이야기들을 모은 책.(178쪽)
18) 『한단고기(桓檀古記), 운초 계연수 엮음, 김은수 번역·주해, 1985, 책 전체→한인, 한웅, 치우천왕, 단군조선의 건국과 멸망 등.(183쪽)
19) 『의사가 못 고치는 환자는 어떻게 하나? 제3권』, 황종국, 우리문화, 2005,p.73→우리민족의 이동경로, 한민족의 자긍심 등『부노시』와 『한단고기』의 내용 풀이.(186쪽)
20) 임진왜란 때 제2차 평양성전투에서 대승을 거둔 전법이었는데, 명나라 남부 절강의 병사[南兵]들이 구사한 이 전법은 명나라 장수 척계광(戚繼光)의 '기효신서(紀效新書)'라는 병서에 그 바탕을 두

고 있었다고 함. (191쪽)

※ 신라 문무왕 때도 육화진법(六花陣法)이라 해 장창을 사용하여 당나라의 기병을 선두에서 방어했음. 신라와 당나라 쟁투 때도 임진왜란 때의 전투방법과 비슷한 전투를 사용했다고 전함.

21) 일본의 소형 포경선에 의한 연안 포경사를 보면, 원시시대는 궁취법(弓取法, 활을 쏘아 잡는 법), 16세기에 돌취법(突取法, 작살로 잡는 법), 17세기에 망취법(網取法, 작살과 거물로 잡는 법)을 거쳐 19세기(1894년)에 이르면 미국식 포경총(捕鯨銃)에 의한 양식(洋式)방법이 채용되어 상업포경으로 발달되었다고 함. 여기에서는 반구대암각화의 포경방식인 돌취법을 사용하였음.(196쪽)

22) 인터넷 네이버 「신라의 만고 충신 박제상의 공적과 가족 소개」, 박흥식(영해박씨), 2011년 9월, → 본 소설 전체 내용과 연관됨.(238쪽)

23) 『소설 사서오경』 제4권(맹자 제1권), 김영수 지음, 1990, 새빛문화사, p.111~195(귀곡선생과 손빈). → 중국 전국시대 역사이야기인 「귀곡선생(鬼谷先生)과 손빈(孫臏)」이란 제목의 내용을 소설에서는 5세기 초기 계림과 왜국의 상황에 맞게 내용을 바꾸어 손빈을 이상용으로 방연을 배정구로 변용한 것임. 귀곡 선생은 중국 주(周)나라 양성(陽城)고을 귀곡(鬼谷)에서 손빈과 방연을 가르쳤음. 손빈은 『손자병법』으로 유명한 손무(孫武)의 손자. 손빈은 제나라 사람으로 소설에서는 이상용이란 이름으로, 방연은 위(魏)나라 사람으로 배정구란 이름으로 등장함. (258쪽)

24) 『의사가 못 고치는 환자는 어떻게 하나? 제3권』, 황종국, 2005, 도서출판 우리문화 → 『부도지』 해설 등 본 소설 거의 전체 내용의 근거.(262쪽)

25) 『화랑도와 삼국통일』, 세종대왕기념사업회 리선근 지음 → 소설 중 몇 개 이야기의 근거.(263쪽)

26) 천지화랑이 훗날에 신라의 화랑이 되었음.(266쪽)

27) '오상의 도'가 후에 신라 화랑도의 세속오계(世俗五戒)가 되었음.(267쪽)

28) [아세아문예] 2008년 여름호의 「역사인물소설 박제상(1)」, 평해거사 황원갑 → 실성마립간의 부탁을 받은 고구려 우대해가 눌지 왕자를 죽이지 않고 살려 보냄.(280쪽)

29) 신라 왕호의 변경 : 제1대 박혁거세 거서간(居西干, 신령한 제사장) → 제2대 남해 차차웅(次次雄, 제정일치의 군장) → 제3대 유리~제16대 흘해까지 이사금(尼師今, 연장자, 계승자) → 제17대 내물~제21대 소지까지 마립간[麻立干, 대수장(大首長)] → 제22대 지증왕 이후 왕(중국식, 왕권강화 후).(281쪽)

30) 『부도지』 가운데, 「소부도지」 제33장, 박제상 지음 김은수 번역·주해. 2002, 한문화(285쪽)

31) 양산시 낙동강 북안(오봉산 남쪽 기슭) 절벽을 임경대라 한 것은 통일신라시대 천하를 주유하던 문장가 최치원이 명명한 것이라 전해옴. 현재 임경대에는 최치원 등 많은 학자들이 그곳의 절경을 읊은 한시들의 안내판이 여럿 설치되어 있음.(294쪽)

32) 경상일보, 생활 속의 전통사상 삼족오, 기고자 : 울산대학교 김진 교수, 2016. 10. 4, p.9(310쪽)
주간조선, p. 102~103, 2007.1.1, 박영철 차장 대우.

33) 『일본역사』, 연민수 편저, 1998, 도서출판 보고사, p.21~42.→ 일본 야마타이국, 야마토 정권 등.(324쪽)

34) 『일본서기(日本書紀)』라는 책에 나오는 말인데, 『일본서기』라는

역사서가 일본이라는 국호가 성립하는 7세기 후반, 국가의식이 고양되는 8세기 초의 천황 중심적 중앙집권국가가 성립한 시점에 생겨난 지배층의 역사의식의 산물로 추측됨. 많은 학자들이 임나가 한반도가 아닌 대마도에 있었다고 함. 『일본서기』의 역사 자체가 믿을 것이 못되는 기록이 상당수 있음. 『일본서기』의 기년(紀年)이 우리의 역사 기년보다 약 200년이나 연장(延長)되어 나타나는 것 등임.(363쪽)

35) 박제상의 순국지는 『삼국사기』나 『삼국유사』나 모두 '목도'라고 함. 그러나, 일부 조선통신사들은 북부큐슈(北部九州)의 박다진(博多津)이라 하고, 『일본서기』는 대마도 '서해(鉏海, 사히노우미)의 항구'라고 함. 본 소설은 아시아에 유일한 지명인 일본의 독도를 순국지로 했음.

일본 오사카(대판) 패총시(貝塚市)의 해총시(海塚市, 가이츠카)에 있는 목도(木島, 기시마)라는 작은 마을을 2016년에 알아낸 사람은 전(前) 방송인이고 현재 울주문화원 이사인 소설가 이양훈 선생님임. 그는 『울주문화』 제16집 「박제상 순국지와 묘 고찰」(p.97~110)에서 독도와 '박제상 순국'에 대해 설명을 하고 있음.(367쪽)

36) 마지막 두 구절은 사육신 성삼문의 절명시 인용.(369쪽)
37) 김연수 번역·주해 「부도지」의 '징심록추기' 제4장 조선초기 김시습의 박제상 호(號) 해설.(371쪽)
38) 『동경잡기(東京雜記)』(조선 현종 때 민주면·이채·김건준 지음, 조철제 옮김)의 제영(題詠)조에 실린 점필재 김종직(佔畢齋 金宗直)의 치술령가를 적어둠.(169쪽)

치술령 정상에서 일본을 바라보니(鵄述嶺頭望日本하니)

하늘가에 푸른 바다 끝이 없구나!(粘天鯨海無涯岸이라.)

임이 떠날 때 손만 흔들었는데(良人이 去時에 但搖手터니) 살았는지 죽었는지 소식이 없네.(生歟死歟아 音耗斷이라)

영원한 이별이여.(長別離여)

죽었거나 살았거나 어떻게 만나볼 수 있으리?(死生寧有相見時아)

하늘 우러러 부르짖다 망부석 되었으니(呼天便化武昌石♠하니)

열녀의 기상은 천년 푸른 하늘에 솟으리.(烈氣千載千空碧이라.)

♠ 武昌石(무창석)은 중국 무창에 있는 망부석. 산 위에서 멀리 떠나간 남편을 기다리다가 돌로 변했다는 전설이 있음.(348쪽)

39) 『서라벌의 망부석 아직도 울음운다』, 김대원, 1999, 글밭 → 박제상 처자식의 임시 움막집, 치술령 명칭의 유래, 백결선생, 베틀(바위), 세효녀아기바위 등.(350쪽)

40) 『울산이 보인다』의 '치술령', 장성운, 2000, 대성문화, p.297~388 → 박제상 발선처, 한듬사, 은을암, 박제상 순국지 등.(351쪽)

부록 2) 신라만고충신이시여! 이제는 환국 하소서!

萬古에 빛바래지 않을 충신이시여!
충신의 영혼을 뵙고자 간밤에 오백리 길을 달려 왔나이다.
박다진(博多津) 만경창파는 변함이 없건만, 불러도 불러도 메아리마저 삼켜버리는 계림국 충신이여.

며칠이면 계림국이건만 어이해 출발항 왜국의 박다진 푸른 물결을 앞에 두고, 노 젓기를 멈추고 침묵으로 일관하시나이까. 지혜와 용기의 화신이자 삼한 최고(最古) 최초의 역사가이신 어른께서요.

울산의 영글지 못한 小선비는 목이 터져라 박다진 푸른 물결 위를 다 덮어버리도록, 제상공! 제상공! 제상공! 넋을 부려놓고 목 놓아 불러보나이다. 아무리 소리쳐도 가슴속에 그리운 정만 더욱 쌓이고 창파 위엔 허공을 맴돌아 가는 아우성뿐이라오.

하늘같이 외경해도 가족에 대한 무정으로 내 가슴속에 미련과 애처로운 한으로 남을 이름이여! 울산 치술령 망부석에서 단식자진(斷食自盡)한 부인 금교김씨는 심중에도 없으신가요. 모친을 따라 자진한 딸 효녀 아기와 아경은 불쌍하지도 않으시오. 간신들의 모함으로 자비마립간에게 버림받아 거문고만 타며, 백번도 넘게 기운 누더기 옷을 걸치고 살다간 아들 백결선생은 또 보고 싶지도 않으신지요.

외통수 바보 조상님이시여! 눌지마립간의 어명과 미사흔 왕자의 생명줄만 중하신 것이오. 금성 월평촌의 처자식과 삽량주 백성과 관리들의 무사귀환 학수고대의 염원은 그 뜨거운 가슴 속에는 한줌의 가치도 없단 말씀이오. 지가 몽땅 속았을까요. 그 가슴 속에 얼음덩어리 이성만 번쩍이고 있음을 모르고 속았단 말인가요?

만고충신이시여! 어찌 후손들에겐 이다지도 무정하시오.
귀공의 순국지 박다진 목도(木島)에 배향하러 오자마자 박다구청에 갔으나, 다들 모른다며 손사래만 치더이다. 후손들이 추모의 정을 절이라도 실컷 하게 순국지라도 확실히 밝히시고 떠나셔야지요.

일천육백년 박다진에서 침묵과 인고의 세월을 보낸 계림국 충신이시여! 귀공이 바다 한가운데 섬에서 발가죽이 벗겨져 베어낸 살내 위를 걸으면서도, 왜왕에게 눈을 부릅뜨고 '나는 계림의 신하다'를 외치며 나라간 교린(交隣)의 원칙과 인산의 도리를 설파했으니, 이제 머릿속이 녹아내리는 왜인들의 인간본성에 대한 배신감은 과거사로 잊어버리시옵소서.

계림국 만고충신 제상공이시여! 조선 숙종조 통신사 제술관(製

述官) 청천(靑泉) 신유한(申維翰)공께서도 에도(江戶, 동경)의 관문인 복강현에서 제상공의 충절을 사모하여 '박다진을 슬퍼함 (哀 博多津)'이란 장시로 조상(弔喪)하였지요.

그립고도 그리운 님이시여! 목도를 찾지 못하고 조상도 못해 허허로운 가슴 가눌 길 없어, 박다항전망대에 올라 끝없이 펼쳐 진 해원(海原)을 하염없이 내려다보았소. 인제야 천년도 지났으 니 왜국인들도 귀공의 높은 '인륜의 도'를 깨우쳐 후회도 많이들 했을 것이오.

삼한 만고의 청사에 지워지지 않을 진정한 충신이시여! 목도의 충신을 추모하러 왔던 울산의 幼學은 귀공의 품속에서 3시간 후 면 계림국에 당도할 것이오니, 이제 무도한 왜국인들에 대한 원 망을 훌훌 털어버리시고 옛 사량부 회덕땅 치술령 상공의 국대부 인(國大夫人), 두 효녀, 백결선생과 더불어 영혼을 편안히 쉬옵소 서.

삽량주에 가시어 백성들과 동료 관원들을 옛 같이 거두시고, 효충공원의 효충사와 징심헌에서 목매어 기다리는 후손들께『징 심록(澄心錄)과「부도지(符都誌)』의 심오한 지혜를 알아듣게 교 육하소서.

만고충신이시여! 인제야 귀국합시다요. 삼한의 후손들이 현해

탄을 건너면서 왜국땅 박다진 외로운 섬에서 홀로 남은 귀공의 넋이 애처로워 이별눈물 뿌리면서 뒤돌아보지 않도록 말씀이오.1)

丁酉年(二千十七) 正月 乙卯朔 初六日 庚申
蔚山 幼學 高靈後人 金 瑗 拜上

---

1) 저자가 조선통신사들이 박제상의 순국지를 일본 구주(九州) 후쿠오카(福岡縣) 박다항(博多港)이라기에 2017. 2.1~2.2 1박2일간 다녀왔다. 박다구청에서 알아보았으나 목도(木島)란 섬은 없다고 했다. 경비와 시간만 소요되었고 충신에게 참배도 못해 박다항전망대에 올라 넓은 바다를 내려다보며 아쉬움을 달래면서 지어본 시다. 일어 회화가 되는 친구 김광기(金光基)가 자진해 저자와 동행해준데 대해 정말 감사했다. 박다항 답사 얼마 후 '울주문화' 제16집 (2016년판)에서 오사까(대판) 패총시 해총에 목도(木島, 기시마)가 있음을 알게 되었다.

신라만고충신 박제상

초판 1쇄 인쇄 2017년 09월 15일
초판 1쇄 발행 2017년 09월 20일
지은이 김원
발행인 강형욱
발행처 도서출판 아라
주소 경기도 남양주시 송산로 339번길 39-18
전화 031) 529-8331 팩스 02) 6008-5923
등록 2016년 06월 3일 제399-2016-000026호
이메일 radiology75@nate.com
ISBN 979-11-958683-4-6 *03810
정가 12,000원

협조자: 최이락(교정, 교열), 김석암(자료제공)

잘못 만들어진 책은 교환해 드립니다.
저자와 출판사의 허락 없이 책의 전부 또는 일부 내용을 사용할 수 없습니다.

이 도서의 국립중앙도서관 출판예정도서목록(CIP)은 서지정보유통지원시스템 홈페이지(http://seoji.nl.go.kr)와 국가자료공동목록시스템(http://www.nl.go.kr/kolisnet)에서 이용하실 수 있습니다.(CIP제어번호: CIP 2017023893)